Eine unauslotbare Parabel mit apokalyptischen Elementen.

Ein Mann und ein Kind kommen in ein fremdes Land. Sie haben keine genaue Erinnerung an ihr früheres Leben, erhalten neue Namen, müssen eine neue Sprache erlernen und sich seltsam unvertrauten Sitten anpassen. Und der Mann muss dem Kind die Mutter suchen, die es auf der Flucht verloren hat. Selbst als das zu gelingen scheint, werden sie wieder gezwungen, ihr Flüchtlingsdasein fortzusetzen und aufs Neue nach einer Heimat zu suchen.

Emigration, Einsamkeit, die Rätsel einer Ankunft. In einem dunklen Glas spiegelt J. M. Coetzee unsere Welt, so dass sich alles Nebensächliche unseres Umgangs verliert und die elementarsten Gesten sichtbar werden.

J. M. Coetzee, der 1940 in Kapstadt geboren ist und von 1972 bis 2002 als Literaturprofessor in seiner Heimatstadt lehrte, gehört zu den bedeutendsten Autoren der Gegenwart. Er wurde für seine Romane und sein umfangreiches essayistisches Werk mit vielen internationalen Preisen ausgezeichnet, u. a. zweimal mit dem Booker Prize, 1983 für ›Leben und Zeit des Michael K.‹ und 1999 für ›Schande‹. 2003 wurde ihm der Nobelpreis für Literatur verliehen. Coetzee lebt seit 2002 in Adelaide, Australien.

Weitere Informationen finden Sie auf www.fischerverlage.de

J. M. COETZEE

Die Kindheit Jesu

Roman

Aus dem Englischen von
Reinhild Böhnke

FISCHER Taschenbuch

MIX
Papier aus verantwortungsvollen Quellen
FSC® C014496
FSC
www.fsc.org

Erschienen bei FISCHER Taschenbuch
Frankfurt am Main, Dezember 2019

Die Originalausgabe erschien 2013 unter dem Titel
›The Childhood of Jesus‹ bei Harvill Secker, London

Satz: Dörlemann Satz, Lemförde
Druck und Bindung: GGP Media GmbH, Pößneck
Printed in Germany
ISBN 978-3-596-19828-3

Für D.K.C.

EINS

Der Mann am Tor zeigt auf ein niedriges, langgestrecktes Gebäude in einiger Entfernung. »Wenn ihr euch beeilt«, sagt er, »könnt ihr euch noch anmelden, bevor sie für heute schließen.«

Sie beeilen sich. *Centro de Reubicación Novilla* steht auf dem Schild. *Reubicación* – was bedeutet das? Das Wort hat er nicht gelernt.

Das Büro ist groß und leer. Auch heiß – noch heißer als draußen. Ganz hinten nimmt ein hölzerner Schalter die gesamte Raumbreite ein, unterteilt durch Milchglasscheiben. An der Wand steht eine Reihe niedriger Aktenschränke aus lackiertem Holz.

Über einem der Abteile hängt ein Schild: *Recién Llegados*, die Wörter wurden mittels einer Schablone schwarz auf ein Papprechteck gemalt. Die Beamtin hinter dem Schalter, eine junge Frau, begrüßt ihn mit einem Lächeln.

»Guten Tag«, sagt er. »Wir sind Neuankömmlinge.« Er spricht die Worte langsam aus, in dem Spanisch, das er sich mühevoll angeeignet hat. »Ich suche Arbeit, auch eine Unterkunft.« Er fasst den Jungen unter den Achseln und hebt ihn hoch, damit sie ihn richtig sehen kann. »Ich habe ein Kind dabei.«

Die junge Frau streckt dem Jungen die Hand hin. »Hallo, junger Mann!«, sagt sie. »Ihr Enkel?«

»Nicht mein Enkel, auch nicht mein Sohn, aber ich bin für ihn verantwortlich.«

»Eine Unterkunft.« Sie schaut in ihre Unterlagen. »Wir haben hier im Zentrum ein freies Zimmer, das Sie nutzen können, während Sie sich nach etwas Besserem umsehen. Es wird nicht besonders komfortabel sein, aber vielleicht macht Ihnen das nichts aus. Was eine Arbeit angeht, lassen Sie uns das morgen früh erkunden – Sie sehen müde aus, sicher wollen Sie sich ausruhen. Sind Sie weit gereist?«

»Wir sind die ganze Woche unterwegs gewesen. Wir kommen aus Belstar, aus dem Lager. Kennen Sie Belstar?«

»Ja, ich kenne Belstar gut. Ich bin selbst über Belstar hergekommen. Haben Sie dort Spanisch gelernt?«

»Sechs Wochen lang hatten wir jeden Tag Unterricht.«

»Sechs Wochen? Sie haben Glück gehabt. Ich bin drei Monate lang in Belstar gewesen. Ich bin vor Langeweile fast gestorben. Nur der Spanischunterricht hat mich durchhalten lassen. Hatten Sie zufällig Señora Piñera als Lehrerin?«

»Nein, wir hatten einen Lehrer.« Er zögert. »Darf ich auf etwas anderes zu sprechen kommen? Mein Junge« – er sieht das Kind an – »fühlt sich nicht wohl. Das kommt zum Teil daher, dass er verstört ist, verwirrt und verstört, und nicht richtig gegessen hat. Das Essen im Lager war für ihn ungewohnt, er mochte es nicht. Können wir hier irgendwo eine anständige Mahlzeit bekommen?«

»Wie alt ist er denn?«

»Fünf. Sein Alter wurde mit fünf angegeben.«

»Und Sie sagen, er ist nicht Ihr Enkel.«

»Nicht mein Enkel, auch nicht mein Sohn. Wir sind nicht verwandt. Hier« – er holt die zwei Ausweise aus seiner Tasche und reicht sie ihr.

Sie kontrolliert die Ausweise. »Die sind in Belstar ausgestellt worden?«

»Ja. Dort hat man uns auch unsere Namen gegeben, unsere spanischen Namen.«

Sie beugt sich über den Schalter. »David – das ist ein netter Name«, sagt sie. »Gefällt dir dein Name, junger Mann?«

Der Junge blickt sie ruhig an, antwortet jedoch nicht. Was sieht sie? Ein schmales, blasses Kind in einem bis zum Hals zugeknöpften Wollmantel, kurzen grauen Hosen, die bis über die Knie reichen, mit schwarzen Schnürstiefeln über Wollsocken und einer schräg aufgesetzten Tuchmütze.

»Ist es dir in den Sachen nicht sehr heiß? Möchtest du den Mantel ausziehen?«

Der Junge schüttelt den Kopf.

Er mischt sich ein. »Die Sachen stammen aus Belstar. Er hat sie selbst ausgesucht aus dem, was zur Verfügung stand. Er hat sich sehr an sie gewöhnt.«

»Ich verstehe. Ich habe gefragt, weil er mir für einen Tag wie den heutigen etwas zu warm angezogen schien. Zu Ihrer Information: Wir haben hier im Zentrum eine Kleiderkammer, der die Leute Sachen spenden, die ihren Kindern zu klein geworden sind. Sie ist an Wochentagen jeden Vormittag geöffnet. Dort können Sie sich gern etwas aussuchen. Sie haben dort eine größere Auswahl als in Belstar.«

»Vielen Dank.«

»Und dann können Sie sich auch, wenn Sie alle erforderlichen Formulare ausgefüllt haben, auf Ihren Ausweis Geld auszahlen lassen. Sie bekommen eine Umsiedlungsbeihilfe von vierhundert Reales. Der Junge ebenfalls. Für jeden vierhundert.«

»Vielen Dank.«

»Und nun möchte ich Ihnen Ihr Zimmer zeigen.« Sie beugt sich hinüber zur Frau am Nachbarschalter, der mit *Trabajos* gekennzeichnet ist, und flüstert mit ihr. Die Frau zieht eine Schublade auf, sucht darin, schüttelt den Kopf.

»Es gibt ein kleines Problem«, sagt die junge Frau. »Offenbar haben wir den Schlüssel zu Ihrem Zimmer nicht. Die Gebäudeaufsicht muss ihn haben. Der Name der Beamtin ist Señora Weiss. Gehen Sie zum Haus C. Ich werde Ihnen eine Skizze machen. Wenn Sie Señora Weiss finden, bitten Sie sie, Ihnen den Schlüssel für C-55 zu geben. Sagen Sie ihr, Ana vom Hauptbüro schickt Sie.«

»Wäre es nicht einfacher, uns ein anderes Zimmer zu geben?«

»Leider ist C-55 das einzige freie Zimmer.«

»Und etwas zu essen?«

»Zu essen?«

»Ja. Können wir irgendwo etwas zu essen bekommen?«

»Wenden Sie sich auch in dieser Angelegenheit an Señora Weiss. Sie kann Ihnen bestimmt helfen.«

»Danke. Eine letzte Frage: Gibt es hier Organisationen, die darauf spezialisiert sind, Menschen zusammenzuführen?«

»Menschen zusammenführen?«

»Ja. Bestimmt suchen doch viele nach Angehörigen. Gibt es Organisationen, die bei der Zusammenführung von Familien helfen – von Familien, Freunden, Paaren?«

»Nein, von einer solchen Organisation habe ich nie gehört.«

Weil er müde und orientierungslos ist, aber auch weil die Skizze, die die junge Frau für ihn gemacht hat, nicht eindeutig ist und weil es keine Hinweisschilder gibt, braucht er lange, bis er Haus C und das Büro von Señora Weiss findet. Die Tür ist zu. Er klopft. Keine Reaktion.

Er hält eine Frau an, die vorübergeht, eine sehr kleine Frau mit einem Spitzmausgesicht, die die schokoladenfarbene Uniform des Zentrums trägt. »Ich suche Señora Weiss«, sagt er.

»Sie ist weg«, sagt die junge Frau, und als er nicht versteht: »Weg für heute. Kommen Sie morgen früh wieder.«

»Dann können Sie uns vielleicht helfen. Wir suchen den Schlüssel zum Zimmer C-55.«

Die junge Frau schüttelt den Kopf. »Tut mir leid, für Schlüssel bin ich nicht zuständig.«

Sie gehen zurück zum *Centro de Reubicación*. Die Tür ist verschlossen. Er pocht ans Glas. Kein Lebenszeichen drinnen. Er pocht erneut.

»Ich habe Durst«, quengelt der Junge.

»Halt noch ein wenig aus«, sagt er. »Ich suche einen Wasserhahn.«

Die junge Frau, Ana, kommt um die Seite des Gebäudes. »Haben Sie geklopft?«, fragt sie. Wieder ist er beeindruckt: von ihrer Jugend, von der Gesundheit und Frische, die sie ausstrahlt.

»Señora Weiss ist offenbar nach Hause gegangen«, sagt er. »Können Sie nicht irgendetwas tun? Haben Sie keinen – wie heißt das? – *llave universal*, um unser Zimmer aufzuschließen?«

»*Llave maestra*. So etwas wie einen *llave universal* gibt es nicht. Wenn wir einen *llave universal* hätten, wären alle unsere Probleme gelöst. Nein, Señora Weiss ist die Einzige, die einen *llave maestra* für Haus C hat. Haben Sie vielleicht einen Freund, der Sie für die Nacht aufnehmen kann? Dann können Sie morgen früh wiederkommen und mit Señora Weiss sprechen.«

»Einen Freund, der uns aufnehmen kann? Wir sind vor sechs Wochen in diesem Land angekommen, haben seitdem in einem Zelt in einem Lager draußen in der Wüste gehaust. Wie können Sie erwarten, dass wir hier Freunde haben, die uns aufnehmen werden?«

Ana runzelt die Stirn. »Gehen Sie zum Haupttor«, befiehlt sie. »Warten Sie vor dem Tor auf mich. Ich werde sehen, was ich tun kann.«

Sie gehen durchs Tor, überqueren die Straße und setzen sich in den Schatten eines Baumes. Der Junge lehnt den Kopf an seine Schulter. »Ich habe Durst«, klagt er. »Wann findest du einen Wasserhahn?«

»Pst«, sagt er. »Hör den Vögeln zu.«

Sie lauschen dem fremden Vogelgesang, spüren den fremden Wind auf der Haut.

Ana taucht auf. Er steht auf und winkt. Auch der Junge erhebt sich, die Arme steif herabhängend, die Daumen in den Fäusten vergraben.

»Ich habe hier etwas Wasser für Ihren Sohn«, sagt sie. »Hier, David, trink.«

Das Kind trinkt, gibt ihr die Tasse zurück. Sie steckt sie in ihre Tasche. »War das gut?«, fragt sie.

»Ja.«

»Gut. Folgt mir. Es ist ein ziemlicher Fußmarsch, aber ihr könnt es ja als sportliche Betätigung ansehen.«

Rasch schreitet sie auf dem Pfad durch die Parklandschaft. Eine attraktive junge Frau, ganz gewiss, obwohl die Kleidung, die sie trägt, ihr kaum steht: ein dunkler, formloser Rock, eine weiße Bluse, die den Hals eng umschließt, flache Schuhe.

Allein könnte er vielleicht mit ihr Schritt halten, aber mit dem Kind in den Armen schafft er es nicht. Er ruft ihr zu: »Bitte – nicht so schnell!« Sie hört nicht auf ihn. In immer größer werdendem Abstand folgt er ihr quer durch den Park, über eine Straße, über eine zweite Straße.

Vor einem schmalen, bescheiden wirkenden Haus bleibt sie stehen und wartet. »Hier wohne ich«, sagt sie. Sie schließt die Haustür auf. »Folgt mir.«

Sie führt sie einen düsteren Flur entlang, durch eine Hintertür, morsche Holzstufen hinunter in einen kleinen Hof, in dem Gras und Unkraut wuchern, auf zwei Seiten von einem Holzzaun umgeben und auf der dritten Seite von einem Maschendrahtzaun.

»Setzt euch«, sagt sie und deutet auf einen rostigen gusseisernen Stuhl, der halb im Gras verborgen ist. »Ich besorge euch was zu essen.«

Er möchte sich nicht setzen. Er wartet mit dem Jungen bei der Tür.

Die junge Frau erscheint wieder mit einem Teller und einem Krug. Im Krug ist Wasser. Auf dem Teller liegen vier Scheiben Brot mit Margarine. Genau dasselbe hatten sie zum Frühstück beim Wohlfahrtsstützpunkt.

»Als Neuankömmling sind Sie gesetzlich verpflichtet, in einer offiziell zugelassenen Unterkunft oder aber im Zentrum zu wohnen«, sagt sie. »Doch es geht in Ordnung, wenn Sie die erste Nacht hier verbringen. Da ich beim Zentrum beschäftigt bin, können wir behaupten, dass mein Zuhause als offiziell zugelassene Unterkunft gilt.«

»Das ist sehr freundlich von Ihnen, sehr großzügig«, sagt er.

»Dort drüben sind noch einige übrig gebliebene Baumaterialien.« Sie deutet darauf. »Sie können sich einen

Unterschlupf bauen, wenn Sie möchten. Soll ich Sie jetzt machen lassen?«

Er starrt sie verblüfft an. »Ich weiß nicht, ob ich verstanden habe«, sagt er. »Wo genau werden wir die Nacht verbringen?«

»Hier.« Sie deutet auf den Hof. »Ich bin gleich zurück und überzeuge mich, wie Sie zurechtkommen.«

Die fraglichen Baumaterialien sind ein halbes Dutzend Wellbleche, stellenweise durchgerostet – zweifellos alte Dachbleche – und einige Bauholzreste. Ist das ein Test? Will sie wirklich, dass er und das Kind im Freien schlafen? Er wartet auf die versprochene Rückkehr, aber sie kommt nicht. Er klinkt an der Hintertür – sie ist verschlossen. Er klopft; nichts rührt sich.

Was ist hier los? Steht sie hinter der Gardine und beobachtet, wie er reagiert?

Sie sind keine Gefangenen. Es wäre eine leichte Sache, den Maschendrahtzaun zu überwinden und sich davonzumachen. Sollten sie das tun – oder sollte er abwarten, was als Nächstes geschieht?

Er wartet. Als sie wieder auftaucht, geht die Sonne gerade unter.

»Viel haben Sie nicht getan«, bemerkt sie stirnrunzelnd. »Hier.« Sie reicht ihm eine Flasche Wasser, ein Handtuch, eine Rolle Toilettenpapier; und als er sie fragend ansieht: »Keiner schaut zu.«

»Ich habe mich anders entschieden«, sagt er. »Wir gehen zurück zum Zentrum. Dort muss es einen Aufenthaltsraum geben, wo wir die Nacht verbringen können.«

»Das können Sie nicht. Die Tore zum Zentrum sind geschlossen. Sie schließen um sechs.«

Verärgert geht er mit großen Schritten zum Stapel mit

den Wellblechen, zieht zwei davon hervor und lehnt sie schräg an den Holzzaun. Dasselbe macht er mit einem dritten und vierten Blech und schafft so einen behelfsmäßigen Unterschlupf. »Haben Sie das für uns vorgesehen?«, sagt er an sie gewandt. Aber sie ist fort.

»Hier werden wir heute Nacht schlafen«, sagt er dem Jungen. »Das wird ein Abenteuer.«

»Ich habe Hunger«, sagt der Junge.

»Du hast dein Brot nicht gegessen.«

»Ich mag kein Brot.«

»Nun, du wirst dich dran gewöhnen müssen, weil es nichts anderes gibt. Morgen werden wir was Besseres finden.«

Misstrauisch nimmt der Junge eine Scheibe Brot und knabbert daran. Seine Fingernägel sind schwarz vor Schmutz, bemerkt er.

Als das letzte Tageslicht schwindet, legen sie sich in ihren Unterschlupf, er auf ein Bett aus Unkraut, der Junge in seine Armbeuge. Bald ist der Junge mit dem Daumen im Mund eingeschlafen. In seinem Fall will der Schlaf nicht kommen. Er hat keinen Mantel; nach kurzer Zeit dringt die Kälte in seinen Körper; er beginnt zu frösteln.

Es ist nicht schlimm, es ist nur Kälte, sie bringt dich nicht um, sagt er sich. *Die Nacht wird vergehen, die Sonne aufgehen, der Tag kommen. Nur krabbelnde Insekten mögen ihm erspart bleiben. Krabbelnde Insekten wären wirklich zu viel.*

Er ist eingeschlafen.

In den frühen Morgenstunden wacht er auf, mit vor Kälte steifen und schmerzenden Gliedern. Zorn steigt in ihm hoch. Wozu dieses sinnlose Elend? Er kriecht aus dem Unterschlupf, tastet sich zur Hintertür und klopft, zuerst diskret, dann immer lauter.

Über ihm geht ein Fenster auf; im Mondlicht kann er

schwach das Gesicht der jungen Frau erkennen. »Ja?«, sagt sie. »Stimmt etwas nicht?«

»Nichts stimmt«, sagt er. »Hier draußen ist es kalt. Lassen Sie uns bitte ins Haus.«

Es entsteht eine lange Pause. Dann: »Warten Sie«, sagt sie.

Er wartet. Dann: »Hier«, sagt ihre Stimme.

Es fällt ihm etwas vor die Füße – eine Decke, nicht allzu groß, vierfach zusammengelegt, aus irgendeinem groben Stoff, nach Kampfer riechend.

»Warum behandeln Sie uns so?«, ruft er. »Wie Dreck?«

Das Fenster schlägt zu.

Er kriecht zurück in den Unterschlupf, wickelt die Decke um sich und das schlafende Kind.

Er wird durch lärmenden Vogelgesang geweckt. Der Junge, immer noch fest schlafend, liegt abgewandt von ihm, seine Mütze unter der Wange. Seine eigenen Sachen sind feucht vom Tau. Er nickt wieder ein. Als er die Augen erneut öffnet, blickt die junge Frau auf ihn herunter. »Guten Morgen«, sagt sie. »Ich habe euch was zum Frühstück gebracht. Ich muss bald gehen. Wenn ihr fertig seid, lasse ich euch hinaus.«

»Uns hinauslassen?«

»Durch das Haus hinaus. Beeilt euch bitte. Vergesst nicht die Decke und das Handtuch mitzubringen.«

Er weckt das Kind. »Komm«, sagt er, »Zeit zum Aufstehen. Zeit fürs Frühstück.«

Sie pinkeln Seite an Seite in einer Ecke des Hofes.

Das Frühstück ist, wie sich herausstellt, wieder Brot und Wasser. Das Kind rümpft die Nase; er selbst hat keinen Hunger. Er lässt das Tablett unberührt auf der Stufe stehen. »Wir können jetzt gehen«, ruft er.

Die junge Frau führt sie durch das Haus auf die leere Straße hinaus. »Auf Wiedersehen«, sagt sie. »Sie können heute Abend wiederkommen, wenn es nötig ist.«

»Was ist mit dem Zimmer im Zentrum, das Sie uns versprochen haben?«

»Wenn man den Schlüssel nicht finden sollte oder das Zimmer in der Zwischenzeit vergeben wurde, können Sie wieder hier schlafen. Auf Wiedersehen.«

»Einen Moment bitte. Können Sie uns mit etwas Geld aushelfen?« Bisher musste er nicht betteln, aber er weiß nicht, an wen er sich sonst wenden soll.

»Ich habe gesagt, dass ich Ihnen helfen werde, ich habe nicht gesagt, dass ich Sie mit Geld versorgen werde. Dafür müssen Sie in die Büros der *Asistencia Social* gehen. Sie können mit dem Bus in die Stadt fahren. Nehmen Sie auf jeden Fall Ihren Ausweis und Ihren Aufenthaltsnachweis mit. Dann können Sie Ihre Umsiedlungsbeihilfe einlösen. Sie können sich aber auch eine Arbeit suchen und um einen Vorschuss bitten. Ich werde heute Vormittag nicht im Zentrum sein, ich muss zu Sitzungen, aber wenn Sie hingehen und sagen, dass Sie Arbeit suchen und *un vale* wollen, werden sie wissen, was Sie meinen. *Un vale.* Jetzt muss ich mich wirklich beeilen.«

Der Pfad, auf dem er und der Junge durch die menschenleere Parklandschaft gehen, erweist sich als der falsche; als sie endlich beim Zentrum ankommen, steht die Sonne schon hoch am Himmel. Hinter dem *Trabajos*-Schalter sitzt eine Frau mittleren Alters mit strengem Gesicht und über den Ohren nach hinten frisiertem, straff zusammengebundenem Haar.

»Guten Morgen«, sagt er. »Wir haben uns gestern angemeldet. Wir sind Neuankömmlinge und ich suche

Arbeit. Ich habe gehört, Sie können mir *un vale* geben.«

»*Vale de trabajo*«, sagt die Frau. »Zeigen Sie mir Ihren Ausweis.«

Er reicht ihr seinen Ausweis. Sie prüft ihn, gibt ihn zurück. »Ich stelle Ihnen ein *vale* aus, aber was die Art der Arbeit angeht, die Sie machen wollen, da müssen Sie sich schon selbst entscheiden.«

»Können Sie mir einen Tipp geben, wo ich anfangen sollte? Das ist alles neu für mich.«

»Versuchen Sie es im Hafen«, sagt die Frau. »Dort brauchen sie gewöhnlich Arbeiter. Nehmen Sie den Bus Nr. 29. Er fährt alle halbe Stunde vor dem Haupttor ab.«

»Ich habe kein Geld für Busse. Ich habe überhaupt kein Geld.«

»Der Bus ist umsonst. Alle Busse sind umsonst.«

»Und eine Unterkunft? Darf ich die Frage einer Unterkunft ansprechen? Die junge Dame, die gestern Dienst hatte, sie heißt Ana, hat ein Zimmer für uns reserviert, aber wir konnten nicht hinein.«

»Es gibt keine freien Zimmer.«

»Gestern war ein Zimmer frei, Zimmer C-55, aber der Schlüssel war nicht da. Señora Weiss hatte ihn bei sich.«

»Davon weiß ich nichts. Kommen Sie heute Nachmittag wieder.«

»Kann ich nicht mit Señora Weiss sprechen?«

»Heute Vormittag findet eine Versammlung des leitenden Personals statt. Señora Weiss nimmt daran teil. Sie ist heute Nachmittag wieder da.«

ZWEI

Im Bus 29 schaut er sich das *vale de trabajo* an, das man ihm gegeben hat. Es ist nur ein von einem Notizblock abgerissener Zettel, auf den gekritzelt steht: »Der Inhaber ist Neuankömmling. Bitte berücksichtigen Sie ihn bei der Arbeitsvergabe.« Kein Amtsstempel, keine Unterschrift, lediglich die Initialen P. X. Es wirkt alles sehr formlos. Ob das ausreicht, um ihm Arbeit zu beschaffen?

Sie sind die letzten Fahrgäste, die aussteigen. Wenn man bedenkt, wie weitläufig die Hafenanlagen sind – so weit das Auge reicht erstrecken sich flussaufwärts Kais –, wirkt alles seltsam verlassen. Nur auf einem Kai scheint etwas los zu sein: Ein Frachter wird beladen oder entladen, Männer gehen eine Planke hinauf und hinunter.

Er wendet sich an einen hochgewachsenen Mann im Overall, der offenbar das Geschehen überwacht. »Guten Tag«, sagt er. »Ich suche Arbeit. Im Umsiedlungszentrum hat man mir gesagt, ich solle mich hierher wenden. Sind Sie der richtige Ansprechpartner? Ich habe ein *vale*.«

»Sie können mit mir sprechen«, sagt der Mann. »Aber sind Sie nicht etwas zu alt für einen *estibador*?«

Estibador? Er schaut offenbar verblüfft drein, denn der Mann (der Vorarbeiter?) stellt pantomimisch dar, dass er sich eine Last auf den Rücken lädt und unter dem Gewicht schwankt.

»Ah, *estibador*!«, ruft er aus. »Entschuldigen Sie, mein Spanisch ist nicht besonders gut. Nein, überhaupt nicht zu alt.«

Stimmt das, was er sich gerade sagen gehört hat? Ist er wirklich nicht zu alt für schwere Arbeit? Er fühlt sich nicht alt, wie er sich auch nicht jung fühlt. Er hat überhaupt kein Gefühl für sein Alter. Er fühlt sich alterslos, wenn das möglich ist.

»Versuchen Sie es mit mir«, schlägt er vor. »Wenn Sie entscheiden, dass ich es nicht schaffe, werde ich sofort aufgeben, ohne es Ihnen übelzunehmen.«

»Gut«, sagt der Vorarbeiter. Er knüllt das *vale* zusammen und wirft es in hohem Bogen ins Wasser. »Du kannst sofort anfangen. Der Junge gehört zu dir? Er kann hier bei mir bleiben, wenn du willst. Ich habe ein Auge auf ihn. Und was dein Spanisch angeht – mach dir keine Gedanken, bleib dran. Eines Tages empfindet man es nicht mehr als eine Sprache, es wird ganz selbstverständlich.«

Er wendet sich an den Jungen. »Willst du bei dem Herrn hier bleiben, während ich die Säcke tragen helfe?«

Der Junge nickt. Er hat wieder den Daumen im Mund.

Die Planke ist gerade breit genug für einen Mann. Er wartet, während ein Schauermann mit einem prall gefüllten Sack auf dem Rücken herabkommt. Dann klettert er aufs Deck und eine stabile Holzleiter hinunter in den Laderaum. Seine Augen brauchen eine Weile, um sich an das Dämmerlicht zu gewöhnen. Im Laderaum stapeln sich gleichförmige prall gefüllte Säcke, Hunderte, vielleicht Tausende.

»Was ist in den Säcken?«, fragt er den Mann neben sich.

Der Mann wirft ihm einen seltsamen Blick zu. *»Granos«*, sagt er.

Er möchte fragen, was die Säcke wiegen, aber es ist keine Zeit dazu. Er ist an der Reihe.

Oben auf dem Stapel hockt ein großer Kerl mit muskulösen Armen und einem breiten Grinsen, dessen Aufgabe es offensichtlich ist, dem nächsten in der Reihe wartenden Schauermann einen Sack auf die Schultern zu laden. Er wendet ihm den Rücken zu, der Sack kommt herab; er schwankt, packt dann die Zipfel, wie er es bei den anderen Männern beobachtet hat, tut einen ersten Schritt, einen zweiten. Ist er wirklich in der Lage, die Leiter hochzusteigen, mit dieser schweren Last auf dem Rücken, wie die anderen? Schafft er das?

»Langsam, *viejo*«, sagt eine Stimme hinter ihm. »Lass dir Zeit.«

Er setzt den linken Fuß auf die unterste Leitersprosse. Es ist eine Sache der Balance, sagt er sich, des Gleichgewichts, der Sack darf nicht verrutschen oder sein Inhalt sich verlagern. Wenn die Dinge erst einmal ins Rutschen und Gleiten kommen, bist du geliefert. Vom Schauermann wirst du wieder zum Bettler, der in einem Wellblechunterschlupf im Hinterhof einer Fremden vor Kälte zittert.

Er zieht den rechten Fuß hoch. Allmählich lernt er etwas über die Leiter – wenn du dich mit dem Brustkorb an ihr abstützt, dann stabilisiert dich das Gewicht des Sacks, statt dass es dich aus dem Gleichgewicht zu bringen droht. Sein linker Fuß findet die zweite Sprosse. Von unten kommt ein kurzer Applaus. Er beißt die Zähne zusammen. Noch achtzehn Stufen (er hat sie gezählt). Er wird nicht versagen.

Langsam, Stufe für Stufe, nach jedem Tritt pausierend, auf sein rasendes Herz achtend (wenn er nun einen Herzanfall erleidet? Wie peinlich wäre das!), steigt er hinauf.

Oben angekommen schwankt er, fällt vornüber, so dass der Sack aufs Deck stürzt.

Er kommt wieder auf die Füße und zeigt auf den Sack. »Kann einer mir helfen?«, sagt er und versucht, seinen keuchenden Atem unter Kontrolle zu bekommen und beiläufig zu klingen. Willige Hände wuchten ihm den Sack auf den Rücken.

Die Planke hat ihre eigenen Schwierigkeiten: mit der Bewegung des Schiffes schwankt sie sachte von einer Seite zur anderen und bietet ihm keinerlei Stütze wie die Leiter. Er gibt sein Bestes, um sich beim Herabschreiten aufrecht zu halten, obwohl das bedeutet, dass er nicht sieht, wohin er die Füße setzt. Er fixiert den Jungen, der regungslos neben dem Vorarbeiter steht und zusieht. *Ich darf ihm keine Schande machen!*, sagt er sich.

Ohne zu stolpern erreicht er den Kai. »Nach links!«, ruft ihm der Vorarbeiter zu. Mühsam dreht er sich um. Ein Wagen kommt gerade heran, ein niedriger, flacher Wagen, gezogen von zwei mächtigen Pferden mit zottigen Fesseln. Percheronpferde? Er hat noch nie ein lebendes Percheron gesehen. Ihr Uringestank umgibt ihn.

Er dreht sich und lässt den Getreidesack auf die Wagenfläche fallen. Ein junger Mann mit einem zerknautschten Hut springt leichtfüßig auf und zieht den Sack nach vorn. Eins der Pferde lässt einen Haufen dampfender Äpfel fallen. »Aus dem Weg!«, ruft es hinter ihm. Es ist der nächste Schauermann, der nächste seiner Arbeitskameraden mit dem nächsten Sack.

Er kehrt zurück in den Laderaum, kommt mit einer zweiten Last wieder, dann mit einer dritten. Er ist langsamer als seine Kameraden (sie müssen manchmal auf ihn warten), aber nicht allzu viel langsamer; mit der Gewöhnung an die Arbeit und der Ertüchtigung seines Körpers wird er besser werden. Doch nicht zu alt.

Obwohl er die anderen Männer aufhält, spürt er keine Feindseligkeit bei ihnen. Im Gegenteil, sie gönnen ihm das eine oder andere aufmunternde Wort und einen freundlichen Klaps auf den Rücken. Wenn das die Arbeit eines Schauermanns ist, dann ist das kein schlechter Job. Zumindest leistet man etwas. Zumindest hilft man, Getreide auszuladen, Getreide, das zu Brot, der Grundlage des Lebens, werden wird.

Eine Pfeife ertönt. »Pause«, erklärt der Mann neben ihm. »Na ja, wenn du mal – du weißt schon.«

Zu zweit pinkeln sie hinter einem Schuppen, waschen sich die Hände an einem Wasserhahn. »Kann man hier irgendwo eine Tasse Tee bekommen?«, fragt er. »Und vielleicht etwas zu essen?«

»Tee?«, sagt der Mann. Er ist offenbar belustigt. »Nicht dass ich wüsste. Wenn du Durst hast, kannst du meinen Becher benutzen; bring aber morgen deinen eigenen mit.« Er füllt seinen Becher am Hahn, reicht ihn dann rüber. »Bring auch ein Brot mit, oder ein halbes Brot. Es ist ein langer Tag auf nüchternen Magen.«

Die Pause dauert nur zehn Minuten, dann geht das Ausladen weiter. Als der Vorarbeiter mit seiner Pfeife das Ende des Arbeitstages anzeigt, hat er einunddreißig Säcke aus dem Laderaum auf den Kai getragen. An einem vollen Arbeitstag könnte er vielleicht fünfzig schaffen. Fünfzig Sack pro Tag: zwei Tonnen, ungefähr. Nicht die Menge. Ein Kran könnte zwei Tonnen auf einmal bewegen. Warum benutzen sie keinen Kran?

»Ein guter junger Mann, dein Sohn hier«, sagt der Vorarbeiter. »Keinerlei Probleme.« Zweifellos nennt er ihn einen jungen Mann, *un jovencito*, damit er sich gut fühlt. Ein guter junger Mann wird heranwachsen, um auch Schauermann zu werden.

»Wenn ihr einen Kran besorgen würdet«, bemerkt er, »könntet ihr das Entladen zehnmal so schnell schaffen. Selbst mit einem kleinen.«

»Stimmt«, pflichtet ihm der Vorarbeiter zu. »Aber welchen Sinn hätte das? Welchen Sinn hätte es, die Arbeit zehnmal so schnell zu schaffen? Es herrscht ja kein Notstand, eine Nahrungsmittelknappheit zum Beispiel.«

Welchen Sinn hätte das? Es klingt wie eine echte Frage, nicht wie ein Schlag ins Gesicht. »Damit wir unsere Kräfte einer besseren Aufgabe widmen können«, schlägt er vor.

»Besser als was? Besser als unsere Mitmenschen mit Brot zu versorgen?«

Er zuckt mit den Schultern. Er hätte den Mund halten sollen. Bestimmt wird er nicht sagen: *Besser als schwere Säcke zu schleppen wie Lasttiere*.

»Der Junge und ich müssen uns beeilen«, sagt er. »Wir müssen bis sechs Uhr wieder im Zentrum sein, sonst müssen wir im Freien schlafen. Soll ich morgen früh wiederkommen?«

»Natürlich, natürlich. Du hast es gut gemacht.«

»Und kann ich einen Vorschuss auf meinen Lohn bekommen?«

»Das geht leider nicht. Der Zahlmeister macht seine Runde nicht vor Freitag. Aber wenn du knapp bei Kasse bist« – er gräbt in seiner Tasche und bringt eine Handvoll Münzen heraus –, »hier, nimm, was du brauchst.«

»Ich bin nicht sicher, was ich brauche. Ich bin neu hier, ich habe keine Ahnung von den Preisen.«

»Nimm alles. Du kannst es mir am Freitag zurückzahlen.«

»Vielen Dank. Das ist sehr freundlich von dir.«

Es ist wahr. Ein Auge auf deinen *jovencito* zu haben, während du arbeitest, und es damit zu krönen, dir Geld zu leihen – das würde man von einem Vorarbeiter nicht erwarten.

»Nicht der Rede wert. Du würdest genauso handeln. Auf Wiedersehen, junger Mann«, sagt er zum Jungen gewandt. »Morgen früh in alter Frische.«

Sie erreichen das Büro, als die Frau mit dem griesgrämigen Gesicht gerade dabei ist zu schließen. Keine Spur von Ana.

»Wie steht's mit unserem Zimmer?«, fragt er. »Haben Sie den Schlüssel gefunden?«

Die Frau runzelt die Stirn. »Gehen Sie die Straße hinunter, nehmen Sie die erste Abbiegung rechts, halten Sie Ausschau nach einem langen, flachen Gebäude, es ist das Haus C. Fragen Sie nach Señora Weiss. Sie wird Ihnen Ihr Zimmer zeigen. Und fragen Sie Señora Weiss, ob Sie die Waschküche benutzen können, um Ihre Sachen zu waschen.«

Er versteht den Wink und wird rot. Nach einer Woche ohne Bad hat das Kind angefangen zu riechen; bestimmt riecht er noch schlimmer.

Er zeigt ihr sein Geld. »Können Sie mir sagen, wieviel das ist?«

»Können Sie nicht zählen?«

»Ich meine, was kann ich damit kaufen? Kann ich eine Mahlzeit bezahlen?«

»Das Zentrum stellt keine Mahlzeiten bereit, nur Frühstück. Aber sprechen Sie mit Señora Weiss. Schildern Sie Ihre Situation. Vielleicht kann sie Ihnen helfen.«

C-41, Señora Weiss' Büro, ist zu und verschlossen wie zuvor. Aber im Untergeschoss, in einem Winkel unter der Treppe, der von einer einzigen nackten Glühbirne erhellt wird, stößt er auf einen jungen Mann, der auf einem Stuhl lümmelt und dabei eine Zeitschrift liest. Zusätzlich zur schokoladenbraunen Uniform des Zentrums trägt der Bursche einen winzigen runden Hut, der von einem Riemen unterm Kinn festgehalten wird, ähnlich dem eines Zirkusaffen.

»Guten Abend«, sagt er. »Ich suche die schwer fassbare Señora Weiss. Haben Sie eine Ahnung, wo sie steckt? Uns ist ein Zimmer in diesem Haus zugewiesen worden und sie hat den Schlüssel oder zumindest den Hauptschlüssel.«

Der junge Mann erhebt sich, räuspert sich und antwortet. Seine Antwort ist höflich, doch am Ende nicht hilfreich. Wenn Señora Weiss' Büro verschlossen ist, dann ist die Señora wahrscheinlich nach Hause gegangen. Und was einen Hauptschlüssel betrifft, wenn einer existiert, dann ist er wahrscheinlich im selben verschlossenen Büro. Der Schlüssel zur Waschküche ebenfalls.

»Können Sie uns wenigstens das Zimmer C-55 zeigen?«, fragt er. »C-55 ist das uns zugewiesene Zimmer.«

Wortlos führt sie der junge Mann einen langen Korridor hinunter, vorbei an C-49, C-50, ..., C-54. Sie kommen bei C-55 an. Er probiert die Tür. Sie ist nicht verschlossen. »Ihre Probleme haben sich erledigt«, bemerkt er mit einem Lächeln und zieht sich zurück.

C-55 ist klein, fensterlos und äußert schlicht möbliert: ein Einzelbett, eine Kommode, ein Waschbecken. Auf der Kommode befindet sich ein Tablett mit einer Untertasse, auf der zweieinhalb Stück Zucker liegen. Er gibt dem Jungen den Zucker.

»Müssen wir hierbleiben?«, fragt der Junge.

»Ja, das müssen wir. Es ist nur für kurze Zeit, während wir uns nach etwas Besserem umsehen.«

Ganz am Ende des Korridors entdeckt er eine Dusche. Es gibt keine Seife. Er zieht das Kind aus, zieht sich selbst aus. Zusammen stehen sie unter einem dünnen Strahl lauwarmen Wassers, während er sie beide wäscht, so gut es geht. Das Kind wartet, als er dann ihre Unterwäsche unter denselben Strahl hält (der bald kühl und dann kalt wird) und sie auswringt. Splitternackt tappt er, das Kind neben sich, den kahlen Korridor entlang zu ihrem Zimmer zurück und verriegelt die Tür. Mit ihrem einzigen Handtuch trocknet er den Jungen ab. »Geh jetzt ins Bett«, sagt er.

»Ich habe Hunger«, klagt der Junge.

»Hab Geduld. Morgen früh gibt's ein reichliches Frühstück, versprochen. Denk daran.« Er steckt ihn ins Bett, gibt ihm einen Gutenachtkuss.

Aber der Junge ist nicht müde. »Warum sind wir hier, Simón?«, fragt er leise.

»Hab ich dir doch gesagt: Wir sind hier nur für ein oder zwei Nächte, bis wir eine bessere Unterkunft finden.«

»Nein, ich meine, warum sind wir gerade *hier*?« Seine Geste umfasst das Zimmer, das Zentrum, die Stadt Novilla, alles.

»Du bist hier, um deine Mutter zu finden. Ich bin hier, um dir zu helfen.«

»Aber nachdem wir sie gefunden haben, warum sind wir dann hier?«

»Ich weiß nicht, was ich sagen soll. Wir sind aus dem gleichen Grund hier wie alle anderen auch. Wir haben die Chance bekommen zu leben und wir haben diese Chance ergriffen. Zu leben ist großartig. Das Größte, was man sich vorstellen kann.«

»Aber müssen wir hier leben?«

»Hier im Gegensatz zu wo? Es gibt sonst keinen anderen Ort. Mach jetzt die Augen zu. Schlafenszeit.«

DREI

Er wacht gut gelaunt auf, voller Tatkraft. Sie haben eine Unterkunft, er hat Arbeit. Es ist an der Zeit, sich der Hauptaufgabe zu widmen – die Mutter des Jungen zu finden.

Er lässt den Jungen schlafen und schleicht sich aus dem Zimmer. Das Hauptbüro hat gerade geöffnet. Ana, hinter dem Schalter, begrüßt ihn mit einem Lächeln. »Hatten Sie eine gute Nacht?«, fragt sie. »Haben Sie sich eingewöhnt?«

»Vielen Dank, wir haben uns eingewöhnt. Aber jetzt muss ich Sie noch einmal um einen Gefallen bitten. Sie erinnern sich vielleicht, dass ich Sie danach fragte, wie man Angehörige aufspüren könne. Ich muss Davids Mutter finden. Das Problem ist, dass ich nicht weiß, wo ich anfangen soll. Führen Sie ein Register der Menschen, die hier in Novilla ankommen? Wenn nicht, gibt es ein Zentralregister, das ich einsehen kann?«

»Wir legen eine Akte von jedem an, der durch das Zentrum hereinkommt. Aber Akten werden nicht weiterhelfen, wenn Sie nicht wissen, wonach Sie suchen. Davids Mutter wird einen neuen Namen haben. Ein neues Leben, ein neuer Name. Erwartet sie Sie?«

»Sie hat nie etwas von mir gehört, daher hat sie keinen Grund, mich zu erwarten. Aber sobald das Kind sie sieht, wird es sie erkennen, das weiß ich.«

»Wie lange sind sie schon getrennt?«

»Das ist eine verwickelte Geschichte, ich will Sie damit nicht belasten. Lassen Sie mich einfach sagen, dass ich David versprochen habe, seine Mutter zu finden. Ich habe ihm mein Wort gegeben. Darf ich also Einblick in Ihre Akten nehmen?«

»Aber ohne einen Namen, wie soll Ihnen das weiterhelfen?«

»Sie bewahren Kopien von Pässen auf. Der Junge wird sie anhand eines Fotos erkennen. Oder ich. Ich werde sie erkennen, wenn ich sie sehe.«

»Sie sind ihr nie begegnet, werden sie aber erkennen?«

»Ja. Getrennt oder gemeinsam werden er und ich sie erkennen. Davon bin ich überzeugt.«

»Was ist mit dieser anonymen Mutter selbst? Sind Sie sicher, dass sie mit ihrem Sohn wieder vereint werden will? Es mag herzlos klingen, doch die meisten haben, wenn sie dann hierher gelangt sind, das Interesse an alten Verbindungen verloren.«

»Dieser Fall ist anders, wirklich. Ich kann nicht erklären, warum. Also: Darf ich Ihre Akten einsehen?«

Sie schüttelt den Kopf. »Nein, das kann ich nicht erlauben. Wenn Sie den Namen der Mutter hätten, wäre das etwas anderes. Aber ich kann Sie nicht unsere Unterlagen willkürlich durchstöbern lassen. Das ist nicht nur gegen die Vorschriften, es ist absurd. Wir haben Tausende Einträge, Hunderttausende, mehr als Sie zählen können. Woher wissen Sie außerdem, dass sie durch das Zentrum in Novilla gekommen ist? In jeder Stadt gibt es ein Aufnahmezentrum.«

»Zugegeben, es ist unlogisch. Trotzdem bitte ich Sie. Das Kind ist mutterlos. Es ist verloren. Sie müssen doch gesehen haben, wie verloren es ist. Es befindet sich im Niemandsland.«

»Im Niemandsland? Ich weiß nicht, was das heißen soll. Die Antwort ist: nein. Ich werde nicht nachgeben, bedrängen Sie mich also nicht. Es tut mir leid für den Jungen, doch das ist nicht die korrekte Vorgehensweise.«

Zwischen ihnen entsteht ein langes Schweigen.

»Ich kann es spät nachts machen«, sagt er. »Keiner wird es merken. Ich werde still sein, ich werde diskret sein.«

Aber sie hört ihm nicht zu. »Hallo!«, sagt sie über seine Schulter hinweg. »Bist du gerade erst aufgestanden?«

Er dreht sich um. In der Tür steht, mit zerzaustem Haar, barfuß, in Unterwäsche, mit dem Daumen im Mund, noch halb schlafend, der Junge.

»Komm!«, ruft er ihm zu. »Sag Ana guten Tag. Ana wird uns bei unserer Suche helfen.«

Der Junge kommt zu ihnen geschlendert.

»Ich werde euch helfen«, sagt Ana, »aber nicht auf die von Ihnen gewünschte Weise. Die Menschen hier haben sich von alten Bindungen reingewaschen. Sie sollten dasselbe tun: alte Beziehungen loslassen, sie nicht weiterverfolgen.« Sie langt nach unten und zaust das Haar des Jungen. »Hallo, Schlafmütze!«, sagt sie. »Bist du noch nicht reingewaschen? Sag deinem Papa, dass du reingewaschen bist.«

Der Junge schaut von ihr zu ihm und wieder zurück. »Ich bin reingewaschen«, murmelt er.

»Na also!«, sagt Ana. »Hab ich's Ihnen nicht gesagt?«

Sie sind im Bus, unterwegs zum Hafen. Nach einem gehaltvollen Frühstück ist der Junge entschieden vergnügter als gestern.

»Treffen wir Álvaro wieder?«, fragt er. »Álvaro mag mich. Er lässt mich auf seiner Pfeife blasen.«

»Das ist nett. Hat er gesagt, dass du ihn Álvaro nennen darfst?«

»Ja, so heißt er. Álvaro Avocado.«

»Álvaro Avocado? Hör mal, Álvaro ist sehr beschäftigt. Er hat viel zu tun, außer auf ein Kind achtzugeben. Du musst aufpassen, dass du ihn nicht störst.«

»Er hat nicht viel zu tun«, sagt der Junge. »Er steht nur da und guckt.«

»Für dich sieht es vielleicht wie Dastehen und Gucken aus, doch eigentlich beaufsichtigt er uns, achtet darauf, dass Schiffe pünktlich entladen werden, achtet darauf, dass jeder das tut, was er tun soll. Das ist eine wichtige Aufgabe.«

»Er sagt, er bringt mir Schach bei.«

»Das ist gut. Schach wird dir gefallen.«

»Werde ich immer mit Álvaro zusammen sein?«

»Nein, bald wirst du andere Jungen kennenlernen, mit denen du spielen kannst.«

»Ich will nicht mit anderen Jungen spielen. Ich möchte mit dir und Álvaro zusammen sein.«

»Aber nicht die ganze Zeit über. Es ist nicht gut für dich, die ganze Zeit mit Erwachsenen zusammen zu sein.«

»Ich will nicht, dass du ins Meer fällst. Ich will nicht, dass du ertrinkst.«

»Mach dir keine Sorgen, ich werde gut aufpassen, dass ich nicht ertrinke, das verspreche ich dir. Solche dunklen Gedanken kannst du fortscheuchen. Du kannst sie verjagen wie Vögel. Wirst du das tun?«

Der Junge antwortet nicht. »Wann gehen wir wieder zurück?«, fragt er.

»Zurück übers Meer? Wir gehen nicht zurück. Jetzt sind wir hier und leben hier.«

»Die ganze Zeit?«

»Für immer. Bald machen wir uns auf die Suche nach deiner Mutter. Ana wird uns helfen. Wenn wir erst einmal deine Mutter gefunden haben, wirst du nicht mehr daran denken, zurückzugehen.«

»Ist meine Mutter hier?«

»Sie ist irgendwo in der Nähe und wartet auf dich. Sie hat schon lange gewartet. Alles wird sich klären, wenn du sie zu sehen bekommst. Du wirst dich an sie erinnern und sie wird sich an dich erinnern. Du glaubst vielleicht, dass du reingewaschen bist, aber das stimmt nicht. Du hast noch deine Erinnerungen, sie sind nur zeitweilig verschüttet. Jetzt müssen wir aussteigen. Das ist unsere Haltestelle.«

Der Junge hat sich mit einem der Zugpferde angefreundet, dem er den Namen El Rey gegeben hat. Obwohl er verglichen mit El Rey winzig ist, hat er gar keine Angst. Auf Zehenspitzen bietet er ihm Hände voll Heu und das riesige Tier beugt träge den Kopf, um die Gabe anzunehmen.

Álvaro schneidet in einen der Säcke, die sie entladen haben, ein Loch, aus dem Körner rieseln können. »Hier, füttere El Rey und seinen Freund damit«, sagt er zu dem Jungen. »Pass aber auf, dass du ihnen nicht zu viel gibst, sonst blähen sich ihre Bäuche wie Luftballons und wir müssen sie mit einer Nadel anstechen.«

El Rey und sein Freund sind eigentlich Stuten, aber Álvaro korrigiert den Jungen nicht, bemerkt er.

Seine Schauermann-Kollegen sind recht freundlich, doch merkwürdig interesselos. Keiner fragt, wo sie herkommen oder wo sie untergebracht sind. Er nimmt an, dass sie ihn für den Vater des Jungen halten – oder vielleicht, wie Ana vom Zentrum, für seinen Großvater. *El viejo*. Keiner fragt, wo die Mutter des Jungen ist oder warum er den ganzen Tag hier im Hafen rumhängen muss.

Am Kai befindet sich ein kleiner Holzschuppen, den die Männer als Umkleideraum nutzen. Obwohl die Tür sich nicht abschließen lässt, sind sie es offensichtlich zufrieden, ihre Overalls und Stiefel dort aufzubewahren. Er fragt einen der Männer, wo er einen Overall und Stiefel für sich kaufen kann. Der Mann schreibt eine Adresse auf einen Zettel.

»Was muss man denn so ungefähr für ein Paar Stiefel bezahlen?«, fragt er.

»Zwei oder vielleicht drei Reales«, sagt der Mann.

»Das scheint sehr wenig«, sagt er. »Übrigens, ich heiße Simón.«

»Eugenio«, sagt der Mann.

»Darf ich fragen, ob du verheiratet bist, Eugenio? Hast du Kinder?«

Eugenio schüttelt den Kopf.

»Nun, du bist noch jung«, sagt er.

»Ja«, sagt Eugenio unverbindlich.

Er wartet darauf, nach dem Jungen gefragt zu werden – dem Jungen, der vielleicht als sein Sohn oder Enkel angesehen wird, es aber eigentlich nicht ist. Er wartet darauf, dass man ihn nach dem Namen des Jungen fragt, danach, wie alt er ist und warum er nicht in der Schule ist. Er wartet vergeblich.

»David, das Kind, das ich betreue, ist noch zu jung, um in die Schule zu gehen«, sagt er. »Weißt du etwas über Schulen hier in der Gegend? Gibt es« – er sucht nach dem Wort – *»un jardin para los niños?«*

»Meinst du einen Spielplatz?«

»Nein, eine Schule für kleinere Kinder. Eine Schule vor der eigentlichen Schule.«

»Tut mir leid, da kann ich nicht helfen.« Eugenio steht auf. »Zeit, wieder an die Arbeit zu gehen.«

Am nächsten Tag kommt, gerade als das Pfeifsignal zur Mittagspause ertönt, ein Fremder auf einem Fahrrad angefahren. Mit seinem Hut, schwarzen Anzug und Schlips wirkt er fehl am Platz im Hafen. Er steigt ab, begrüßt Álvaro freundschaftlich. Seine Hosenaufschläge werden von Fahrradklammern festgehalten, die er nicht entfernt.

»Das ist der Zahlmeister«, sagt eine Stimme neben ihm. Es ist Eugenio.

Der Zahlmeister löst die Riemen am Gepäckträger und entfernt ein Wachstuch. Darunter kommt eine grün lackierte Metallgeldkassette hervor, die er auf ein umgestülptes Fass stellt. Álvaro winkt die Männer heran. Einer nach dem anderen treten sie vor, sagen ihren Namen und bekommen ihren Lohn ausgehändigt. Er stellt sich hinten an und wartet, bis er an der Reihe ist. »Simón heiße ich«, sagt er zum Zahlmeister. »Ich bin neu, vielleicht bin ich noch nicht auf Ihrer Liste.«

»Ja, hier sind Sie«, sagt der Zahlmeister und macht ein Häkchen hinter seinem Namen. Er zählt das Geld in Münzen aus, so viele sind es, dass sie seine Taschen nach unten ziehen.

»Vielen Dank«, sagt er.

»Nichts zu danken. Es steht Ihnen zu.«

Álvaro rollt das Fass fort. Der Zahlmeister schnallt die Geldkassette wieder auf sein Fahrrad, schüttelt Álvaro die Hand, setzt seinen Hut auf und radelt den Kai hinunter.

»Was hast du heute Nachmittag vor?«, fragt Álvaro.

»Ich habe nichts vor. Ich könnte mit dem Jungen spazieren gehen; oder wenn es einen Zoo gibt, könnte ich mit ihm hingehen, um die Tiere anzuschauen.«

Es ist Samstagmittag, das Ende der Arbeitswoche.

»Hättest du Lust, mit zum Fußball zu kommen?«, fragt Álvaro. »Dein junger Mann, mag der Fußball?«

»Er ist noch etwas jung für Fußball.«

»Irgendwann muss er anfangen. Das Spiel beginnt um drei. Wir treffen uns am Eingang, sagen wir Viertel vor drei.«

»Gut, aber an welchem Eingang, und wo?«

»Am Eingang zum Fußballplatz. Dort gibt es nur einen Eingang.«

»Und wo ist der Fußballplatz?«

»Geh auf dem Weg immer am Flussufer entlang, und du kannst ihn nicht verfehlen. Ungefähr zwanzig Minuten von hier, schätze ich. Wenn du nicht laufen willst, kannst du mit der Buslinie 7 fahren.«

Der Fußballplatz ist weiter weg, als Álvaro gesagt hat; der Junge wird müde und trödelt; sie kommen spät an. Álvaro steht am Eingang und wartet auf sie. »Beeilung«, sagt er, »gleich ist Anstoß.«

Sie gehen durch den Eingang auf den Platz.

»Müssen wir denn keine Eintrittskarten kaufen?«, fragt er.

Álvaro bedenkt ihn mit einem seltsamen Blick. »Es ist Fußball«, sagt er. »Es ist ein Spiel. Man braucht nicht zu bezahlen, um sich ein Spiel anzusehen.«

Der Platz ist bescheidener, als er erwartet hatte. Das Spielfeld ist durch Seile begrenzt; die überdachte Tribüne fasst höchstens tausend Zuschauer. Sie finden ohne

Probleme Plätze. Die Spieler sind schon auf dem Rasen, kicken den Ball hin und her, wärmen sich auf.

»Wer spielt?«, fragt er.

»Die in Blau sind Hafen Novia, in Rot Sportverein Nord. Es ist ein Ligaspiel. Meisterschaftsspiele werden sonntagvormittags ausgetragen. Wenn du sonntagvormittags die Tröten hörst, bedeutet das, ein Meisterschaftsspiel ist im Gang.«

»Welche Mannschaft unterstützt du?«

»Natürlich Hafen Novia. Wen sonst?«

Álvaro scheint guter Laune zu sein, begeistert, sogar ausgelassen. Das freut ihn, er ist auch dankbar, dass er ausgewählt wurde, um ihn zu begleiten. Álvaro scheint ihm ein guter Mann zu sein. Eigentlich scheinen ihm alle Schauermann-Kollegen gute Menschen zu sein: hart arbeitend, freundlich, hilfsbereit.

In den allerersten Minuten des Spiels macht die Mannschaft in Rot einen simplen Abwehrfehler und Hafen Novia schießt ein Tor. Álvaro reißt die Arme hoch und lässt einen Triumphschrei hören, dann wendet er sich an den Jungen. »Hast du das gesehen, junger Mann? Hast du das gesehen?«

Der junge Mann hat es nicht gesehen. Da er keine Ahnung vom Fußball hat, kapiert er nicht, dass er auf die Männer achten sollte, die auf dem Spielfeld hin und her laufen, statt auf das Meer an Fremden um sie her.

Er hebt den Jungen auf seinen Schoß. »Schau mal«, sagt er und zeigt hin, »sie versuchen, den Ball ins Netz zu schießen. Und der Mann da drüben mit den Handschuhen ist der Tormann. Er muss den Ball halten. An jedem Spielfeldende ist ein Tormann. Wenn sie den Ball ins Netz schießen, ist das ein Tor. Die Mannschaft in Blau hat gerade ein Tor geschossen.«

Der Junge nickt, doch er wirkt mit den Gedanken abwesend.

Er senkt die Stimme. »Musst du mal auf die Toilette?«

»Ich habe Hunger«, flüstert der Junge als Antwort.

»Ich weiß. Ich habe auch Hunger. Wir müssen uns einfach daran gewöhnen. Ich schau mal, ob ich uns ein paar Kartoffelchips zur Halbzeit besorgen kann, oder Erdnüsse. Möchtest du Erdnüsse?«

Der Junge nickt. »Wann ist Halbzeit?«, fragt er.

»Bald. Erst müssen die Fußballer noch etwas spielen und versuchen, noch mehr Tore zu schießen. Schau zu.«

VIER

Als sie an diesem Abend zu ihrem Zimmer zurückkommen, findet er eine unter die Tür geschobene Notiz vor. Sie kommt von Ana: *Würden Sie und David gern an einem Picknick für Neuankömmlinge teilnehmen? Wir treffen uns morgen zwölf Uhr im Park, beim Springbrunnen. A.*

Um zwölf Uhr sind sie am Springbrunnen. Es ist schon heiß – sogar die Vögel wirken lethargisch. Weg vom Verkehrslärm lassen sie sich unter einem weit ausladenden Baum nieder. Nach einer Weile kommt Ana mit einem Korb. »Entschuldigung«, sagt sie, »es ist etwas dazwischengekommen.«

»Wie viele von uns erwarten Sie?«, fragt er.

»Ich weiß nicht. Vielleicht ein halbes Dutzend. Warten wir es ab.«

Sie warten. Keiner kommt. »Sieht so aus, als bliebe es bei uns«, sagt Ana schließlich. »Wollen wir anfangen?«

Es stellt sich heraus, dass der Korb nichts weiter enthält als ein Paket Kräcker, einen Topf ungesalzener Bohnenpaste und eine Flasche Wasser. Aber das Kind verschlingt seinen Anteil ohne Murren.

Ana gähnt, streckt sich im Gras aus und schließt die Augen.

»Was haben Sie gestern damit gemeint, als Sie den Ausdruck *reingewaschen* gebraucht haben?«, fragt er sie. »Sie haben gesagt, David und ich sollten uns von alten Beziehungen reinwaschen.«

Träge schüttelt Ana den Kopf. »Ein andermal«, sagt sie. »Nicht jetzt.«

In ihrem Tonfall, in dem verschleierten Blick, den sie ihm zuwirft, spürt er eine Einladung. Das halbe Dutzend Gäste, die nicht erschienen sind – waren sie nur erfunden? Wenn das Kind nicht da wäre, würde er sich neben sie ins Gras legen und dann vielleicht seine Hand ganz vorsichtig auf die ihre legen.

»Nein«, murmelt sie, als könne sie seine Gedanken lesen. Die Andeutung eines Stirnrunzelns huscht über ihr Gesicht. »Nicht das.«

Nicht das. Was soll er von dieser jungen Frau halten, erst warm, dann kalt? Gibt es etwas in diesem neuen Land bei den Umgangsformen zwischen den Geschlechtern oder den Generationen, das er nicht versteht?

Der Junge stupst ihn an und zeigt auf die fast leere Kräckerpackung. Er streicht Paste auf einen Kräcker und reicht es ihm hinüber.

»Er hat einen gesunden Appetit«, sagt die junge Frau, ohne die Augen zu öffnen.

»Er hat die ganze Zeit Hunger.«

»Keine Sorge, er wird sich daran gewöhnen. Kinder gewöhnen sich schnell daran.«

»An Hunger? Warum sollte er sich an Hunger gewöhnen, wenn es keinen Mangel an Nahrung gibt?«

»Sich an ein maßvolles Essen gewöhnen, meine ich. Der Hunger ist wie ein Hund im Bauch: je mehr man ihn füttert, desto mehr fordert er.« Sie setzt sich abrupt auf, spricht das Kind an. »Ich höre, dass du nach deiner Mama suchst«, sagt sie. »Vermisst du deine Mama?«

Der Junge nickt.

»Und wie heißt deine Mama?«

Der Junge wirft ihm einen fragenden Blick zu.

»Er weiß ihren Namen nicht«, sagt er. »Er hatte einen Brief dabei, als er an Bord des Schiffes kam, aber der ging verloren.«

»Der Strick ist gerissen«, sagt der Junge.

»Der Brief war in einem Beutel«, erklärt er, »der ihm an einem Strick um den Hals hing. Der Strick ist gerissen und der Brief ging verloren. Man suchte auf dem ganzen Schiff nach ihm. So haben David und ich uns getroffen. Aber der Brief wurde nie gefunden.«

»Er ist ins Meer gefallen«, sagt der Junge. »Die Fische haben ihn gefressen.«

Ana runzelt die Stirn. »Wenn du dich nicht an den Namen deiner Mutter erinnerst, kannst du uns dann sagen, wie sie aussieht? Kannst du ein Bild von ihr zeichnen?«

Der Junge schüttelt den Kopf.

»Deine Mama ist also verschwunden und du weißt nicht, wo du nach ihr suchen sollst.« Ana macht eine nachdenkliche Pause. »Wie würde dir dann gefallen, wenn dein *padrino* sich nach einer anderen Mama für dich umschauen würde, eine, die dich lieben und sich um dich kümmern könnte?«

»Was ist ein *padrino*?«, fragt der Junge.

»Sie stecken mich immerzu in Rollen«, unterbricht er. »Ich bin nicht Davids Vater, und auch nicht sein *padrino*. Ich helfe ihm einfach, seine Mutter wiederzufinden.«

Sie ignoriert die Zurechtweisung. »Wenn Sie eine Frau für sich fänden«, sagt sie, »könnte sie ihm Mutter sein.«

Er lacht auf. »Welche Frau möchte denn einen Mann wie mich heiraten, einen Fremden, der noch nicht einmal

Sachen zum Wechseln besitzt?« Er wartet darauf, dass die junge Frau ihm widerspricht, doch vergeblich. »Außerdem, selbst wenn ich eine Frau fände, wer sagt denn, dass sie ein, na ja, Pflegekind wollen würde? Oder dass unser junger Freund hier sie akzeptieren würde?«

»Man kann nie wissen. Kinder sind anpassungsfähig.«

»Das behaupten Sie ständig.« In ihm flammt Ärger auf. Was weiß diese reichlich selbstsichere Frau von Kindern? Und was gibt ihr das Recht, ihn zu belehren? Da fügen sich plötzlich die Einzelteile zu einem Bild zusammen. Die unvorteilhaften Kleider, die verblüffende Strenge, das Gerede von Patenonkeln* – »Sind Sie vielleicht zufällig eine Nonne, Ana?«, fragt er.

Sie lächelt. »Wie kommen Sie darauf?«

»Sind Sie eine von den Nonnen, die das Kloster verlassen haben, um in der Welt zu leben? Um Aufgaben zu übernehmen, die sonst keiner will – in Gefängnissen, Waisenheimen und Anstalten? In Aufnahmezentren für Flüchtlinge?«

»Das ist lächerlich. Natürlich nicht. Das Zentrum ist kein Gefängnis. Es ist keine Wohltätigkeitseinrichtung. Es gehört zur Sozialhilfe.«

»Trotzdem, wie kann eine den unaufhörlichen Strom von Leuten wie uns, hilflos und unwissend und bedürftig, ertragen, ohne irgendeinen Glauben, der ihr Stärke verleiht?«

»Glauben? Glauben hat damit nichts zu tun. Glauben bedeutet, an das glauben, was man tut, auch wenn es keine sichtbaren Früchte trägt. So ist das Zentrum nicht. Die

---

* Im Englischen »godfather«, wie der Patensohn »godson« genannt wird – ein unübersetzbares Wortspiel.

Menschen kommen und brauchen Hilfe und wir helfen ihnen. Wir helfen ihnen und ihr Leben verbessert sich. Davon ist nichts unsichtbar. Nichts davon erfordert blinden Glauben. Wir tun unsere Arbeit, und alles wendet sich zum Guten. So einfach ist das.«

»Nichts ist unsichtbar?«

»Nichts ist unsichtbar. Vor zwei Wochen waren Sie in Belstar. Vergangene Woche haben wir für Sie eine Arbeit im Hafen gefunden. Heute machen Sie Picknick im Park. Was ist daran unsichtbar? Es bedeutet Fortschritt, sichtbaren Fortschritt. Jedenfalls, um auf Ihre Frage zurückzukommen, nein, ich bin keine Nonne.«

»Warum predigen Sie uns dann Askese? Sie fordern uns auf, unseren Hunger zu unterdrücken, den Hund in uns auszuhungern. Warum? Was ist schlecht am Hunger? Wozu haben wir unseren Appetit, wenn nicht, um uns zu sagen, was wir brauchen? Wenn wir keinen Appetit, keine Begierden hätten, wie würden wir leben?«

Das scheint ihm eine gute Frage, eine ernsthafte Frage, eine, welche die bestausgebildete Nonne beunruhigen dürfte.

Ihre Antwort kommt mühelos, so mühelos und so leise gesprochen, als solle sie das Kind nicht hören, dass er sie einen Moment lang nicht versteht: »Und wohin führen Sie, in Ihrem Fall, Ihre Begierden?«

»Meine Begierden? Darf ich offen sein?«

»Sie dürfen.«

»Ohne Ihre Gastfreundschaft geringzuschätzen, führen sie mich zu mehr als Kräckern und Bohnenpaste. Sie führen mich zum Beispiel zu Beefsteak mit Kartoffelbrei und Bratensoße. Und ich bin sicher, dieser junge Mann« – er packt den Jungen beim Arm – »fühlt dasselbe. Habe ich recht?«

Der Junge nickt eifrig.

»Beefsteak, aus dem der Fleischsaft tropft«, fährt er fort. »Wissen Sie, was mich an diesem Land am meisten verwundert?« Ein rücksichtsloser Ton schleicht sich in seine Stimme; es wäre klüger aufzuhören, doch er tut es nicht. »Dass es so blutleer ist. Jeder, den ich treffe, ist so anständig, so freundlich, so wohlmeinend. Niemand flucht oder wird zornig. Niemand betrinkt sich. Niemand erhebt auch nur die Stimme. Ihr lebt von Brot und Wasser und Bohnenpaste und behauptet, satt zu sein. Wie kann das sein, aus menschlicher Sicht? Lügt ihr, belügt sogar euch selbst?«

Ihre Knie umschlingend starrt ihn die junge Frau wortlos an und wartet das Ende der Tirade ab.

»Wir haben Hunger, dieses Kind und ich.« Kraftvoll zieht er den Jungen zu sich. »Wir haben die ganze Zeit Hunger. Sie sagen mir, unser Hunger sei etwas Befremdliches, das wir mitgebracht haben und das nicht hierher gehört, dass wir ihn aushungern müssen. Wenn wir unseren Hunger vernichtet haben, haben wir bewiesen, dass wir uns anpassen können, sagen Sie, und wir können dann für immer glücklich sein. Aber ich will den Hungerhund nicht aushungern! Ich will ihn füttern! Du nicht auch?« Er schüttelt den Jungen. Der Junge taucht unter seine Achselhöhle ab, lächelt und nickt. »Du nicht auch, mein Junge?«

Schweigen breitet sich aus.

»Sie sind richtig zornig«, sagt Ana.

»Ich bin nicht zornig, ich habe Hunger! Sagen Sie mir: Was ist falsch daran, einen gewöhnlichen Appetit zu befriedigen? Warum müssen unsere gewöhnlichen Impulse und Hungergefühle und Begierden unterdrückt werden?«

»Wollen Sie wirklich vor dem Kind so weitermachen?«

»Ich schäme mich nicht für das, was ich sage. Es ist nichts dabei, vor dem ein Kind geschützt werden müsste. Wenn ein Kind im Freien auf der bloßen Erde schlafen kann, dann kann es gewiss auch einen robusten Gedankenaustausch zwischen Erwachsenen hören.«

»Nun gut, ich werde Ihnen mit robusten Gedanken antworten. Was Sie von mir wollen, ist etwas, was ich nicht tue.«

Er starrt sie verständnislos an. »Was ich von Ihnen will?«

»Ja. Sie wollen, dass ich mich von Ihnen umarmen lasse. Wir wissen beide, was das bedeuetet: *umarmen*. Und ich erlaube es nicht.«

»Ich habe nichts davon gesagt, dass ich Sie umarmen will. Und was ist denn übrigens an Umarmungen Schlimmes, wenn Sie keine Nonne sind?«

»Begierden abzuweisen hat nichts damit zu tun, ob man Nonne ist oder nicht. Ich tue es einfach nicht. Ich erlaube es nicht. Ich mag es nicht. Ich habe kein Verlangen danach. Ich habe kein Verlangen nach der Sache selbst und ich möchte nicht sehen, was es bei Menschen anrichtet. Was es bei einem Mann anrichtet.«

»Was wollen Sie damit sagen, *was es bei einem Mann anrichtet*?«

Sie sieht das Kind bedeutungsvoll an. »Möchten Sie wirklich, dass ich weiterspreche?«

»Sprechen Sie weiter. Es ist nie zu früh, etwas über das Leben zu lernen.«

»Also gut. Sie finden mich attraktiv, das sehe ich. Vielleicht finden Sie mich sogar schön. Und weil Sie mich schön finden, ist es Ihr Verlangen, Ihr Impuls, mich zu umarmen. Deute ich die Zeichen richtig, die Zeichen, die

Sie mir geben? Wenn Sie mich nicht schön finden würden, würden Sie dagegen keinen solchen Impuls spüren.«

Er ist stumm.

»Je schöner Sie mich finden, desto dringender wird Ihr Verlangen. So funktionieren diese Regungen, die Sie sich zum Leitstern nehmen, dem Sie blind folgen. Überlegen Sie nun. Bitte, sagen Sie mir: Was hat Schönheit mit der Umarmung zu tun, in die ich Ihrem Wunsch gemäß einwilligen soll? Was ist die Verbindung zwischen dem einen und dem anderen? Erklären Sie es.«

Er ist stumm, mehr als stumm. Er ist sprachlos.

»Also bitte. Sie sagten, es mache Ihnen nichts, wenn es Ihr Patensohn mitanhören würde. Sie meinten, er solle etwas über das Leben lernen.«

»Zwischen einem Mann und einer Frau«, sagt er schließlich, »entsteht manchmal spontan eine natürliche Anziehungskraft, unvorhergesehen, unüberlegt. Die beiden finden einander attraktiv oder sogar schön, um das andere Wort zu benutzen. Die Frau meist schöner als der Mann. Warum das eine aus dem anderen folgen sollte, die Anziehungskraft und das Verlangen nach Umarmung aus der Schönheit, ist ein Geheimnis, das ich nicht erklären kann; ich kann nur sagen, dass mein Hingezogensein zu einer Frau der einzige Tribut ist, den ich, mein physisches Selbst, der Schönheit der Frau darzubringen weiß. Ich nenne es einen Tribut, weil ich es als Gabe empfinde, nicht als Beleidigung.«

Er hält inne. »Fahren Sie fort«, sagt sie.

»Das ist alles, was ich sagen möchte.«

»Das ist alles. Und als einen Tribut an mich – eine Gabe, keine Beleidigung – wollen Sie mich an sich drücken und einen Körperteil von sich in mich stoßen. Als einen Tribut, behaupten Sie. Ich bin verblüfft. Mir scheint die ganze Sache absurd – absurd, dass Sie das tun wollen, und absurd, dass ich das erlauben sollte.«

»Nur wenn Sie das so ausdrücken, erscheint es absurd. An sich ist es nicht absurd. Es kann nicht absurd sein, da es das natürliche Verlangen eines natürlichen Körpers ist. Es ist die Natur, die in uns spricht. So ist die Welt beschaffen. Die Beschaffenheit der Welt kann nicht absurd sein.«

»Wirklich? Wenn ich nun behaupten würde, dass es mir nicht nur absurd, sondern auch hässlich erscheint?«

Er schüttelt ungläubig den Kopf. »Das können Sie doch nicht meinen. Ich selbst mag alt und unattraktiv wirken – ich und meine Begierden. Aber Sie können doch gewiss nicht glauben, die Natur selbst sei hässlich.«

»Doch, das kann ich. Die Natur umfasst das Schöne, aber die Natur umfasst auch das Hässliche. Diese unsere Körperteile, die Sie anstandshalber nicht benennen, nicht vor den Ohren Ihres Patensohns – finden Sie die schön?«

»Schön an sich? Nein, an sich sind sie nicht schön. Das Ganze ist schön, nicht die Teile.«

»Und diese Teile, die nicht schön sind – die wollen Sie in mich hineinstoßen! Was soll ich davon halten?«

»Das weiß ich nicht. Sagen Sie mir, was Sie denken.«

»Dass Ihr ganzes vornehmes Gerede von dem der Schönheit dargebrachten Tribut *una tontería* ist. Wenn Sie meinen würden, ich sei eine Inkarnation des Guten, würden Sie nicht einen solchen Akt auf mir vollziehen wollen. Warum also wollen Sie es tun, wenn ich eine Inkarnation des Schönen bin? Ist das Schöne minderwertiger als das Gute? Erklären Sie es.«

»*Una tontería* – was ist das?«

»Unsinn. Quatsch.«

Er steht auf. »Ich werde mich nicht weiter entschuldigen, Ana. Das ist meiner Meinung nach keine ergiebige Diskussion. Ich glaube, Sie wissen nicht, wovon Sie reden.«

»Wirklich? Denken Sie, ich sei ein unwissendes Kind?«

»Sie mögen kein Kind sein, doch ja, ich denke tatsächlich, dass Sie nichts vom Leben wissen. Komm«, sagt er zu dem Jungen und nimmt ihn bei der Hand. »Wir haben unser Picknick gehabt, jetzt ist es an der Zeit, der Lady zu danken und uns aufzumachen, um etwas zu essen zu finden.«

Ana legt sich wieder hin, streckt die Beine aus, faltet die Hände im Schoß und lächelt spöttisch zu ihm hoch. »Das hat gesessen, wie?«, sagt sie.

Unter einer sengenden Sonne geht er mit großen Schritten durch den menschenleeren Park und der Junge trabt hinterher und versucht, mit ihm Schritt zu halten.

»Was ist ein *padrino*?«, fragt der Junge.

»Ein *padrino* ist jemand, der wie dein Vater handelt, wenn dein Vater aus irgendeinem Grund nicht da sein kann.«

»Bist du mein *padrino*?«

»Nein. Keiner hat mich aufgefordert, dein *padrino* zu sein. Ich bin nur dein Freund.«

»Ich kann dich auffordern, mein *padrino* zu sein.«

»Das steht dir nicht zu, mein Junge. Du kannst dir nicht selbst einen *padrino* aussuchen, wie du auch nicht deinen Vater aussuchen kannst. Es gibt kein passendes Wort dafür, was ich für dich bin, wie es auch kein passendes Wort dafür gibt, was du für mich bist. Wenn du aber willst, kannst du mich Onkel nennen. Wenn die Leute fragen: *Wer ist er für dich?*, kannst du sagen: *Er ist mein Onkel. Er ist mein Onkel und er hat mich lieb.* Und ich werde sagen: *Er ist mein Junge.*«

»Aber wird die Lady meine Mutter sein?«

»Ana? Nein. Die Mutterrolle würde sie nicht interessieren.«

»Wirst du sie heiraten?«

»Natürlich nicht. Ich bin nicht hier, um mir eine Frau zu suchen, ich bin hier, um dir zu helfen, deine Mutter zu finden, deine richtige Mutter.«

Er versucht, mit gefasster Stimme und leichtem Ton zu sprechen; die Wahrheit ist jedoch, dass die Attacke der jungen Frau ihn erschüttert hat.

»Du warst böse auf sie«, sagt der Junge. »Warum warst du böse?«

Er bleibt abrupt stehen, hebt den Jungen hoch und küsst ihn auf die Stirn. »Tut mir leid, dass ich böse war. Ich war nicht böse auf dich.«

»Aber du warst böse auf die Lady, und sie war böse auf dich.«

»Ich war böse auf sie, weil sie uns schlecht behandelt, und ich verstehe nicht, warum. Wir hatten eine Auseinandersetzung, sie und ich, eine hitzige Auseinandersetzung. Aber das ist jetzt vorbei. Es war nicht wichtig.«

»Sie hat gesagt, dass du etwas in sie hineinstoßen willst.«

Er schweigt.

»Was hat sie damit gemeint? Willst du wirklich etwas in sie hineinstoßen?«

»Es war nur so eine Redewendung. Sie hat gemeint, ich wolle ihr meine Ideen aufzwingen. Und sie hatte recht. Man sollte nicht versuchen, anderen seine Ideen aufzuzwingen.«

»Zwinge ich dir Ideen auf?«

»Nein, natürlich nicht. Nun wollen wir etwas zu essen suchen.«

Sie durchkämmen die Straßen östlich vom Park, forschen nach einer irgendwie gearteten Gaststätte. Es ist ein Viertel mit bescheidenen Villen und hier und da einem niedrigen Mehrfamilienhaus. Sie stoßen nur auf einen einzigen Laden. NARANJAS steht in großen Buchstaben auf dem Schild. Die stählernen Rollläden sind geschlossen, also kann er nicht sehen, ob dort wirklich Apfelsinen verkauft werden oder ob Naranjas nur ein Name ist.

Er spricht einen Passanten an, einen älteren Mann, der einen Hund an der Leine ausführt. »Entschuldigen Sie«, sagt er, »mein Junge und ich suchen nach einem Café oder Restaurant, wo wir etwas zu essen bekommen können, oder wenn es das nicht gibt, nach einem Lebensmittelladen.«

»An einem Sonntagnachmittag?«, sagt der Mann. Sein Hund beschnüffelt die Schuhe des Jungen, dann seinen Schritt. »Ich weiß nicht, was ich vorschlagen soll, wenn Sie nicht in die Innenstadt gehen wollen.«

»Gibt es einen Bus?«

»Nummer 42, aber er fährt sonntags nicht.«

»Da können wir also nicht in die Innenstadt. Und es gibt nichts in der Nähe, wo wir essen können. Und alle Läden sind geschlossen. Was schlagen Sie nun vor, sollen wir tun?«

Der Gesichtsausdruck des Mannes verhärtet sich. Er zerrt an der Hundeleine. »Komm, Bruno«, sagt er.

In missmutiger Stimmung macht er sich auf den Rückweg zum Zentrum. Sie kommen nur langsam voran, da der Junge trödelt und hüpft, um Spalten im Pflaster zu vermeiden.

»Komm schon, mach schnell«, sagt er gereizt. »Mach dein Spiel ein andermal.«

»Nein. Ich will nicht in einen Spalt fallen.«

»Das ist Quatsch. Wie kann ein großer Junge wie du in einen kleinen Spalt wie den da reinfallen?«

»Nicht in den Spalt da. In einen anderen.«

»In welchen Spalt? Zeig den Spalt.«

»Weiß ich nicht! Ich weiß nicht, in welchen Spalt. Niemand weiß es.«

»Niemand weiß es, weil niemand in einen Spalt im Pflaster fallen kann. Beeil dich jetzt.«

»Ich kann's doch! Du auch! Jeder kann's! Du hast keine Ahnung!«

FÜNF

Am nächsten Tag nimmt er auf der Arbeit während der Mittagspause Álvaro beiseite. »Entschuldige, wenn ich eine private Angelegenheit anspreche«, sagt er, »aber ich mache mir zunehmend Sorgen um die Gesundheit des Jungen, und besonders um seine Nahrung, die – wie du sehen kannst – aus Brot und Brot und nochmals Brot besteht.«

Und in der Tat sehen sie den Jungen unter den Schauerleuten im Windschatten des Schuppens sitzen und trübselig an seinem halben Brot, angefeuchtet mit Wasser, herumkauen.

»Mir scheint«, fährt er fort, »ein wachsendes Kind braucht mehr Abwechslung, mehr Nährstoffe. Man kann nicht von Brot allein leben. Es ist kein Universalnahrungsmittel. Du weißt nicht zufällig, wo ich Fleisch kaufen kann, ohne mich ins Stadtzentrum zu begeben?«

Álvaro kratzt sich am Kopf. »Nicht hier in der Gegend, nicht im Hafenviertel. Es gibt Leute, die Ratten fangen, habe ich erzählen hören. An Ratten herrscht kein Mangel. Aber dafür brauchst du eine Falle, und ich weiß aus dem Stegreif nicht, wo du eine gute Rattenfalle bekommen kannst. Vielleicht musst du dir selbst eine bauen. Du könntest Draht verwenden und irgendeinen Schnappmechanismus.«

»Ratten?«

»Ja. Hast du keine gesehen? Überall wo Schiffe sind, gibt es Ratten.«

»Aber wer isst denn Ratten? Isst du Ratten?«

»Nein, das fiele mir nicht im Traume ein. Aber du hast gefragt, wo du Fleisch bekommen könntest, und das ist alles, was ich vorschlagen kann.«

Er starrt Álvaro lange in die Augen. Er entdeckt kein Anzeichen, dass er scherzt. Oder wenn es ein Scherz ist, dann ein sehr schwer verständlicher.

Nach der Arbeit begeben er und der Junge sich schnurstracks zurück zu den rätselhaften Naranjas. Sie kommen an, als der Besitzer gerade dabei ist, die Rollläden herunterzulassen. Naranjas ist, wie sich herausstellt, tatsächlich ein Laden und verkauft wirklich Apfelsinen sowie anderes Obst und Gemüse. Während der Besitzer ungeduldig wartet, wählt er soviel aus, wie sie beide tragen können: einen kleinen Beutel Apfelsinen, ein halbes Dutzend Äpfel, ein paar Möhren und Gurken.

In ihrem Zimmer im Zentrum angekommen, schneidet er für den Jungen einen Apfel in Stücke und schält eine Apfelsine. Während der Junge diese isst, schneidet er eine Möhre und eine Gurke in dünne Scheiben und legt sie auf einen Teller. »Bitte schön!«, sagt er.

Misstrauisch stupst der Junge die Gurke an, beschnuppert sie. »Das mag ich nicht«, sagt er. »Es riecht komisch.«

»Unsinn. Gurke riecht überhaupt nicht. Das Grüne da ist nur die Schale. Koste mal. Es ist gut für dich. Du wächst dadurch.« Er isst selbst die halbe Gurke und eine ganze Möhre und eine Apfelsine.

Am nächsten Morgen sucht er wieder Naranjas auf und kauft noch mehr Obst – Bananen, Birnen, Aprikosen – und bringt das zurück in ihr Zimmer. Jetzt haben sie einen schönen Vorrat.

Er kommt zu spät zur Arbeit, aber Álvaro kommentiert es nicht.

Trotz der willkommenen Bereicherung ihrer Kost, verlässt ihn das Gefühl der körperlichen Erschöpfung nicht. Statt seine Kraft aufzubauen, scheint das tägliche schwere Heben und Tragen ihn auszulaugen. Er fühlt sich allmählich ziemlich elend; er fürchtet, vor seinen Kameraden in Ohnmacht zu fallen und sich Schande zu machen.

Wieder wendet er sich an Álvaro. »Ich fühle mich nicht wohl«, sagt er. »Schon eine ganze Weile fühle ich mich nicht wohl. Gibt es einen Arzt, den du empfehlen kannst?«

»Auf Kai Sieben gibt es eine Klinik, die nachmittags geöffnet ist. Geh sofort hin. Sag ihnen, dass du hier arbeitest; dann musst du nicht zahlen.«

Er folgt den Schildern zu Kai Sieben, wo es wirklich eine kleine Klinik gibt, schlicht *Clínica* genannt. Die Tür ist offen, der Schalter unbesetzt. Er drückt den Summer, doch er funktioniert nicht.

»Hallo!«, ruft er. »Ist jemand da?«

Stille.

Er geht hinter den Schalter und rüttelt an der verschlossenen Tür, an der *Cirugía* steht. »Hallo!«, ruft er.

Die Tür öffnet sich und er steht einem dicken rotgesichtigen Mann in einem weißen Laborkittel gegenüber, dessen Kragen ein fetter Fleck ziert, der nach Schokolade aussieht. Der Mann schwitzt stark.

»Guten Tag«, sagt er. »Sind Sie der Arzt?«

»Kommen Sie herein«, sagt der Mann. »Setzen Sie sich.« Er deutet auf einen Stuhl, setzt seine Brille ab und poliert die Gläser sorgfältig mit einem Tuch. »Arbeiten Sie hier im Hafen?«

»Auf Kai Zwei.«

»Ah, Kai Zwei. Und was kann ich für Sie tun?«

»Seit ein oder zwei Wochen fühle ich mich nicht wohl. Es gibt keine spezifischen Symptome, außer dass ich schnell ermüde und ab und zu Schwindelanfälle habe. Ich glaube, dass es vielleicht durch meine Ernährung bedingt ist, durch den Mangel an Nährstoffen in meiner Kost.«

»Wann haben Sie diese Schwindelanfälle? Zu einer bestimmten Tageszeit?«

»Keine bestimmte Tageszeit. Sie kommen, wenn ich erschöpft bin. Ich arbeite, wie gesagt, als Schauermann, be- und entlade. Es ist keine Arbeit, die ich gewohnt bin. Im Laufe eines Tages muss ich viele Male über eine Planke. Manchmal, wenn ich hinunterschaue in die Lücke zwischen Kai und Schiffseite, auf die gegen den Kai klatschenden Wellen, wird mir schwindlig. Mir ist, als würde ich gleich ausrutschen und abstürzen, mich vielleicht am Kopf stoßen und ertrinken.«

»Das klingt für mich nicht nach Unterernährung.«

»Vielleicht nicht. Aber wenn ich besser ernährt wäre, könnte ich die Schwindelanfälle leichter überwinden.«

»Haben Sie früher schon solche Ängste gehabt, Angst zu fallen und zu ertrinken?«

»Das ist kein psychologisches Problem, Doktor. Ich bin Arbeiter. Ich verrichte körperliche Arbeit. Stunde um Stunde trage ich schwere Lasten. Mein Herz hämmert. Ich bin ständig an der Grenze meiner Kräfte. Es ist doch gewiss nur natürlich, dass mein Körper manchmal nahe daran ist zu versagen, mich im Stich zu lassen.«

»Gewiss ist das natürlich. Aber wenn es natürlich ist,

warum sind Sie dann zur Klinik gekommen? Was erwarten Sie von mir?«

»Finden Sie nicht, Sie sollten mein Herz abhören? Finden Sie nicht, Sie sollten mich auf Anämie untersuchen? Finden Sie nicht, wir sollten über mögliche Defizite in meiner Ernährung sprechen?«

»Ich werde Ihr Herz kontrollieren, wie Sie vorschlagen, aber ich kann Sie nicht auf Anämie untersuchen. Das ist kein Medizinlabor, es ist nur eine Klinik, eine Erste-Hilfe-Klinik für Hafenarbeiter. Ziehen Sie Ihr Hemd aus.«

Er legt sein Hemd ab. Der Arzt drückt ihm ein Stethoskop auf die Brust, richtet den Blick zur Decke, lauscht. Sein Atem riecht nach Knoblauch. »Mit Ihrem Herzen ist alles in Ordnung«, sagt er schließlich. »Es ist ein gutes Herz. Es wird Ihnen viele Jahre dienen. Sie können wieder an die Arbeit gehen.«

Er steht auf. »Wie können Sie das sagen? Ich bin erschöpft. Mit mir stimmt etwas nicht. Mein Allgemeinbefinden verschlechtert sich von Tag zu Tag. Das habe ich nicht erwartet, als ich hier angekommen bin. Krankheit, Erschöpfung, Unglücklichsein – nichts davon habe ich erwartet. Ich habe Vorahnungen – keine bloß geistigen Vorahnungen, sondern echte körperliche Vorahnungen –, dass ich dem Zusammenbruch nahe bin. Mein Körper signalisiert mir auf jede ihm mögliche Weise, dass er kurz vorm Versagen ist. Wie können Sie da behaupten, mir fehle nichts?«

Schweigen. Sorgfältig verstaut der Arzt sein Stethoskop in seiner schwarzen Tasche und legt es wieder in einen Schubkasten. Er stützt die Ellbogen auf seinen Schreibtisch, faltet die Hände ineinander, legt das Kinn auf seine Hände und spricht. »Guter Mann«, sagt er, »bestimmt sind Sie nicht in diese kleine Klinik gekommen und haben ein Wunder erwartet. Wenn Sie auf ein Wunder gehofft hätten, dann hätten Sie sich an ein ordentliches Krankenhaus gewandt, mit einem ordentlichen Labor. Alles, was ich Ihnen bieten kann, ist guter Rat. Mein Rat ist schlicht: Schauen Sie nicht nach unten. Sie haben diese Schwindelanfälle, weil Sie nach unten blicken. Schwindel ist ein psychologisches Problem, kein medizinisches. Das Hinunterschauen löst die Anfälle aus.«

»Das ist alles, was Sie empfehlen können: Nicht nach unten zu schauen?«

»Das ist alles, falls Sie keine Symptome objektiver Natur haben, die Sie mir mitteilen können.«

»Nein, keine solchen Symptome. Überhaupt keine solchen Symptome.«

»Wie war's?«, fragt Álvaro, als er zurückkommt. »Hast du die Klinik gefunden?«

»Ich habe die Klinik gefunden, und ich habe mit dem Arzt gesprochen. Er sagt, dass ich nach oben schauen soll. Solange ich nach oben schaue, wird es mir gutgehen. Wenn ich aber nach unten schaue, könnte ich fallen.«

»Das hört sich wie ein guter, vernünftiger Rat an«, sagt Álvaro. »Nichts Versponnenes. Nimm dir doch den Tag frei und ruh dich ein wenig aus.«

Trotz des frischen Obstes von Naranjas, trotz der Versicherung des Arztes, dass sein Herz gesund ist und dass es keinen Grund gibt, warum er nicht viele Jahre lang leben sollte, fühlt er sich weiterhin erschöpft. Und auch die Schwindelgefühle hören nicht auf. Obwohl er den Rat des Arztes, beim Schreiten über die Planke nicht hinunterzuschauen, befolgt, kann er doch das bedrohliche Klatschen der Wellen gegen die ölige Kaimauer nicht ausblenden.

»Das ist nur Schwindel«, beruhigt ihn Álvaro und klopft ihm auf den Rücken. »Viele leiden daran. Zum Glück ist es nur im Kopf. Es ist nicht real. Du musst es ignorieren, dann verschwindet es bald wieder.«

Das überzeugt ihn nicht. Er glaubt nicht, dass das, was ihn bedrückt, verschwindet.

»Und übrigens«, sagt Álvaro, »wenn du zufällig tatsächlich ausrutschen und fallen solltest, würdest du nicht ertrinken. Einer wird dich retten. Ich werde dich retten. Wozu sind sonst Kameraden da?«

»Du würdest ins Wasser springen und mich retten?«

»Wenn es nötig ist. Oder dir ein Seil zuwerfen.«

»Ja, ein Seil zuzuwerfen wäre rationeller.«

Álvaro ignoriert das Bissige seiner Bemerkung, oder vielleicht nimmt er es nicht wahr. »Praktischer«, sagt er.

»Ist das alles, was wir jemals ausladen – Weizen?«, fragt er Álvaro bei einer anderen Gelegenheit.

»Weizen und Roggen«, antwortet Álvaro.

»Aber importieren wir nur das hier im Hafen: Getreide?«

»Es kommt darauf an, was du mit *wir* meinst. Kai Zwei ist bestimmt für Getreidefracht. Wenn du auf Kai Sieben arbeiten würdest, würdest du verschiedene Fracht löschen. Auf Kai Neun würdest du Stahl und Zement löschen. Bist du nicht im Hafen herumgekommen? Hast du dich nicht umgeschaut?«

»Doch. Aber auf den anderen Kais war es immer leer. Wie jetzt auch.«

»Nun, das ist doch verständlich, oder? Man braucht nicht jeden Tag ein neues Fahrrad. Man braucht nicht jeden Tag neue Schuhe oder neue Kleidung. Aber man muss jeden Tag essen. Daher brauchen wir viel Getreide.«

»Demnach hätte ich es leichter, wenn ich zu Kai Sieben oder Kai Neun wechseln würde. Ich könnte ganze Wochen freimachen.«

»Korrekt. Wenn du auf Sieben oder Neun arbeiten würdest, hättest du es leichter. Aber dann hättest du auch keine Vollzeitarbeit. Daher bist du auf Zwei besser dran.«

»Ich begreife. Es ist also zu meinem Besten, dass ich hier bin, auf diesem Kai, in diesem Hafen, in dieser Stadt, in diesem Land. Alles steht zum Besten in dieser besten aller möglichen Welten.«

Álvaro runzelt die Stirn. »Das ist keine mögliche Welt«, sagt er. »Es ist die einzige Welt. Ob sie das zur besten macht, das haben weder du noch ich zu entscheiden.«

Ihm fallen mehrere Entgegnungen ein, aber er sieht davon ab, sie zu äußern. Vielleicht wäre es in dieser Welt, die die einzige Welt ist, klug, sich von Ironie zu verabschieden.

SECHS

Wie versprochen hat Álvaro dem Jungen das Schachspiel beigebracht. Wenn die Arbeit nicht drängt, sieht man die beiden über ein Taschenschach gebeugt an einem schattigen Fleckchen, in das Spiel vertieft.

»Er hat mich gerade geschlagen«, berichtet Álvaro. »Erst zwei Wochen und er ist schon besser als ich.«

Eugenio, der Gebildetste unter den Schauerleuten, fordert den Jungen heraus. »Ein Blitzspiel«, sagt er. »Wir haben beide fünf Sekunden, um unseren Zug zu machen. Eins-zwei-drei-vier-fünf.«

Umringt von Zuschauern spielen sie ihr Blitz-Schach. Es dauert nur ein paar Minuten und der Junge hat Eugenio in eine Ecke gedrängt. Eugenio stupst seinen König an und er fällt. »Ich werd's mir zweimal überlegen, ehe ich es noch mal mit dir aufnehme«, sagt er. »In dir steckt ein richtiger Teufel.«

Abends an diesem Tag im Bus will er über das Spiel und Eugenios seltsame Bemerkung sprechen; doch der Junge ist wortkarg.

»Möchtest du, dass ich dir ein eigenes Schachspiel kaufe?«, bietet er an. »Dann kannst du zu Hause üben.«

Der Junge schüttelt den Kopf. »Ich will nicht üben. Ich mag Schach nicht.«

»Aber du kannst es so gut.«

Der Junge zuckt mit den Schultern.

»Wenn man ein Talent besitzt, hat man die Pflicht, es nicht zu verstecken«, lässt er nicht locker.

»Warum?«

»Warum? Weil die Welt ein besserer Ort ist, vermute ich, wenn jeder von uns etwas besonders gut kann.«

Der Junge starrt mürrisch aus dem Fenster.

»Ärgerst du dich über das, was Eugenio gesagt hat? Das brauchst du nicht. Er hat es nicht so gemeint.«

»Ich ärgere mich nicht. Mir gefällt Schach einfach nicht.«

»Na, da wird Álvaro aber enttäuscht sein.«

Am nächsten Tag taucht ein Fremder im Hafen auf. Er ist klein und drahtig; seine Haut ist zu einem dunklen Walnussbraun verbrannt; die Augen liegen tief in den Höhlen, die Nase ist gebogen wie ein Habichtschnabel. Er trägt verblichene Jeans mit Schmierölstreifen und narbige Lederstiefel.

Aus seiner Brusttasche holt er einen Zettel, gibt ihn Álvaro und steht dann wortlos da und starrt in die Ferne.

»Gut«, sagt Álvaro. »Wir entladen den restlichen Tag und den größten Teil des morgigen. Wenn du bereit bist, reihe dich ein.«

Aus derselben Brusttasche holt der Fremde ein Päckchen Zigaretten. Ohne sie ringsum anzubieten, zündet er sich eine an und tut einen tiefen Zug.

»Denk dran«, sagt Álvaro, »im Laderaum wird nicht geraucht.«

Der Mann gibt nicht zu erkennen, dass er das gehört hat. Ruhig schaut er sich um. Der Rauch von seiner Zigarette steigt in die stille Luft.

Sein Name, lässt Álvaro wissen, ist Daga. Niemand

nennt ihn anders, nicht »der neue Mann«, nicht »der Neue«.

Trotz seiner kleinen Statur ist Daga stark. Er schwankt keinen Millimeter, als ihm der erste Sack auf die Schultern geladen wird; er steigt rasch und stetig die Leiter hoch; er geht mit großen Schritten die Planke hinunter und hebt den Sack anscheinend mühelos auf den wartenden Wagen. Aber dann zieht er sich in den Schatten des Schuppens zurück, hockt sich auf die Fersen und zündet eine weitere Zigarette an.

Álvaro marschiert zu ihm hin. »Keine Pausen, Daga«, sagt er. »Mach weiter.«

»Was ist das Soll?«, fragt Daga.

»Es gibt kein Soll. Wir werden pro Tag bezahlt.«

»Fünfzig Sack pro Tag«, sagt Daga.

»Wir entladen mehr als das.«

»Wieviel?«

»Mehr als fünfzig. Kein Soll. Jeder Mann trägt soviel er kann.«

»Fünfzig. Nicht mehr.«

»Steh auf. Wenn du rauchen musst, warte bis zur Pause.«

Die Situation eskaliert am Freitagmittag, als sie ihren Lohn ausgezahlt bekommen. Als Daga sich dem Holzbrett nähert, das als Tisch dient, beugt sich Álvaro hinunter und flüstert dem Zahlmeister etwas ins Ohr. Der Zahlmeister nickt. Er legt das Geld für Daga vor sich auf das Brett.

»Was ist das?«, sagt Daga.

»Dein Lohn für die Tage, die du gearbeitet hast«, sagt Álvaro.

Daga nimmt die Münzen und schleudert sie mit einer schnellen, verächtlichen Bewegung dem Zahlmeister ins Gesicht.

»Was soll das?«, sagt Álvaro.

»Das ist ein Rattenlohn.«

»Das ist der Tarif. Das hast du verdient. Das ist, was wir alle kriegen. Willst du etwa sagen, wir sind alle Ratten?«

Die Männer scharen sich um sie. Unauffällig rafft der Zahlmeister seine Papiere zusammen und schließt den Deckel seiner Geldkassette.

Er, Simón, spürt, wie der Junge ihn beim Bein packt. »Was machen sie?«, wimmert er. Sein Gesicht ist blass und ängstlich. »Kämpfen sie?«

»Nein, natürlich nicht.«

»Sag Álvaro, er soll nicht kämpfen. Sag es ihm!« Der Junge zerrt an seinen Fingern, er zerrt und zerrt.

»Komm, wir wollen weg«, sagt er. Er zieht den Jungen zum Wellenbrecher. »Schau mal da! Siehst du die Robben? Die große mit der Nase in der Luft ist das Männchen, der Robbenbulle. Und die anderen, die kleineren, sind seine Weibchen.«

Von der Menschenmenge kommt ein scharfer Schrei. Alles wirbelt durcheinander.

»Sie kämpfen!«, winselt der Junge. »Ich will nicht, dass sie kämpfen!«

Ein Halbkreis Männer hat sich um Daga gebildet, der sich hinhockt, die Andeutung eines Lächelns auf den Lippen, einen Arm ausgestreckt. In seiner Hand glänzt die Klinge eines Messers. »Los!«, sagt er und vollführt eine auffordernde Bewegung mit dem Messer. »Wer ist der Nächste?«

Álvaro sitzt auf der Erde, zusammengekrümmt. Er presst die Hand auf die Brust. Auf seinem Hemd ist ein Blutstreifen.

»Wer ist der Nächste?«, wiederholt Daga. Keiner bewegt sich. Er steht auf, klappt das Messer zusammen, lässt es in seine Gesäßtasche gleiten, hebt die Geldkassette hoch, leert sie auf das Brett. Münzen regnen überall hin. »Schlappschwänze!«, sagt er. Er zählt ab, was er will, versetzt dem Fass einen verächtlichen Tritt. »Bedient euch«, sagt er und kehrt den Männern den Rücken. Ohne Eile besteigt er das Fahrrad des Zahlmeisters und radelt davon.

Álvaro kommt auf die Füße. Das Blut auf seinem Hemd stammt von seiner Hand, es sickert aus einem Schnitt quer über die Handfläche.

Er, Simón, ist der Sprecher oder zumindest der Älteste – er sollte die Führung übernehmen. »Du brauchst einen Arzt«, sagt er zu Álvaro. »Gehen wir.« Er winkt dem Jungen. »Komm – wir bringen Álvaro zum Arzt.«

Der Junge rührt sich nicht.

»Was ist los?«

Die Lippen des Jungen bewegen sich, doch er hört kein Wort. Er neigt sich zu ihm. »Was ist los?«, fragt er.

»Stirbt Álvaro?«, flüstert der Junge. Sein ganzer Körper ist steif. Er zittert.

»Natürlich nicht. Er hat einen Schnitt auf der Hand, das ist alles. Er braucht ein Pflaster, damit es zu bluten aufhört. Komm. Wir wollen ihn zum Arzt bringen, und der wird ihn versorgen.«

Tatsächlich ist Álvaro schon unterwegs, begleitet von einem anderen der Männer.

»Er hat gekämpft«, sagt der Junge. »Er hat gekämpft, und nun schneidet ihm der Arzt die Hand ab.«

»Unsinn. Ärzte schneiden keine Hände ab. Der Arzt wird den Schnitt reinigen und ein Pflaster darauf kleben, oder ihn vielleicht mit Nadel und Faden zunähen. Morgen wird Álvaro wieder zur Arbeit kommen, und wir werden das Ganze vergessen haben.«

Der Junge starrt ihn durchdringend an.

»Ich schwindle nicht«, sagt er. »Ich würde dich nicht beschwindeln. Álvaros Wunde ist nicht schlimm. Dieser Mann, Señor Daga oder wie er heißt, wollte ihn nicht verletzen. Es war ein Unfall. Das Messer ist ausgerutscht. Scharfe Messer sind gefährlich. Das kann man daraus lernen: Man soll nicht mit Messern spielen. Wenn du mit Messern spielst, kannst du dich verletzen. Álvaro ist verletzt worden, zum Glück nicht schwer. Und Señor Daga hat uns verlassen, hat sein Geld genommen und ist fortgegangen. Er wird nicht wiederkommen. Er hat nicht hierher gehört, und das weiß er.«

»*Du* darfst nicht kämpfen«, sagt der Junge.

»Werde ich auch nicht, das verspreche ich dir.«

»Du darfst nie kämpfen.«

»Ich pflege nicht zu kämpfen. Und Álvaro hat nicht gekämpft. Er hat sich nur zu schützen versucht. Er hat sich zu schützen versucht und bekam einen Schnitt ab.« Er streckt seine Hand aus, um zu zeigen, wie Álvaro sich zu schützen versucht hat, wie Álvaro den Schnitt zugefügt bekam.

»Álvaro hat gekämpft«, sagt der Junge und spricht die Worte mit feierlicher Entschiedenheit aus.

»Sich zu schützen ist nicht kämpfen. Sich zu schützen ist ein natürlicher Instinkt. Wenn jemand versuchen würde, dich zu schlagen, würdest du dich schützen. Du würdest nicht erst überlegen. Pass auf.«

In der ganzen Zeit ihres Beisammenseins hat er den Jungen nie angefasst. Jetzt hebt er plötzlich drohend die Hand. Der Junge zuckt nicht mit der Wimper. Er täuscht eine Ohrfeige vor. Er schreckt nicht zurück.

»Nun gut«, sagt er. »Ich glaube dir.« Er lässt die Hand sinken. »Du hast recht, ich habe mich geirrt. Álvaro hätte nicht versuchen sollen, sich zu schützen. Er hätte sein sollen wie du. Er hätte tapfer sein sollen. Wollen wir jetzt zur Klinik gehen und nachschauen, wie es ihm geht?«

Álvaro kommt am nächsten Tag mit der verletzten Hand in einer Schlinge zur Arbeit. Er will über den Vorfall nicht sprechen. Die Männer nehmen sich ihn zum Vorbild und reden auch nicht darüber. Aber der Junge lässt nicht locker. »Wird Señor Daga das Fahrrad zurückbringen?«, fragt er. »Warum heißt er Señor Daga?«

»Nein, er wird nicht zurückkommen«, antwortet er, Simón. »Er mag uns nicht, ihm gefällt die Arbeit nicht, die wir machen, er hat keinen Grund, zurückzukommen. Ich weiß nicht, ob Daga sein richtiger Name ist. Es spielt keine Rolle. Namen spielen keine Rolle. Wenn er sich Daga nennen will, dann soll er doch.«

»Aber warum hat er das Geld gestohlen?«

»Er hat das Geld nicht *gestohlen*. Er hat das Fahrrad nicht *gestohlen*. Stehlen heißt, etwas nehmen, das einem nicht gehört, wenn keiner hinsieht. Wir haben alle zugesehen, als er das Geld genommen hat. Wir hätten ihn daran hindern können, was wir nicht getan haben. Wir haben uns entschieden, nicht mit ihm zu kämpfen. Wir haben uns entschieden, ihn gehen zu lassen. Das findet doch sicher deinen Beifall. Du sagst doch, wir sollten nicht kämpfen.«

»Der Mann hätte ihm mehr Geld geben sollen.«

»Der Zahlmeister? Der Zahlmeister hätte ihm geben sollen, was immer er haben wollte?«

Der Junge nickt.

»Das hätte er nicht machen können. Wenn der Zahlmeister jedem von uns auszahlen würde, was wir wollten, würde ihm das Geld bald ausgehen.«

»Warum?«

»Warum? Weil wir alle mehr wollen, als uns zusteht. So ist die menschliche Natur. Weil wir alle mehr wollen, als wir verdienen.«

»Was ist die menschliche Natur?«

»Das bedeutet, wie die Menschen beschaffen sind, du und ich und Álvaro und Señor Daga und alle anderen. Es bedeutet, wie wir beschaffen sind, wenn wir auf die Welt kommen. Es bedeutet, was wir alle gemeinsam haben. Wir möchten gern glauben, dass wir etwas Besonderes sind, mein Junge, jeder von uns. Aber genau genommen kann das nicht sein. Wenn wir alle etwas Besonderes wären, würde nichts Besonderes übrig bleiben. Doch wir glauben weiter an uns. Wir steigen hinunter in den Bauch des Schiffes, in die Hitze und den Staub, wir laden uns Säcke auf den Rücken und schleppen sie hinauf ins Licht, wir sehen, dass unsere Freunde schuften wie wir, dass sie genau die gleiche Arbeit tun, daran ist nichts Besonderes, und wir sind stolz auf sie und auf uns, alle Kameraden arbeiten mit einem gemeinsamen Ziel zusammen; doch in einem Winkel unseres Herzens, den wir geheim halten, flüstern wir uns zu: *Trotzdem, trotz alledem, bist du etwas Besonderes, du wirst es sehen! Eines Tages, wenn wir es am wenigsten erwarten, wird ein Signal auf Álvaros Pfeife ertönen, und wir werden alle aufgerufen, uns auf dem Kai zu versammeln, wo schon eine große Menschenmenge wartet, und auch ein Mann in schwarzem Anzug und Zylinder; und der Mann im schwarzen Anzug wird dich auffordern, nach vorn zu treten, und sagen:* Sehet diesen einzigartigen Arbeiter, der unser Wohlgefallen hat!, *und er wird uns die Hand schütteln und eine Medaille an die*

Brust heften – Für überdurchschnittliche Pflichterfüllung, *wird auf der Medaille stehen – und alle werden jubeln und klatschen.*

Es liegt in der menschlichen Natur, solche Träume zu haben, selbst wenn es klug wäre, sie für uns zu behalten. Wie wir alle dachte Señor Daga, er sei etwas Besonderes; aber er behielt diesen Gedanken nicht für sich. Er wollte ausgezeichnet werden. Er wollte Anerkennung.«

Er hält inne. Vom Gesichtsausdruck des Jungen ist nicht abzulesen, dass er ein Wort verstanden hat. Ist heute einer seiner einfältigen Tage oder ist er einfach störrisch?

»Señor Daga wollte gelobt werden und eine Medaille bekommen«, sagt er. »Als er die Medaille, von der er träumte, nicht bekam, nahm er dafür das Geld. Er nahm, was er glaubte, verdient zu haben. Das ist alles.«

»Warum hat er keine Medaille bekommen?«, fragt der Junge.

»Weil, wenn wir alle Medaillen bekämen, Medaillen nichts wert sein würden. Weil man sich Medaillen verdienen muss. Wie Geld. Du kriegst keine Medaille, nur weil du eine haben willst.«

»Ich würde Señor Daga eine Medaille geben.«

»Na, dann sollten wir vielleicht dich zu unserem Zahlmeister machen. Dann kriegen wir alle Medaillen und soviel Geld, wie wir wollen, und nächste Woche ist dann nichts mehr in der Geldkassette.«

»In der Geldkassette ist immer Geld«, sagt der Junge. »Deshalb heißt sie ja Geldkassette.«

Er wirft die Hände in die Höhe. »Ich streite mich nicht mit dir, wenn du dich dumm stellst.«

SIEBEN

Einige Wochen nachdem sie sich im Zentrum vorgestellt haben, kommt ein Brief vom Büro des Ministerio de Reubicación in Novilla, der ihm mitteilt, dass ihm und seiner Familie eine Wohnung in der Ost-Vorstadt zugeteilt wurde, deren Bezug spätestens am Mittag des kommenden Montags erfolgt sein soll.

Die Ost-Vorstadt, besser bekannt als die Ostsiedlung, ist ein Viertel mit Sozialwohnungen östlich vom Park, einer Gruppe von Mehrfamilienhäusern mit Rasenflächen dazwischen. Er hat sich mit dem Jungen schon dort umgesehen, wie sie sich auch das Zwillingsviertel, die West-Vorstadt, angesehen haben. Die Häuserblocks, aus denen der Vorort besteht, sind von identischer Bauart, vier Stock hoch. In jedem Stockwerk gehen sechs Wohnungen auf einen Platz, wo es Gemeinschaftseinrichtungen gibt wie einen Kinderspielplatz, ein Planschbecken, Fahrradständer und einen Trockenplatz. Die Ost-Vorstadt gilt allgemein als erstrebenswerter als die West-Vorstadt; sie können sich glücklich schätzen, dorthin geschickt zu werden.

Der Umzug dorthin vom Zentrum ist leicht bewerkstelligt, denn sie besitzen nur wenig und haben keine Freunde gewonnen. Als Nachbarn hatten sie auf der einen Seite einen alten Mann, der im Morgenmantel herumtattert und Selbstgespräche führt, und auf der anderen ein reserviertes Ehepaar, das so tut, als verstünde es sein Spanisch nicht.

Die neue Wohnung im zweiten Stock ist von bescheidener Größe und sparsam möbliert: zwei Betten, ein Tisch und Stühle, eine Kommode und Metallregale. Ein winziger Anbau enthält einen Elektrokocher auf einem Ständer und ein Becken mit fließendem Wasser. Hinter einer Schiebetür verbergen sich Dusche und Toilette.

Für das erste Abendessen in der Siedlung bereitet er das Lieblingsessen des Jungen zu, Pancakes mit Butter und Marmelade. »Hier werden wir uns wohlfühlen, was?«, sagt er. »Das wird ein neues Kapitel in unserem Leben.«

Da er Álvaro davon informiert hat, dass er sich nicht wohl fühlt, hat er keine Bedenken, tageweise freizunehmen. Er verdient mehr als genug für ihre Bedürfnisse, es gibt wenig, wofür er sein Geld ausgeben könnte, er sieht nicht ein, warum er sich sinnlos verausgaben sollte. Außerdem gibt es immer Arbeit suchende Neuankömmlinge, die ihn im Hafen ersetzen können. So verbringt er einige Vormittage einfach im Bett liegend, dösend und wachend, die sonnige Wärme genießend, die durch die Fenster ihres neuen Zuhauses strömt.

Ich rüste mich, sagt er sich. *Ich rüste mich für das nächste Kapitel in diesem Unternehmen.* Mit dem nächsten Kapitel meint er die Suche nach der Mutter des Jungen, die Suche, von der er noch nicht weiß, wo er sie beginnen soll. *Ich sammle meine Kräfte; ich schmiede Pläne.*

Während er sich erholt, spielt der Junge draußen im Sandkasten oder auf den Schaukeln oder streift zwischen den Wäscheleinen umher, summt vor sich hin und wickelt sich in trocknende Bettwäsche wie in einen Kokon, dann kreiselt er, bis er wieder ausgewickelt ist. Das ist ein Spiel, das er offenbar nicht satt bekommt.

»Ich glaube kaum, dass unsere Nachbarn erfreut darüber sein werden, wenn sie sehen, was du mit ihrer frisch gewaschenen Wäsche anstellst«, sagt er. »Was findest du daran so toll?«

»Sie riecht so gut.«

Als er das nächste Mal über den Hof geht, drückt er diskret sein Gesicht in ein Betttuch und atmet tief ein. Es riecht sauber und warm und tröstlich.

Später am Tag sieht er den Jungen, als er aus dem Fenster schaut, auf dem Rasen liegen, Kopf an Kopf mit einem anderen, größeren Jungen. Sie scheinen sich vertraulich zu unterhalten.

»Wie ich sehe, hast du einen neuen Freund«, bemerkt er beim Mittagessen. »Wer ist das?«

»Fidel. Er kann Geige spielen. Er hat mir seine Geige gezeigt. Kann ich auch eine Geige haben?«

»Wohnt er in der Siedlung?«

»Ja. Kann ich auch eine Geige haben?«

»Mal sehen. Geigen sind teuer, und du wirst einen Lehrer brauchen, du kannst nicht einfach eine Geige nehmen und losspielen.«

»Fidels Mutter gibt ihm Unterricht. Sie sagt, sie kann auch mir Unterricht geben.«

»Es ist schön, dass du einen neuen Freund gewonnen hast, ich freue mich für dich. Was den Geigenunterricht angeht, so sollte ich mich vielleicht erst einmal mit Fidels Mutter unterhalten.«

»Können wir jetzt hingehen?«

»Wir können später gehen, nach deinem Schläfchen.«

Fidels Wohnung ist am anderen Ende des Hofes. Noch bevor er klopfen kann, wird die Tür aufgerissen und Fidel steht vor ihnen, stämmig, mit lockigem Haar, lächelnd.

Obwohl die Wohnung nicht größer als ihre und nicht so sonnig ist, wirkt sie freundlicher, vielleicht wegen ihrer heiteren Vorhänge mit dem Kirschblütenmotiv, das sich auf den Tagesdecken fortsetzt.

Fidels Mutter kommt herbei, um ihn zu begrüßen: eine knochige, sogar hagere junge Frau mit vorstehenden Zähnen und straff hinter die Ohren zurückgebundenen Haaren. Auf unerklärliche Weise ist er bei ihrem ersten Anblick enttäuscht, obwohl er dazu keinen Grund hat.

»Ja«, bestätigt sie, »ich habe Ihrem Sohn gesagt, er kann bei Fidels Musikunterricht mitmachen. Später können wir schauen und einschätzen, ob er die Fähigkeit und den Willen hat, Fortschritte zu machen.«

»Das ist sehr freundlich von Ihnen. Übrigens ist David nicht mein Sohn. Ich habe keinen Sohn.«

»Wo sind seine Eltern?«

»Seine Eltern … Das ist eine schwierige Frage. Ich erkläre es, wenn wir mehr Zeit haben. Zum Unterricht: Braucht er eine eigene Geige?«

»Bei Anfängern beginne ich gewöhnlich mit der Blockflöte. Fidel« – sie zieht ihren Sohn zu sich, der sie liebevoll umarmt – »Fidel hat ein Jahr lang Blockflöte gelernt, ehe er mit der Geige angefangen hat.«

Er wendet sich an David. »Hörst du das, mein Junge? Zuerst lernst du Blockflöte spielen, danach Geige. Einverstanden?«

Der Junge zieht ein Gesicht, wirft seinem neuen Freund einen Blick zu, schweigt.

»Es ist ein großes Vorhaben, Geige spielen zu lernen. Du wirst es nicht schaffen, wenn dein Herz nicht dabei ist.« Er wendet sich an Fidels Mutter. »Darf ich fragen, wieviel Sie verlangen?«

Sie wirft ihm einen verwunderten Blick zu. »Ich verlange nichts«, sagt sie. »Ich mache es für die Musik.«

Ihr Name ist Elena. Diesen Namen hätte er nicht vermutet. Er hätte Manuela oder sogar Lourdes vermutet.

Er lädt Fidel und seine Mutter zu einer Busfahrt hinaus zum Neuen Forst ein, eine Fahrt, die Álvaro empfohlen hat (»Das war früher eine Plantage, doch man hat sie verwildern lassen – es wird dir gefallen.«). Von der Endstation des Buses rennen die beiden Jungen den Pfad voraus hinauf, während er und Elena hinterherschlendern.

»Hast du viele Schüler?«, fragt er sie.

»Oh, ich bin keine richtige Musiklehrerin. Ich habe nur ein paar Kinder, denen ich bei den Grundlagen helfe.«

»Wie verdienst du deinen Lebensunterhalt, wenn du kein Geld nimmst?«

»Ich übernehme Näharbeiten. Ich mache dies und das. Ich bekomme eine kleine Beihilfe von der Asistencia. Ich habe genug. Es gibt Wichtigeres als Geld.«

»Du meinst Musik?«

»Musik, ja, aber auch wie man lebt. Wie man leben soll.«

Eine gute Antwort, eine ernsthafte Antwort, eine philosophische Antwort. Er ist, für den Augenblick, zum Schweigen gebracht.

»Hast du einen großen Bekanntenkreis?«, fragt er. »Was ich meine, ist« – er packt den Stier bei den Hörnern –, »gibt es einen Mann in deinem Leben?«

Sie runzelt die Stirn. »Ich habe Freunde. Einige sind

Frauen, einige sind Männer. Ich unterscheide nicht zwischen ihnen.«

Der Pfad wird enger. Sie geht voran; er lässt sich zurückfallen, beäugt ihren Hüftschwung. Er bevorzugt Frauen mit mehr Fleisch auf den Knochen. Dennoch mag er Elena.

»Ich meinerseits kann diese Unterscheidung nicht aufgeben«, sagt er. »Ich würde es auch nicht wollen.«

Sie verlangsamt ihren Schritt, damit er aufholen kann und sieht ihm gerade in die Augen. »Niemand sollte aufgeben müssen, was ihm wichtig ist«, sagt sie.

Die beiden Jungen kehren zurück, keuchend vom Rennen, vor Gesundheit strotzend. »Haben wir was zu trinken?«, fragt Fidel.

Erst als sie auf der Heimfahrt im Bus sind, hat er wieder eine Gelegenheit, sich mit Elena zu unterhalten.

»Ich weiß nicht, wie das bei dir ist«, sagt er, »aber die Vergangenheit ist nicht tot in mir. Einzelheiten sind vielleicht verblasst, aber das Gefühl, wie das Leben früher war, ist noch ziemlich lebhaft. Männer und Frauen, zum Beispiel: Du sagst, du seist über diese Art des Denkens hinaus; ich aber nicht. Ich fühle immer noch, dass ich ein Mann bin und dass du eine Frau bist.«

»Ich gebe dir recht. Männer und Frauen sind verschieden. Sie haben unterschiedliche Rollen zu spielen.«

Die beiden Jungen, auf dem Sitz vor ihnen, flüstern miteinander und kichern. Er nimmt Elenas Hand. Sie entzieht sie ihm nicht. Aber durch die unmissverständliche Sprache des Körpers gibt ihre Hand eine Antwort. Sie stirbt in seinem Griff wie ein Fisch auf dem Trockenen.

»Darf ich fragen«, sagt er, »bist du darüber hinaus, etwas für einen Mann zu empfinden?«

»Es ist nicht so, dass ich nichts empfinde«, antwortet sie langsam und gewissenhaft. »Im Gegenteil, ich empfinde Wohlwollen, viel Wohlwollen. Sowohl dir als auch deinem Sohn gegenüber. Warme Gefühle und Wohlwollen.«

»Mit Wohlwollen meinst du, du wünschst uns alles Gute? Ich bemühe mich, die Idee zu begreifen. Du hast gütige Gefühle für uns?«

»Ja, ganz genau.«

»Güte, muss ich dir sagen, ist etwas, was wir hier ständig erleben. Jeder wünscht uns alles Gute, jeder ist bereit, uns freundlich zu behandeln. Wir werden regelrecht auf einer Wolke des Wohlwollens getragen. Aber es bleibt alles ein wenig abstrakt. Kann Wohlwollen allein unsere Bedürfnisse befriedigen? Liegt es nicht in unserer Natur, etwas Greifbareres zu begehren?«

Mit voller Absicht entzieht ihm Elena ihre Hand. »Du magst dir ja mehr wünschen als Wohlwollen; aber ist das, was du dir wünschst besser als Wohlwollen? Das solltest du dich fragen.« Sie macht eine Pause. »Du sprichst von David immer als ›dem Jungen‹. Warum benutzt du nicht seinen Namen?«

»David ist der Name, den sie ihm im Lager gegeben haben. Er mag ihn nicht, er sagt, es sei nicht sein richtiger Name. Ich versuche, ihn nicht zu benutzen, wenn ich nicht muss.«

»Weißt du, es ist ganz einfach, einen Namen zu ändern. Man geht zum Standesamt und füllt ein Namenänderungsformular aus. Das ist alles. Keine Fragen.« Sie beugt sich nach vorn. »Und was flüstert ihr zwei denn so?«, fragt sie die Jungen.

Ihr Sohn lächelt sie an, legt seine Finger an die Lippen, tut so, als sei das, was sie beide beschäftigt, geheim.

Der Bus setzt sie vor der Siedlung ab. »Ich hätte euch gern zu einer Tasse Tee eingeladen«, sagt Elena, »aber leider ist es Zeit für Fidelitos Bad und Abendbrot.«

»Ich verstehe«, sagt er. »Auf Wiedersehen, Fidel. Vielen Dank für den Spaziergang. Es war eine schöne Zeit mit euch.«

»Du scheinst dich mit Fidel gut zu verstehen«, bemerkt er zum Jungen, als sie dann allein sind.

»Er ist mein bester Freund.«

»Fidel empfindet also Wohlwollen dir gegenüber, wie?«

»Jede Menge Wohlwollen.«

»Und du? Empfindest du auch Wohlwollen?«

Der Junge nickt eifrig.

»Und noch etwas anderes?«

Der Junge schaut ihn verwundert an. »Nein.«

Da hat er es also, aus dem Mund der jungen Kinder und Säuglinge. Aus Wohlwollen entsteht Freundschaft und Glück, ergeben sich gesellige Picknicks im Park oder gesellige Nachmittage mit Spaziergängen im Wald. Während aus Liebe, oder zumindest aus Verlangen in seinen dringlicheren Erscheinungsformen, Frustration und Zweifel und Kummer entstehen. So einfach ist das.

Und was hat er denn mit Elena vor, einer Frau, die er kaum kennt, der Mutter vom neuen Freund des Kindes? Hofft er, sie zu verführen, weil in Erinnerungen, die ihm noch nicht ganz verlorengegangen sind, das einander Verführen etwas ist, das Männer und Frauen tun? Besteht er auf dem Vorrang des Persönlichen (Begierde, Liebe) vor dem Universellen (Wohlwollen, Güte)? Und warum stellt er sich ständig Fragen, statt einfach zu leben, wie alle anderen? Gehört das alles zu einem viel zu zögerlichen Übergang vom Alten und Bequemen (dem Persönlichen) zum

Neuen und Beunruhigenden (dem Universellen)? Ist die endlose Selbstbefragung nichts als eine Wachstumsphase bei jedem Neuankömmling, eine Phase, die Menschen wie Álvaro und Ana und Elena mittlerweile erfolgreich durchlaufen haben? Wenn das so ist, wie lange noch, bis er als ein neuer, vollkommenerer Mann herauskommt?

ACHT

Du hast mir gestern von Wohlwollen gesprochen, Wohlwollen als universellem Balsam für unsere Beschwerden«, sagt er zu Elena. »Aber vermisst du nicht manchmal den einfachen, alten körperlichen Kontakt?«

Sie sind im Park, neben einem Platz, auf dem ein halbes Dutzend ungeregelte Fußballspiele im Gange sind. Man hat Fidel und David erlaubt, bei einem Spiel mitzumachen, obwohl sie eigentlich noch zu klein sind. Pflichtschuldig rennen sie mit den anderen Spielern zurück und stürmen nach vorn, aber der Ball wird ihnen nie zugespielt.

»Wenn man ein Kind großzieht, mangelt es einem nicht an körperlichem Kontakt«, erwidert Elena.

»Mit körperlichem Kontakt meine ich etwas anderes. Ich meine lieben und geliebt werden. Ich meine, jede Nacht mit jemandem schlafen. Vermisst du das nicht?«

»Ob ich das vermisse? Ich bin nicht jemand, der unter Erinnerungen leidet, Simón. Wovon du sprichst, erscheint sehr weit weg. Und – wenn ›mit jemandem schlafen‹ Sex bedeuten soll – auch sehr eigenartig. Eine eigenartige Sache, um sich damit abzugeben.«

»Aber ganz sicher bringt nichts Menschen einander näher als der Sex. Sex würde uns beide einander näher bringen. Zum Beispiel.«

Elena wendet sich ab. »Fidelito!«, ruft sie und winkt. »Komm! Wir müssen jetzt gehen!«

Irrt er sich oder ist ihr Röte ins Gesicht gestiegen?

Die Wahrheit ist, er findet Elena nur mäßig attraktiv. Er mag ihre Knochigkeit nicht, ihre starke Kieferpartie und die vorstehenden Schneidezähne. Aber er ist ein Mann, sie ist eine Frau, und die Freundschaft der Kinder zieht sie zueinander. Deshalb nimmt er sich, trotz einer höflichen Zurückweisung nach der anderen, kleine Freiheiten heraus, Freiheiten, die sie offenbar mehr amüsieren als verärgern. So oder so gleitet er in Tagträumereien, in denen der eine oder andere Glücksumstand Elena in seine Arme treibt.

Dieser Glücksumstand, als er eintritt, verkleidet sich als Stromsperre. Stromsperren sind in der ganzen Stadt nicht selten. Gewöhnlich werden sie einen Tag vorher angekündigt und treffen entweder auf Wohnungen mit geraden Nummern oder auf Wohnungen mit ungeraden Nummern zu. Im Fall der Siedlung treffen sie nach einem Plan auf ganze Gebäude zu.

An dem betreffenden Abend hat es jedoch keine Ankündigung gegeben, nur Fidel klopft an der Tür und fragt, ob er hereinkommen und seine Hausaufgaben machen kann, weil es in ihrer Wohnung kein elektrisches Licht gibt.

»Hast du schon gegessen?«, fragt er den Jungen.

Fidel schüttelt den Kopf.

»Lauf gleich zurück«, sagt er. »Sag deiner Mutter, dass ihr zum Abendbrot eingeladen seid.«

Das Abendbrot, das er für sie zubereitet, besteht nur aus Brot und Suppe (Graupen und Kürbis mit einer Büchse Bohnen aufgekocht; er hat noch kein Geschäft gefunden, das Gewürze verkauft), aber es reicht. Fidel hat die Hausaufgaben bald erledigt. Die Jungen machen es sich mit Bilderbüchern gemütlich; dann plötzlich, wie erschlagen, schläft Fidel ein.

»So war er seit seiner Babyzeit«, sagt Elena. »Nichts kann ihn aufwecken. Ich trage ihn hinüber und stecke ihn ins Bett. Vielen Dank für das Essen.«

»Du kannst nicht in die finstere Wohnung zurück. Bleib über Nacht. Fidel kann mit in Davids Bett schlafen. Ich schlafe auf einem Stuhl. Ich bin es gewöhnt.«

Es ist eine Lüge, er ist es nicht gewöhnt, auf Stühlen zu schlafen, und er bezweifelt, dass es menschenmöglich ist, auf dem kleinen Küchenstuhl mit der geraden Rückenlehne zu schlafen. Aber er lässt Elena keine Chance abzulehnen. »Du weißt, wo das Bad ist. Hier ist ein Handtuch.«

Als er aus dem Bad kommt, ist sie in seinem Bett und die beiden Jungen schlafen Seite an Seite. Er wickelt sich in die Extradecke und schaltet das Licht aus.

Eine Weile ist es still. Dann spricht sie aus der Stille heraus: »Wenn es dir unbequem ist, und davon bin ich überzeugt, kann ich Platz machen.«

Er schlüpft zu ihr ins Bett. Leise, diskret haben sie Sex miteinander, mit Rücksicht auf die Kinder, die unmittelbar daneben schlafen.

Es ist nicht das, was er sich erhofft hat. Ihr Herz ist nicht dabei, er spürt das sofort; was ihn betrifft, erweist sich die Reserve an aufgestauter Begierde, mit der er gerechnet hatte, als Illusion.

»Begreifst du, was ich meine?«, flüstert sie, als es vorbei ist. Mit einem Finger streicht sie ihm über die Lippen. »Es bringt uns nicht weiter, oder?«

Hat sie recht? Sollte er sich diese Erfahrung zu Herzen nehmen und sich vom Sex verabschieden, wie das Elena offenbar getan hat? Vielleicht. Doch einfach eine Frau in den

Armen zu halten, auch wenn sie keine überwältigende Schönheit ist, gibt ihm Auftrieb.

»Ich bin nicht deiner Meinung«, murmelt er zur Antwort. »Eigentlich glaube ich, dass du dich gewaltig irrst.« Er macht eine Pause. »Hast du dich schon einmal gefragt, ob der Preis, den wir für dieses neue Leben zahlen, der Preis des Vergessens, nicht zu hoch sein könnte?«

Sie antwortet nicht, sondern ordnet ihre Unterwäsche und wendet sich von ihm ab.

Obwohl sie nicht zusammenleben, denkt er gern an sich und Elena, nach ihrer ersten gemeinsamen Nacht, als Paar, oder als im Entstehen begriffenes Paar, und an die beiden Jungen demzufolge als Brüder oder Stiefbrüder. Es wird immer mehr zur Gewohnheit für die vier, ihr Abendbrot gemeinsam einzunehmen; an den Wochenenden gehen sie einkaufen oder veranstalten Picknicks oder Ausflüge aufs Land; und obwohl er und Elena keine zweite ganze Nacht miteinander verbringen, erlaubt sie ihm hin und wieder, wenn die Jungen nicht im Weg sind, sie zu lieben. Er gewöhnt sich allmählich an ihren Körper mit den vorspringenden Hüftknochen und winzigen Brüsten. Sie empfindet sexuell wenig für ihn, das ist klar; aber er denkt gern an den Liebesakt als geduldigen und ausgedehnten Akt der Wiederbelebung, des Zurückbringens von Leben in einen weiblichen Körper, der de facto gestorben ist.

Wenn sie ihn zum Liebesakt einlädt, geschieht das ohne jegliche Koketterie. »Wenn du möchtest, können wir es jetzt tun«, sagt sie dann, schließt die Tür und zieht sich aus.

Diese Sachlichkeit hätte ihn früher abgestoßen, wie ihr Nichtreagieren ihn einst vielleicht gedemütigt hätte. Doch er entschließt sich, dass er sich weder abstoßen noch demütigen lassen will. Was sie anbietet, wird er annehmen, so bereitwillig und dankbar, wie er kann.

Gewöhnlich spricht sie von dem Akt einfach als *es tun*, aber manchmal, wenn sie ihn necken will, benutzt sie das Wort *descongelar*, auftauen: »Wenn du möchtest, kannst du wieder einmal versuchen, mich aufzutauen.« Es war ein Wort, das ihm einmal in einem unbedachten Moment entschlüpft war: »Lass mich dich auftauen!« Die Vorstellung, zum Leben zurückgebracht und aufgetaut zu werden, kam ihr damals und kommt ihr heute grenzenlos komisch vor.

Zwischen den beiden entsteht nach und nach, wenn nicht Intimität, dann eine Freundschaft, die er als recht solide, recht verlässlich empfindet. Ob zwischen ihnen sowieso eine Freundschaft entstanden wäre, aufgrund der Freundschaft der Kinder und der vielen gemeinsam verbrachten Stunden, ob *es zu tun* überhaupt etwas dazu beigetragen hat, kann er nicht sagen.

Kommen so Familien zustande, fragt er sich, hier in dieser neuen Welt: gegründet auf Freundschaft, nicht so sehr auf Liebe? Es ist kein Zustand, den er kennt, mit einer Frau nur befreundet zu sein. Aber er sieht durchaus die Vorteile dabei. Er kann sich sogar vorsichtig daran erfreuen.

»Erzähl mir von Fidels Vater«, bittet er Elena.

»Ich kann mich im Zusammenhang mit ihm nicht an viel erinnern.«

»Aber er muss einen Vater haben.«

»Natürlich.«

»War der Vater ein wenig wie ich?«

»Ich weiß nicht. Ich kann es nicht sagen.«

»Würde für dich, nur hypothetisch, jemand wie ich als Ehemann in Betracht kommen?«

»Jemand wie du? Wie du in welcher Hinsicht?«

»Würdest du jemanden wie mich heiraten?«

»Wenn das deine Art ist zu fragen, ob ich dich heiraten würde, dann ist die Antwort ja. Es wäre gut für Fidel und David, für beide. Wann würdest du es denn tun wollen? Weil das Standesamt nur wochentags geöffnet hat. Kannst du dir freinehmen?«

»Bestimmt. Unser Vorarbeiter ist sehr verständnisvoll.«

Nach diesem seltsamen Antrag und dieser seltsamen Annahme (auf die keine Handlung seinerseits folgt) beginnt er eine gewisse Vorsicht bei Elena zu spüren, und eine neue Spannung in ihrer Beziehung. Er bedauert jedoch nicht, gefragt zu haben. Er findet seinen Weg. Er gestaltet ein neues Leben.

»Wie würdest du es aufnehmen«, fragt er an einem anderen Tag, »wenn ich mich mit einer anderen Frau treffen würde?«

»Mit *treffen* meinst du Sex haben?«

»Vielleicht.«

»Und an wen denkst du?«

»An niemand Bestimmten. Ich erkunde nur Möglichkeiten.«

»Erkunden? Ist es für dich nicht an der Zeit, sesshaft zu werden? Du bist kein junger Mann mehr.«

Er schweigt.

»Du fragst, wie ich es aufnehmen würde. Möchtest du eine kurze Antwort oder eine ausführliche Antwort?«

»Eine ausführliche Antwort. Die ausführlichste.«

»Sehr gut. Unsere Freundschaft ist gut für die Jungen gewesen, darüber sind wir uns einig. Sie sind enge Freunde geworden. Sie betrachten uns als Schutzpersonen oder vielleicht sogar als eine einzige schützende Präsenz. Es wäre also nicht gut für sie, wenn unsere Freundschaft beendet werden würde. Und ich sehe keinen Grund dafür, nur weil du dich mit irgendeiner hypothetischen anderen Frau triffst.

Ich nehme jedoch an, dass du mit dieser Frau dieselbe Art von Experiment durchführen willst, das du mit mir durchgeführt hast, und dass du im Verlauf des Experiments die Verbindung zu Fidel und mir verlieren wirst.

Deshalb will ich in Worte fassen, was du selbst, wie ich gehofft habe, hättest begreifen können. Du möchtest diese andere Frau treffen, weil ich dir nicht gebe, was du zu brauchen meinst, nämlich stürmische Leidenschaft. Freundschaft allein ist für dich nicht gut genug. Ohne von stürmischer Leidenschaft begleitet zu werden, ist sie irgendwie unzureichend.

Das klingt mir nach einer alten Denkweise. Nach der alten Denkweise spielt keine Rolle, wieviel man haben mag, es fehlt immer etwas. Du hast dich entschieden, diesem *Etwas-mehr*, das fehlt, den Namen Leidenschaft zu geben. Aber ich wette darauf, wenn dir morgen alle Leidenschaft, die du dir gewünscht hast, geboten würde – Leidenschaft im Überfluss –, würdest du prompt etwas Neues finden, das fehlt, das nicht vorhanden ist. Dieses endlose Unbefriedigtsein, dieses Sehnen nach dem Etwas-mehr, das fehlt, ist eine Denkweise, die wir überwunden haben, meiner Meinung nach. *Nichts fehlt.* Das Nichts, das deiner Meinung nach fehlt, ist eine Illusion. Du lebst mit einer Illusion.

Siehst du, du hast eine ausführliche Antwort gewollt und ich habe dir eine gegeben. Reicht das oder möchtest du noch mehr hören?«

Es ist ein warmer Tag, dieser Tag der ausführlichen Antwort. Leise spielt das Radio; sie liegen auf dem Bett in ihrer Wohnung, voll bekleidet.

»Ich für meinen Teil –«, fängt er an; doch Elena unterbricht ihn. »Pst«, sagt sie. »Kein Reden mehr, zumindest heute nicht.«

»Warum nicht?«

»Weil wir uns als Nächstes zanken würden, und das möchte ich nicht.«

Sie verstummen also und liegen schweigend nebeneinander, lauschen jetzt den Möwen, die bei ihren Rundflügen über dem Hof kreischen, dann den Jungen, die beim gemeinsamen Spiel lachen, dann der Musik im Radio, deren beharrlicher, gleichmäßiger Wohlklang ihn einst besänftigte, ihn aber heute einfach irritiert.

Was er, *für seinen Teil*, sagen möchte, ist, dass das Leben hier für seinen Geschmack zu ruhig ist, dass ihm ein Auf und Ab, Drama und Spannung fehlen – dass es eigentlich der Musik im Radio zu sehr gleicht. *Anodina*: ist das ein spanisches Wort?

Ihm fällt ein, dass er Álvaro einmal gefragt hat, warum es nie Nachrichten im Radio gibt. »Nachrichten wovon?«, erkundigte sich Álvaro. »Nachrichten davon, was in der Welt geschieht«, erwiderte er. »Oh«, meinte Álvaro, »geschieht etwas?« Wie früher schon war er geneigt, Ironie herauszuhören. Doch nein, da war keine.

Álvaro hat keine Ironie in seinem Repertoire. Elena ebenfalls nicht. Elena ist eine intelligente Frau, aber sie sieht keine Zwiespältigkeit in der Welt, keinen Unterschied zwischen dem Anschein der Dinge und dem Sein. Eine intelligente Frau und auch eine bewunderungswürdige Frau, die aus den dürftigsten Materialien – Näharbeiten, Musikstunden, Hausarbeiten – ein neues Leben zusammengefügt hat, ein Leben, von dem sie behauptet – zu Recht? –, das nichts darin fehlt. Das Gleiche gilt für Álvaro und die Schauerleute: Er kann bei ihnen keine geheimen Sehnsüchte entdecken, kein Verlangen nach einer anderen Lebensweise. Nur er ist die Ausnahme, der Unzufriedene, der Außenseiter. Was stimmt mit ihm nicht? Ist es, wie Elena sagt, nur die alte Weise zu denken und zu fühlen, die in ihm noch nicht gestorben ist, sondern in den letzten Zügen zuckt und zittert?

Die Dinge haben hier nicht ihr wahres Gewicht – das wollte er letztlich Elena sagen. Die Musik, die wir hören, hat kein Gewicht. Unseren Liebesbezeigungen mangelt es an Gewicht. Der Nahrung, die wir essen, unserer traurigen Brotdiät, fehlt Substanz – fehlt das Gehaltvolle von tierischem Fleisch, mit all dem Ernst des Blutvergießens und des Opferns dahinter. Sogar unseren Worten fehlt es an Gewicht, diese spanischen Wörter, die uns nicht von Herzen kommen.

Die Musik kommt anmutig zum Schluss. Er steht auf. »Ich muss gehen«, sagt er. »Weißt du noch, wie du mir gestern erzählt hast, dass du nicht an Erinnerungen leiden würdest?«

»Habe ich das gesagt?«

»Ja, das hast du. Als wir beim Fußballspiel im Park zugeschaut haben. Nun, ich bin nicht wie du. Ich leide an Erinnerungen, oder den Schatten von Erinnerungen. Ich weiß, wir sollen alle durch die Überfahrt hierher reingewaschen sein, und es stimmt, ich kann nicht auf ein großes Repertoire zurückgreifen. Aber die Schatten bleiben trotzdem zurück. Daran leide ich. Nur dass ich das Wort *leiden* nicht benutze. Ich halte sie fest, diese Schatten.«

»Das ist gut«, sagt Elena. »Auf der Welt muss es alle möglichen Menschen geben.«

Fidel und David kommen ins Zimmer gestürzt, erhitzt, schwitzend, voller Leben. »Sind Kekse da?«, will Fidel wissen.

»In der Büchse im Schrank«, sagt Elena.

Die beiden Jungen verschwinden in die Küche. »Geht's euch gut?«, ruft Elena.

»Mm«, sagt Fidel.

»Das ist schön«, sagt Elena.

NEUN

Wie läuft der Musikunterricht?«, fragt er den Jungen. »Macht er dir Spaß?«

»Mm. Weißt du was? Wenn Fidel groß ist, kauft er sich eine klitzekleine Geige« – er zeigt, wie klein die Geige sein wird: nur zwei Handbreit – »und er wird ein Clownskostüm anziehen und Geige im Zirkus spielen. Können wir in den Zirkus gehen?«

»Wenn der Zirkus das nächste Mal in die Stadt kommt, können wir hingehen, wir alle. Wir können Álvaro einladen, und vielleicht auch Eugenio.«

Der Junge schmollt. »Ich möchte nicht, dass Eugenio mitkommt. Er sagt solche Dinge über mich.«

»Er hat nur einmal etwas gesagt, dass du den Teufel im Leib hättest, und das war nur so eine Redensart. Er meinte, du hättest einen Funken in dir, der dich gut Schach spielen lässt. Einen Kobold.«

»Ich mag ihn nicht.«

»Gut, dann laden wir Eugenio nicht ein. Was lernst du in deinem Musikunterricht außer Tonleitern?«

»Singen. Möchtest du hören, wie ich singe?«

»Sehr gern. Ich wusste nicht, dass Elena auch Singen unterrichtet. Sie steckt voller Überraschungen.«

Sie sitzen im Bus, der aus der Stadt heraus auf das Land fährt. Obwohl noch mehrere andere Fahrgäste da sind, schämt sich der Junge nicht zu singen. Mit seiner klaren jungen Stimme stimmt er einen Sprechgesang an:

Wer reitet so spät durch Dampf und Wind?
Er ist der Vater mit seinem Kind;
Er halt den Knaben in dem Arm,
Er füttert ihn Zucker, er küsst ihm warm. *

»Das ist alles. Es ist Englisch. Kann ich Englisch lernen? Ich will nicht mehr Spanisch sprechen. Ich hasse Spanisch.«

»Du sprichst sehr gut Spanisch. Du singst auch sehr schön. Vielleicht wirst du Sänger, wenn du groß bist.«

»Nein. Ich werde Zauberer in einem Zirkus. Was heißt das: *Wer reitet so*?«

»Das weiß ich nicht. Ich spreche kein Englisch.«

»Kann ich in die Schule gehen?«

»Darauf musst du noch eine Weile warten, bis zu deinem nächsten Geburtstag. Dann kannst du zusammen mit Fidel in die Schule gehen.«

Sie steigen an der Haltestelle aus, die mit *Endhaltestelle* bezeichnet ist, von wo der Bus zurückfährt. Die Landkarte, die er an der Bushaltestelle mitgenommen hat, zeigt Pfade und Fußwege in die Berge hinauf; sein Plan ist, einem gewundenen Pfad zu folgen, der zu einem See führt, neben dem auf der Karte ein Sternregen anzeigt, dass es ein schönes Fleckchen ist.

Sie steigen als letzte Fahrgäste aus und sind die einzigen Wanderer auf dem Fußweg. Die Landschaft, durch die sie kommen, ist leer. Obwohl sie üppig und fruchtbar wirkt, gibt es kein Anzeichen menschlicher Siedlungen.

---

* Im Original deutsch.

»Ist es nicht friedlich hier auf dem Land!«, bemerkt er dem Jungen gegenüber, obwohl die Leere ihm in Wahrheit eher trostlos als friedlich vorkommt. Es wäre besser, wenn er auf Tiere hinweisen könnte, Kühe oder Schafe oder Schweine, die ihren tierischen Geschäften nachgehen. Sogar Kaninchen würden genügen.

Ab und zu sehen sie Vögel im Flug, aber zu weit weg und zu hoch am Himmel, als dass er sicher sagen könnte, was es für welche sind.

»Ich bin müde«, verkündet der Junge.

Er schaut auf der Karte nach. Sie sind auf halbem Weg zum See, schätzt er. »Ich trage dich eine Weile«, sagt er, »bis deine Kräfte zurückkommen.« Er setzt sich den Jungen auf die Schultern. »Melde, wenn du einen See siehst. Das ist der Ort, wo das Wasser herkommt, das wir trinken. Melde, wenn du ihn siehst. Melde, wenn du irgendwelches Wasser siehst. Oder wenn du irgendwelche Landbevölkerung siehst.«

Sie gehen weiter. Aber entweder hat er die Karte falsch gelesen oder die Karte selbst ist fehlerhaft, denn der Pfad endet, nachdem er steil angestiegen und dann genauso steil abgefallen ist, plötzlich und ohne Vorwarnung an einer Mauer und einem rostigen, mit Efeu überwachsenen Tor. Neben dem Tor ist ein verwittertes gemaltes Schild. Er schiebt den Efeu beiseite. *»La Residencia«*, liest er.

»Was ist eine Residencia?«, fragt der Junge.

»Eine Residencia ist ein Haus, ein großes Haus. Aber diese spezielle Residencia ist vielleicht nur eine Ruine.«

»Können wir mal gucken?«

Sie probieren das Tor aus, aber es bewegt sich nicht. Als sie gerade zurückgehen wollen, kommt, getragen vom Wind, leises Gelächter zu ihnen. Sie folgen dem Laut, bahnen sich den Weg durch dichtes Gestrüpp und kommen an einen Punkt, wo die Mauer einem hohen Maschendrahtzaun weicht. Auf der anderen Seite des Zauns befindet sich ein Tennisplatz, und auf dem Platz sind drei Spieler, zwei Männer und eine Frau, weiß gekleidet, die Männer in Hemden und langen Hosen, die Frau in Rock und Bluse, deren Kragen aufgestellt ist, und einer Mütze mit grünem Schild.

Die Männer sind groß, breitschultrig, schmalhüftig; sie sehen aus wie Brüder, vielleicht sogar Zwillingsbrüder. Die Frau spielt im Team mit einem von ihnen gegen den anderen. Sie sind alle geübte Spieler, das sieht er sofort, geschickt und flink zu Fuß. Der einzelne Mann ist besonders gut und besteht gegen sie mit Leichtigkeit.

»Was machen sie?«, flüstert der Junge.

»Das ist ein Spiel«, antwortet er leise. »Es heißt Tennis. Man versucht, den Ball am Gegenspieler vorbei zu schlagen. Wie das Torschießen beim Fußball.«

Der Ball donnert in den Zaun. Als sie sich umdreht, um ihn zu holen, sieht die Frau sie. »Hallo«, sagt sie und lächelt dem Jungen zu.

In ihm bewegt sich etwas. Wer ist diese Frau? Ihr Lächeln, ihre Stimme, ihre Haltung – an ihr ist etwas merkwürdig Vertrautes.

»Guten Morgen«, sagt er mit trockener Kehle.

»Komm, mach schnell!«, ruft ihr Partner. »Satzball!«

Es werden keine weiteren Worte gewechselt. Und als ihr Partner kurz darauf kommt, um einen Ball zu holen, bedenkt er sie beide mit einem finsteren Blick, als wolle er klarmachen, dass sie nicht willkommen sind, nicht einmal als Zuschauer.

»Ich habe Durst«, flüstert der Junge.

Er reicht ihm die mitgebrachte Wasserflasche.

»Haben wir nichts anderes?«

»Was willst du denn – Nektar?«, zischt er als Antwort, bedauert aber sofort seine Gereiztheit. Aus seinem Rucksack holt er eine Apfelsine und macht ein Loch in die Schale. Der Junge saugt gierig.

»Ist das besser?«, fragt er.

Der Junge nickt. »Gehen wir zur Residencia?«

»Das muss die Residencia sein. Der Tennisplatz muss zu ihr gehören.«

»Können wir reingehen?«

»Wir können es versuchen.«

Sie lassen die Tennisspieler zurück und arbeiten sich durchs Unterholz, immer an der Mauer entlang, bis sie auf einer unbefestigten Straße herauskommen, die zu einem hohen doppelten Eisentor führt. Hinter den Stäben, durch Bäume hindurch, erblicken sie ein imposantes Gebäude aus dunklem Stein.

Die Tore sind zu, aber nicht verschlossen. Sie schlüpfen hindurch und waten knöcheltief in welkem Laub eine Auffahrt hoch. Ein Schild mit einem Pfeil weist auf ein Bogenportal, das in einen Hof führt, in dessen Mitte eine Marmorstatue steht, eine überlebensgroße Figur einer Frau oder vielleicht eines Engels in fließendem Gewand, zum Horizont blickend und eine brennende Fackel in die Höhe reckend.

»Guten Tag«, sagt eine Stimme. »Kann ich Ihnen behilflich sein?«

Der Sprecher ist ein älterer Mann, das Gesicht faltig, der Rücken gebeugt. Er trägt eine verblichene schwarze Uniform; er ist aus einem kleinen Büro oder Pförtnerhaus im Eingang aufgetaucht.

»Ja. Wir sind gerade aus der Stadt gekommen. Ich frage

mich, ob wir vielleicht mit einer der Bewohnerinnen sprechen könnten, einer Dame, die auf dem Platz hinterm Haus Tennis spielt.«

»Und würde die betreffende Dame denn mit Ihnen sprechen wollen, mein Herr?«

»Ich glaube ja. Es gibt eine wichtige Angelegenheit, die ich mit ihr besprechen muss. Eine Familienangelegenheit. Aber wir können warten, bis ihr Spiel zu Ende ist.«

»Und der Name der Dame?«

»Den kann ich Ihnen nicht sagen, weil ich ihn nicht weiß. Aber ich kann sie beschreiben. Ich würde sagen, sie ist ungefähr dreißig, von mittlerer Größe, mit dunklem Haar, das sie nach hinten frisiert trägt. Sie ist in Gesellschaft zweier junger Männer. Und sie ist ganz in Weiß gekleidet.«

»In La Residencia gibt es eine Reihe von Damen, auf die diese Beschreibung zutrifft und von denen einige Tennis spielen. Tennis ist eine recht beliebte Freizeitbeschäftigung.«

Der Junge zieht ihn am Ärmel. »Erzähl ihm von dem Hund«, flüstert er.

»Dem Hund?«

Der Junge nickt. »Der Hund, den sie dabeihatten.«

»Mein junger Freund sagt, sie haben einen Hund«, wiederholt er. Er selbst kann sich an keinen Hund erinnern.

»Aha!«, sagt der Pförtner. Er zieht sich in seinen Unterschlupf zurück und zieht die Glastür hinter sich zu. In dem trüben Licht können sie sehen, dass er dort in Papieren blättert. Dann nimmt er einen Telefonhörer zur Hand, wählt eine Nummer, lauscht, legt den Hörer wieder auf und kehrt zurück. »Tut mir leid, mein Herr, es antwortet niemand.«

»Das kommt, weil sie auf dem Tennisplatz ist. Können wir nicht einfach zum Platz gehen?«

»Bedaure, aber das ist nicht gestattet. Unsere Anlagen sind Besuchern nicht zugänglich.«

»Dürfen wir dann hier warten, bis sie das Spiel beendet hat?«

»Bitte sehr.«

»Dürfen wir im Garten spazieren gehen, während wir warten?«

»Bitte.«

Sie schlendern in den überwucherten Garten.

»Wer ist die Frau?«, fragt der Junge.

»Hast du sie nicht erkannt?«

Der Junge schüttelt den Kopf.

»Hast du nicht eine seltsame Regung in der Brust verspürt, als sie uns angesprochen hat, als sie Hallo gesagt hat – ging es dir nicht irgendwie zu Herzen, als könntest du sie schon früher gesehen haben, an einem anderen Ort?«

Zweifelnd schüttelt der Junge den Kopf.

»Ich frage, weil die Frau vielleicht genau die Person ist, nach der wir suchen. Zumindest sagt mir das mein Gefühl.«

»Wird sie meine Mutter sein?«

»Ich weiß es nicht mit Sicherheit. Wir werden sie fragen müssen.«

Sie vollenden ihren Rundgang durch den Garten. Wieder am Pförtnerhaus angelangt, pocht er an die Glastür. »Würden Sie so freundlich sein, die Dame noch einmal anzurufen?«, fragt er.

Der Pförtner wählt eine Nummer. Diesmal wird der Anruf angenommen. »Ein Herr am Tor möchte Sie sprechen«, hört er ihn sagen. »Ja … ja …« Er wendet sich zu ihnen. »Sie haben doch gesagt, es handele sich um eine Familienangelegenheit, nicht wahr?«

»Ja, eine Familienangelegenheit.«

»Und der Name?«

»Der Name spielt keine Rolle.«

Der Pförtner schließt die Tür und setzt das Gespräch fort. Schließlich kommt er heraus. »Die Dame will sie empfangen«, sagt er. »Es gibt aber ein gewisses Problem. Kindern ist der Zutritt zur Residencia nicht gestattet. Leider muss ihr kleiner Junge hier warten.«

»Das ist seltsam. Warum haben Kinder keinen Zutritt?«

»Keine Kinder in der Residencia. Das ist Vorschrift. Ich mache die Vorschriften nicht, ich wende sie nur an. Er wird hierbleiben müssen, während Sie Ihren Familienbesuch machen.«

»Wirst du bei diesem Herrn hier bleiben?«, fragt er den Jungen. »Ich komme zurück, sobald ich kann.«

»Nein«, sagt der Junge. »Ich will mitkommen.«

»Das verstehe ich. Aber ich bin sicher, sobald die Dame hört, dass du hier draußen wartest, wird sie mit rauskommen und dich sehen wollen. Wirst du also ein großes Opfer bringen und bei diesem Herrn hier bleiben, nur für eine kleine Weile?«

»Kommst du bestimmt zurück? Versprichst du es?«

»Natürlich.«

Der Junge schweigt, will ihn nicht ansehen.

»Können Sie nicht in diesem Fall eine Ausnahme machen?«, fragt er den Pförtner. »Er wird ganz still sein, er wird niemanden belästigen.«

»Tut mir leid, mein Herr, keine Ausnahmen. Wo würden wir hinkommen, wenn wir Ausnahmen machen würden? Bald würde jeder eine Ausnahme für sich fordern, und dann blieben keine Vorschriften mehr übrig, oder?«

»Du kannst im Garten spielen«, sagt er dem Jungen. Zum Pförtner: »Er darf doch im Garten spielen?«

»Natürlich.«

»Kletter doch auf einen Baum«, sagt er dem Jungen. »Hier gibt es eine Menge guter Kletterbäume. Ich bin im Handumdrehen zurück.«

Nach den Anweisungen des Pförtners überquert er den Hof, geht durch ein zweites Tor und klopft an einer Tür mit der Aufschrift *Una*. Keine Antwort. Er tritt ein.

Er ist in einem Wartezimmer. Die Wände sind weiß tapeziert, mit einem Lyra- und Lilien-Motiv in Blassgrün. Verborgene Leuchtkörper strahlen weißes Licht diskret nach oben. Es gibt ein Sofa aus weißem Kunstleder und zwei Sessel. Auf einem Tischchen neben der Tür stehen ein halbes Dutzend Flaschen und verschiedenste Gläser.

Er setzt sich und wartet. Die Minuten verstreichen. Er steht auf und schaut den Korridor entlang. Kein Lebenszeichen. Müßig untersucht er die Flaschen. Cream Sherry, Sherry dry. Wermut. Alkoholgehalt 4%. Oblivedo. Wo liegt Oblivedo?

Dann ist sie plötzlich da, noch immer in Tenniskleidung, kräftiger als sie auf dem Platz gewirkt hatte, beinah mollig. Sie trägt einen Teller, den sie auf den Tisch stellt. Ohne ihn zu begrüßen, setzt sie sich auf das Sofa, schlägt die Beine unter ihrem langen Rock übereinander. »Sie wollten mich sprechen?«, sagt sie.

»Ja.« Sein Herz klopft schnell. »Danke, dass Sie gekommen sind. Ich heiße Simón. Sie kennen mich nicht, ich bin nicht wichtig. Ich komme im Namen einer anderen Person und überbringe einen Vorschlag.«

»Möchten Sie sich nicht setzen?«, sagt sie. »Möchten Sie etwas essen? Ein Glas Sherry?«

Mit zittriger Hand gießt er sich ein Glas Sherry ein und nimmt eines der dünnen dreieckigen Sandwiches. Gurke.

Er setzt sich ihr gegenüber, kippt den süßen Wein hinunter. Er steigt ihm direkt in den Kopf. Die Anspannung löst sich und Worte kommen herausgestürzt.

»Ich habe jemanden mitgebracht. Genaugenommen das Kind, das Sie auf dem Tennisplatz gesehen haben. Der Junge ist draußen und wartet. Der Pförtner wollte ihn nicht hereinlassen. Weil er ein Kind ist. Werden Sie mitkommen zu ihm?«

»Sie haben ein Kind zu mir gebracht?«

»Ja.« Er steht auf und gießt sich noch ein Glas von dem befreienden Sherry ein. »Entschuldigen Sie – das muss verwirrend sein, wenn Fremde einfach so kommen, ohne sich anzumelden. Aber ich kann Ihnen nicht sagen, wie wichtig es ist. Wir sind –«

Ohne Vorwarnung geht die Tür plötzlich auf und der Junge steht selbst vor ihnen, außer Atem, keuchend.

»Komm her«, winkt er den Jungen heran. »Erkennst du die Dame jetzt?« Er wendet sich an sie. Ihr Gesicht ist vor Schreck erstarrt. »Darf er Ihre Hand nehmen?« Und zum Jungen: »Komm, nimm die Hand der Dame.«

Der Junge bleibt stocksteif stehen.

Jetzt taucht der Pförtner selbst auf der Bildfläche auf, deutlich verärgert. »Entschuldigen Sie, mein Herr«, sagt er, »aber das ist gegen die Vorschriften, wie ich Ihnen gesagt habe. Ich muss Sie bitten zu gehen.«

Er wendet sich hilfesuchend an die Frau. Bestimmt muss sie nicht dem Pförtner und seinen Vorschriften gehorchen. Doch sie äußert kein Wort des Protestes.

»Geben Sie Ihrem Herzen einen Ruck«, sagt er zum Pförtner. »Wir sind weit gereist. Wenn wir uns nun alle in den Garten begeben würden? Wäre das immer noch gegen die Vorschriften?«

»Nein. Aber beachten Sie, die Tore werden Punkt fünf Uhr geschlossen.«

Er spricht zu der Frau. »Können wir in den Garten gehen? Bitte! Geben Sie mir eine Chance, es zu erklären.«

Schweigend gehen die drei, der Junge an seiner Hand, über den Platz in den verwilderten Garten.

»Das muss einmal ein großartiges Anwesen gewesen sein«, bemerkt er, versucht, die Atmosphäre zu klären und wie ein vernünftiger Erwachsener zu sprechen. »Schade, dass der Garten so vernachlässigt ist.«

»Wir haben nur einen Vollzeitgärtner. Es ist zu viel für ihn.«

»Und Sie selbst? Wohnen Sie hier schon lange?«

»Schon eine Weile. Wenn wir dem Pfad da folgen, kommen wir zu einem Teich mit Goldfischen. Ihrem Sohn wird das vielleicht gefallen.«

»Tatsächlich bin ich nicht sein Vater. Ich kümmere mich um ihn. Ich bin eine Art Beschützer. Vorübergehend.«

»Wo sind seine Eltern?«

»Seine Eltern … Das ist der Grund, weshalb wir heute hier sind. Der Junge hat keine Eltern, nicht auf die gewöhnliche Art. Es hat während der Fahrt hierher einen Zwischenfall auf dem Schiff gegeben. Ein Brief ging verloren, der möglicherweise alles erklärt hätte. Als Folge davon sind seine Eltern verloren, oder, genauer gesagt, ist er verloren. Er wurde von seiner Mutter getrennt und wir versuchen, sie zu finden. Die Sache mit seinem Vater ist eine andere.«

Sie sind am versprochenen Teich angekommen, in dem tatsächlich Goldfische sind, kleine und große. Der Junge kniet sich an den Teichrand und benutzt ein Schilfrohr beim Versuch, sie anzulocken.

»Ich will genauer sein«, sagt er und spricht nun leise und schnell. »Der Junge hat keine Mutter. Seit wir vom Schiff heruntergekommen sind, haben wir die ganze Zeit nach ihr gesucht. Würden Sie in Betracht ziehen, ihn zu sich zu nehmen?«

»Ihn zu mir zu nehmen?«

»Ja, ihm eine Mutter zu sein. Seine Mutter zu sein. Wollen Sie ihn als Sohn annehmen?«

»Ich verstehe nicht. Ich verstehe wirklich gar nichts. Machen Sie den Vorschlag, dass ich Ihren Jungen adoptieren soll?«

»Nicht adoptieren. Seine Mutter sein, seine vollwertige Mutter. Jeder von uns hat nur eine Mutter. Wollen Sie ihm diese einzige Mutter sein?«

Bis hierher hat sie ihm aufmerksam zugehört. Aber nun fängt sie an, sich etwas verzweifelt umzuschauen, als hoffe sie, dass jemand – der Pförtner, einer ihrer Tennispartner, irgendjemand – ihr zu Hilfe kommt.

»Was ist mit seiner richtigen Mutter?«, fragt sie. »Wo ist sie? Lebt sie noch?«

Er hatte geglaubt, der Junge wäre zu beschäftigt mit den Goldfischen, um zuzuhören. Aber jetzt meldet er sich plötzlich: »Sie ist nicht tot!«

»Wo ist sie dann?«

Das Kind schweigt. Eine Weile schweigt auch er. Dann spricht er. »Glauben Sie mir bitte – nehmen Sie mein Wort – das ist keine einfache Angelegenheit. Der Junge ist ohne Mutter. Was das bedeutet, kann ich Ihnen nicht erklären, weil ich es mir selbst nicht erklären kann. Aber ich verspreche Ihnen, wenn Sie einfach Ja sagen, ohne vorherige oder nachträgliche Überlegung, wird Ihnen alles klar werden, klar wie der Tag, das glaube ich jedenfalls. Also: Wollen Sie dieses Kind als das Ihre annehmen?«

Sie schaut auf ihr Handgelenk, an dem sich keine Armbanduhr befindet. »Es wird spät«, sagt sie. »Meine Brüder werden auf mich warten.« Sie dreht sich um und geht mit großen Schritten schnell in Richtung der Residenz, ihr Rock fegt dabei durch das Gras.

Er läuft ihr hinterher. »Bitte!«, sagt er. »Einen Augenblick noch. Hier. Lassen Sie mich seinen Namen aufschreiben. Er heißt David. Das ist der Name, unter dem er bekannt ist, der Name, der ihm im Lager gegeben wurde. Und das ist, wo wir wohnen, direkt am Stadtrand, in der Ost-Vorstadt. Denken Sie bitte darüber nach.« Er drückt ihr den Zettel in die Hand. Dann ist sie fort.

»Will sie mich nicht?«, fragt das Kind.

»Natürlich will sie dich. Du bist so ein hübscher, kluger Junge, wer würde dich nicht wollen? Aber sie muss sich zuerst an den Gedanken gewöhnen. Wir haben den Samen in sie gelegt; jetzt müssen wir geduldig sein und ihm Zeit zum Wachsen lassen. Solange ihr, du und sie, euch gern habt, wird er gewiss wachsen und zur Entfaltung kommen. Du hast doch die Frau gern, nicht wahr? Du merkst, wie freundlich sie ist, freundlich und lieb.«

Der Junge schweigt.

Als sie den Weg zurück zur Endhaltestelle gefunden haben, ist es beinah schon dunkel. Im Bus schläft der Junge in seinen Armen ein; er muss ihn schlafend von der Haltestelle zur Wohnung tragen.

Mitten in der Nacht wird er aus einem tiefen Schlaf gerissen. Es ist der Junge, der an seinem Bett steht, Tränen laufen ihm übers Gesicht. »Ich habe Hunger!«, wimmert er.

Er steht auf, macht etwas Milch warm, schmiert Butter auf eine Scheibe Brot.

»Werden wir dort wohnen?«, fragt der Junge mit vollem Mund.

»In La Residencia? Kaum. Ich hätte dort nichts zu tun. Ich würde werden wie eine von den Bienen, die nur am Bienenstock herumlungern und auf Mahlzeiten warten. Aber wir können am Morgen darüber sprechen. Es hat überhaupt keine Eile.«

»Ich möchte nicht dort wohnen. Ich möchte hier wohnen, bei dir.«

»Niemand wird dich zwingen zu wohnen, wo du nicht willst. Jetzt wollen wir wieder ins Bett.«

Er sitzt beim Kind, streichelt es sanft, bis es eingeschlafen ist. *Ich möchte bei dir wohnen.* Wenn nun dieser Wunsch bittere Wahrheit wird? Ist er fähig, sowohl Vater als auch Mutter für das Kind zu sein, es zu einem guten Menschen zu erziehen, während er die ganze Zeit der Arbeit im Hafen nachgeht?

Er verflucht sich innerlich. Hätte er doch ihr Anliegen ruhiger, vernünftiger vorgebracht! Aber nein, er musste sich benehmen wie ein Verrückter, die arme Frau mit seinen Bitten und Forderungen überfallen. *Nehmen Sie dieses Kind an! Seien Sie seine einzige Mutter!* Es wäre besser gewesen, wenn er einen Weg gefunden hätte, ihr den Jungen in den Arm zu geben, Körper an Körper, Fleisch an Fleisch. Dann wären vielleicht Erinnerungen, tiefer als alle Gedanken, wieder wachgerufen worden und alles wäre gut gewesen. Aber leider kam er zu plötzlich für sie, dieser große Moment, wie er auch für ihn zu plötzlich gekommen war. Er war ihm plötzlich erschienen wie ein Stern, und er hatte versagt.

ZEHN

Wie sich jedoch herausstellt, ist nicht alles verloren. Als es gerade zwölf schlägt, kommt der Junge in einem Zustand großer Erregung die Treppe hochgelaufen. »Sie sind hier, sie sind hier!«, ruft er.

»Wer ist hier?«

»Die Dame von der Residencia! Die Dame, die meine Mutter sein wird! Sie ist mit einem Auto gekommen.«

Die Dame, die an der Tür in einem ziemlich förmlichen dunkelblauen Kleid erscheint, mit einem seltsamen Hütchen samt einer kitschigen goldenen Hutnadel und – er traut seinen Augen nicht – weißen Handschuhen, als mache sie einen Besuch beim Rechtsanwalt, kommt nicht allein. Sie wird begleitet von dem hochgewachsenen jungen Mann, der es auf dem Tennisplatz so gekonnt mit zwei Gegnern aufgenommen hatte. »Mein Bruder Diego«, erklärt sie.

Diego nickt ihm zu, sagt aber kein Wort.

»Nehmen Sie bitte Platz«, sagt er zu seinen Gästen. »Wenn Sie nichts dagegen haben, auf dem Bett … Wir haben noch keine Möbel gekauft. Kann ich Ihnen ein Glas Wasser anbieten? Nein?«

Die Dame aus La Residencia hockt neben ihrem Bruder auf dem Bett; sie zerrt nervös an ihren Handschuhen, räuspert sich. »Würden Sie bitte für uns wiederholen, was Sie gestern gesagt haben?«, sagt sie. »Fangen Sie am Anfang an, ganz am Anfang.«

»Wenn ich ganz am Anfang anfinge, würden wir den ganzen Tag brauchen«, antwortet er und versucht, entschlossen und vor allem vernünftig zu klingen. »Lassen Sie mich lieber Folgendes sagen. Wir, David und ich, sind hierhergekommen wie alle anderen auch, für ein neues Leben, einen neuen Anfang. Was ich für David will, was auch David will, ist ein normales Leben, wie das jedes jungen Menschen. Aber – das ist selbstverständlich – um ein normales Leben zu führen, braucht er eine Mutter, muss er einer Mutter geboren werden, sozusagen. Habe ich nicht recht?«, sagt er, an den Jungen gewandt. »Das willst du doch. Du willst deine eigene Mutter.«

Der Junge nickt nachdrücklich.

»Ich bin immer sicher gewesen – fragen Sie mich nicht, warum –, dass ich Davids Mutter erkennen würde, wenn ich sie sehe; und wo ich Ihnen nun begegnet bin, weiß ich, dass ich recht hatte. Es konnte kein Zufall sein, der uns zu La Residencia geführt hat. Eine Hand musste uns geführt haben.«

Wie er sehen kann, wird Diego die harte Nuss sein, die es zu knacken gilt: Diego, nicht die Frau, deren Namen er nicht weiß und nicht erfragen will. Die Frau wäre nicht hier, wenn sie nicht bereit wäre, sich überreden zu lassen.

»Eine unsichtbare Hand«, wiederholt er. »Wahrhaftig.«

Diego durchbohrt ihn mit seinem Blick. *Lügner!*, sagt der.

Er holt tief Luft. »Sie haben Zweifel, wie ich sehe. *Wie kann dieses Kind, das ich vorher nie gesehen habe, mein Kind sein?*, fragen Sie sich. Ich beschwöre Sie: Schieben Sie den Zweifel weg, hören Sie stattdessen auf das, was Ihr Herz

Ihnen sagt. Schauen Sie ihn an. Schauen Sie den Jungen an. Was sagt Ihr Herz?«

Die junge Frau bleibt die Antwort schuldig, schaut den Jungen überhaupt nicht an, sondern wendet sich zu ihrem Bruder, als wolle sie sagen: *Siehst du? Es ist, wie ich dir gesagt habe. Hör dir diesen unglaublichen, diesen verrückten Vorschlag von ihm an! Was soll ich tun?*

Mit gedämpfter Stimme spricht der Bruder. »Können wir irgendwo vertraulich miteinander reden, Sie und ich?«

»Natürlich. Wir können nach draußen gehen.«

Er führt Diego die Treppe hinunter, über den Hof, über den Rasen, zu einer Bank im Schatten eines Baumes. »Setzen Sie sich«, sagt er. Diego ignoriert die Einladung. Er setzt sich selbst. »Was kann ich für Sie tun?«, fragt er.

Diego stützt sich mit einem Bein auf die Bank und beugt sich über ihn. »Zunächst einmal, wer sind Sie und warum sind Sie hinter meiner Schwester her?«

»Wer ich bin, spielt keine Rolle. Ich bin nicht wichtig. Ich bin so etwas wie ein Diener. Ich kümmere mich um das Kind. Und ich bin nicht hinter Ihrer Schwester her. Ich bin hinter der Mutter des Kindes her. Das ist ein Unterschied.«

»Wer ist das Kind? Wo haben Sie es aufgelesen? Ist er Ihr Enkel? Wo sind seine Eltern?«

»Er ist nicht mein Enkel und auch nicht mein Sohn. Wir sind nicht verwandt. Wir sind durch einen Zufall auf dem Schiff zusammengekommen, als er gewisse Dokumente verlor, die er bei sich führte. Aber warum sollte das eine Rolle spielen? Wir kommen hier an, wir alle, Sie, ich, Ihre Schwester, der Junge, reingewaschen von der Vergangenheit. Zufällig ist der Junge in meiner Obhut. Das ist vielleicht kein Schicksal, das ich mir ausgesucht habe, aber ich nehme es an. Mit der Zeit hat es sich ergeben, dass er sich auf mich verlässt. Wir haben inzwischen ein enges Verhältnis. Aber ich kann nicht alles für ihn sein. Ich kann nicht seine Mutter sein.

Ihre Schwester – leider weiß ich ihren Namen nicht – ist seine Mutter, seine natürliche Mutter. Ich kann nicht erklären, wie das geschieht, aber es ist so, so einfach ist das. Und in ihrem Herzen weiß sie das. Warum sonst ist sie heute hier, was glauben Sie? Äußerlich mag sie ruhig scheinen, aber hinter dem Äußeren erkenne ich, dass es sie begeistert, dieses große Geschenk, das Geschenk eines Kindes.«

»Kinder sind in La Residencia nicht zugelassen.«

»Keiner würde es wagen, eine Mutter von ihrem Kind zu trennen, egal was die Vorschriften sagen. Und Ihre Schwester muss ja auch nicht weiter in La Residencia wohnen. Sie könnte diese Wohnung hier übernehmen. Sie gehört ihr. Ich überlasse sie ihr. Ich finde eine andere Bleibe.«

Sich vorbeugend, als wolle er vertraulich mit ihm sprechen, verpasst ihm Diego einen plötzlichen Schlag gegen den Kopf. Schockiert versucht er sich zu schützen, als ihn ein zweiter Schlag trifft. Es sind keine heftigen Schläge, doch sie erschüttern ihn.

»Warum machen Sie das!«, ruft er, sich erhebend, aus.

»Ich bin kein Trottel!«, zischt Diego. »Hältst du mich für einen Trottel?« Wieder erhebt er drohend die Hand.

»Keinen Moment lang habe ich Sie für einen Trottel gehalten.« Er muss diesen jungen Mann beruhigen, der aufgebracht sein muss – und wer wäre das nicht? – bei dieser seltsamen Einmischung in sein Leben. »Es ist eine ungewöhnliche Geschichte, das gebe ich zu. Aber denken Sie doch einmal an das Kind. Seine Bedürfnisse haben Vorrang.«

Sein Appell bewirkt nichts: Diegos Blick ist noch genauso aggressiv wie zuvor. Er spielt seine letzte Karte aus. »Kommen Sie, Diego«, sagt er, »hören Sie auf Ihr Herz! Wenn guter Wille in Ihrem Herzen wohnt, dann werden Sie doch gewiss nicht einem Kind seine Mutter vorenthalten!«

»Es steht Ihnen nicht zu, meinen guten Willen anzuzweifeln«, sagt Diego.

»Dann beweisen Sie ihn! Kommen Sie mit mir zurück und beweisen Sie dem Kind, zu wieviel gutem Willen Sie in der Lage sind. Kommen Sie!« Und er steht auf und nimmt Diegos Arm.

Ein seltsames Schauspiel empfängt sie. Diegos Schwester kniet auf dem Bett und kehrt ihnen den Rücken zu, sie kniet rittlings über dem Jungen – der unter ihr flach auf dem Rücken liegt –, ihr Kleid ist hochgerafft und gestattet einen Blick auf ihre festen, ziemlich dicken Schenkel. »Wo ist die Spinne, wo ist die Spinne …?«, summt sie mit hohem, dünnem Stimmchen. Ihre Finger wandern seine Brust hinunter zur Gürtelschnalle; sie kitzelt ihn, bis er sich in hilflosem Gelächter krümmt.

»Wir sind wieder da«, verkündet er mit lauter Stimme. Sie krabbelt mit gerötetem Gesicht vom Bett.

»Inés macht mit mir ein Spiel«, sagt der Junge.

Inés! So heißt sie also! Und in dem Namen ist das Wesen!

»Inés!«, sagt der Bruder und winkt sie schroff zu sich. Sie zieht ihr Kleid herunter und streicht es glatt, dann eilt sie ihm nach. Aus dem Korridor dringt wütendes Geflüster.

Inés kommt zurückmarschiert, den Bruder im Schlepptau. »Wir möchten, dass Sie alles noch einmal vorbringen«, sagt sie.

»Sie wollen, dass ich meinen Vorschlag wiederhole?«

»Ja.«

»Nun gut. Ich mache den Vorschlag, dass Sie Davids Mutter werden. Ich gebe jeden Anspruch auf ihn auf (er hat einen Anspruch auf mich, aber das ist eine andere Sache). Ich werde jedes Papier unterschreiben, das Sie mir vorlegen, um das zu bestätigen. Sie können mit ihm als Mutter und Kind zusammenleben. Das kann geschehen, sobald Sie wollen.«

Diego schnaubt aufgebracht. »Das ist alles Blödsinn!«, ruft er aus. »Du kannst nicht die Mutter dieses Kindes sein, er hat schon eine Mutter, die Mutter, die ihn geboren hat! Ohne die Erlaubnis seiner Mutter kannst du ihn nicht adoptieren. Hör auf mich!«

Er wechselt einen stillen Blick mit Inés. »Ich will ihn«, sagt sie, nicht an ihn, sondern an den Bruder gewandt. »Ich will ihn«, wiederholt sie. »Aber wir können nicht in La Residencia bleiben.«

»Wie ich schon Ihrem Bruder gesagt habe, können Sie gern hier einziehen. Das kann heute geschehen. Ich ziehe dann sofort aus. Das wird Ihr neues Zuhause sein.«

»Ich will nicht, dass du fortgehst«, sagt der Junge.

»Ich gehe nicht weit weg, mein Junge. Ich werde zu Elena und Fidel ziehen. Du kannst mit deiner Mutter jederzeit zu Besuch kommen.«

»Ich will, dass du hierbleibst«, sagt der Junge.

»Das ist lieb von dir, aber ich kann mich nicht zwischen dich und deine Mutter drängen. Von jetzt an werdet ihr beide zusammen sein. Du wirst eine Familie haben. Ich kann nicht Mitglied dieser Familie sein. Aber ich werde ein Helfer sein, ein Diener und ein Helfer. Das verspreche ich.« Er wendet sich an Inés. »Sind wir uns einig?«

»Ja.« Wo sie sich jetzt entschieden hat, ist Inés recht herrisch geworden. »Wir kommen morgen wieder. Wir bringen unseren Hund mit. Werden Ihre Nachbarn etwas gegen einen Hund einzuwenden haben?«

»Das würden sie sich nicht trauen.«

Als Inés und ihr Bruder am nächsten Vormittag zurückkommen, hat er schon die Fußböden gekehrt, die Fliesen geschrubbt, die Bettwäsche gewechselt; seine eigenen Besitztümer sind zusammengeschnürt, bereit zum Abtransport.

Diego führt die ankommende Prozession und trägt einen großen Koffer auf der Schulter. Er lässt ihn auf das Bett fallen. »Es kommt noch mehr«, verkündet er bedrohlich. Und so ist es: ein Koffer, noch größer, und ein Stapel Bettwäsche, dazu eine riesige Daunenbettdecke.

Er, Simón, zögert seinen Abschied nicht hinaus. »Sei artig«, sagt er zum Jungen. »Gurke isst er nicht«, sagt er zu Inés. »Und lassen Sie ein Licht brennen, wenn er zu Bett geht, er schläft nicht gern im Dunkeln.«

Sie gibt nicht zu erkennen, dass sie ihn gehört hat. »Hier drinnen ist es kalt«, sagt sie und reibt sich die Hände. »Ist es immer so kalt?«

»Ich werde einen Heizstrahler kaufen. Ich bringe ihn morgen oder übermorgen.« Diego streckt er die Hand hin, die Diego zögernd ergreift. Dann nimmt er sein Bündel und geht mit großen Schritten fort, ohne sich umzublicken.

Er hatte angegeben, dass er bei Elena wohnen würde,

beabsichtigt das aber in Wirklichkeit nicht. Er geht zu den Hafenanlagen, die am Wochenende menschenleer sind, und verstaut seine Habseligkeiten in der kleinen Hütte am Kai Zwei, in der die Männer ihre Sachen aufbewahren. Dann geht er zur Siedlung zurück und klopft an Elenas Tür. »Hallo«, ruft er, »können wir beide mal miteinander reden?«

Beim Tee skizziert er ihr die neue Ordnung. »Ich bin sicher, dass David aufblühen wird, wo er jetzt eine Mutter hat, die sich um ihn kümmert. Es hat ihm nicht gutgetan, nur von mir betreut zu werden. Er stand zu sehr unter Druck, selbst ein kleiner Mann zu werden. Ein Kind braucht seine Kindheit, findest du nicht auch?«

»Ich traue meinen Ohren nicht«, erwidert Elena. »Ein Kind ist kein Küken, dass man irgendeiner fremden Henne unter die Flügel stecken kann, damit sie es aufzieht. Wie konntest du nur David jemand überantworten, den du vorher nie gesehen hast, einer Frau, die vermutlich aus einer momentanen Laune heraus handelt und das Interesse verlieren wird, noch ehe die Woche um ist und ihn zurückgeben will?«

»Bitte, Elena, verurteile diese Inés nicht, bevor du sie kennengelernt hast. Sie handelt nicht aufgrund einer momentanen Laune; im Gegenteil, ich glaube, dass sie aufgrund einer Kraft handelt, die stärker ist als sie selbst. Ich zähle auf dich, dass du uns hilfst, dass du ihr hilfst. Sie befindet sich auf unbekanntem Territorium; sie hat keine Erfahrung mit der Mutterschaft.«

»Ich verurteile diese deine Inés nicht. Wenn sie um Hilfe bittet, werde ich ihr helfen. Aber sie ist nicht die Mutter deines Jungen und du solltest aufhören, sie so zu nennen.«

»Elena, sie *ist* seine Mutter. Ich bin in dieses Land gekommen, ohne irgendetwas außer einer felsenfesten Überzeugung: dass ich die Mutter des Jungen erkennen würde, wenn ich sie sehe. Und als ich Inés erblickte, wusste ich sofort, sie ist es.«

»Du bist einer Eingebung gefolgt?«

»Mehr als das. Einer Überzeugung.«

»Einer Überzeugung, einer Eingebung, einer Einbildung – was macht den Unterschied, wenn man es nicht überprüfen kann? Ist dir schon einmal in den Sinn gekommen, dass, wenn wir alle nach unseren Eingebungen handeln würden, die Welt zum Chaos werden würde?«

»Ich sehe nicht, warum das so sein sollte. Und was ist verkehrt an einem bisschen Chaos hin und wieder, wenn daraus Gutes entsteht?«

Elena zuckt mit den Schultern. »Ich möchte mich nicht streiten. Dein Sohn hat heute seinen Unterricht verpasst. Das ist nicht das erste Mal. Wenn er nicht weiter Musikunterricht haben will, teile es mir bitte mit.«

»Das kann nicht länger ich entscheiden. Und noch einmal, er ist nicht mein Sohn, ich bin nicht sein Vater.«

»Wirklich? Du leugnest es immer wieder, aber manchmal frage ich mich doch. Mehr sage ich nicht. Wo wirst du die heutige Nacht verbringen? Am Busen deiner neu gefundenen Familie?«

»Nein.«

»Möchtest du hier schlafen?«

Er steht vom Tisch auf. »Danke, aber ich habe andere Vorkehrungen getroffen.«

In Anbetracht dessen, dass die in der Dachrinne nistenden Tauben unablässig scharren und rascheln und gurren, schläft er in dieser Nacht recht gut auf seinem Lager aus

Säcken in seinem kleinen Unterschlupf. Er beginnt den Tag ohne Frühstück, kann aber einen ganzen Tag arbeiten und sich am Ende wohlfühlen, wenn auch ein wenig ätherisch, ein wenig geisterhaft.

Álvaro fragt nach dem Jungen, und Álvaros Anteilnahme bewegt ihn so, dass er für einen Moment geneigt ist, ihm die gute Nachricht zu erzählen, die Nachricht, dass die Mutter des Jungen gefunden wurde. Aber dann denkt er an Elenas Reaktion auf eben diese Nachricht, hält sich zurück und erzählt eine Lüge: David ist von seiner Lehrerin zu einer großen Musikveranstaltung mitgenommen worden.

Eine Musikveranstaltung, sagt Álvaro, und sieht misstrauisch aus: Was ist das, und wo findet sie statt?

Keine Ahnung, antwortet er und wechselt das Thema.

Es wäre schade, scheint ihm, wenn der Junge die Verbindung zu Álvaro verlieren und seinen Freund El Rey, das Zugpferd, nie wieder sehen würde. Er hofft, dass Inés dem Jungen, wenn sie erst einmal die Verbindung mit ihm gefestigt hat, erlauben wird, den Hafen zu besuchen. Die Vergangenheit ist so von Wolken des Vergessens verhangen, dass er nicht mit Sicherheit sagen kann, ob seine Erinnerungen echte Erinnerungen sind, oder bloß Geschichten, die er erfindet; aber er weiß, dass es ihm als Kind gewiss gefallen hätte, wenn es ihm gestattet worden wäre, sich eines Morgens in der Gesellschaft von erwachsenen Männern auf den Weg zu machen und den Tag damit zu verbringen, ihnen beim Be- und Entladen großer Schiffe zu helfen. Eine Dosis Wirklichkeit kann nur gut für das Kind sein, scheint ihm, so lange die Dosis nicht zu plötzlich oder zu groß ist.

Er hatte die Absicht gehabt, sich bei Naranjas Vorräte zu besorgen, aber er hat es zu lange aufgeschoben – als er endlich dort ankommt, ist das Geschäft geschlossen. Voller Hunger, und auch einsam, klopft er wieder an Elenas Tür. Die Tür wird von Fidel im Schlafanzug geöffnet. »Hallo Fidel, mein Junge«, sagt er, »darf ich reinkommen?«

Elena sitzt am Tisch und näht. Sie begrüßt ihn nicht, hebt die Augen nicht von ihrer Arbeit.

»Hallo«, sagt er. »Stimmt etwas nicht? Ist was passiert?«

Sie schüttelt den Kopf.

»David darf nicht mehr hierherkommen«, sagt Fidel. »Die neue Dame sagt, er kann nicht kommen.«

»Die neue Dame«, sagt Elena, »hat verkündet, dass dein Sohn nicht mit Fidel spielen darf.«

»Aber warum?«

Sie zuckt mit den Schultern.

»Gib ihr Zeit, sich einzugewöhnen«, sagt er. »Die Mutterrolle ist neu für sie. Natürlich ist sie zunächst etwas unberechenbar.«

»Unberechenbar?«

»Unberechenbar in ihren Urteilen. Überbesorgt.«

»Gehört dazu, dass sie David verbietet, mit Freunden zu spielen?«

»Sie kennt dich und Fidel nicht. Wenn sie dich erst einmal kennenlernt, wird sie sehen, welch guten Einfluss ihr habt.«

»Und was wäre dein Vorschlag, wie sie uns kennenlernen soll?«

»Ihr müsst doch einfach einmal aufeinandertreffen. Schließlich seid ihr Nachbarn.«

»Warten wir's ab. Hast du was gegessen?«

»Nein. Die Geschäfte waren geschlossen, als ich hinkam.«

»Du meinst Naranjas. Naranjas ist montags geschlossen, das hätte ich dir sagen können. Ich kann dir einen Teller Suppe anbieten, wenn dir Aufgewärmtes von gestern Abend nichts ausmacht. Wo wohnst du jetzt?«

»Ich habe ein Zimmer in der Nähe des Hafens. Es ist etwas primitiv, aber für den Augenblick reicht es.«

Elena wärmt die Suppe auf und schneidet Brotscheiben für ihn ab. Er versucht, langsam zu essen, obwohl er eigentlich einen Bärenhunger hat.

»Über Nacht kannst du leider nicht bleiben«, sagt sie. »Du weißt schon, warum.«

»Natürlich. Ich bitte nicht darum zu bleiben. Meine neue Unterkunft ist richtig bequem.«

»Du bist vertrieben worden, nicht wahr? Aus deinem Heim. Das ist die Wahrheit, ich sehe es. Du Armer. Abgeschnitten von deinem Jungen, den du so sehr liebst.«

Er steht vom Tisch auf. »Es muss sein«, sagt er. »Das liegt in der Natur der Sache. Danke für das Essen.«

»Komm morgen wieder. Ich gebe dir zu essen. Das ist das mindeste, was ich tun kann. Dir zu essen geben und dich trösten. Obwohl ich glaube, dass du einen Fehler gemacht hast.«

Er verabschiedet sich. Er sollte schnurstracks in sein neues Zuhause im Hafen. Aber er zögert, geht dann über den Hof, steigt die Treppe hoch und klopft leise an die Tür seiner alten Wohnung. Unter der Tür schimmert Licht durch: Inés muss noch auf sein. Nachdem er lange gewartet hat, klopft er erneut. »Inés?«, flüstert er.

Eine Handbreit von ihm auf der anderen Seite hört er sie: »Wer ist da?«

»Simón. Kann ich reinkommen?«

»Was wollen Sie?«

»Kann ich ihn sehen? Nur ganz kurz.«

»Er schläft.«

»Ich wecke ihn nicht auf. Ich möchte ihn nur sehen.«

Stille. Er klinkt an der Tür. Sie ist verschlossen. Kurz darauf wird das Licht ausgeschaltet.

ELF

Mit seiner Einquartierung im Hafen verstößt er möglicherweise gegen irgendeine Vorschrift. Das beunruhigt ihn nicht. Er will jedoch nicht, dass es Álvaro mitbekommt, weil durch seine Herzensgüte Álvaro sich dann verpflichtet fühlen würde, ihm ein Zuhause anzubieten. Deshalb versteckt er jeden Morgen, ehe er den Schuppen verlässt, seine wenigen Habseligkeiten sorgfältig zwischen den Dachsparren, wo man sie nicht sehen kann.

Ordentlich und sauber zu bleiben, ist ein Problem. Zum Duschen geht er in die Turnhalle in der Ostsiedlung; er wäscht seine Sachen per Hand und hängt sie auf die Wäscheleinen dort. Dabei hat er keine Bedenken – schließlich wird er noch als Bewohner geführt – aber aus Vorsicht kommt er nur nach Einbruch der Dunkelheit, weil er nicht mit Inés zusammentreffen will.

Es vergeht eine Woche, in der er seine ganze Energie in die Arbeit steckt. Dann am Freitag, als er die Taschen voller Geld hat, klopft er an der Tür seiner alten Wohnung.

Die Tür wird von einer lächelnden Inés aufgerissen. Ihr Gesicht zieht sich bei seinem Anblick in die Länge. »Oh, Sie sind es«, sagt sie. »Wir sind gerade im Aufbruch.«

Hinter ihr taucht der Junge auf. Er sieht irgendwie merkwürdig aus. Nicht nur, dass er ein neues weißes Hemd trägt (eigentlich mehr Bluse als Hemd – es hat vorn Rüschen und hängt ihm über die Hose), er klammert sich an Inés' Rock, erwidert seinen Gruß nicht und starrt ihn mit großen Augen an.

Ist etwas passiert? War es ein katastrophaler Fehler, ihn an diese Frau zu übergeben? Und warum duldet er diese exzentrische, mädchenhafte Bluse – er, dem sein Outfit als kleiner Mann so wichtig war, sein Mantel und seine Mütze und seine Schnürstiefel. Denn die Stiefel sind auch fort, wurden durch Schuhe ersetzt – blaue Schuhe mit Riemchen statt Schnürsenkeln und mit Messingknöpfen an der Seite.

»Dann hab ich Glück gehabt, dass ich euch noch angetroffen habe«, sagt er und versucht, seine Stimme unbeschwert klingen zu lassen. »Ich bringe den versprochenen Heizstrahler.«

Inés wirft einen misstrauischen Blick auf den kleinen Strahler mit einem Heizstab, den er ihr hinhält. »In La Residencia gibt es in jeder Wohnung ein Kaminfeuer«, sagt sie. »Ein Mann bringt jeden Abend Holzscheite und macht das Feuer.« Nach einer gedankenverlorenen Pause: »Es ist wunderbar.«

»Das tut mir leid. Es muss einen Abstieg bedeuten, wenn man in der Siedlung wohnen muss.« Er wendet sich an den Jungen. »Du gehst also heute Abend aus. Und wohin gehst du denn?«

Der Junge antwortet nicht direkt, sondern blickt zu seiner neuen Mutter hoch, als wolle er sagen: *Sag du's ihm.*

»Wir gehen fürs Wochenende zu La Residencia«, sagt Inés. Und wie zur Bestätigung kommt Diego, in weißer Tenniskleidung, den Korridor herauf.

»Das ist schön«, sagt er. »Ich dachte, Kinder seien in La

Residencia nicht gestattet. Ich dachte, das sei die Vorschrift.«

»Das ist die Vorschrift«, sagt Diego. »Aber das Personal hat dieses Wochenende frei. Keiner ist da, um zu kontrollieren.«

»Keiner kontrolliert«, echot Inés.

»Nun, ich bin nur vorbeigekommen, um zu sehen, ob alles in Ordnung ist, und vielleicht etwas beim Einkauf zu helfen. Hier: ich habe einen kleinen Beitrag mitgebracht.«

Ohne ein Wort des Dankes nimmt Inés das Geld entgegen. »Ja, bei uns ist alles bestens«, sagt sie. Sie drückt das Kind fest an sich. »Wir haben ordentlich zu Mittag gegessen und dann ein Schläfchen gemacht, und jetzt fahren wir mit dem Auto, um Bolívar zu besuchen, und morgen Vormittag werden wir Tennis spielen und schwimmen.«

»Das klingt aufregend«, sagt er. »Und wir haben auch ein hübsches neues Hemd, wie ich sehe.«

Der Junge erwidert nichts. Mit dem Daumen im Mund hat er nicht aufgehört, ihn mit diesen großen Augen anzustarren. Er kommt immer mehr zu der Überzeugung, dass etwas schiefläuft.

»Wer ist Bolívar?«, fragt er.

Zum ersten Mal spricht der Junge. »Bolívar ist ein Schafhund.«

»Ein Schäferhund«, sagt Inés. »Bolívar ist unser Hund.«

»Ach ja, Bolívar«, sagt er. »Der war doch mit euch auf dem Tennisplatz, nicht wahr? Ich will nicht überängstlich sein, Inés, aber Schäferhunde haben keinen guten Ruf, was Kinder betrifft. Ich hoffe, dass Sie aufpassen.«

»Bolívar ist der freundlichste Hund der Welt.«

Er weiß, dass sie ihn nicht leiden kann. Bis zu diesem Augenblick hat er angenommen, das sei, weil sie in seiner

Schuld steht. Aber nein, die Abneigung ist persönlicher und direkter, und deshalb hartnäckiger. Wie schade! Dem Kind wird beigebracht werden, ihn als Feind zu betrachten, der Feind ihrer Mutter-Kind-Seligkeit.

»Ich wünsche dir eine wunderschöne Zeit«, sagt er. »Vielleicht komme ich am Montag wieder vorbei. Dann kannst du mir alles erzählen. Einverstanden?«

Der Junge nickt.

»Auf Wiedersehen«, sagt er.

»Auf Wiedersehen«, sagt Inés. Von Diego kein Wort.

Er trottet zurück zum Hafen, mit dem Gefühl, dass etwas in ihm erloschen ist, mit dem Gefühl, ein alter Mann zu sein. Er hatte eine große Aufgabe, und diese Aufgabe ist erledigt. Der Junge wurde an seine Mutter übergeben. Wie eins der traurigen männlichen Insekten, deren einzige Funktion ist, ihren Samen an das Weibchen zu übergeben, könnte er jetzt genauso gut verkümmern und sterben. Es ist nichts mehr da, auf das er sein Leben ausrichten könnte.

Er vermisst den Jungen. Als er am nächsten Morgen aufwacht, das leere Wochenende vor sich, ist es, als wache er nach einer Operation auf und stelle fest, dass ihm ein Bein entfernt wurde – ein Bein oder vielleicht sogar das Herz. Er bringt den Tag damit zu, ziellos herumzulaufen, die Zeit totzuschlagen. Er wandert in den leeren Hafenanlagen herum; er streift kreuz und quer durch den Park, wo Scharen von Kindern Ball spielen oder Drachen steigen lassen.

Das Gefühl, die verschwitzte kleine Hand des Jungen in der seinen zu halten, ist ihm noch lebhaft gegenwärtig. Ob der Junge ihn geliebt hat, weiß er nicht, aber ganz sicher hat er ihn gebraucht und ihm vertraut. Ein Kind gehört zu seiner Mutter – keinen Augenblick lang würde er das leugnen. Aber wenn die Mutter nun keine gute Mutter ist? Wenn Elena nun recht hat? Aus welchem Komplex privater Bedürfnisse heraus hat diese Inés, von deren Geschichte er nicht das Geringste weiß, die Chance ergriffen, ein eigenes Kind zu haben? Vielleicht ist das Gesetz der Natur ja weise, das besagt, bevor das embryonische Wesen, das werdende Wesen, als lebendige Seele in die Welt treten kann, muss es eine Zeitlang im Schoß der Mutter getragen werden. Vergleichbar mit den Wochen der Innerlichkeit, die der Muttervogel auf den Eiern sitzend verbringt, ist eine Periode der Abgeschiedenheit und Selbstbesinnung nicht nur für einen winzigen Organismus, der ein Mensch werden soll, nötig, sondern auch für eine Frau, die von einer Jungfrau zu einer Mutter werden soll.

Irgendwie geht der Tag vorüber. Er denkt daran, Elena aufzusuchen, entscheidet sich in letzter Minute dagegen, weil er sich nicht in der Lage sieht, die nörgelnde Befragung, die ihn dort erwartet, zu ertragen. Er hat nichts gegessen, hat keinen Appetit. Er lässt sich auf seinem Bett aus Säcken nieder, ruhelos, sorgenvoll.

Am nächsten Tag ist er im Morgengrauen an der Bushaltestelle. Es vergeht eine Stunde, ehe der erste Bus kommt. Von der Endhaltestelle folgt er dem Pfad bergauf zu La Residencia, zum Tennisplatz. Der Platz ist menschenleer. Er lässt sich nieder und wartet.

Um zehn kommt der zweite Bruder, derjenige, dem er noch nicht das Vergnügen hatte, vorgestellt zu werden, in seinen weißen Tennissachen und fängt an, das Netz zu spannen. Er beachtet den Fremden nicht, der keine dreißig Schritte entfernt gut sichtbar ist. Nach einer Weile erscheint die restliche Gruppe.

Der Junge sieht ihn sofort. In seiner X-beinigen Art (er

ist ein ungeschickter Läufer) kommt er über den Platz gelaufen. »Simón! Wir spielen jetzt Tennis!«, ruft er. »Willst du mitspielen?«

Durch die Maschen des Zauns ergreift er die Finger des Jungen. »Ich bin kein guter Tennisspieler«, sagt er, »ich schaue lieber zu. Hast du Spaß? Kriegst du genug zu essen?«

Der Junge nickt nachdrücklich. »Ich hatte Tee zum Frühstück. Inés sagt, ich bin groß genug, um Tee zu trinken.« Er dreht sich um und ruft laut: »Ich kann Tee trinken, stimmt's, Inés?«, dann, ohne eine Pause zu machen, sprudelt er heraus: »Und ich habe Bolívar sein Futter gegeben, und Inés sagt, wir können nach dem Tennis mit Bolívar spazieren gehen.«

»Bolívar, der Schäferhund? Sei bitte vorsichtig mit Bolívar. Reize ihn nicht.«

»Schäferhunde sind die besten Hunde. Wenn sie einen Dieb erwischen, lassen sie nicht mehr los. Möchtest du sehen, wie ich Tennis spiele? Ich bin noch nicht sehr gut, ich muss erst noch üben.« Damit wirbelt er herum und läuft zu Inés und ihren Brüdern, die dastehen und sich beraten. »Können wir jetzt üben?«

Sie haben ihn mit weißen Shorts ausgestattet. Mit der weißen Bluse ist er jetzt also ganz in Weiß, abgesehen von den blauen Schuhen mit den Riemchen. Aber der Tennisschläger, den sie ihm gegeben haben, ist viel zu groß – selbst mit zwei Händen kann er ihn kaum schwingen.

Bolívar, der Schäferhund, schleicht über den Platz und legt sich im Schatten hin. Bolívar ist ein Rüde, mit mächtigen Schultern und einer schwarzen Halskrause. Vom Aussehen nach ist er nicht weit entfernt von einem Wolf.

»Komm her, Großer!«, ruft Diego. Er steht über dem

Jungen, seine Hände umfassen die Hände des Jungen, die den Schläger halten. Der andere Bruder schlägt einen Ball. Zusammen holen sie aus; sauber treffen sie den Ball. Der Bruder schlägt noch einmal einen Ball. Wieder treffen sie ihn. Diego tritt zurück. »Ich kann ihm nichts beibringen«, ruft er seiner Schwester zu. »Er ist ein Naturtalent.« Der Bruder schlägt einen dritten Ball. Der Junge holt mit dem schweren Schläger aus, verfehlt den Ball und fällt beim Versuch fast vornüber.

»Spielt, ihr beiden«, ruft Inés ihren Brüdern zu. »David und ich werden Bälle werfen.«

Mit gekonnter Leichtigkeit spielen die beiden Brüder den Ball übers Netz hin und her, während Inés und der Junge hinter dem kleinen Holzpavillon verschwinden. Er, *el viejo*, der stille Zuschauer, wird einfach ignoriert. Man könnte nicht deutlicher unterstreichen, dass er unerwünscht ist.

ZWÖLF

Er hat geschworen, seinen Kummer für sich zu behalten, aber als Álvaro zum zweiten Mal fragt, was aus dem Jungen geworden ist (»Ich vermisse ihn – wir alle vermissen ihn«), kommt die ganze Geschichte heraus.

»Wir haben nach seiner Mutter gesucht und – sieh da! – wir haben sie gefunden«, sagt er. »Jetzt sind die beiden wieder vereint, und sie sind sehr glücklich miteinander. Leider ist bei dem Leben, das Inés für ihn im Sinn hat, nicht das Herumhängen mit Männern im Hafen inbegriffen. Inbegriffen sind nette Kleidung, gute Manieren und regelmäßige Mahlzeiten. Wogegen nichts einzuwenden ist, schätze ich.«

Natürlich ist dagegen nichts einzuwenden. Welches Recht hat er, sich zu beklagen?

»Das muss ein ganz schöner Schlag für dich gewesen sein«, sagt Álvaro. »Der Junge ist etwas Besonderes. Jeder kann das sehen. Und ihr beiden hattet ein enges Verhältnis.«

»Ja, wir hatten ein enges Verhältnis. Aber es ist nicht etwa so, dass ich ihn nicht wiedersehen werde. Es ist nur, dass seine Mutter das Gefühl hat, er und sie werden ihre Bindung leichter wiederherstellen, wenn ich eine Weile nicht auf der Bildfläche erscheine. Und auch dagegen ist nichts einzuwenden.«

»In der Tat«, sagt Álvaro. »Aber es setzt sich über die Bedürfnisse des Herzens hinweg, oder?«

Die Bedürfnisse des Herzens: Wer hätte gedacht, dass Álvaro eine solche Redeweise zur Verfügung steht? Ein Mann stark und treu. Ein Kamerad. Warum kann er Álvaro nicht sein Herz ausschütten, ganz offen sein? Aber nein: »Ich habe kein Recht, Forderungen zu stellen«, hört er sich sagen. *Heuchler!* »Außerdem stehen die Rechte des Kindes immer über den Rechten der Erwachsenen. Ist das nicht ein Rechtsprinzip? Die Rechte des Kindes als Zukunftsträger.«

Álvaro bedenkt ihn mit einem zweifelnden Blick. »Von einem solchen Prinzip habe ich nie gehört.«

»Dann ein Naturgesetz. Blut ist dicker als Wasser. Ein Kind gehört zu seiner Mutter. Besonders ein kleines Kind. Im Vergleich dazu sind meine Ansprüche sehr abstrakt, sehr künstlich.«

»Du liebst ihn. Er liebt dich. Das ist nicht künstlich. Das Gesetz ist künstlich. Er sollte bei dir sein. Er braucht dich.«

»Das ist freundlich, dass du das sagst, Álvaro, aber braucht er mich wirklich? Vielleicht ist die Wahrheit, dass ich derjenige bin, der ihn braucht. Vielleicht stütze ich mich mehr auf ihn als er sich auf mich. Wer weiß denn übrigens, wie wir die erwählen, die wir lieben? Es ist alles ein großes Geheimnis.«

An diesem Nachmittag bekommt er überraschend Besuch: Fidel kommt auf seinem Fahrrad im Hafen an und bringt einen Zettel mit einer gekritzelten Botschaft: *Wir haben dich erwartet. Hoffentlich ist nichts passiert. Möchtest du heute Abend zum Essen kommen? Elena.*

»Richte deiner Mutter aus: *Danke, ich komme*«, sagt er zu Fidel.

»Ist das deine Arbeit?«, fragt Fidel.

»Ja, damit bin ich beschäftigt. Ich helfe, Schiffe wie dieses da zu be- und entladen. Leider kann ich dich nicht mit an Bord nehmen, es ist ein bisschen gefährlich. Vielleicht später einmal, wenn du älter bist.«

»Ist es eine Galeone?«

»Nein, es hat keine Segel, also kann es keine Galeone sein. Es wird von Kohle angetrieben. Das heißt, es verheizt Kohle, um die Maschinen anzutreiben, die es bewegen. Morgen werden sie Kohle für die Rückreise laden. Das geschieht auf Kai Zehn, nicht hier. Damit habe ich nichts zu tun. Darüber bin ich froh. Es ist eine unangenehme Arbeit.«

»Warum?«

»Weil Kohlen überall auf dir schwarzen Staub hinterlassen, selbst in den Haaren. Auch weil Kohle sehr schwer für die Träger ist.«

»Warum kann David nicht mit mir spielen?«

»So ist es nicht, Fidel. Es ist nur, dass seine Mutter ihn für eine Weile ganz für sich haben möchte. Sie hat ihn lange nicht gesehen.«

»Ich dachte, du hast gesagt, sie hat ihn nie gesehen.«

»Sozusagen. Sie hat ihn im Traum gesehen. Sie wusste, dass er kommt. Sie hat auf ihn gewartet. Jetzt ist er da, und sie ist überglücklich. Ihr Herz ist voll.«

Der Junge schweigt.

»Fidel, ich muss jetzt wieder an die Arbeit. Ich komme heute Abend zu dir und deiner Mutter.«

»Heißt sie Inés?«

»Davids Mutter? Ja, sie heißt Inés.«

»Ich mag sie nicht. Sie hat einen Hund.«

»Du kennst sie nicht. Wenn du sie kennenlernst, wirst du sie mögen.«

»Nein. Es ist ein böser Hund. Ich habe Angst vor ihm.«

»Ich habe den Hund gesehen. Er heißt Bolívar, und ich stimme dir zu, du solltest dich von ihm fernhalten. Es ist ein Schäferhund. Schäferhunde neigen dazu, unberechenbar zu sein. Ich bin überrascht, dass sie ihn in die Siedlung mitgebracht hat.«

»Beißt er?«

»Nicht ausgeschlossen.«

»Und wo genau wohnst du jetzt«, fragt Elena, »da du deine nette Wohnung aufgegeben hast?«

»Ich hab's dir doch gesagt: Ich habe mir ein Zimmer in der Nähe des Hafens genommen.«

»Ja, aber wo genau? In einer Pension?«

»Nein. Es ist egal, wo es ist oder was für ein Zimmer es ist. Für meine Zwecke ist es gut genug.«

»Hat es eine Kochgelegenheit?«

»Ich brauche keine Kochgelegenheit. Ich würde sie nicht benutzen, wenn ich sie hätte.«

»Du lebst also von Brot und Wasser. Ich dachte, du hättest Brot und Wasser satt.«

»Brot ist die Grundlage des Lebens. Wer Brot hat, leidet keinen Mangel. Elena, bitte hör mit dieser Ausfragerei auf. Ich bin sehr wohl in der Lage, für mich selbst zu sorgen.«

»Das bezweifle ich. Ich bezweifle es sehr. Können die Leute vom Aufnahmezentrum dir nicht eine neue Wohnung besorgen?«

»Soweit dem Zentrum bekannt ist, bin ich noch glücklich in meiner alten Wohnung untergebracht. Sie werden mir wohl kein zweites Domizil besorgen.«

»Und Inés – hast du nicht gesagt, dass Inés Zimmer in

La Residencia hat? Warum kann sie mit dem Kind nicht dort wohnen?«

»Weil Kinder in La Residencia nicht gestattet sind. La Residencia ist eine Art Erholungsheim, so weit ich das mitbekommen habe.«

»Ich kenne La Residencia. Ich bin dort zu Besuch gewesen. Weißt du, dass sie einen Hund mitgebracht hat? Es ist eine Sache, einen kleinen Hund in einer Wohnung zu halten, aber das ist ein großer, mächtiger Wolfshund. Das ist nicht hygienisch.«

»Es ist kein Wolfshund, es ist ein Schäferhund. Ich gebe zu, dass er mich nervös macht. Ich habe David ermahnt, er solle vorsichtig sein. Auch Fidel habe ich das gesagt.«

»Fidel werde ich ganz bestimmt nicht in seine Nähe lassen. Bist du sicher, dass du das Richtige getan hast, dein Kind an eine solche Frau wegzugeben?«

»An eine Frau mit Hund?«

»An eine kinderlose Frau in den Dreißigern. Eine Frau, die ihre Zeit damit zubringt, Sport mit Männern zu treiben. Eine Frau, die Hunde hält.«

»Inés spielt Tennis. Viele Frauen spielen Tennis. Es macht Spaß. Es hält dich fit. Und sie hat nur einen Hund.«

»Hat sie dir irgendetwas über ihre Herkunft, ihre Vergangenheit erzählt?«

»Nein. Ich habe sie nicht gefragt.«

»Nun, meiner Meinung nach bist du nicht bei Trost, dein Kind an eine Fremde zu übergeben, die nach allem, was du weißt, eine zweifelhafte Vergangenheit gehabt hat.«

»Das ist Unsinn, Elena. Inés hat keine Vergangenheit, keine, die zählt. Keiner von uns hat eine Vergangenheit. Wir fangen hier neu an. Wir fangen als unbeschriebenes Blatt an, als jungfräuliches Blatt. Und Inés ist keine

Fremde. Ich habe sie erkannt, sobald ich sie erblickt habe, was bedeutet, dass ich sie irgendwie schon vorher gekannt haben muss.«

»Du kommst hier ohne Erinnerungen an, als unbeschriebenes Blatt, aber du behauptest, Gesichter aus der Vergangenheit wiederzuerkennen. Das ergibt keinen Sinn.«

»Es ist wahr: Ich habe keine Erinnerungen. Aber Bilder sind noch erhalten, Schatten von Bildern. Wie das kommt, kann ich nicht erklären. Etwas Tieferes ist auch erhalten geblieben, was ich die Erinnerung daran, eine Erinnerung zu haben, nenne. Nicht aus der Vergangenheit erinnere ich mich an Inés, sondern von anderswo. Es ist, als ob das Bild von ihr in mir eingebettet gewesen wäre. Ich habe keine Zweifel an ihr, keine nachträglichen Bedenken. Zumindest zweifle ich nicht, dass sie die wahre Mutter des Jungen ist.«

»Welche Zweifel hast du dann?«

»Ich hoffe nur, dass sie für ihn gut ist.«

DREIZEHN

Im Rückblick markiert dieser Tag, als Elena ihren Sohn zu ihm in den Hafen geschickt hat, den Moment, an dem er und sie, die in seiner Vorstellung zwei Schiffe auf einem beinahe windstillen Ozean waren, vielleicht dahintreibend, aber im Großen und Ganzen aufeinander zu treibend, auseinander zu treiben begannen. Es gibt immer noch vieles, was ihm an Elena gefällt, nicht zuletzt ihre Bereitschaft, sich seine Klagen anzuhören. Aber das Gefühl verfestigt sich, dass etwas, das zwischen ihnen vorhanden sein sollte, fehlt; und wenn Elena dieses Gefühl nicht teilt, wenn sie glaubt, nichts fehle, dann kann sie nicht sein, was in seinem Leben fehlt.

Er sitzt auf einer Bank in den Außenanlagen der Ostsiedlung und schreibt eine Mitteilung an Inés.

> Ich habe mich mit einer Frau angefreundet, die auf der anderen Seite des Hofes, im Wohnblock C wohnt. Sie heißt Elena. Sie hat einen Sohn namens Fidel, der zu Davids engstem Freund geworden ist und einen beruhigenden Einfluss auf ihn ausübt. Für einen Jungen hat Fidel ein gutes Herz, werden Sie feststellen.
> David hat bei Elena Musikunterricht gehabt. Überreden Sie ihn doch einmal, Ihnen etwas vorzusingen. Er singt wunderbar. Mein Gefühl ist, dass er mit seinem Unter-

richt weitermachen sollte, aber natürlich ist das Ihre Entscheidung.
David versteht sich auch mit meinem Vorarbeiter im Hafen, Álvaro, ein weiterer guter Freund. Wenn man gute Freunde hat, ermuntert das einen, selbst gut zu sein. Dass er eine gute Entwicklung nimmt – ist das nicht, was wir uns beide für David wünschen?
Wenn ich Ihnen in irgendeiner Weise behilflich sein kann [schließt er den Brief], brauchen Sie nur ein Zeichen zu geben. An den meisten Tagen bin ich im Hafen, auf Kai Zwei. Fidel überbringt gern Botschaften; David kennt den Weg auch.

Er steckt die Mitteilung in Inés' Briefkasten. Er erwartet keine Antwort und erhält tatsächlich auch keine. Er hat keine klare Vorstellung davon, was für eine Frau Inés ist. Ist sie eine Frau, die zum Beispiel gutgemeinte Ratschläge anzunehmen gewillt ist, oder ist sie eine, die ungehalten reagiert, wenn Fremde ihr sagen wollen, wie sie ihr Leben zu führen hat, die ihre Botschaften in den Abfall wirft? Ob sie überhaupt ihren Briefkasten kontrolliert?

Im Souterrain von Wohnblock F der Ost-Vorstadt, im selben Block, in dem sich auch die städtische Turnhalle befindet, ist ein Bäckerladen, den er bei sich Verpflegungsstützpunkt nennt. Er hat an Wochentagen vormittags von neun bis zwölf geöffnet. Außer Brot und anderen Backwaren verkauft er zu lachhaft niedrigen Preisen solche Grundnahrungsmittel wie Zucker, Salz, Mehl und Speiseöl.

Im Verpflegungsstützpunkt kauft er einen Vorrat an Büchsensuppen, den er zu seinem Unterschlupf im Hafen bringt. Seine Abendmahlzeit besteht, wenn er allein ist, aus Brot und Suppe, kalt. Er gewöhnt sich an die Gleichförmigkeit.

Da die meisten Bewohner der Siedlung den Verpflegungsstützpunkt nutzen, glaubt er, dass auch Inés ihn nutzen wird. Er spielt mit der Idee, an einem Vormittag dort herumzulungern, in der Hoffnung, sie und den Jungen zu sehen, nimmt aber dann davon Abstand. Es wäre zu beschämend, wenn sie zufällig auf ihn träfe, wie er zwischen den Regalen lauert und ihr nachspioniert.

Er möchte sich nicht in ein Gespenst verwandeln, unfähig, seine alten Stätten zu verlassen. Er ist bereit zu akzeptieren, dass der beste Weg für Inés, eine vertrauensvolle Beziehung zu dem Kind aufzubauen, darin besteht, es für eine Weile ganz für sich zu haben. Aber da ist eine nagende Furcht, die er nicht beschwichtigen kann: dass das Kind einsam und unglücklich sein könnte und sich nach ihm sehnte. Er kann den Ausdruck in den Augen des Kindes nicht vergessen, als er zu Besuch war, voll von stummem Zweifel. Ihn verlangt danach, den Jungen wieder so zu sehen wie früher, mit seiner kleinen Schirmmütze und den schwarzen Stiefeln.

Hin und wieder erliegt er der Versuchung und treibt sich am Rand der Siedlung herum. Bei einem solchen Besuch erblickt er Inés beim Abnehmen der Wäsche von der Leine. Obwohl er sich nicht sicher sein kann, wirkt sie auf ihn müde, müde und vielleicht traurig. Kann es sein, dass es ihr schlechtgeht?

Er erkennt die Sachen des Jungen auf der Leine, einschließlich der Bluse mit der Rüschenbrust.

Bei einem weiteren – und wie sich herausstellt, dem letzten – dieser heimlichen Besuche, beobachtet er das Familientrio – Inés, das Kind, den Hund –, wie es aus der Siedlung auftaucht und sich in Bewegung setzt, über den Rasen in Richtung Park. Ihn überrascht dabei, dass der Junge, bekleidet mit seinem grauen Mantel, nicht läuft, sondern in einem Sportwagen gefahren wird. Warum muss ein Fünfjähriger gefahren werden? Warum lässt er das überhaupt mit sich machen?

Er holt sie im wildesten Teil des Parks ein, wo eine hölzerne Fußgängerbrücke über einen Bach führt, der mit Binsen zugewuchert ist. »Inés!«, ruft er.

Inés bleibt stehen und dreht sich um. Der Hund dreht sich ebenfalls um, spitzt die Ohren und zerrt an der Leine.

Er setzt beim Näherkommen ein Lächeln auf. »Was für ein Zufall! Ich war unterwegs, um einzukaufen, als ich euch gesehen habe. Wie geht es Ihnen?« Und dann, ohne auf ihre Antwort zu warten, begrüßt er das Kind und sagt: »Ich sehe, du machst eine Ausfahrt. Wie ein junger Prinz.«

Der Blick des Kindes begegnet dem seinen und senkt sich in ihn. Ein Gefühl des Friedens kommt über ihn. Alles ist gut. Die Verbindung zwischen ihnen ist nicht zerbrochen. Aber der Daumen ist wieder im Mund. Kein gutes Zeichen. Der Daumen im Mund bedeutet Unsicherheit, bedeutet ein bekümmertes Gemüt.

»Wir machen einen Spaziergang«, sagt Inés. »Wir brauchen frische Luft. In dieser Wohnung ist es so stickig.«

»Ich weiß«, sagt er. »Sie ist schlecht angelegt. Ich lasse die Fenster Tag und Nacht offen, um sie zu lüften. Will sagen, ich pflegte die Fenster offen zu lassen.«

»Das kann ich nicht machen. Ich möchte nicht, dass David sich erkältet.«

»Oh, er erkältet sich nicht so leicht. Er ist ein zähes Bürschchen – nicht wahr?«

Der Junge nickt. Der Mantel ist ganz bis obenhin zugeknöpft, zweifellos damit die Keime, die der Wind mit sich führt, nicht eindringen.

Langes Schweigen. Er würde gern näher herantreten, aber der Hund hat nicht aufgehört, ihn wachsam anzustarren.

»Wo haben Sie denn dieses« – er zeigt darauf – »dieses Gefährt her?«

»Aus dem Familiendepot.«

»Familiendepot?«

»In der Stadt gibt es ein Depot, wo man Sachen für Kinder bekommt. Wir haben ihm auch ein Kinderbett besorgt.«

»Ein Kinderbett?«

»Ein Bett mit Seitenteilen. Damit er nicht herausfällt.«

»Das ist seltsam. Er hat in einem Bett geschlafen, solange ich mich erinnern kann, und er ist nie herausgefallen.«

Noch bevor er den Satz beendet hat, weiß er, dass er das Falsche gesagt hat. Inés presst die Lippen aufeinander, sie wendet das Gefährt und würde davonmarschieren, wenn sich nicht die Hundeleine in den Rädern verfangen hätte und wieder losgemacht werden müsste.

»Entschuldigung«, sagt er, »ich wollte mich nicht einmischen.«

Sie lässt sich zu keiner Antwort herab.

Als er sich später die Episode noch einmal durch den Kopf gehen lässt, fragt er sich, warum er kein Gefühl für Inés als Frau hat, nicht das kleinste Fünkchen, obwohl an ihrem Aussehen nichts auszusetzen ist. Kommt das, weil sie ihm gegenüber so feindselig ist, von Anfang an gewesen ist; oder ist sie unattraktiv, weil sie sich weigert, attraktiv zu sein, sich zu öffnen? Ist sie vielleicht wirklich eine Jungfrau, wie Elena versichert, oder zumindest der jungfräuliche Typ? Was er von Jungfrauen einmal gewusst hat, ist in Wolken des Vergessens verloren. Unterdrückt die Aura des Jungfräulichen das Begehren eines Mannes oder heizt sie es an? Er denkt an Ana vom Umsiedlungszentrum, die ihm wie eine Jungfrau eines ziemlich temperamentvollen Typs vorkommt. Ana fand er ganz bestimmt attraktiv. Was hat Ana, das Inés fehlt? Oder sollte man die Frage umgekehrt stellen: Was hat Inés, das Ana fehlt?

»Ich bin gestern zufällig mit Inés und David zusammengetroffen«, erzählt er Elena. »Siehst du sie oft?«

»Ich sehe sie hier und da in der Siedlung. Wir haben nicht miteinander gesprochen. Ich glaube nicht, dass sie viel mit den Bewohnern zu tun haben will.«

»Ich vermute, wenn man an das Leben in La Residencia gewöhnt ist, muss es hart sein, wenn man dann hier in der Siedlung wohnt.«

»Das Leben in La Residencia macht sie nicht besser als uns. Wir haben alle bei null angefangen. Es ist reine Glückssache, dass sie dort oben gelandet ist.«

»Was glaubst du, wie wird sie mit der Mutterrolle fertig?«

»Sie ist sehr fürsorglich gegenüber dem Kind. Überfürsorglich, meiner Meinung nach. Sie beobachtet den Jungen wie ein Habicht, will ihn nicht mit anderen Kindern spielen lassen. Das weißt du ja. Fidel kann das nicht verstehen. Er ist verletzt.«

»Das tut mir leid. Was hast du noch gesehen?«

»Ihre Brüder besuchen sie oft. Sie haben ein Auto – eins der kleinen Viersitzer mit einem Dach, das man zurückrollen kann, ich glaube, es heißt Cabriolet. Sie fahren alle mit dem Auto fort und kommen nach Einbruch der Dunkelheit zurück.«

»Der Hund auch?«

»Der Hund auch. Überall wo Inés hingeht, begleitet sie der Hund. Ich finde das unheimlich. Er ist wie eine Sprungfeder. Bald einmal wird er jemanden angreifen. Ich bete nur, dass es kein Kind ist. Kann man sie nicht überreden, ihm einen Maulkorb anzulegen?«

»Keine Chance.«

»Nun, ich finde es verrückt, einen bissigen Hund zu halten, wenn man ein Kind hat.«

»Es ist kein bissiger Hund, Elena, nur etwas unberechenbar. Unberechenbar, aber treu. Das ist offenbar für Inés das Wichtigste. Treue, Königin der Tugenden.«

»Wirklich? So würde ich sie nicht bezeichnen. Ich würde sie als eine Tugend aus dem Mittelfeld bezeichnen, wie Mäßigung. Die Art Tugend, die man von einem Soldaten erwartet. Inés kommt mir selbst ein wenig wie ein Wachhund vor, wie sie ständig um David herum ist, um Gefahr abzuwehren. Warum, um Himmels willen, hast du eine solche Frau ausgesucht? Du warst ihm ein besserer Vater als sie ihm eine Mutter ist.«

»Das ist nicht wahr. Ein Kind kann nicht ohne Mutter aufwachsen. Hast du das nicht selbst gesagt: Der Mutter verdankt das Kind seine Substanz, während der Vater nur die Idee liefert? Wenn die Idee einmal übertragen wurde, ist der Vater entbehrlich. Und in diesem Fall bin ich nicht einmal der Vater.«

»Ein Kind braucht den Schoß einer Mutter, um auf die Welt zu kommen. Nachdem es den Schoß verlassen hat, ist die Mutter als Lebensspenderin genauso passé wie der Vater. Was ein Kind von da an braucht, ist Liebe und Fürsorge, die ein Mann genauso geben kann wie eine Frau. Deine Inés weiß nichts von Liebe und Fürsorge. Sie ist wie ein kleines Mädchen mit einer Puppe – ein ungewöhnlich eifersüchtiges und egoistisches kleines Mädchen, das niemanden anders sein Spielzeug anfassen lässt.«

»Unfug. Du verurteilst Inés bereitwillig, aber du kennst sie kaum.«

»Und du? Wie gut hast du sie gekannt, bevor du ihr deinen teuren Schützling übergeben hast? Ihre Eignung als Mutter zu erforschen sei nicht nötig gewesen, hast du gesagt: Du konntest dich auf deine Intuition verlassen. Du würdest die wahre Mutter auf der Stelle erkennen, sobald du sie erblicktest. Intuition – was ist das für eine Grundlage, um über die Zukunft eines Kindes zu entscheiden?«

»Das haben wir doch alles schon durchgenommen, Elena. Was ist verkehrt an natürlicher Intuition? Auf was sonst können wir uns am Ende verlassen?«

»Auf den gesunden Menschenverstand. Auf die Vernunft. Jeder vernünftige Mensch hätte dir sagen können, dass eine dreißigjährige Jungfrau, die an ein müßiges Leben gewöhnt und von der realen Welt abgeschottet war und von zwei rüpelhaften Brüdern bewacht wurde, keine zuverlässige Mutter abgeben würde. Jeder vernünftige Mensch hätte sich über diese Inés erkundigt, ihre Vergangenheit durchleuchtet, ihren Charakter geprüft. Jeder vernünftige Mensch hätte eine Probezeit verhängt, um abzusichern, dass sie miteinander auskommen, das Kind und seine Betreuerin.«

Er schüttelt den Kopf. »Du begreifst immer noch nicht. Meine Aufgabe war, den Jungen zu seiner Mutter zu bringen. Nicht etwa, ihn zu *einer* Mutter zu bringen, zu einer Frau, die einen wie auch immer gearteten Mutterschaftstest bestanden hat. Es spielt keine Rolle, wenn Inés nach deinen oder meinen Maßstäben keine besonders gute Mutter ist. Tatsache ist, sie ist *seine* Mutter. Er ist bei *seiner* Mutter.«

»Aber Inés ist nicht *seine* Mutter! Sie hat ihn nicht empfangen! Sie hat ihn nicht im Schoß getragen! Sie hat ihn nicht mit Schmerzen zur Welt gebracht! Sie ist einfach jemand, den du aufgrund einer fixen Idee ausgewählt hast, so weit ich weiß, weil sie dich an deine eigene Mutter erinnert hat.«

Er schüttelt wieder den Kopf. »Als ich Inés erblickte, wusste ich es sofort. Wenn wir nicht der Stimme vertrauen, die in uns spricht und sagt: *Diese da ist es!*, dann können wir auf nichts mehr vertrauen.«

»Dass ich nicht lache! Innere Stimmen! Leute verlieren ihre Ersparnisse beim Pferderennen, weil sie inneren Stimmen gehorchen. Leute stürzen sich in katastrophale Liebesaffären, weil sie auf innere Stimmen hören. Es –«

»Ich bin nicht in Inés verliebt, wenn du das andeuten willst. Weit entfernt davon.«

»Vielleicht bist du ja nicht verliebt in sie, doch du bist unvernünftig fixiert auf sie, was noch schlimmer ist. Du bist überzeugt, dass sie das Schicksal deines Kindes ist. Die Wahrheit ist jedoch, Inés hat keine Beziehung, weder eine mystische noch eine andere, mit dir und deinem Jungen. Sie ist bloß eine x-beliebige Frau, auf die du eine private Obsession projiziert hast. Wenn dem Kind bestimmt war, mit seiner Mutter vereint zu werden, wie du sagst, warum konntest du es dann nicht dem Schicksal überlassen, sie zusammenzuführen? Warum musstest du dich einmischen?«

»Weil es nicht genügt, herumzusitzen und auf das Eingreifen des Schicksals zu warten, Elena, wie es auch nicht genügt, eine Idee zu haben und sich dann zurückzulehnen und auf ihre Verwirklichung zu warten. Einer muss die Idee in die Welt bringen. Einer muss im Auftrag des Schicksals handeln.«

»Das ist genau, was ich gesagt habe. Du kommst mit irgendeiner privaten Idee davon, was eine Mutter ist, die du dann auf diese Frau projizierst.«

»Das ist keine vernünftige Diskussion mehr, Elena. Ich höre nur Feindseligkeit, Feindseligkeit und Vorurteil und Eifersucht.«

»Es ist weder Feindseligkeit noch Vorurteil, und es Eifersucht zu nennen, ist noch absurder. Ich versuche, dir zu verstehen zu helfen, woher diese deine heilige Intuition kommt, der du mehr vertraust als dem Zeugnis deiner Sinne. Sie kommt aus deinem Inneren. Sie hat ihren Ursprung in einer Vergangenheit, die du vergessen hast. Sie hat nichts mit dem Jungen oder seinem Wohlergehen zu tun. Wenn dich das Wohlergehen des Jungen irgendwie interessieren würde, würdest du ihn unverzüglich zurückfordern. Diese Frau ist schlecht für ihn. Er entwickelt sich unter ihrer Betreuung rückwärts. Sie macht ihn zum Kleinkind.

Du könntest ihn heute zurückbekommen, wenn du es wolltest. Du könntest einfach hingehen und ihn ihr wegnehmen. Sie hat kein Recht auf ihn. Sie ist eine völlig fremde Person. Du könntest dein Kind wiederfordern, du könntest deine Wohnung wiederfordern, und die Frau könnte zurück nach La Residencia, wo sie hingehört – zu ihren Brüdern und ihren Tennisspielen. Warum machst du es nicht? Oder hast du Angst – Angst vor ihren Brüdern, Angst vor dem Hund?«

»Elena, hör auf. Bitte, hör auf. Ja, ich fürchte mich vor

ihren Brüdern. Ja, ihr Hund beunruhigt mich. Aber nicht deswegen weigere ich mich, ihr das Kind wieder wegzunehmen. Ich weigere mich, das ist alles. Was glaubst du denn, mache ich wohl in diesem Land, wo ich keinen kenne, wo ich meine innersten Gefühle nicht ausdrücken kann, weil alle menschlichen Beziehungen in einem Anfänger-Spanisch gestaltet werden müssen? Bin ich etwa hergekommen, um schwere Säcke zu schleppen, tagein, tagaus, wie ein Lasttier? Nein, ich bin gekommen, um das Kind zu seiner Mutter zu bringen, und das ist nun geschehen.«

Elena lacht. »Dein Spanisch wird besser, wenn du die Geduld verlierst. Vielleicht solltest du öfter die Geduld verlieren. Lass uns festhalten, dass wir uns über Inés nicht einigen können. Und was das Übrige angeht, so ist die Wahrheit, dass wir nicht hier sind, du und ich, um ein glückliches und erfülltes Leben zu führen. Wir sind hier zum Wohl unserer Kinder. Wir fühlen uns vielleicht im Spanischen nicht zu Hause, aber David und Fidel werden es tun. Es wird ihre Muttersprache sein. Sie werden sie ganz natürlich sprechen, aus ihrem Herzen heraus. Und äußere dich nicht verächtlich über die Arbeit, die du im Hafen tust. Du bist nackt in diesem Land angekommen, hattest nichts zu bieten außer der Arbeit deiner Hände. Man hätte dich abweisen können, es geschah jedoch nicht – du wurdest willkommen geheißen. Man hätte dich unter den Sternen aussetzen können, es geschah jedoch nicht – du bekamst ein Dach über dem Kopf. Du hast viel, wofür du dankbar sein kannst.«

Er schweigt. Schließlich spricht er. »Ist die Predigt zu Ende?«

»Ja.«

VIERZEHN

Vier Uhr, und die letzten Säcke aus dem Frachter beim Kai Zwei werden auf den Pferdewagen geladen. El Rey und ihr Gefährte sind angeschirrt und malmen friedlich in ihren Futtersäcken.

Álvaro streckt die Arme und lächelt ihn an. »Wieder eine Arbeit geschafft«, sagt er. »Gibt ein gutes Gefühl, stimmt's?«

»Stimmt wohl. Ich frage mich aber weiter, warum die Stadt soviel Getreide benötigt, Woche für Woche.«

»Es ist Nahrung. Ohne Nahrung kommen wir nicht aus. Und es ist nicht nur für Novilla. Es ist auch für das Hinterland. Wenn man ein Hafen ist, bedeutet das: Man muss ein Hinterland versorgen.«

»Trotzdem, wofür das Ganze, letzten Endes? Die Schiffe bringen das Getreide von Übersee und wir holen es aus den Schiffen und ein anderer mahlt und bäckt es, und schließlich wird es gegessen und umgewandelt in – wie soll ich es nennen? – Ausscheidungsprodukte, und die fließen zurück ins Meer. Was ist daran, um sich gut zu fühlen? Wie fügt sich das in einen größeren Zusammenhang? Ich erkenne keinen größeren Zusammenhang, keinen höheren Plan. Es ist nur Konsum.«

»Du hast heute schlechte Laune! Es braucht bestimmt keinen höheren Plan, um zu rechtfertigen, dass wir Teil des

Lebens sind. Das Leben an sich ist gut; wenn man dazu beiträgt, dass Nahrung verteilt wird, damit die Mitmenschen leben können, ist das doppelt gut. Wie kannst du das anzweifeln? Und überhaupt, was hast du gegen Brot? Denke daran, was der Dichter gesagt hat: Durch das Brot empfängt unser Körper die Sonne.«

»Ich möchte mich nicht streiten, Álvaro, aber objektiv gesehen tue ich nichts anderes, tun alle Hafenarbeiter nichts anderes als Material von Punkt A nach Punkt B zu bewegen, einen Sack nach dem anderen, Tag für Tag. Wenn all unser Schweiß für eine höhere Sache vergossen würde, wäre das etwas anderes. Aber essen, um zu leben, und leben, um zu essen – das ist die Lebensweise des Bakteriums, nicht des …«

»Nicht was?«

»Nicht des Menschen. Der Krone der Schöpfung.«

Gewöhnlich sind die Mittagspausen philosophischen Diskussionen gewidmet – sterben wir und werden wir endlos wiedergeboren? Drehen sich die entfernteren Planeten um die Sonne oder einer wechselseitig um den anderen? Ist das hier die beste aller Welten? –, doch heute kommen etliche Schauerleute herüber, um der Debatte zuzuhören, statt sich auf den Heimweg zu begeben. An sie wendet sich nun Álvaro. »Was sagt ihr dazu, Kameraden? Brauchen wir einen großartigen Plan, wie unser Freund fordert, oder ist es gut genug für uns, wenn wir unsere Arbeit tun und sie gut tun?«

Man schweigt. Von Anfang an haben die Männer ihn, Simón, respektvoll behandelt. Für einige ist er alt genug, um ihr Vater zu sein. Doch sie respektieren auch ihren Vorarbeiter, verehren ihn sogar. Es ist klar, dass sie nicht Partei ergreifen wollen.

»Wenn du die Arbeit, die wir machen, nicht magst, wenn du sie nicht gut findest«, sagt einer von ihnen – es ist Eugenio –, »welche Arbeit möchtest du dann lieber machen? Würdest du gern in einem Büro arbeiten? Glaubst du, Büroarbeit sei für einen Mann die bessere Arbeit? Oder vielleicht die Arbeit in einer Fabrik?«

»Nein«, antwortet er. »Entschieden nein. Versteht mich bitte nicht falsch. An und für sich ist das, was wir hier tun, gute Arbeit, ehrliche Arbeit. Aber darüber haben Álvaro und ich nicht diskutiert. Wir haben über das Ziel unserer Arbeit diskutiert, das letztendliche Ziel. Ich würde nicht im Traum unsere Arbeit herabsetzen. Im Gegenteil, sie bedeutet mir sehr viel. Eigentlich« – er verliert den Faden, aber das ist egal – »möchte ich nirgendwo sonst lieber sein als hier und Seite an Seite mit euch arbeiten. Während der Zeit, die ich hier verbracht habe, habe ich nichts als kameradschaftliche Unterstützung und kameradschaftliche Liebe erlebt. Das hat meine Tage verschönt. Dadurch wurde es möglich –«

Ungeduldig unterbricht ihn Eugenio: »Dann hast du dir doch bestimmt deine eigene Frage beantwortet. Stell dir vor, du hättest keine Arbeit. Stell dir vor, du müsstest deine Tage damit zubringen, auf einer Parkbank zu sitzen und nichts zu tun, als darauf zu warten, dass die Stunden vergehen, ohne Kameraden um dich, mit denen du einen Scherz teilen kannst, ohne die Unterstützung dir wohlgesinnter Kameraden. Ohne Arbeit, und gemeinsam getane Arbeit, ist Kameradschaft nicht möglich, bedeutet sie nichts mehr.« Er dreht sich um und blickt in die Runde. »Ist es nicht so, Kameraden?«

Zustimmendes Gemurmel.

»Aber wie steht's mit Fußball?«, erwidert er, eine andere Richtung einschlagend, doch ohne Zuversicht. »Bestimmt würden wir uns doch lieben und unterstützen, wenn wir zu einer Fußballmannschaft gehören würden, wenn wir zusammen spielen, zusammen gewinnen, zusammen verlieren würden. Wenn kameradschaftliche Liebe das oberste Ziel ist, warum müssen wir dann diese schweren Getreidesäcke tragen, warum nicht einfach einen Fußball kicken?«

»Weil du von Fußball allein nicht leben kannst«, sagt Álvaro. »Um Fußball spielen zu können, musst du lebendig sein; und um lebendig zu sein, musst du essen. Durch unsere Arbeit hier ermöglichen wir Menschen zu leben.« Er schüttelt den Kopf. »Je länger ich darüber nachdenke, desto überzeugter bin ich, dass man Arbeit nicht mit Fußball vergleichen kann, dass die beiden zu unterschiedlichen philosophischen Bereichen gehören. Ich verstehe nicht, ich verstehe wirklich nicht, warum du unsere Arbeit auf diese Weise herabsetzen willst.«

Alle Augen sind auf ihn gerichtet. Es herrscht ein ernstes Schweigen.

»Glaubt mir, ich will unsere Arbeit nicht herabsetzen. Um zu beweisen, dass ich es ernst meine, werde ich morgen eine Stunde früher zur Arbeit kommen und auch meine Mittagspause verkürzen. Ich werde so viele Säcke pro Tag transportieren wie jeder andere Mann hier. Aber ich werde weiter fragen: Warum tun wir das? Und wofür?«

Álvaro tritt vor, legt einen muskulösen Arm um ihn. »Heroische Arbeitsleistungen sind nicht nötig, mein Freund«, sagt er. »Wir wissen, dass du das Herz auf dem rechten Fleck hast, du musst dich nicht beweisen.« Und auch andere Männer kommen heran, um ihm auf die Schulter zu klopfen oder ihn zu umarmen. Er lächelt jedermann an; Tränen treten ihm in die Augen; er kann nicht aufhören zu lächeln.

»Unseren Hauptspeicher hast du noch nicht gesehen, oder?«, sagt Álvaro, der noch immer seine Hand gepackt hält.

»Nein.«

»Das ist eine beeindruckende Anlage, wenn ich selbst so sagen darf. Warum ihm nicht mal einen Besuch abstatten? Du kannst jetzt gleich hin, wenn du möchtest.« Er wendet sich an den Kutscher, der auf seinem Sitz zusammengesunken darauf wartet, dass die Debatte der Schauerleute vorbei ist. »Unser Kamerad kann doch mit dir zum Speicher fahren? Ja, natürlich. Komm!« – er hilft ihm, hoch zum Kutscher zu klettern – »vielleicht wirst du unsere Arbeit mehr schätzen, wenn du dir erst einmal den Speicher angesehen hast.«

Der Speicher ist weiter weg von den Kais, als er erwartet hatte, am Südufer bei der Biegung des Flusses, wo er allmählich schmaler wird. Im gemächlichen Tempo – der Kutscher hat eine Peitsche, benutzt sie aber nicht, schnalzt den Pferden nur hin und wieder zu, um sie zu ermuntern – brauchen sie fast eine Stunde, um dorthin zu kommen, und während dieser Zeit fällt kein Wort.

Der Speicher steht allein auf einem Feld. Er ist riesig, groß wie ein Fußballplatz und hoch wie ein zweistöckiges Haus, mit großen Schiebetüren, durch die der beladene Pferdewagen mühelos fährt.

Der Arbeitstag ist offenbar vorüber, denn es ist keine Mannschaft zum Ausladen da. Während der Kutscher den Wagen neben die Laderampe manövriert und sich anschickt, die Pferde auszuspannen, wandert er tiefer in das große Bauwerk hinein. Licht, das durch Spalten zwischen

Wand und Dach hereinsickert, lässt meterhoch aufgestapelte Säcke erkennen, Berg auf Berg an Korn, bis hinten in die dunklen Winkel. Müßig versucht er die Rechnung aufzumachen, verliert aber den Faden. Eine Million Säcke mindestens, vielleicht mehrere Millionen. Gibt es denn genug Müller in Novilla, um all dieses Korn zu mahlen, genug Bäcker, um es zu verbacken, genug Münder, um es zu essen?

Unter den Füßen knirscht es trocken: verschüttetes Korn. Etwas Weiches prallt gegen seinen Knöchel, und unwillkürlich tritt er dagegen. Ein Gequieke; plötzlich bemerkt er ein unterdrücktes Gewisper um sich herum, wie das Geräusch von fließendem Wasser. Er stößt einen Schrei aus. Der Boden um ihn wogt vor Leben. Ratten! Überall Ratten!

»Hier sind überall Ratten!«, ruft er, eilt zurück und steht dem Kutscher und dem Pförtner gegenüber. »Auf dem Boden ist überall Korn, und ihr habt eine Rattenplage! Es ist widerlich!«

Die beiden wechseln einen Blick. »Ja, wir haben genug Ratten«, sagt der Pförtner. »Auch Mäuse. Mehr als man zählen kann.«

»Und ihr unternehmt nichts dagegen? Es ist unhygienisch! Sie nisten in der Nahrung, verunreinigen sie!«

Der Pförtner zuckt mit den Schultern. »Was sollen wir denn machen? Wo Korn ist, sind auch Nager. So ist die Welt. Wir haben es mit Katzen versucht, aber die Ratten sind inzwischen ganz ohne Furcht, und es gibt sowieso zu viele von ihnen.«

»Das ist kein Argument. Man könnte Fallen aufstellen. Man könnte Giftköder auslegen. Man könnte das Gebäude begasen.«

»Man kann nicht giftige Gase in einen Nahrungsmittelspeicher pumpen – nehmen Sie Vernunft an! Und nun, wenn Sie gestatten, muss ich zuschließen.«

Als Erstes am nächsten Morgen bringt er die Angelegenheit Álvaro gegenüber zur Sprache. »Du prahlst mit dem Speicher, aber bist du selbst schon mal dort gewesen? Dort wimmelt es von Ratten. Worauf kann man stolz sein, wenn man arbeitet, um ein Heer von Schädlingen zu füttern? Es ist nicht nur absurd, es ist irrsinnig.«

Álvaro bedenkt ihn mit einem milden und aufreizenden Lächeln. »Wo Schiffe sind, gibt es auch Ratten. Wo Speicher sind, gibt es Ratten. Wo unsere Spezies gedeiht, gedeihen auch Ratten. Ratten sind intelligente Geschöpfe. Man könnte behaupten, sie sind unser Schatten. Ja, sie vertilgen etwas von dem Korn, das wir entladen. Ja, im Speicher gibt es Verluste. Aber Verluste gibt es auf der ganzen Wegstrecke: auf den Feldern, in den Zügen, in den Schiffen, in den Speichern, in den Lagern der Bäckereien. Es lohnt sich nicht, sich über Verluste aufzuregen. Verluste gehören einfach zum Leben.«

»Nur weil Verluste zum Leben dazugehören, heißt das nicht, dass wir sie nicht bekämpfen können! Warum Korn tonnenweise, in einer Menge von Tausenden von Tonnen, in rattenverseuchten Speichern lagern? Warum nicht gerade so viel importieren, dass es unseren Bedarf deckt, von einem Monat zum anderen? Und warum kann der ganze Umladungsprozess nicht effektiver organisiert werden? Warum müssen wir Pferde und Wagen benutzen, wenn wir Lastwagen benutzen könnten? Warum muss das Korn in Säcken kommen und auf dem Rücken von Männern transportiert werden? Warum kann es nicht einfach am anderen Ende in den Laderaum geschüttet und an unserem Ende hier durch eine Rohrleitung herausgepumpt werden?«

Álvaro denkt lange darüber nach, ehe er antwortet. »Was, glaubst du, würde aus uns allen, Simón, wenn das Korn in der Masse herausgepumpt wird, wie du vorschlägst? Was würde aus den Pferden? Was würde aus El Rey?«

»Für uns gäbe es hier im Hafen keine Arbeit mehr«, antwortet er. »Das gebe ich zu. Aber stattdessen würden wir uns mit der Montage von Pumpen beschäftigen oder Lastwagen fahren. Wir hätten alle Arbeit, wie vorher auch, es wäre nur eine andere Art von Arbeit, zu der Intelligenz nötig wäre, nicht nur rohe Kraft.«

»Du möchtest uns also befreien von einem Leben voll barbarischer Schufterei. Du möchtest, dass wir die Kais verlassen und eine andere Arbeit finden, wo wir uns nicht länger eine Last auf die Schultern laden und fühlen können, wie sich die Ähren im Sack zurechtrücken, wenn sie sich der Gestalt unseres Körpers anpassen, und ihr Rascheln hören können, wo wir die Verbindung mit der Sache selbst verlieren würden – mit der Nahrung, die uns am Leben erhält.

Warum bist du so sicher, dass wir gerettet werden müssen, Simón? Glaubst du denn, wir führten das Leben von Schauerleuten, weil wir für zu dumm befunden wurden, etwas anderes zu tun – zu dumm, um eine Pumpe zu montieren oder einen Lastwagen zu fahren? Natürlich nicht. Du kennst uns inzwischen. Du bist unser Freund, unser Kamerad. Wir sind nicht dumm. Wenn wir Rettung nötig gehabt hätten, hätten wir uns mittlerweile selbst gerettet. Nein, nicht wir sind dumm, es ist die schlaue Argumentation, auf die du vertraust, die dumm ist, die dir die falschen Antworten liefert. Das ist unser Hafen, unser Kai – richtig?« Er blickt nach links und rechts; die Männer murmeln zustimmend. »Hier ist kein Platz für Schlaumeierei, nur für die Sache selbst.«

Er traut seinen Ohren nicht. Er kann nicht glauben, dass die Person, die diesen aufklärungsfeindlichen Nonsens von sich gibt, sein Freund Álvaro ist. Und die übrige Mannschaft scheint fest hinter ihm zu stehen – intelligente junge Männer, mit denen er jeden Tag über Wahrheit und Anschein, Recht und Unrecht diskutiert. Wenn er sie nicht gerne hätte, würde er einfach davongehen – davongehen und sie ihrer vergeblichen Arbeit überlassen. Doch sie sind seine Kameraden, denen er wohl will, denen gegenüber er die Pflicht hat, sie davon zu überzeugen, dass sie auf dem falschen Weg sind.

»Hör dir doch zu, Álvaro«, sagt er. »Die Sache selbst. Glaubst du etwa, die Sache bleibt immer gleich, unverändert? Nein. Alles fließt. Hast du das vergessen, als du über den Ozean hierhergekommen bist? Die Wasser des Ozeans fließen und beim Fließen verändern sie sich. Du kannst nicht zweimal in dasselbe Gewässer tauchen. Wie die Fische im Meer leben, so leben wir in der Zeit und müssen uns mit der Zeit verändern. Egal wie sehr wir uns verpflichten, der ehrenhaften Tradition der Schauerleute treu zu bleiben, am Ende werden wir vom Wandel überrollt werden. Der Wandel ist wie die steigende Flut. Man kann Barrieren errichten, aber sie wird stets durch die Ritzen einsickern.«

Die Männer sind inzwischen näher gerückt und bilden einen Halbkreis um Álvaro und ihn. In ihrer Haltung kann er keine Feindseligkeit entdecken. Im Gegenteil, er fühlt sich auf stille Weise angefeuert, angefeuert, seine besten Argumente vorzubringen.

»Ich versuche nicht, euch zu retten«, sagt er. »Ich bin nichts Besonderes, ich behaupte nicht, eines Menschen Retter zu sein. Wie ihr auch bin ich über den Ozean gekommen. Wie ihr bringe ich keine Geschichte mit. Die Geschichte, die ich hatte, habe ich zurückgelassen. Ich bin einfach ein neuer Mann in einem neuen Land, und das ist eine gute Sache. Aber ich habe die Idee der Geschichte nicht fallen gelassen, die Idee des Wandels ohne Anfang und Ende. Ideen können nicht aus uns herausgewaschen werden, nicht einmal durch die Zeit. Ideen sind überall. Das Universum ist durchdrungen von ihnen. Ohne sie gäbe es kein Universum, denn dann gäbe es kein Sein.

Die Idee der Gerechtigkeit, zum Beispiel. Wir alle wünschen uns, in einer gerechten Ordnung zu leben, einer Ordnung, in der ehrliche harte Arbeit angemessen belohnt wird; und das ist ein guter Wunsch, gut und bewundernswert. Aber was wir hier im Hafen tun, wird nicht dazu beitragen, dieses System zu schaffen. Was wir hier tun, läuft auf nichts anderes hinaus als auf ein Schauspiel heroischer Arbeit. Und dieses Schauspiel ist angewiesen auf eine Armee von Ratten, um am Laufen gehalten zu werden – Ratten, die Tag und Nacht arbeiten und diese Tonnen von Korn, die wir ausladen, hinunterschlingen, um Platz für mehr Korn im Speicher zu machen. Ohne die Ratten würde die Sinnlosigkeit unserer Arbeit offenbar.« Er macht eine Pause. Die Männer schweigen. »Seht ihr das denn nicht?«, sagt er. »Seid ihr blind?«

Álvaro blickt in die Runde. »Der Geist der Agora«, sagt er. »Wer will unserem redegewandten Freund antworten?«

Einer der jungen Schauerleute hebt die Hand. Álvaro nickt ihm zu.

»Unser Freund beschwört das Konzept des Realen auf verwirrende Art«, sagt der junge Mann, fließend und selbstsicher redend wie ein Musterstudent. »Um seine Verwirrung zu demonstrieren, wollen wir einmal die Geschichte mit dem Klima vergleichen. Das Klima, in dem wir leben, ist größer als wir, darauf können wir uns verständigen. Keiner von uns kann bestimmen, wie das Klima sein soll. Aber es ist nicht die Eigenschaft des Größerseins als wir, die das Klima real macht. Das Klima ist real, weil es reale Erscheinungsformen hat. Zu diesen Erscheinungsformen gehören Wind und Regen. Wenn es regnet, werden wir nass; wenn der Wind auffrischt, bläst er uns die Mützen vom Kopf. Regen und Wind sind vorübergehende, zweitrangige Realitäten, wie sie unsere Sinne erfassen können. Über ihnen in der Hierarchie des Realen ist das Klima.

Betrachten wir nun die Geschichte. Wenn die Geschichte, wie das Klima, eine höhere Realität wäre, dann hätte die Geschichte Erscheinungsformen, die wir mit Hilfe unserer Sinne wahrnehmen könnten. Aber wo sind diese Erscheinungsformen?« Er schaut in die Runde. »Wem von uns ist jemals von der Geschichte die Mütze davongeblasen worden?« Schweigen. »Keinem. Weil die Geschichte keine Erscheinungsformen hat. Weil die Geschichte nicht real ist. Weil die Geschichte nur eine erfundene Erzählung ist.«

»Um genauer zu sein« – es spricht Eugenio, der gestern wissen wollte, ob er lieber in einem Büro arbeiten würde –, »weil die Geschichte keine Erscheinungsformen in der Gegenwart hat. Geschichte ist nur ein Muster, das wir in Vergangenem sehen. Sie hat keine Macht, in die Gegenwart hineinzureichen.

Unser Freund Simón sagt, wir sollten uns Maschinen

anschaffen, damit sie die Arbeit für uns tun, weil es die Geschichte so verfügt. Aber es ist nicht die Geschichte, die uns sagt, dass wir ehrliche Arbeit aufgeben sollen, es ist der Müßiggang und die Verlockung des Müßiggangs. Der Müßiggang ist auf eine Weise real, wie es die Geschichte nicht ist. Wir spüren ihn mit unseren Sinnen. Wir spüren seine Erscheinungsformen jedes Mal, wenn wir uns aufs Gras legen, die Augen schließen und schwören, nie wieder aufzustehen, selbst wenn die Pfeife ertönt, so sehr genießen wir es. Wer von uns, der an einem sonnigen Tag auf der Wiese faulenzt, wird sagen: *Ich spüre, wie die Geschichte in meinen Knochen mir sagt, ich soll nicht aufstehen?* Nein: es ist der Müßiggang, den wir in unseren Knochen spüren. Deshalb haben wir das Sprichwort: *Er hat keinen müßigen Knochen im Leib.*«

Während Eugenio spricht, hat er sich immer mehr erregt. Vielleicht aus Besorgnis, er werde nie wieder aufhören, unterbrechen ihn seine Kameraden mit Beifall. Er hält inne, und Álvaro ergreift die Gelegenheit. »Ich weiß nicht, ob unser Freund Simón antworten möchte«, sagt er. »Unser Freund hat unsere Arbeit hier als sinnloses Schauspiel abgetan, eine Bemerkung, die einige von uns vielleicht verletzend fanden. Wenn die Bemerkung nur unüberlegt war, wenn er sie bei weiterem Nachdenken zurücknehmen oder ergänzen möchte, dann würde die Geste sicher begrüßt werden.«

Er ist an der Reihe. Die Stimmung ist gegen ihn, unverkennbar. Will er wirklich Widerstand leisten?

»Natürlich ziehe ich meine unbedachte Bemerkung zurück«, sagt er, »und entschuldige mich obendrein, wenn ich damit jemanden verletzt haben sollte. Was die Geschichte angeht, kann ich nur sagen, während wir uns heute weigern, sie zu beachten, können wir uns nicht e weigern. Deshalb habe ich einen Vorschlag. Lasst uns zehn Jahren, oder auch in fünf Jahren, hier auf diesem K wieder zusammenkommen und sehen, ob Korn imm noch von Hand entladen und in Säcken in einem offene Speicher aufbewahrt wird, um dem Unterhalt unsere Feinde, der Ratten, zu dienen. Ich vermute, dass es nicht s sein wird.«

»Und was ist, wenn sich herausstellt, dass du nicht recht hast?«, fragt Álvaro. »Wenn wir in zehn Jahren das Korn immer noch genauso entladen wie heute, wirst du dann zugeben, dass die Geschichte nicht real ist?«

»Jawohl, das werde ich«, erwidert er. »Ich werde mich vor der Macht des Realen verneigen. Ich werde es nennen: mich dem Urteil der Geschichte beugen.«

FÜNFZEHN

Nach seiner Rede gegen die Ratten spürt er eine Weile lang, dass die Atmosphäre am Arbeitsplatz angespannt ist. Obwohl seine Kameraden freundlich wie immer sind, scheinen alle zu verstummen, wenn er in der Nähe ist.

Und in der Tat, wenn er an seinen Ausbruch zurückdenkt, errötet er vor Scham. Wie hatte er die Arbeit, auf die seine Freunde so stolz sind, so herabsetzen können, eine Arbeit, an der er teilhaben darf, wofür er dankbar ist?

Aber dann wird es allmählich wieder entspannter. Während einer Vormittagspause kommt Eugenio zu ihm und bietet ihm eine Tüte. »Kekse«, sagt er. »Nimm einen. Nimm zwei. Ein Geschenk von einem Nachbarn.« Und als er sich anerkennend äußert (die Kekse sind köstlich, er schmeckt Ingwer und vielleicht auch Zimt heraus), fügt Eugenio hinzu: »Weißt du, ich habe über das nachgedacht, was du gestern gesagt hast, und vielleicht hast du nicht ganz Unrecht. Warum sollten wir Ratten füttern, wenn sie nicht zu unserer Ernährung dienen? Es gibt Leute, die Ratten essen, ich aber bestimmt nicht. Und du?«

»Nein«, sagt er. »Ich esse auch keine Ratten. Ich ziehe deine Kekse unbedingt vor.«

Am Ende des Arbeitstages kommt Eugenio auf das Thema zurück. »Ich habe mir Sorgen gemacht, dass wir deine Gefühle verletzt haben könnten«, sagt er. »Glaub mir, es war kein böser Wille. Wir alle empfinden größtmögliches Wohlwollen dir gegenüber.«

»Ich bin überhaupt nicht verletzt«, erwidert er. »Wir hatten eine philosophische Kontroverse, das ist alles.«

»Eine philosophische Kontroverse«, bekräftigt Eugenio. »Du wohnst doch in der Ostsiedlung? Ich gehe mit dir bis zur Bushaltestelle.« Er muss also Eugenio zur Bushaltestelle begleiten, um die Notlüge aufrechtzuerhalten, dass er in der Siedlung wohnt.

»Eine Frage hat mich schon länger beschäftigt«, bemerkt er zu Eugenio, während sie auf den Bus Nummer 6 warten. »Sie ist völlig unphilosophisch. Wie verbringt ihr, du und die anderen Männer, eure Freizeit? Ich weiß, dass sich viele von euch für Fußball interessieren, aber was macht ihr an den Abenden? Ihr scheint keine Frauen und Kinder zu haben. Habt ihr Freundinnen? Geht ihr in Klubs? Álvaro hat mir erzählt, es gebe Klubs, in die man eintreten kann.«

Eugenio wird rot. »Über Klubs weiß ich nichts. Ich gehe meist zum Institut.«

»Erzähl mir davon. Ich habe schon nebenher vom Institut gehört, aber ich habe keine Vorstellung, was dort stattfindet.«

»Das Institut bietet Kurse an. Es bietet Vorlesungen, Filme, Diskussionsgruppen. Du solltest beitreten. Es würde dir gefallen. Es ist nicht nur für junge Leute, dort sind auch viele Ältere, und es ist frei. Weißt du, wie du dorthin kommst?«

»Nein.«

»Es ist auf der Neuen Straße, in der Nähe der großen Straßenkreuzung. Ein hohes weißes Gebäude mit Glastüren. Du bist wahrscheinlich schon oft vorbeigekommen, ohne es zu bemerken. Komm doch morgen Abend hin. Du kannst dich unserer Gruppe anschließen.«

»Gut.«

Wie sich herausstellt, ist der Kurs, bei dem sich Eugenio zusammen mit drei anderen Schauerleuten eingeschrieben hat, über Philosophie. Er nimmt in der hintersten Reihe Platz, abseits der Kameraden, damit er unauffällig hinauskann, wenn es ihm langweilig wird.

Die Lehrerin kommt und es wird still. Sie ist mittleren Alters, für sein Auge ohne jeglichen Schick gekleidet, mit kurz geschorenem stahlgrauen Haar und ohne Make-up. »Guten Abend«, sagt sie. »Wir wollen dort wieder einsetzen, wo wir vergangene Woche aufgehört haben und unsere Erforschung des Tisches fortsetzen – des Tisches und seines engen Verwandten, des Stuhls. Wie Sie sich sicher erinnern, haben wir die unterschiedlichen Arten von Tischen diskutiert, die es in der Welt gibt, und die unterschiedlichen Arten von Stühlen. Wir haben uns gefragt, was das Verbindende hinter all der Unterschiedlichkeit ist, was aus allen Tischen Tische macht, aus allen Stühlen Stühle.«

Er steht leise auf und schlüpft aus dem Raum.

Der Korridor ist leer, abgesehen von einer Gestalt in einem langen weißen Gewand, die schnell auf ihn zukommt. Als die Gestalt näher heran ist, sieht er, dass es keine andere als Ana vom Zentrum ist. »Ana!«, ruft er. »Hallo«, antwortet Ana – »Entschuldigung, ich kann nicht stehen bleiben, ich bin spät dran.« Aber dann bleibt sie doch stehen. »Ich kenne Sie, oder? Ich habe Ihren Namen vergessen.«

»Simón. Wir sind uns im Zentrum begegnet. Ich hatte einen kleinen Jungen bei mir. Sie haben uns in unserer ersten Nacht in Novilla freundlicherweise Zuflucht gewährt.«

»Natürlich! Wie geht es Ihrem Sohn?«

Das weiße Gewand ist eigentlich ein weißer Bademantel; sie ist barfuß. Seltsamer Aufputz. Gibt es einen Swimmingpool im Institut?

Sie bemerkt seinen verwunderten Blick und lacht. »Ich stehe Modell«, sagt sie. »Zwei Abende in der Woche stehe ich Modell. Für einen Aktzeichenkurs.«

»Einen Aktzeichenkurs?«

»Einen Zeichenkurs. Zeichnen nach der Natur. Ich bin das Modell des Kurses.« Sie streckt die Arme wie zum Gähnen. Der Mantel öffnet sich am Hals; er erhascht einen Blick auf die Brüste, die er so bewundert hatte. »Sie sollten mitmachen. Wenn Sie mehr über den Körper lernen wollen, gibt es keinen besseren Weg.« Und dann, ehe er noch seine Verwirrung überwinden kann: »Auf Wiedersehen – ich bin spät dran. Grüßen Sie Ihren Sohn.«

Er geht den leeren Korridor hinunter. Das Institut ist größer, als er von außen angenommen hatte. Hinter einer verschlossenen Tür dringt Musik hervor, eine Frau singt klagend zur Begleitung einer Harfe. Er bleibt vor einer Anzeigentafel stehen. Eine lange Liste von Kursen ist im Angebot. Architekturzeichnen. Buchhaltung. Rechnen. Ein Kurs nach dem anderen in Spanisch: Spanisch für Anfänger (zwölf Teile), Spanisch für fortgeschrittene Anfänger (fünf Teile), Spanisch für Fortgeschrittene, Textverfassen in Spanisch, Spanische Konversation. Er hätte hierherkommen sollen, statt sich ganz allein mit der Sprache abzumühen. Spanische Literatur kann er nicht entdecken. Aber vielleicht fällt Literatur unter Spanisch für Fortgeschrittene.

Keine anderen Sprachkurse. Kein Portugiesisch. Kein Katalanisch. Kein Galizisch. Kein Baskisch.

Kein Esperanto. Kein Volapük.

Er sucht nach Aktzeichnen. Da ist es: Aktzeichnen, montags bis freitags 19–21 Uhr, samstags 14–16 Uhr; Anmeldung ab Teil 12; Teil 1 AUSGEBUCHT, Teil 2 AUSGEBUCHT, Teil 3 AUSGEBUCHT. Offensichtlich ein beliebter Kurs.

Kalligraphie. Weben. Korbflechterei. Blumenarrangement. Töpfern. Puppenspiel.

Philosophie. Elemente der Philosophie. Philosophie: Ausgewählte Themen. Philosophie der Arbeit. Philosophie und Alltag.

Eine Glocke ertönt, um die Stunde anzuzeigen. Studenten kommen auf den Korridor hinaus, zuerst in Grüppchen, dann in Massen, nicht nur junges Volk, sondern auch Personen in seinem Alter und noch Ältere, genau wie Eugenio gesagt hat. Kein Wunder, dass die Stadt nach Einbruch der Dunkelheit wie ausgestorben ist! Alle sind hier im Institut und bilden sich weiter. Alle sind eifrig dabei, bessere Bürger, bessere Menschen zu werden. Alle außer ihm.

Jemand ruft ihn. Es ist Eugenio, der aus dem Menschenstrom heraus winkt. »Komm! Wir holen uns was zu essen! Komm doch mit!«

Er folgt Eugenio eine Treppe hinunter in eine hell erleuchtete Cafeteria. Schon haben sich lange Schlangen von Menschen gebildet, die darauf warten, bedient zu werden. Er nimmt sich ein Tablett und Besteck. »Es ist Mittwoch, das heißt, es gibt Nudeln«, sagt Eugenio. »Magst du Nudeln?«

»Ja.«

Sie sind an der Reihe. Er hält einen Teller hin und eine Servierkraft klatscht eine große Portion Spaghetti darauf. Eine zweite Person fügt einen Klacks Tomatensauce hinzu.

»Nimm dir auch ein Brötchen«, sagt Eugenio. »Falls du dich satt essen willst.«

»Wo bezahlen wir?«

»Wir bezahlen nicht. Es ist umsonst.«

Sie finden einen Tisch und die anderen jungen Schauerleute schließen sich ihnen an.

»Wie war euer Kurs?«, fragt er sie. »Habt ihr herausgefunden, was ein Stuhl ist?«

Es soll ein Scherz sein, aber die jungen Männer starren ihn verständnislos an.

»Weißt du nicht, was ein Stuhl ist?«, sagt einer von ihnen schließlich. »Schau hinunter. Du sitzt auf einem.« Er blickt in die Gesichter seiner Gefährten. Sie brechen alle in Gelächter aus.

Er versucht mitzulachen, um zu zeigen, dass er Spaß versteht. »Ich meinte damit«, sagt er, »habt ihr herausgefunden, was einen Stuhl ausmacht ... Ich weiß nicht, wie ich es ausdrücken soll ...«

»*Sillicidad*«, bietet Eugenio an. »Dein Stuhl« – er deutet auf den Stuhl – »verkörpert *Sillicidad*, oder hat teil daran, oder realisiert es, wie unsere Lehrerin gern sagt. Daher weiß man, dass es ein Stuhl ist und kein Tisch.«

»Oder ein Hocker«, fügt sein Gefährte hinzu.

»Hat eure Lehrerin euch schon einmal von dem Mann erzählt«, sagt er, Simón, »der, als er gefragt wurde, wie er wisse, dass ein Stuhl ein Stuhl sei, dem besagten Stuhl einen Tritt verpasste und sagte: *Auf diese Weise erkenne ich es, mein Herr*?«

»Nein«, sagt Eugenio. »Aber so lernt man nicht, dass ein Stuhl ein Stuhl ist. So lernt man, dass er ein Objekt ist. Das Objekt eines Trittes.«

Er schweigt. Die Wahrheit ist, er ist in diesem Institut

fehl am Platz. Philosophieren macht ihn nur ungeduldig. Er hat kein Interesse an Stühlen und dem Stuhlhaften an ihnen.

Den Spaghetti fehlt Würze. Die Tomatensauce besteht nur aus pürierten Tomaten, aufgewärmt. Er schaut sich nach einem Salzstreuer um, aber da ist keiner. Auch kein Pfeffer. Aber die Spaghetti sind wenigstens eine Abwechslung. Besser als immerzu nur Brot.

»Also – für welche Kurse willst du dich denn anmelden?«, fragt Eugenio.

»Ich habe mich noch nicht entschieden. Ich habe mir die Liste angeschaut. Ein ziemlich breites Angebot. Ich dachte an Aktzeichnen, habe aber festgestellt, dass das schon ausgebucht ist.«

»Du willst dich also nicht unserem Kurs anschließen. Das ist schade. Die Diskussion wurde interessanter, nachdem du gegangen warst. Wir haben über die Unendlichkeit und die Gefahren der Unendlichkeit gesprochen. Was ist, wenn es jenseits des idealen Stuhls einen weiteren idealen Stuhl gibt, und so immer weiter und weiter? Aber Aktzeichnen ist auch interessant. Du könntest dieses Semester Zeichnen wählen – gewöhnliches Zeichnen. Dann würde deine Anmeldung für das Aktzeichnen im nächsten Semester bevorzugt behandelt werden.«

»Aktzeichnen ist immer sehr beliebt«, erklärt einer der jungen Männer. »Die Leute wollen etwas über den Körper erfahren.«

Er sucht nach der Ironie, aber es gibt keine, wie es kein Salz gibt.

»Wenn du etwas über den menschlichen Körper erfahren willst, wäre dann nicht ein Anatomiekurs besser?«, fragt er.

Der junge Mann ist anderer Meinung. »Anatomie belehrt nur über die Teile des Körpers. Wenn man etwas über die Gesamtheit erfahren will, dann muss man einen Kurs wie Aktzeichnen oder Modellieren belegen.«

»Mit der Gesamtheit meinst du …?«

»Ich meine zuerst den Körper als Körper, dann später den Körper in seiner Idealgestalt.«

»Würde dich das nicht gewöhnliche Erfahrung lehren? Ich meine, würden dich nicht ein paar Nächte mit einer Frau alles lehren, was du über den Körper als Körper wissen musst?«

Der junge Mann wird rot und sieht sich hilfesuchend um. Er verflucht sich. Immer seine dummen Scherze!

»Was den Körper in seiner idealen Gestalt angeht«, lässt er nicht locker, »da müssen wir wahrscheinlich das nächste Leben abwarten, ehe wir das zu sehen bekommen.« Er schiebt die Spaghetti halb gegessen beiseite. Es ist zuviel für ihn, zuviel Fraß. »Ich muss los«, sagt er. »Gute Nacht. Bis morgen im Hafen.«

»Gute Nacht.« Sie bemühen sich nicht, ihn zurückzuhalten. Und zu Recht. Wie muss er auf sie wirken, auf diese feinen jungen Männer, hart arbeitend, idealistisch, unschuldig? Was könnten sie denn von der verbitterten Stimmung profitieren, die er verbreitet?

»Wie geht es deinem Jungen?«, fragt Álvaro. »Wir vermissen ihn. Hast du eine Schule für ihn gefunden?«

»Für die Schule ist er noch nicht alt genug. Er ist bei seiner Mutter. Sie will nicht, dass er zu viel Zeit mit mir verbringt. Seine Zuneigung wäre weiterhin gespalten, sagt sie, solange zwei Erwachsene Ansprüche an ihn stellen.«

»Aber es sind immer zwei Erwachsene, die Ansprüche

an uns haben: unser Vater und unsere Mutter. Wir sind keine Bienen oder Ameisen.«

»Das mag ja sein. Aber ich bin jedenfalls nicht Davids Vater. Seine Mutter ist die Mutter, aber ich bin nicht der Vater. Das ist der Unterschied. Álvaro, das ist ein schmerzliches Thema für mich. Können wir es fallenlassen?«

Álvaro packt ihn beim Arm. »David ist kein gewöhnlicher Junge. Glaub mir, ich habe ihn beobachtet, ich weiß, wovon ich spreche. Bist du sicher, dass du zu seinem Besten handelst?«

»Ich habe ihn seiner Mutter übergeben. Er ist in ihrer Obhut. Warum sagst du, er sei kein gewöhnlicher Junge?«

»Du sagst, du hast ihn übergeben, aber wollte er wirklich übergeben werden? Warum hat ihn seine Mutter zunächst verlassen?«

»Sie hat ihn nicht verlassen. Sie wurden getrennt. Eine Zeitlang haben sie in einem jeweils anderen Umfeld gelebt. Ich habe ihm geholfen, sie zu finden. Er hat sie gefunden und sie wurden wieder vereint. Jetzt haben sie ein natürliches Verhältnis, das von Mutter und Sohn. Während er und ich kein natürliches Verhältnis haben. Das ist alles.«

»Wenn dieses Verhältnis mit dir nicht natürlich ist, was dann?«

»Abstrakt. Er hat ein abstraktes Verhältnis mit mir. Ein Verhältnis mit jemandem, der auf abstrakte Weise für ihn sorgt, aber keine natürliche Verpflichtung dafür hat. Was hast du damit gemeint, dass er kein gewöhnlicher Junge ist?«

Álvaro schüttelt den Kopf. »Natürlich, abstrakt … Das ergibt für mich keinen Sinn. Was glaubst du denn, wie eine Mutter und ein Vater zunächst zusammenkommen – die Mutter und der Vater des zukünftigen Kindes? Weil sie eine natürliche Verpflichtung füreinander haben? Selbstverständlich nicht. Ihre Wege kreuzen sich zufällig und sie verlieben sich. Was könnte weniger natürlich und willkürlicher sein als das? Aus ihrer zufälligen Verbindung kommt ein neues Wesen in die Welt, eine neue Seele. Wer schuldet wem in dieser Geschichte etwas? Das kann ich nicht sagen, und ich bin sicher, du auch nicht.

Ich habe dich und deinen Jungen zusammen beobachtet, Simón, und ich konnte sehen: Er vertraut dir völlig. Er liebt dich. Und du liebst ihn. Warum ihn dann weggeben? Warum solltest du dich von ihm fernhalten?«

»Nicht ich habe mich von ihm ferngehalten. Seine Mutter hat ihn von mir ferngehalten, wie es ihr Recht ist. Wenn ich wählen könnte, wäre ich noch mit ihm zusammen. Aber ich kann nicht wählen. Ich habe nicht das Recht dazu. Ich habe keine Rechte in dieser Sache.«

Álvaro schweigt, scheint sich in sich zurückzuziehen. »Sag mir, wo ich diese Frau finden kann«, sagt er schließlich. »Ich möchte mit ihr sprechen.«

»Sei vorsichtig. Sie hat einen Bruder, der ein fieser Zeitgenosse ist. Du solltest dich nicht mit ihm anlegen. Tatsächlich hat sie zwei Brüder, der eine so unangenehm wie der andere.«

»Ich kann auf mich aufpassen«, sagt Álvaro. »Wo finde ich sie?«

»Sie heißt Inés und sie hat meine alte Wohnung in der Ostsiedlung übernommen: Wohnblock B, Nummer 202 in der zweiten Etage. Sag nicht, ich hätte dich geschickt, denn das wäre nicht wahr. Ich schicke dich nicht. Das ist überhaupt nicht meine Idee, es ist deine Idee.«

»Mach dir keine Sorgen, ich werde es ihr klarmachen, dass es meine Idee ist, du hast nichts damit zu tun.«

Am nächsten Tag während der Mittagspause winkt ihn Álvaro zu sich. »Ich habe mit deiner Inés gesprochen«, sagt er ohne Vorrede. »Sie stimmt zu, dass du den Jungen sehen kannst, nur jetzt noch nicht. Am Ende des Monats.«

»Das ist eine wundervolle Nachricht! Wie hast du sie überredet?«

Álvaro macht eine abwehrende Handbewegung. »Es spielt keine Rolle, wie. Sie sagt, du kannst mit ihm spazieren gehen. Sie wird dir sagen, wann. Sie hat nach deiner Telefonnummer gefragt. Ich kannte sie nicht, da habe ich ihr meine gegeben. Ich habe gesagt, ich würde es ausrichten.«

»Ich kann dir gar nicht sagen, wie dankbar ich bin. Bitte versichere ihr, dass ich den Jungen nicht belasten werde – ich meine, ich werde seine Beziehung zu ihr nicht belasten.«

SECHZEHN

Inés ruft ihn schneller herbei als erwartet. Gleich am nächsten Morgen nimmt ihn Álvaro beiseite. »In deiner Wohnung gibt es eine Notsituation«, sagt er. »Inés hat angerufen, als ich gerade von zu Hause weggehen wollte. Sie wollte, dass ich zu ihr komme, aber ich habe ihr gesagt, ich hätte keine Zeit. Sei nicht beunruhigt, es hat nichts mit deinem Jungen zu tun, es sind nur die Sanitäranlagen. Du wirst Werkzeug brauchen. Nimm die Werkzeugkiste aus dem Schuppen mit. Beeil dich. Sie ist ziemlich fertig mit den Nerven.«

Inés empfängt ihn an der Tür, in einem schweren Mantel (warum? – es ist kein kalter Tag). Sie ist wirklich ziemlich fertig, ziemlich wütend. Die Toilette sei verstopft, sagt sie. Der Hausverwalter habe vorbeigeschaut, habe sich aber geweigert, etwas zu unternehmen, weil (wie er sagte) sie nicht die legale Mieterin sei, er kenne sie überhaupt nicht (sagte er). Sie habe ihre Brüder in La Residencia angerufen, aber sie hätten sie mit Ausreden abgespeist, sie seien sich zu fein (sagt sie verbittert), um sich die Hände schmutzig zu machen. Deshalb habe sie heute morgen als letzten Ausweg seinen Kollegen Álvaro angerufen, der als Arbeiter etwas von Installationen verstehen sollte. Und jetzt hat sie nicht Álvaro, sondern ihn.

Sie redet in einem fort und marschiert verärgert im

Wohnzimmer auf und ab. Sie hat abgenommen, seit er sie das letzte Mal gesehen hat. Um die Mundwinkel zeigen sich verhärmte Linien. Schweigend hört er zu; aber seine Augen ruhen auf dem Jungen, der im Bett sitzt – ist er eben erst aufgewacht? – und ihn ungläubig anstarrt, als sei er aus dem Reich der Toten zurückgekehrt.

Er wirft dem Jungen ein Lächeln zu. *Hallo!*, sagt er lautlos.

Der Junge nimmt den Daumen aus dem Mund, spricht aber nicht. Man hat sein von Natur aus lockiges Haar lang wachsen lassen. Er steckt in einem hellblauen Schlafanzug, auf dem rote Elefanten und Flusspferde herumtollen.

Inés hat ihren Redefluss nicht unterbrochen. »Die Toilette bereitet Probleme, seit wir eingezogen sind«, sagt sie. »Ich würde mich nicht wundern, wenn die Leute in der Wohnung darunter schuld daran wären. Ich habe dem Verwalter gesagt, er solle in der Etage unten nachsehen, aber er hat mir gar nicht zugehört. Ich hatte noch nie mit einem so unhöflichen Mann zu tun. Es macht ihm nichts aus, dass es schon bis zum Korridor stinkt.«

Inés spricht über Fäkalien ohne Scheu. Es kommt ihm seltsam vor – die Angelegenheit ist, wenn nicht intim, dann zumindest heikel. Betrachtet sie ihn einfach als Handwerker, der gekommen ist, um eine Arbeit für sie zu erledigen, einen, dem sie nie wieder zu begegnen braucht; oder schnattert sie drauflos, um ihr Unbehagen zu überspielen?

Er durchquert den Raum, öffnet das Fenster und beugt sich hinaus. Das Abflussrohr von der Toilette führt direkt in ein Abwasserrohr, das an der Hauswand hinunterführt. Drei Meter weiter unten ist das Abflussrohr von der Wohnung einen Stock tiefer.

»Haben Sie mit den Leuten in Nummer 102 gesprochen?«, fragt er. »Wenn die ganze Installation verstopft ist, dann haben sie das gleiche Problem. Aber ich will mir erst mal die Toilette ansehen, falls der Defekt gleich in die Augen fällt.« Er spricht den Jungen an. »Hilfst du mir? Wäre es nicht allmählich Zeit aufzustehen, du Faulpelz! Guck mal, wie hoch die Sonne schon am Himmel steht!«

Der Junge windet sich und schenkt ihm ein freudiges Lächeln. Sein Herz springt. Wie er dieses Kind liebt! »Komm her!«, sagt er. »Du bist doch nicht zu alt, um mir einen Kuss zu geben?«

Der Junge hüpft aus dem Bett und kommt herbeigestürzt, um ihn zu umarmen. Er atmet den kräftigen, ungewaschenen, milchigen Geruch ein. »Mir gefällt dein neuer Schlafanzug«, sagt er. »Wollen wir mal nachschauen?«

Die Toilettenschüssel ist fast bis zum Rand mit Wasser und Exkrementen gefüllt. Im mitgebrachten Werkzeugkasten befindet sich eine Rolle Draht. Er biegt das Drahtende zu einem Haken, stochert blindlings unten im Knie der Schüssel und holt ein Knäuel Toilettenpapier hoch. »Hast du ein Töpfchen?«, fragt er den Jungen. »Einen Topf für Pipi?«, fragt der Junge. Er nickt. Der Junge flitzt davon und kommt mit einem Nachttopf wieder, über den ein Tuch gebreitet ist. Kurz darauf kommt Inés hereingestürzt, schnappt sich den Topf und verschwindet ohne ein Wort.

»Bring mir eine Plastiktüte«, sagt er zum Jungen. »Sieh zu, dass sie keine Löcher hat.«

Er fischt eine ziemliche Menge Papier aus dem verstopften Rohr, aber der Wasserstand sinkt nicht. »Zieh dich an, dann gehen wir einen Stock tiefer«, sagt er zum Jungen. Und zu Inés: »Wenn in 102 niemand da ist, werde ich versuchen, die Klappe zu ebener Erde zu öffnen. Wenn die Verstopfung über diesen Punkt hinausgeht, kann ich nichts tun. Dann ist es Sache der örtlichen Verwaltung. Aber warten wir's ab.« Er macht eine Pause. »Übrigens kann so etwas jedem passieren. Niemand ist daran schuld. Es ist einfach Pech.«

Er versucht, Inés die Sache zu erleichtern, und hofft, dass sie das bemerkt. Doch sie will ihn partout nicht ansehen. Sie ist verlegen, sie ist verärgert; mehr als das kann er nicht erraten.

Begleitet vom Jungen klopft er an der Tür von Wohnung 102. Nach langem Warten wird ein Riegel zurückgezogen und die Tür öffnet sich einen Spalt. Im Halblicht kann er eine dunkle Gestalt ausmachen, ob Mann oder Frau erkennt er nicht.

»Guten Morgen«, sagt er. »Es tut mir leid, wenn ich störe. Ich bin aus der Wohnung einen Stock höher, wo wir eine verstopfte Toilette haben. Ich wollte wissen, ob Sie vielleicht ein ähnliches Problem haben.«

Die Tür öffnet sich weiter. Es ist eine Frau, alt und gebeugt, deren Augen von einem glasigen Grau sind, das vermuten lässt, dass sie nichts sieht.

»Guten Morgen«, wiederholt er. »Ihre Toilette. Haben Sie Probleme mit Ihrer Toilette? Irgendwelche Verstopfungen, *atascos*?«

Keine Antwort. Sie steht stocksteif, ihr Gesicht ist ihm fragend zugewandt. Ist sie sowohl taub als auch blind?

Der Junge tritt vor. *»Abuela«*, sagt er. Die Alte streckt die Hand aus, streicht ihm übers Haar, erforscht sein Gesicht. Einen Augenblick drückt er sich vertrauensvoll an sie; dann schlüpft er an ihr vorbei in die Wohnung. Einen Moment später ist er zurück. »Sie ist sauber«, sagt er. »Die Toilette ist sauber.«

»Vielen Dank, Señora«, sagt er und verbeugt sich. »Vielen Dank für Ihre Hilfe. Entschuldigen Sie die Störung.« Und zu dem Jungen: »Ihre Toilette ist sauber, daher – daher was?«

Der Junge runzelt die Stirn.

»Hier, unten, fließt das Wasser störungsfrei. Dort, oben« – er zeigt die Treppe hoch –, »will das Wasser nicht fließen. Daher was? Wo sind daher die Rohre verstopft?«

»Oben«, sagt der Junge selbstsicher.

»Gut! Wo sollten wir es also in Ordnung bringen: oben oder unten?«

»Oben.«

»Und wir gehen nach oben, weil das Wasser wie fließt, nach oben oder nach unten?«

»Nach unten.«

»Immer?«

»Immer. Es fließt immer nach unten. Und manchmal nach oben.«

»Nein. Niemals nach oben. Immer nach unten. Das ist die Natur des Wassers. Die Frage ist, wie kommt das Wasser nach oben in unsere Wohnung, ohne im Widerspruch zu seiner Natur zu stehen? Wie kommt es zustande, dass das Wasser für uns fließt, wenn wir den Hahn aufdrehen oder die Toilette spülen?«

»Weil es für uns nach oben fließt.«

»Nein. Das ist keine gute Antwort. Ich will die Frage anders stellen. Wie kann Wasser in unsere Wohnung kommen, *ohne* nach oben zu fließen?«

»Aus dem Himmel. Es fällt aus dem Himmel in die Wasserhähne.«

Das stimmt. Wasser fällt tatsächlich aus dem Himmel. »Aber«, sagt er und hebt einen warnenden Finger, »aber wie kommt das Wasser in den Himmel?«

Naturphilosophie. Wir wollen einmal sehen, wieviel Naturphilosophie in diesem Kind steckt.

»Weil der Himmel einatmet«, sagt das Kind. »Der Himmel atmet ein« – er holt tief Luft und hält sie an, ein Lächeln auf dem Gesicht, ein Lächeln reiner intellektueller Freude, dann atmet er dramatisch aus – »und der Himmel atmet aus.«

Die Tür schließt sich. Er hört, wie der Riegel vorgeschoben wird.

»Hat Inés dir davon erzählt – vom Atmen des Himmels?«

»Nein.«

»Hast du dir das ganz allein ausgedacht?«

»Ja.«

»Und wer ist dort im Himmel, der einatmet und ausatmet und den Regen macht?«

Der Junge schweigt. Sein Stirnrunzeln zeigt, wie er sich konzentriert. Schließlich schüttelt er den Kopf.

»Du weißt es nicht?«

»Ich kann mich nicht erinnern.«

»Macht nichts. Wir wollen zu deiner Mutter und ihr sagen, was wir erfahren haben.«

Die Werkzeuge, die er mitgebracht hat, sind nutzlos. Nur das primitive Stück Draht kann vielleicht weiterhelfen.

»Warum geht ihr beiden nicht spazieren«, schlägt er Inés vor. »Was ich machen will, ist nicht besonders appetitlich. Ich wüßte nicht, warum unser junger Freund dem ausgesetzt werden sollte.«

»Ich würde lieber einen richtigen Klempner holen«, sagt Inés.

»Wenn ich es nicht schaffe, dann werde ich für Sie einen

richtigen Klempner besorgen, versprochen. So oder so wird Ihre Toilette repariert werden.«

»Ich will nicht spazieren gehen«, sagt der Junge. »Ich will helfen.«

»Vielen Dank, mein Junge, das weiß ich zu schätzen. Aber es ist keine Arbeit, bei der man Hilfe braucht.«

»Ich kann dir Ideen geben.«

Er tauscht einen Blick mit Inés aus. Etwas Unausgesprochenes wird zwischen ihnen ausgetauscht. *Mein kluger Sohn!*, sagt ihr Blick.

»Das stimmt«, sagt er. »Du hast gute Ideen. Aber leider reagieren Toiletten nicht auf Ideen. Toiletten gehören nicht zum Reich der Ideen, sie sind einfach grobe Dinge, und die Arbeit mit ihnen ist nichts als grobe Arbeit. Geh also mit deiner Mutter spazieren, während ich hier weitermache.«

»Warum kann ich nicht hierbleiben?«, fragt der Junge. »Es ist nur Kacke.«

Der Junge hat einen neuen Ton drauf, einen herausfordernden Ton, der ihm nicht gefällt. Das viele Lob steigt ihm zu Kopf.

»Toiletten sind bloß Toiletten, aber Kacke ist nicht bloß Kacke«, sagt er. »Es gibt gewisse Dinge, die nicht nur sie selbst sind, nicht immer. Kacke gehört dazu.«

Inés zieht an der Hand des Jungen. Sie errötet heftig. »Komm!«, sagt sie.

Der Junge schüttelt den Kopf. »Es ist meine Kacke«, sagt er. »Ich will hierbleiben!«

»Es war deine Kacke. Aber du hast sie ausgeschieden. Du bist sie losgeworden. Sie gehört nicht mehr dir. Du hast kein Recht mehr darauf.«

Inés lässt ein Schnauben hören und zieht sich in die Küche zurück.

»Wenn die Kacke erst einmal in das Abwasserrohr kommt, gehört sie niemandem mehr«, spricht er weiter. »Im Abwassersystem vereint sie sich mit der Kacke von anderen Menschen und wird zur allgemeinen Kacke.«

»Warum ist Inés dann böse?«

Inés. Nennt er sie so: nicht *Mama* oder *Mutter*?

»Es ist ihr peinlich. Man spricht nicht gern über Kacke. Kacke stinkt. Kacke ist voller Bakterien. Kacke ist nicht gut für dich.«

»Warum?«

»Warum was?«

»Es ist auch ihre Kacke. Warum ist sie böse?«

»Sie ist nicht böse, sie ist nur empfindlich. Manche Menschen sind empfindlich, das ist ihre Natur, man weiß nicht warum. Aber man braucht nicht empfindlich zu sein, weil, wie ich dir gesagt habe, es ab einem bestimmten Punkt nicht die Kacke einer bestimmten Person ist, es ist einfach Kacke. Du kannst mit jedem Klempner reden und er wird dir dasselbe sagen. Der Klempner schaut sich die Kacke nicht an und sagt zu sich: *Wie interessant, wer hätte gedacht, dass Señor X oder Señora Y solche Kacke hat!* Das Gleiche trifft auf den Bestatter zu. Ein Bestatter sagt nicht zu sich: *Wie interessant!* …« Er hält inne. *Ich lasse mich hinreißen*, denkt er, *ich rede zuviel.*

»Was ist ein Bestatter?«, fragt der Junge.

»Ein Bestatter bestattet die Leichen. Er ist wie ein Klempner. Er sorgt dafür, dass Leichen an den rechten Ort kommen.«

Und jetzt wirst du gleich fragen: Was ist eine Leiche?

»Was sind Leichen?«, fragt der Junge.

»Leichen sind Körper, die vom Tod heimgesucht wurden, für die wir keine Verwendung mehr haben. Aber wir müssen uns keine Sorgen über den Tod machen. Nach dem Tod gibt es immer ein anderes Leben. Das hast du erlebt. Wir Menschen haben in dieser Beziehung Glück. Wir sind nicht wie Kacke, die zurückbleiben und wieder mit Erde vermischt werden muss.«

»Wie sind wir?«

»Wie sind wir, wenn wir nicht wie Kacke sind? Wir sind wie Ideen. Ideen sterben nie. Das wirst du in der Schule lernen.«

»Aber wir machen Kacke.«

»Das stimmt. Wir haben Teil am Ideal, aber wir machen auch Kacke. Das kommt, weil wir eine doppelte Natur haben. Ich weiß nicht, wie ich es noch einfacher ausdrücken soll.«

Der Junge schweigt. *Das kann er sich gründlich durch den Kopf gehen lassen*, denkt er. Er kniet sich neben die Toilettenschüssel und rollt sich den Ärmel hoch, soweit es geht. »Geh mit deiner Mutter spazieren«, sagt er. »Geh schon.«

»Und der Bestatter?«, fragt der Junge.

»Der Bestatter? Das ist nur ein Beruf wie jeder andere. Der Bestatter unterscheidet sich nicht von uns. Auch er hat eine doppelte Natur.«

»Kann ich ihn sehen?«

»Nicht im Moment. Wir haben im Moment anderes zu tun. Wenn wir das nächste Mal in die Stadt gehen, werden wir sehen, ob wir ein Bestattungsunternehmen finden. Dann kannst du dir den Bestatter anschauen.«

»Können wir uns Leichen anschauen?«

»Nein, bestimmt nicht. Der Tod ist eine Privatangelegenheit. Der Bestatter hat einen diskreten Beruf. Bestatter zeigen der Öffentlichkeit keine Leichen. Genug jetzt davon.« Er stochert mit dem Draht hinten in der Schüssel.

Er muss es irgendwie schaffen, dass der Draht der S-Kurve des Siphons folgt. Wenn die Verstopfung nicht im Siphon sitzt, dann muss sie im Verbindungsstück draußen sitzen. Wenn das der Fall ist, weiß er nicht, wie er sie beheben soll. Er wird dann aufgeben und einen Klempner suchen müssen. Oder jemanden der vorgibt, einer zu sein.

Das Wasser, in dem noch Klumpen von Inés' Kacke herumschwimmen, schließt sich über seiner Hand, seinem Handgelenk, seinem Unterarm. Er schiebt den Draht mit Druck die S-Kurve hinab. *Antibakterielle Seife*, denkt er: *Ich werde mich hinterher mit antibakterieller Seife waschen müssen, mit der Handbürste sorgfältig meine Nägel bearbeiten. Weil Kacke nur Kacke ist, weil Bakterien nur Bakterien sind.*

Er fühlt sich nicht wie ein Wesen mit einer doppelten Natur. Er fühlt sich wie ein Mann, der nach einer Verstopfung in einem Abwasserrohr herumstochert und dazu primitive Werkzeuge benutzt.

Er zieht den Arm zurück, zieht den Draht zurück. Der Haken am Ende hat sich aufgebogen. Er biegt den Haken erneut.

»Du kannst eine Gabel nehmen«, sagt der Junge.

»Eine Gabel ist zu kurz.«

»Du kannst die lange Gabel in der Küche nehmen. Du kannst sie zurechtbiegen.«

»Zeig mir, was du meinst.«

Der Junge trottet davon und kommt mit der langen Gabel zurück, die bei ihrer Ankunft in der Wohnung war, für die er nie eine Verwendung hatte. »Du kannst sie biegen, wenn du stark bist«, sagt der Junge.

Er biegt die Gabel zu einem Haken und schiebt sie durch die S-Kurve bis sie nicht weiter kommt. Als er die Gabel zurückzuziehen versucht, spürt er einen Widerstand. Zuerst allmählich, dann schneller kommt der Pfropfen hoch: ein Stoffbausch mit Plastikfolie. Das Wasser in der Schüssel fällt. Er zieht an der Kette. Sauberes Wasser rauscht durch. Er wartet, zieht noch mal an der Kette. Das Rohr ist frei. Alles ist in Ordnung.

»Ich habe das gefunden«, sagt er zu Inés. Er hält ihr das noch tropfende Ding hin. »Kommt es Ihnen bekannt vor?«

Sie wird rot, steht wie eine ertappte Sünderin vor ihm, weiß nicht, wohin blicken.

»Machen Sie das gewöhnlich – die da in der Toilette hinunterspülen? Hat Ihnen niemand gesagt, dass man das nie machen darf?«

Sie schüttelt den Kopf. Ihre Wangen sind gerötet. Der Junge zieht ängstlich an ihrem Rock. »Inés!«, sagt er. Sie tätschelt geistesabwesend seine Hand. »Es ist nichts, mein Schatz«, flüstert sie.

Er schließt die Badtür, zieht sein verdrecktes Hemd aus und wäscht es im Waschbecken. Es gibt keine antibakterielle Seife, nur die Seife vom Verpflegungsstützpunkt, die alle benutzen. Er wringt das Hemd aus, spült es, wringt es wieder aus. Er wird ein feuchtes Hemd anziehen müssen. Er wäscht sich die Arme, wäscht sich in den Achselhöhlen, trocknet sich ab. Vielleicht ist er nicht so sauber, wie er sich wünscht, doch wenigstens riecht er nicht nach Scheiße.

Inés sitzt auf dem Bett, hat den Jungen an die Brust gedrückt wie ein Baby und schaukelt vor und zurück. Der Junge döst, ein Speichelfaden hängt ihm am Mund. »Ich gehe jetzt«, flüstert er. »Rufen Sie mich, wenn Sie mich wieder brauchen.«

Als er später über den Besuch bei Inés nachdenkt, fällt ihm auf, was für eine seltsame Episode das in seinem Leben gewesen ist, wie unvorhersehbar. Als er diese junge Frau zum ersten Mal auf dem Tennisplatz gesehen hat, so kühl, so gelassen, wer hätte da für möglich gehalten, dass ein Tag kommen würde, an dem er ihre Scheiße von seinem Körper abwaschen musste! Was würden sie im Institut daraus machen? Ob die Dame mit dem stahlgrauen Haar dafür ein Wort hätte: das Kackhafte von Kacke?

SIEBZEHN

Wenn es Erleichterung ist, was du suchst«, sagt Elena, »wenn das Leben dadurch, dass du dich erleichtern kannst, für dich einfacher wird, dann gibt es Orte, wo ein Mann hingehen kann. Haben deine Freunde dir nicht davon erzählt, deine Männerfreunde?«

»Kein Wort. Was meinst du denn genau mit Erleichterung?«

»Sexuelle Erleichterung. Wenn du sexuelle Erleichterung suchst, brauche ich nicht der einzige Anlaufhafen zu sein.«

»Entschuldige«, sagt er steif. »Ich wusste nicht, dass du es so betrachtest.«

»Sei nicht beleidigt. Es gehört zum Leben dazu: Männer brauchen Erleichterung, das wissen wir alle. Ich sage dir nur, was du in der Angelegenheit tun kannst. Es gibt Orte, wo du hingehen kannst. Frag deine Freunde im Hafen, oder wenn es dir zu peinlich ist, frag im Umsiedlungszentrum.«

»Sprichst du von Bordellen?«

»Nenn sie Bordelle, wenn du willst, aber aus dem, was ich höre, schließe ich, dass an ihnen nichts Anrüchiges ist, sie sind recht sauber und angenehm.«

»Tragen die zur Verfügung stehenden Mädchen Uniform?«

Sie sieht ihn fragend an.

»Ich meine, haben sie eine einheitliche Bekleidung, wie Krankenschwestern? Mit einheitlicher Unterwäsche?«

»Das wirst du selbst herausfinden müssen.«

»Und ist das ein anerkannter Beruf, in einem Bordell zu arbeiten?« Er weiß, dass er sie mit seinen Fragen irritiert, doch er ist wieder in dieser Stimmung, der rücksichtslosen, bitteren Stimmung, die ihn geplagt hat, seit er das Kind weggegeben hat. »Ist das etwas, was ein Mädchen machen und sich trotzdem mit erhobenem Haupt in der Öffentlichkeit zeigen kann?«

»Ich habe keine Ahnung«, sagt sie. »Finde es selbst heraus. Und nun musst du mich entschuldigen, ich erwarte einen Schüler.«

Als er Elena erzählt hat, er wisse nichts von Orten, wo Männer hingehen können, hat er eigentlich gelogen. Álvaro hat kürzlich einen Klub für Männer erwähnt, nicht weit vom Hafen, Salón Confort genannt.

Von Elenas Wohnung geht er geradewegs zum Salón Confort. *Freizeit- und Erholungszentrum* steht auf dem Schild am Eingang eingraviert. *Öffnungszeiten 14 Uhr – 2 Uhr. Montags geschlossen. Zutritt vorbehalten. Mitgliedschaft auf Antrag.* Und in kleinerer Schrift: *Persönliche Beratung. Stressmanagement. Physiotherapie.*

Er stößt die Tür auf. Er steht in einem kahlen Vorraum. An einer Wand befindet sich eine Polsterbank. Der mit REZEPTION beschriftete Schalter ist bis auf ein Telefon leer. Er setzt sich und wartet.

Es dauert lange, bis jemand aus einem hinteren Zimmer auftaucht, eine Frau mittleren Alters. »Entschuldigen Sie, dass ich Sie habe warten lassen«, sagt sie. »Was kann ich für Sie tun?«

»Ich würde gern Mitglied werden.«

»Gewiss. Ich lasse Sie nur diese beiden Formulare ausfüllen, und dann müssen Sie sich ausweisen.« Sie reicht ihm ein Klemmbrett und einen Stift.

Er schaut sich das erste Formular an. Name, Adresse, Alter, Arbeitsstelle. »Zu Ihnen müssen Seeleute von einlaufenden Schiffen kommen«, bemerkt er. »Müssen die auch Formulare ausfüllen?«

»Sind Sie Seemann?«, fragt die Frau.

»Nein, ich arbeite im Hafen, aber ich bin kein Seemann. Ich erwähne Seeleute, weil sie nur für ein oder zwei Nächte an Land sind. Müssen sie Mitglieder werden, wenn sie hierherkommen?«

»Man muss ordentliches Mitglied sein, um die Einrichtung nutzen zu können.«

»Und wie lang dauert es, bis man ordentliches Mitglied ist?«

»Nicht lang. Aber danach müssen Sie einen Termin bei einer Therapeutin vereinbaren.«

»*Ich* muss einen Termin vereinbaren?«

»Sie müssen auf die Liste einer unserer Therapeutinnen aufgenommen werden. Das kann etwas dauern. Ihre Listen sind oft voll.«

»Wenn ich also einer von den Seeleuten wäre, die ich erwähnt habe, ein Seemann mit nur einer Nacht oder zwei an Land, dann hätte es keinen Sinn, hierher zu kommen. Mein Schiff wäre wieder auf hoher See, bis ich einen Termin bekäme.«

»Salón Confort ist nicht für Seeleute vorgesehen, Señor. Seeleute werden ihre eigenen Einrichtungen dort haben, wo sie herkommen.«

»Sie mögen ihre eigenen Einrichtungen daheim haben,

aber sie können sie nicht nutzen. Weil sie hier sind und nicht dort.«

»In der Tat: Wir haben unsere Einrichtungen, sie haben ihre.«

»Ich verstehe. Wenn Sie mir nicht verübeln, dass ich das sage, Sie sprechen wie eine Absolventin des Instituts – Institut für Weiterbildung wird es genannt, glaube ich.«

»Wirklich.«

»Ja. Von einem der Philosophiekurse. Vielleicht Logik. Oder Rhetorik.«

»Nein, ich habe keinen Abschluss von diesem Institut. Also: haben Sie sich entschieden? Wollen Sie den Antrag stellen? Wenn ja, dann füllen Sie doch bitte jetzt die Formulare aus.«

Das zweite Formular bereitet ihm größere Schwierigkeiten als das erste. *Antrag für eine persönliche Therapeutin*, ist es überschrieben. *Benutzen Sie den freien Raum unten, um sich und Ihre Bedürfnisse zu beschreiben.*

»Ich bin ein normaler Mann mit normalen Bedürfnissen«, schreibt er. »Das heißt, meine Bedürfnisse sind nicht übertrieben. Bis vor kurzen war ich der Vollzeitbetreuer eines Kindes. Seit ich das Kind weggegeben habe (meine Vormundschaft beendet habe), bin ich etwas einsam gewesen. Habe nicht gewusst, was ich mit mir anfangen soll.« Er wiederholt sich. Das kommt, weil er einen Kuli benutzt. Wenn er einen Bleistift mit Radiergummi hätte, könnte er sich prägnanter vorstellen. »Ich brauche ein geneigtes Ohr, um mein Herz auszuschütten. Ich habe eine gute Freundin, doch seit kurzem ist sie in Gedanken woanders. Meiner Beziehung zu ihr fehlt echte Intimität. Nur unter den Bedingungen der Intimität kann man sein Herz ausschütten, finde ich.«

Was noch?

»Ich hungere nach Schönheit«, schreibt er. »Weiblicher Schönheit. Ich bin etwas ausgehungert. Ich sehne mich nach Schönheit, die nach meiner Erfahrung Ehrfurcht weckt und auch Dankbarkeit – Dankbarkeit für das große Glück, eine schöne Frau in seinen Armen halten zu dürfen.«

Er überlegt, ob er den ganzen Absatz über die Schönheit streichen soll, tut es aber dann doch nicht. Wenn er beurteilt werden soll, dann mag es eher aufgrund der Regungen seines Herzens geschehen, als der Klarheit seiner Gedanken. Oder seiner Logik.

»Das soll nicht heißen, dass ich kein Mann mit den Bedürfnissen eines Mannes bin«, schließt er energisch.

Qué tontería! Was für ein Durcheinander! Welch moralische Verwirrung!

Er gibt die beiden Formulare ab. Die Empfangsdame liest sie durch – gibt nicht vor, es nicht zu tun – von Anfang bis Ende. Sie sind allein im Warteraum. Keine Hauptgeschäftszeit. Schönheit weckt Ehrfurcht: Entdeckt er den Ansatz eines Lächelns, als sie zu dieser Äußerung kommt? Ist sie schlicht und einfach eine Empfangsdame oder hat sie eigene Erfahrungen mit Dankbarkeit und Ehrfurcht?

»Sie haben vergessen, ein Feld anzukreuzen«, sagt sie. »Länge der Sitzungen: 30 Minuten, 45 Minuten, 60 Minuten, 90 Minuten. Welche Länge bevorzugen Sie?«

»Sagen wir, die maximale Erleichterung: neunzig Minuten.«

»Es kann eine Weile dauern, bis Sie eine 90-Minuten-Sitzung bekommen. Wegen der Terminplanung. Trotzdem schreibe ich Sie für eine lange erste Sitzung ein. Sie können das später ändern, wenn Sie das wollen. Danke, das ist alles. Wir melden uns. Wir teilen Ihnen schriftlich mit, wann Ihr erster Termin sein wird.«

»Eine ziemliche Prozedur. Ich begreife, warum Seeleute nicht willkommen sind.«

»Ja, der Salón wurde nicht für zeitweilige Gäste eingerichtet. Aber dieser Zustand ist ja selbst nur zeitweilig. Ein zeitweiliger Gast wird daheim sein, wo er herkommt, wie auch einer, der hier daheim ist, anderswo ein zeitweiliger Gast wäre.«

»Per definitionem«, sagt er. »Ihre Logik ist zwingend. Ich erwarte dann Ihren Brief.«

Auf dem Formular hat er Elenas Wohnung als Adresse angegeben. Die Tage gehen ins Land. Er fragt bei Elena nach: kein Brief für ihn.

Er geht wieder zum Salón. Dieselbe Empfangsdame hat Dienst. »Erinnern Sie sich an mich?«, fragt er. »Ich bin vor zwei Wochen hier gewesen. Sie haben gesagt, ich würde von Ihnen hören. Ich habe nichts gehört.«

»Lassen Sie mich nachschauen«, sagt sie. »Ihr Name ist …?« Sie öffnet einen Aktenschrank und holt eine Akte heraus. »Mit dem Antrag selbst gibt es kein Problem, soweit ich sehen kann. Die Verzögerung scheint darin begründet, Sie mit der passenden Therapeutin zu verbinden.«

»Mich zu *verbinden*? Vielleicht habe ich mich nicht deutlich ausgedrückt. Ignorieren Sie, was ich auf dem Formular über Schönheit und so weiter geschrieben habe. Ich suche keine ideale Partie, ich suche einfach Gesellschaft, weibliche Gesellschaft.«

»Ich verstehe. Ich werde nachfragen. Geben Sie mir ein paar Tage.«

Tage vergehen. Kein Brief. Er hätte nicht das Wort *Ehr-*

furcht verwenden sollen. Welche junge Frau, die sich nebenbei ein paar Reales verdienen will, möchte eine solche Verantwortung aufgedrängt bekommen? Die Wahrheit mag gut sein, aber manchmal ist etwas weniger als die Wahrheit besser. Also: *Warum stellen Sie einen Mitgliedsantrag für Salón Confort?* Antwort: *Weil ich neu hier in der Stadt bin und mir Kontakte fehlen.* Frage: *Welche Art von Therapeutin suchen Sie?* Antwort: *Eine, die jung und hübsch ist.* Frage: *Wie lang sollen die Sitzungen sein?* Antwort: *Dreißig Minuten reichen.*

Eugenio scheint fest entschlossen, ihm zu beweisen, dass ihre Meinungsverschiedenheiten bezüglich der Ratten, der Geschichte und der Organisation der Hafenarbeit keinen Groll hinterlassen haben. Recht häufig stellt er fest, dass Eugenio ihm nach Arbeitsschluss folgt, und er muss dann das Theater mit dem Bus Nummer 6 und der Fahrt zur Siedlung wiederholen.

»Hast du dich schon entschieden wegen des Instituts?«, fragt Eugenio während einer ihrer Märsche zur Bushaltestelle. »Wirst du dich denn anmelden?«

»Tut mir leid, ich habe in letzter Zeit nicht richtig über das Institut nachgedacht. Ich habe versucht, mich bei einem Freizeitzentrum einzuschreiben.«

»Ein Freizeitzentrum? Du meinst, wie der Salón Confort? Warum möchtest du denn Mitglied in einem Freizeitzentrum werden?«

»Nutzt ihr – du und deine Freunde – sie denn nicht? Was macht ihr denn bei – wie soll ich es nennen? – physischen Trieben?«

»Physischen Trieben? Trieben des Körpers? Wir haben darüber im Seminar diskutiert. Möchtest du hören, zu welchem Schluss wir gekommen sind?«

»Bitte.«

»Wir sind von der Feststellung ausgegangen, dass die fraglichen Triebe kein spezifisches Objekt haben. Das soll heißen, sie treiben uns nicht zu einer bestimmten Frau, sondern sie treiben uns zur Frau als Abstraktum, zum Ideal der Frau. Wenn wir also, um diesen Trieb zu stillen, Zuflucht zu einem sogenannten Freizeitzentrum nehmen, verleumden wir tatsächlich diesen Trieb. Wieso? Weil die in solchen Einrichtungen zur Verfügung stehenden Verkörperungen des Ideals minderwertige Kopien sind; und Vereinigung mit einer minderwertigen Kopie kann den Suchenden nur enttäuscht und traurig gestimmt zurücklassen.«

Er versucht, sich Eugenio, diesen ernsthaften jungen Mann mit seiner Eulenbrille, in den Armen einer minderwertigen Kopie vorzustellen. »Du schiebst deine Enttäuschung auf die Frauen, die du im Salón triffst«, entgegnet er, »aber vielleicht solltest du über den Trieb selbst nachdenken. Wenn er beschaffen ist wie die Sehnsucht nach etwas Unerreichbarem, sollten wir uns dann darüber wundern, dass er nicht befriedigt wird? Hat eure Lehrerin im Institut euch nicht gesagt, dass das Umarmen von minderwertigen Kopien vielleicht eine notwendige Stufe im Streben empor zum Guten, Wahren und Schönen ist?«

Eugenio schweigt.

»Denk darüber nach. Frage dich, wo wir wären, wenn es nicht so etwas wie Leitern gäbe. Hier kommt mein Bus. Bis morgen, mein Freund.«

»Stimmt etwas mit mir nicht, was ich nicht mitbekomme?«, fragt er Elena. »Ich spreche vom Klub, dessen Mitglied ich werden wollte. Warum haben sie mich abgewiesen, was glaubst du? Du kannst offen reden.«

Im letzten violetten Licht des Abends sitzen sie am Fenster und sehen den Schwalben zu, wie sie im Sturzflug herabsegeln. Kameradschaftlich – so ist ihre Beziehung mit der Zeit geworden. *Compañeros* im beiderseitigen Einverständnis. Kameradschaftsehe: Wenn er sie anböte, würde Elena zustimmen? Mit Elena und Fidel in ihrer Wohnung zusammenzuleben wäre gewiss bequemer als das improvisierte Quartier in seinem einsamen Schuppen im Hafen.

»Du kannst nicht sicher sein, dass sie dich abgewiesen haben«, sagt Elena. »Vielleicht haben sie eine lange Warteliste. Obwohl ich überrascht bin, dass du dich weiter um sie bemühst. Warum versuchst du es nicht bei einem anderen Klub? Oder warum gibst du es nicht einfach auf?«

»Aufgeben?«

»Den Sex aufgeben. Du bist dafür alt genug. Alt genug, um deine Befriedigung anderswo zu suchen.«

Er schüttelt den Kopf. »Noch nicht, Elena. Noch ein Abenteuer, noch ein Fehlschlag, dann werde ich vielleicht daran denken, mich zur Ruhe zu setzen. Du hast meine Frage nicht beantwortet. Ist etwas an mir, das die Menschen vor den Kopf stößt? Ist mein Spanisch so schlecht?«

»Dein Spanisch ist nicht makellos, doch es wird von Tag zu Tag besser. Ich höre viele Neuankömmlinge, deren Spanisch nicht so gut wie deines ist.«

»Dass du das sagst, ist lieb von dir, doch die Wahrheit ist, ich habe kein gutes Gehör. Oft erfasse ich nicht, was die Leute sagen, und muss raten. Die Frau im Klub zum Beispiel: Ich dachte, sie habe gesagt, sie wolle mich mit einem der Mädchen dort verheiraten; aber vielleicht habe ich sie missverstanden. Ich habe ihr gesagt, ich sei nicht auf Brautschau, und sie hat mich angesehen, als sei ich verrückt.«

Elena schweigt.

»Es ist dasselbe mit Eugenio«, lässt er nicht locker. »Ich denke allmählich, an meiner Ausdrucksweise ist etwas, das mich als Mann kennzeichnet, der in alten Verhaltensmustern gefangen ist, ein Mann, der nicht vergessen hat.«

»Vergessen braucht Zeit«, sagt Elena. »Wenn du erst einmal richtig vergessen hast, wird dein Gefühl der Unsicherheit weichen und alles wird einfacher werden.«

»Ich freue mich auf diesen gesegneten Tag. Den Tag, wenn ich im Salón Confort und im Salón Relax und all den anderen Salons von Novilla willkommen geheißen werde.«

Elena mustert ihn scharf. »Oder aber du kannst dich an deine Erinnerungen klammern, wenn du das bevorzugst. Aber dann komm nicht zu mir und beklage dich.«

»Bitte, Elena, versteh mich nicht falsch. Ich lege keinen Wert auf meine müden alten Erinnerungen. Ich stimme dir zu: Sie sind nur eine Bürde. Nein, etwas anderes ist es, was ich aufzugeben zögere – nicht die Erinnerungen an sich, sondern das Gefühl, in einem Körper mit einer Vergangenheit zu wohnen, einem Körper, vollgesogen mit seiner Vergangenheit. Verstehst du das?«

»Ein neues Leben ist ein neues Leben«, sagt Elena, »nicht ein altes Leben noch einmal in einer neuen Umgebung. Schau dir Fidel an –«

»Aber was ist das Gute an einem neuen Leben«, unterbricht er sie, »wenn wir dadurch nicht verwandelt, verklärt werden, wie ich es ganz sicher nicht bin?«

Sie lässt ihm Zeit, mehr zu sagen, doch er ist fertig.

»Schau dir Fidel an«, sagt sie. »Schau dir David an. Sie sind keine Geschöpfe der Erinnerung. Kinder leben in der

Gegenwart, nicht in der Vergangenheit. Warum sie nicht zum Vorbild nehmen? Anstatt darauf zu warten, verklärt zu werden, warum nicht versuchen, wieder wie ein Kind zu sein?«

ACHTZEHN

Er geht mit dem Jungen im Park spazieren, es ist der erste der von Inés bewilligten Ausflüge. Die düstere Stimmung ist aus seinem Gemüt gewichen, er geht beschwingt. Wenn er mit dem Kind zusammen ist, scheinen die Jahre von ihm abzufallen.

»Und wie geht es Bolívar?«, fragt er.

»Bolívar ist weggelaufen.«

»Weggelaufen! Das ist eine Überraschung! Ich dachte, Bolívar sei dir und Inés treu ergeben.«

»Bolívar mag mich nicht. Er mag nur Inés.«

»Aber man kann doch bestimmt mehr als eine Person mögen.«

»Bolívar mag nur Inés. Es ist ihr Hund.«

»Du bist Inés' Sohn, aber du liebst nicht nur Inés. Du liebst auch mich. Du liebst Diego und Stefano. Du liebst Álvaro.«

»Nein.«

»Das ist schade. Bolívar ist also fort. Wo ist er denn hin, was glaubst du?«

»Er ist zurückgekommen. Inés hat sein Fressen rausgestellt und er ist zurückgekommen. Jetzt will sie ihn gar nicht mehr rauslassen.«

»Bestimmt ist er nur nicht an sein neues Zuhause gewöhnt.«

»Inés sagt, das kommt, weil er Hundefrauen riecht. Er möchte sich mit einer Hundefrau paaren.«

»Ja, das ist eins der Probleme, wenn man einen Hundemann hält – er möchte mit den Hundefrauen zusammen sein. Das ist seine Natur. Wenn Hundemänner und Hundefrauen sich nicht mehr paaren wollten, würden keine Hundebabys mehr geboren, und nach einer Weile gäbe es dann überhaupt keine Hunde mehr. Es ist deshalb vielleicht das Beste, wenn man Bolívar ein bisschen Freiheit lässt. Wie schläfst du denn inzwischen? Schläfst du besser? Sind die bösen Träume verschwunden?«

»Ich habe von dem Schiff geträumt.«

»Von welchem Schiff?«

»Von dem großen Schiff. Wo wir den Mann mit dem Hut gesehen haben. Den Piraten.«

»Den Lotsen, nicht den Piraten. Was hast du geträumt?«

»Es ist gesunken.«

»Es ist gesunken? Und was geschah dann?«

»Ich weiß nicht. Ich kann mich nicht erinnern. Die Fische sind gekommen.«

»Nun, ich werde dir erzählen, was geschehen ist. Wir wurden gerettet, du und ich. Wir müssen gerettet worden sein, wieso wären wir sonst jetzt hier? Es war also nur ein böser Traum. Fische fressen sowieso keine Menschen. Fische sind harmlos. Fische sind gut.«

Es ist Zeit umzukehren. Die Sonne geht unter, die ersten Sterne erscheinen am Himmel.

»Siehst du die beiden Sterne dort, wohin ich zeige – die zwei hellen da? Das sind Zwillinge, sie werden so genannt, weil sie immer zusammen sind. Und dieser Stern dort, gleich über dem Horizont, mit dem rötlichen Schimmer –

das ist der Abendstern, der erste Stern, der erscheint, wenn die Sonne untergeht.«

»Sind die Zwillinge Brüder?«

»Ja. Ich vergesse ständig ihre Namen, aber einst waren sie berühmt, so berühmt, dass sie zu Sternen wurden. Vielleicht kann sich Inés an die Geschichte erinnern. Erzählt dir Inés manchmal Geschichten?«

»Sie erzählt mir Gutenachtgeschichten.«

»Das ist gut. Wenn du erst einmal lesen gelernt hast, bist du nicht mehr auf Inés oder mich oder sonst wen angewiesen. Du kannst dann alle Geschichten der Welt lesen.«

»Ich kann lesen, aber ich will nicht. Mir gefällt es, wenn Inés mir Geschichten erzählt.«

»Ist das nicht ein bisschen kurzsichtig? Das Lesen wird dir neue Fenster öffnen. Was für Geschichten erzählt dir denn Inés?«

»Geschichten von dritten Brüdern.«

»Geschichten von dritten Brüdern? Da kenne ich keine. Wovon handeln sie?«

Der Junge bleibt stehen, faltet die Hände vor der Brust, starrt in die Ferne und beginnt zu reden.

»Es waren einmal drei Brüder und es war Winter und es schneite und die Mutter sagte, Brüder Drei, Brüder Drei, ich spüre große Schmerzen in mir und ich fürchte, ich muss sterben, wenn nicht einer von euch die Weise Frau sucht, die das kostbare Heilkraut bewacht.

Da sagte der Erste Bruder, Mutter, Mutter, ich werde die Weise Frau finden. Und er zog seinen Mantel an und ging hinaus in den Schnee und er traf einen Fuchs und der Fuchs sagte zu ihm: Wohin gehst du, Bruder? Und der Bruder sagte: Ich suche die Weise Frau, die das kostbare

Heilkraut bewacht, deshalb habe ich keine Zeit, mit dir zu plaudern, Fuchs. Und der Fuchs sagte: Gib mir zu essen, dann zeige ich dir den Weg, und der Bruder sagte: Geh mir aus dem Weg, Fuchs, und er trat nach dem Fuchs und ging in den Wald und man hörte nie wieder von ihm.

Da sagte die Mutter: Brüder Zwei, Brüder Zwei, ich spüre große Schmerzen in mir und ich fürchte, ich muss sterben, wenn nicht einer von euch die Weise Frau sucht, die das kostbare Heilkraut bewacht.

Da sagte der Zweite Bruder: Mutter, Mutter, ich werde gehen, und er zog seinen Mantel an und ging in den Schnee hinaus und er traf einen Wolf und der Wolf sagte: Gib mir zu essen und ich zeige dir den Weg zu der Weisen Frau, und der Bruder sagte: Geh mir aus dem Weg, Wolf, und trat nach ihm und ging in den Wald und man hörte nie wieder von ihm.

Da sagte die Mutter: Dritter Bruder, Dritter Bruder, ich spüre große Schmerzen in mir und fürchte, ich muss sterben, wenn du mir nicht das kostbare Heilkraut bringst.

Da sagte der Dritte Bruder: Hab keine Angst, Mutter, ich werde die Weise Frau finden und dir das kostbare Heilkraut bringen. Und er ging in den Schnee hinaus und traf einen Bären und der Bär sagte: Gib mir zu essen und ich zeige dir den Weg zur Weisen Frau. Und der Dritte Bruder sagte: Gern, Bär, gebe ich dir, worum du bittest. Da sagte der Bär. Gib mir dein Herz, dass ich es fresse. Und der Dritte Bruder sagte: Gern gebe ich dir mein Herz. Also gab er dem Bären sein Herz und der Bär fraß es.

Dann zeigte ihm der Bär einen geheimen Pfad und er kam zum Haus der Weisen Frau und klopfte an die Tür und die Weise Frau sagte: Warum blutest du, Dritter Bruder? Und der Dritte Bruder sagte: Ich habe mein Herz dem Bären gegeben, der es gefressen hat, damit er mir den Weg zeigt, denn ich muss meiner Mutter das kostbare Heilkraut, das sie gesund machen wird, bringen.

Da sagte die Weise Frau: Siehe, hier ist das kostbare Heilkraut, dessen Name Escamel ist, und weil du geglaubt und dein Herz weggeben hast, damit es gefressen wird, soll deine Mutter gesund werden. Folge den Blutstropfen durch den Wald zurück und du findest den Weg nach Hause.

Da fand der Dritte Bruder den Weg nach Hause und er sagte zu seiner Mutter: Siehe, Mutter, hier ist das Kraut Escamel, und nun auf Wiedersehen, ich muss dich verlassen, weil der Bär mein Herz gefressen hat. Und seine Mutter kostete vom Kraut Escamel und wurde auf der Stelle gesund, und sie sagte: Mein Sohn, mein Sohn, ich sehe, du leuchtest mit einem großen Licht, und es war so, er schien mit einem großen Licht und dann wurde er aufgehoben gen Himmel.«

»Und?«

»Das ist alles. Das ist das Ende der Geschichte.«

»Der letzte Bruder wurde also in einen Stern verwandelt und die Mutter blieb allein zurück.«

Der Junge schweigt.

»Die Geschichte gefällt mir nicht. Sie hat so ein trauriges Ende. Jedenfalls kannst du nicht der dritte Bruder sein und gen Himmel aufgehoben werden, weil du der einzige Bruder und damit der erste Bruder bist.«

»Inés sagt, ich kann mehr Brüder haben.«

»Sagt sie das! Und wo sollen diese Brüder herkommen? Erwartet sie etwa, dass ich sie ihr bringe, wie ich dich gebracht habe?«

»Sie sagt, sie werden aus ihrem Bauch kommen.«

»Nun, keine Frau kann Kinder ganz allein machen, sie

braucht einen Vater, der ihr dabei hilft, das sollte sie wissen. Es ist ein Naturgesetz, dasselbe Gesetz für uns wie für Hunde und Wölfe und Bären. Aber selbst wenn sie mehr Söhne hat, bleibst du immer noch ihr erster Sohn, nicht der zweite oder dritte.«

»Nein!« Die Stimme des Jungen ist zornig. »Ich will der dritte Sohn sein! Das habe ich Inés gesagt und sie hat ja gesagt. Sie hat gesagt, ich kann zurück in ihren Bauch und wieder herauskommen.«

»Das hat Inés gesagt?«

»Ja.«

»Nun, wenn du das schaffst, wäre es ein Wunder. Ich habe noch nie von einem großen Jungen, wie du einer bist, gehört, der in den Bauch seiner Mutter zurückgegangen ist, ganz zu schweigen vom wieder Herauskommen. Inés muss etwas anderes gemeint haben. Vielleicht hat sie zu sagen versucht, dass du immer der Meistgeliebte sein wirst.«

»Ich will nicht der Meistgeliebte sein, ich will der dritte Sohn sein! Sie hat es mir versprochen!«

»Eins kommt vor zwei, David, und zwei vor drei. Inés kann dir das Blaue vom Himmel versprechen, aber das kann sie nicht ändern. Eins-zwei-drei. Das ist ein Gesetz, das noch stärker als ein Naturgesetz ist. Es heißt das Gesetz der Zahlen. Du willst doch sowieso nur der dritte Sohn sein, weil der dritte Sohn in den Geschichten, die sie dir erzählt, der Held ist. Es gibt viele andere Geschichten, in denen der älteste Sohn der Held ist, nicht der dritte Sohn. Es muss nicht einmal drei Söhne geben. Es kann auch nur einen geben, und er muss auch nicht sein Herz fressen lassen. Oder die Mutter kann eine Tochter und keine Söhne haben. Es gibt viele, viele verschiedene Geschichten und viele verschiedene Helden. Wenn du lesen lernen würdest, könntest du das selbst herausfinden.«

»Ich kann lesen, ich will es nur nicht. Mir gefällt Lesen nicht.«

»Das ist nicht besonders schlau. Außerdem wirst du bald sechs, und wenn du sechs bist, musst du zur Schule gehen.«

»Inés sagt, ich muss nicht zur Schule gehen. Sie sagt, ich bin ihr Schatz. Sie sagt, ich kann ganz allein zu Hause lernen.«

»Ich sehe das auch so, du bist ihr Schatz. Sie hat großes Glück, dass sie dich gefunden hat. Aber bist du sicher, dass du die ganze Zeit bei Inés zu Hause bleiben willst? Wenn du zur Schule gingst, würdest du andere gleichaltrige Kinder treffen. Du könntest lernen, richtig zu lesen.«

»Inés sagt, ich würde in der Schule nicht individuell betreut werden.«

»Individuell betreut! Was soll das heißen?«

»Inés sagt, ich muss individuell gefördert werden, weil ich klug bin. Sie sagt, dass kluge Kinder in der Schule nicht individuell gefördert werden und sich dann langweilen.«

»Und wie kommst du darauf, dass du so klug bist?«

»Ich kenne alle Zahlen. Willst du sie hören? Ich kenne 134 und ich kenne 7 und ich kenne« – er holt tief Luft – »4623551 und ich kenne 888 und ich kenne 92 und ich kenne –«

»Halt! Das bedeutet nicht, die Zahlen zu kennen, David. Die Zahlen zu kennen bedeutet zählen zu können. Es bedeutet, die Reihenfolge der Zahlen zu kennen – welche Zahlen vorher und welche nachher kommen. Später wird es auch bedeuten, Zahlen addieren und subtrahieren zu können – von einer Zahl zu einer anderen mit einem Sprung zu kommen, ohne dazwischen alle Schritte aufzuzählen. Wenn man Zahlen aufsagen kann, heißt das nicht, dass man klug mit Zahlen umgehen kann. Du könntest hier stehen und den ganzen Tag Zahlen aufsagen, und du kämst nicht an ihr Ende, weil Zahlen kein Ende haben. Wusstest du das nicht? Hat dir das Inés nicht gesagt?«

»Das stimmt nicht!«

»Was stimmt nicht? Dass die Zahlen kein Ende haben? Dass keiner sie alle nennen kann?«

»Ich kann sie alle nennen.«

»Schön. Du sagst, du kennst 888. Was ist die nächste Zahl nach 888?«

»92.«

»Falsch. Die nächste Zahl ist 889. Welche von beiden ist größer, 888 oder 889?«

»888.«

»Falsch. 889 ist größer, weil 889 nach 888 kommt.«

»Woher weißt du das? Du bist nicht dort *gewesen*.«

»Was soll das heißen, dort *gewesen*? Natürlich bin ich nicht bei 888 gewesen. Ich muss nicht dort gewesen sein, um zu wissen, dass 888 kleiner als 889 ist. Warum? Weil ich gelernt habe, wie Zahlen konstruiert sind. Ich habe die Gesetze der Arithmetik gelernt. Wenn du zur Schule gehst, wirst auch du die Gesetze lernen, und dann werden die Zahlen nicht mehr so etwas« – er sucht nach dem Wort – »so etwas Kompliziertes in deinem Leben sein.«

Der Junge sagt nichts, aber betrachtet ihn kalt. Keinen Moment lang denkt er, dass seine Worte ihn nicht erreichen. Nein, sie werden aufgenommen, alle seine Worte: aufgenommen und abgelehnt. Warum nur will dieses Kind, so klug, so bereit, sich in der Welt zurechtzufinden, einfach nicht verstehen?

»Du hast alle Zahlen besucht, erzählst du mir«, sagt er.

»Dann nenne mir doch die letzte Zahl, die allerletzte Zahl von allen. Sag nur nicht, es ist Omega. Omega zählt nicht.«

»Was ist Omega?«

»Egal. Sag einfach nicht Omega. Nenne mir die letzte Zahl, die allerletzte.«

Der Junge schließt die Augen und holt tief Luft. Er runzelt die Stirn vor Konzentration. Seine Lippen bewegen sich, doch er sagt kein Wort.

Ein Vogelpaar lässt sich auf einem Ast über ihnen nieder, zwitschert leise zusammen, bereit zur Nachtruhe.

Zum ersten Mal kommt ihm der Gedanke, dass das nicht einfach ein kluges Kind ist – es gibt viele kluge Kinder auf der Welt –, sondern etwas anderes, etwas, für das ihm im Augenblick das Wort fehlt. Er fasst den Jungen an und schüttelt ihn sanft. »Das reicht«, sagt er. »Das reicht mit dem Zählen.«

Der Junge erschrickt. Seine Augen öffnen sich, sein Gesicht verliert den verzückten, abwesenden Ausdruck und verzerrt sich. »Fass mich nicht an!«, kreischt er mit einer seltsam hohen Stimme. »Du machst, dass ich vergesse! Warum machst du, dass ich vergesse? Ich hasse dich!«

»Wenn Sie nicht wollen, dass er zur Schule geht«, sagt er zu Inés, »dann lassen Sie mich ihm wenigstens das Lesen beibringen. Er ist bereit dazu, er wird es rasch mitbekommen.«

Im Gemeindezentrum der Ostsiedlung gibt es eine winzige Bücherei, mit ein paar Regalen voller Bücher: *Anleitung zum Tischlern*, *Die Kunst des Häkelns*, *101 Sommerrezepte*, und so weiter. Doch unter anderen Büchern liegt verkehrt herum, mit abgerissenem Rücken, eine bebilderte Ausgabe von *Don Quijote für Kinder*.

Triumphierend zeigt er Inés seinen Fund.

»Wer ist Don Quijote?«, fragt sie.

»Ein Ritter in Rüstung, aus der alten Zeit.« Er öffnet das Buch auf der Seite mit der ersten Illustration: ein großer, hagerer Mann mit einem dünnen Bart, bekleidet mit einer Rüstung, auf einer müde wirkenden Mähre sitzend; neben ihm ein kugelrunder Geselle auf einem Esel. Vor ihnen schlängelt sich die Straße in die Ferne. »Es ist eine Komödie«, sagt er. »Es wird ihm Spaß machen. Keiner ertrinkt, keiner wird getötet, nicht einmal das Pferd.«

Er lässt sich mit dem Jungen auf den Knien am Fenster nieder. »Wir werden dieses Buch zusammen lesen, jeden Tag eine Seite, manchmal zwei Seiten. Zuerst werde ich die Geschichte laut lesen, dann gehen wir sie Wort für Wort durch und schauen uns an, wie die Wörter zusammengesetzt sind. Einverstanden?«

Der Junge nickt.

»Es war ein Mann, der in La Mancha wohnte – La Mancha ist in Spanien, wo die spanische Sprache herstammt – ein Mann, der nicht länger jung, aber auch noch nicht alt war, der es sich eines Tages in den Kopf setzte, dass er ein Ritter werden wollte. Er holte also die rostige Rüstung herunter, die an der Wand hing, und legte sie an und pfiff nach seinem Pferd, das Rosinante hieß, und rief seinen Freund Sancho herbei und sagte zu ihm: *Sancho, ich habe beschlossen, mich auf die Suche nach ritterlichen Abenteuern zu begeben – willst du mit mir kommen?* Schau, hier ist *Sancho* und hier ist wieder *Sancho*, dasselbe Wort, das mit dem großen *S* anfängt. Versuche, dir zu merken, wie es aussieht.«

»Was sind ritterliche Abenteuer?«, fragt der Junge.

»Die Abenteuer eines *caballero*, eines Ritters. Schöne Damen aus Gefahren retten. Mit Menschenfressern und

Riesen kämpfen. Du wirst es sehen. Das Buch ist voller ritterlicher Abenteuer.

Nun waren Don Quijote und sein Freund Sancho – du siehst, *Don Quijote* mit dem lockigen *Q* und wieder *Sancho* – noch nicht weit geritten, als sie, neben der Straße, einen mächtigen Riesen erblickten, einen Riesen mit nicht weniger als vier Armen, die in vier gewaltigen Fäusten endeten, mit denen er den Reisenden drohte.

Siehe da, Sancho, unser erstes Abenteuer, sagte Don Quijote. *Bis ich nicht diesen Riesen bezwungen habe, wird kein Wandersmann sicher sein.*

Sancho sah seinen Freund verwundert an. *Ich sehe keinen Riesen*, sagte er. *Ich sehe nur eine Windmühle mit vier Segeln, die sich im Wind drehen.*

»Was ist eine Windmühle?«, fragt der Junge.

»Sieh dir das Bild an. Diese großen Arme sind die vier Segel der Windmühle. Wenn die Segel sich im Wind drehen, bewegen sie das Rad, und das Rad bewegt einen großen Stein im Inneren der Mühle, der Mühlstein genannt wird, und der Mühlstein mahlt Weizen zu Mehl, damit der Bäcker Brot für uns backen kann.«

»Aber es ist doch nicht wirklich eine Windmühle?«, sagt der Junge. »Weiter.«

»*Eine Windmühle mag ja sein, was du siehst, Sancho*, sagte Don Quijote, *aber das ist nur, weil du von der Zauberin Maladuta verhext worden bist. Wenn deine Augen frei wären, würdest du einen Riesen mit vier Armen sehen, der die Straße blockiert.* Willst du wissen, was eine Zauberin ist?«

»Ich weiß Bescheid über Zauberinnen. Weiter.«

»Mit diesen Worten legte Don Quijote seine Lanze ein und stieß Rosinante die Sporen in die Seiten und griff den Riesen an. Mit einer seiner vier Fäuste parierte der Riese

Don Quijotes Lanze mit Leichtigkeit. *Ha, ha, ha, armer zerlumpter Ritter*, lachte er, *glaubst du wirklich, du kannst mich besiegen?*

Da zog Don Quijote sein Schwert aus der Scheide und griff wieder an. Doch genauso leicht schlug der Riese mit seiner zweiten Faust das Schwert beiseite, zusammen mit dem Ritter und seinem Ross.

Rosinante rappelte sich wieder auf, aber was Don Quijote anging, der hatte solch einen Schlag auf den Kopf abbekommen, dass ihm ganz schwindlig war. *Ach, Sancho*, sagte Don Quijote, *wenn nicht meine Herrin, die schöne Dulcinea, mit ihren Händen etwas Heilsalbe auf meine Wunden streicht, so fürchte ich, ich werde den kommenden Tag nicht erleben. – Unsinn, Euer Ehren*, antwortete Sancho, *es ist nur eine Beule auf dem Kopf, Sie werden wieder kerngesund sein, sobald ich Sie von dieser Windmühle wegbekomme. – Keine Windmühle, sondern ein Riese, Sancho*, sagte Don Quijote. – *Sobald ich Sie von diesem Riesen wegbekomme*, sagte Sancho.«

»Warum kämpft Sancho nicht auch gegen den Riesen?«, fragt der Junge.

»Weil Sancho kein Ritter ist. Er ist kein Ritter, deshalb hat er kein Schwert und keine Lanze, nur ein Taschenmesser zum Kartoffelschälen. Wie wir morgen sehen werden, kann er nichts weiter tun, als Don Quijote auf seinen Esel zu laden und ihn in das nächste Gasthaus zu befördern, damit er sich dort ausruhen und erholen kann.«

»Aber warum haut Sancho den Riesen nicht?«

»Weil Sancho weiß, dass der Riese eigentlich eine Windmühle ist, und man kann nicht gegen eine Windmühle kämpfen. Eine Windmühle ist kein Lebewesen.«

»Er ist keine Windmühle, er ist ein Riese! Er ist nur auf dem Bild eine Windmühle.«

Er legt das Buch weg. »David«, sagt er, »*Don Quijote* ist ein ungewöhnliches Buch. Für die Frau in der Bücherei, die es uns ausgeliehen hat, scheint es ein einfaches Buch für Kinder zu sein, aber in Wahrheit ist es überhaupt nicht einfach. Es zeigt uns die Welt durch zwei Augenpaare, Don Quijotes Augen und Sanchos Augen. Für Don Quijote ist es ein Riese, gegen den er kämpft. Für Sancho ist es eine Windmühle. Die meisten von uns – vielleicht nicht du, aber dennoch die meisten von uns – werden mit Sancho einer Meinung sein, dass es eine Windmühle ist. Einschließlich des Künstlers, der ein Bild von einer Windmühle gezeichnet hat. Aber auch einschließlich des Mannes, der das Buch geschrieben hat.«

»Wer hat das Buch geschrieben?«

»Ein Mann mit Namen Benengeli.«

»Wohnt er in der Bücherei?«

»Das glaube ich nicht. Es ist nicht unmöglich, aber ich würde sagen, es ist unwahrscheinlich. Ich habe ihn dort bestimmt nicht bemerkt. Er wäre leicht zu erkennen. Er hat ein langes Gewand an und einen Turban auf dem Kopf.«

»Warum lesen wir Bengelis Buch?«

»Benengeli. Weil ich es in der Bücherei entdeckt habe. Weil ich dachte, es würde dir Spaß machen. Weil es gut für dein Spanisch sein wird. Was willst du sonst noch wissen?«

Der Junge schweigt.

»Wir wollen hier aufhören und morgen mit dem nächsten Abenteuer von Don Quijote und Sancho fortfahren. Ich erwarte, dass du morgen *Sancho* mit dem großen *S* und *Don Quijote* mit dem lockigen *Q* zeigen kannst.«

»Es sind nicht die Abenteuer von Don Quijote und Sancho. Es sind die Abenteuer von Don Quijote.«

NEUNZEHN

Einer von den größeren Frachtern, die Álvaro Doppelbauch-Frachter nennt, ist im Hafen eingelaufen, mit Laderaum vorn und achtern. Die Arbeiter teilen sich in zwei Mannschaften auf. Er, Simón, schließt sich der Mannschaft vorn an.

Mitten am Vormittag am ersten Tag des Löschens, als er unten im Laderaum ist, hört er auf dem Deck ein Durcheinander und das Schrillen einer Pfeife. »Das ist das Feuersignal«, sagt einer seiner Kameraden. »Schnell raus!«

Er riecht schon Rauch, als sie die Leiter hochklettern. In Schwaden steigt er achtern aus dem Frachtraum. »Alle raus!«, brüllt Álvaro von seiner Stellung auf der Brücke neben dem Kapitän. »Alle an Land!«

Kaum haben die Schauerleute ihre Leitern hochgezogen, als die Schiffsmannschaft die mächtigen Ladelukendeckel zuzieht.

»Löschen sie das Feuer nicht?«, fragt er.

»Sie hungern es aus«, antwortet sein Kamerad. »In ein bis zwei Stunden ist es erloschen. Aber die Ladung ist dann verdorben, ganz sicher. Wir könnten sie gleich an die Fische verfüttern.«

Die Schauerleute versammeln sich auf dem Kai. Álvaro beginnt zu überprüfen, ob alle da sind. »Adriano … Agustín … Alexandre …« »Hier … hier … hier«, kommt zur

Antwort. Bis er zu Marciano gelangt. »Marciano …« Stille. »Hat einer Marciano gesehen?« Stille. Aus dem abgedeckten Laderaum steigt ein dünnes Rauchfähnchen in die windstille Luft.

Die Seeleute ziehen die Lukendeckel wieder fort. Sofort sind sie von dickem grauen Rauch umgeben. »Zudecken!«, befiehlt der Kapitän; und zu Álvaro sagt er: »Wenn euer Mann dort unten ist, ist es aus mit ihm.«

»Wir lassen ihn nicht im Stich«, sagt Álvaro. »Ich gehe runter.«

»Nicht solange ich das Kommando habe.«

Mittags werden die Ladeluken achtern für kurze Zeit wieder geöffnet. Der Rauch ist noch genauso dick. Der Kapitän gibt das Kommando zum Fluten des Frachtraums. Die Hafenarbeiter werden fortgeschickt.

Er erzählt Inés die Ereignisse des Tages. »Was mit Marciano passiert ist, werden wir mit Bestimmtheit erst erfahren, wenn sie den Laderaum morgen früh auspumpen«, sagt er.

»Was werdet ihr über Marciano erfahren? Was ist mit ihm passiert?«, fragt der Junge, der sich in die Unterhaltung einschaltet.

»Ich vermute, dass er eingeschlafen ist. Er war unvorsichtig und hat zuviel Rauch eingeatmet. Wenn man zu viel Rauch einatmet, wird man schwach und benommen und schläft ein.«

»Und dann?«

»Und dann wacht man leider in diesem Leben nicht mehr auf.«

»Stirbt man?«

»Ja, man stirbt.«

»Wenn er gestorben ist, wird er in das nächste Leben

kommen«, sagt Inés. »Man muss sich also keine Sorgen um ihn machen. Es ist Zeit für dein Bad. Komm.«

»Kann Simón mich baden?«

Er hat den Jungen lange nicht mehr nackt gesehen. Er bemerkt erfreut, dass er kräftiger geworden ist.

»Steh auf«, sagt er und spült den letzten Seifenrest ab und wickelt ihn in ein Handtuch. »Wir wollen dich rasch abtrocknen, dann kannst du deinen Schlafanzug anziehen.«

»Nein«, sagt der Junge. »Inés soll mich abtrocknen.«

»Er will, dass Sie ihn abtrocknen«, berichtet er Inés. »Ich bin nicht gut genug.«

Auf seinem Bett ausgestreckt lässt der Junge sich von Inés betreuen, die ihn zwischen den Zehen abtrocknet und in der Poritze. Er hat den Daumen im Mund; seine Augen, die vor Wonne schwimmen, folgen ihr träge.

Sie bestäubt ihn mit Puder, als wäre er ein Baby; sie hilft ihm in seinen Schlafanzug.

Es ist Zeit fürs Bett, aber er will sich nicht von der Geschichte Marcianos abbringen lassen. »Vielleicht ist er gar nicht tot«, sagt er. »Können wir nicht hin und nachschauen, Inés und du und ich? Ich werde keinen Rauch einatmen, versprochen. Können wir hin?«

»Das hat keinen Zweck, David. Für eine Rettung Marcianos ist es zu spät. Und der Frachtraum des Schiffes ist sowieso voller Wasser.«

»Es ist nicht zu spät! Ich kann im Wasser hinuntertauchen und ihn retten, wie eine Robbe. Ich kann überall hinschwimmen. Ich hab's dir erzählt, ich bin ein Entfesselungskünstler.«

»Nein, mein Junge, in einen gefluteten Laderaum hinunterzutauchen ist zu gefährlich, sogar für einen Entfesselungskünstler. Du könntest eingeklemmt werden und nie wieder auftauchen. Außerdem retten Entfesselungskünstler nicht andere Menschen, sie retten sich selbst. Und du bist keine Robbe. Du kannst noch gar nicht schwimmen. Es wird Zeit zu begreifen, dass man nicht durch Wünschen allein schwimmen lernen oder ein Entfesselungskünstler werden kann. Dazu ist jahrelanges Training nötig. Und überhaupt, Marciano will nicht gerettet, nicht in dieses Leben zurückgebracht werden. Marciano hat Frieden gefunden. Wahrscheinlich fährt er jetzt gerade über die Meere, in Erwartung des nächsten Lebens. Es wird ein großes Abenteuer für ihn, neu und reingewaschen anzufangen. Er muss nicht länger Schauermann sein und schwere Säcke auf den Schultern tragen. Er kann ein Vogel sein. Er kann alles sein, was er will.«

»Oder eine Robbe.«

»Ein Vogel oder eine Robbe. Oder sogar ein riesengroßer Wal. Es gibt keine Grenzen für das, was er im nächsten Leben sein kann.«

»Werden wir, du und ich, auch ins nächste Leben gehen?«

»Nur wenn wir sterben. Und wir werden nicht sterben. Wir werden lange leben.«

»Wie Helden. Helden sterben nicht, oder?«

»Nein, Helden sterben nicht.«

»Müssen wir im nächsten Leben Spanisch sprechen?«

»Bestimmt nicht. Andererseits müssen wir vielleicht Chinesisch lernen.«

»Und Inés? Wird Inés mitkommen?«

»Das muss sie entscheiden. Aber ich bin sicher, wenn du ins nächste Leben gehst, dann wird Inés dir folgen wollen. Sie liebt dich sehr.«

»Werden wir Marciano sehen?«

»Zweifellos. Aber vielleicht erkennen wir ihn nicht wieder. Wir denken vielleicht, dass wir bloß einen Vogel oder eine Robbe oder einen Wal sehen. Und Marciano – Marciano wird denken, er sieht ein Flußpferd, während es eigentlich du bist.«

»Nein, ich meine den richtigen Marciano, im Hafen. Werden wir den richtigen Marciano sehen?«

»Sobald der Frachtraum leergepumpt ist, wird der Kapitän Männer hinunterschicken, um Marcianos Körper heraufzuholen. Aber der richtige Marciano wird nicht mehr unter uns sein.«

»Kann ich ihn sehen?«

»Nicht den richtigen Marciano. Der richtige Marciano ist unsichtbar für uns. Und der Körper, der Körper, aus dem Marciano entflohen ist, der wird weggeschafft worden sein, wenn wir im Hafen ankommen. Die Männer werden das beim ersten Tageslicht tun, während du noch schläfst.«

»Wohin weggeschafft?«

»Weggeschafft, um begraben zu werden.«

»Aber wenn er nun nicht tot ist? Wenn sie ihn nun begraben und er ist nicht tot?«

»Das wird nicht geschehen. Die Leute, die die Toten begraben, die Totengräber, passen auf, dass sie niemanden begraben, wenn er noch lebt. Sie lauschen auf einen Pulsschlag. Sie lauschen auf Atemzüge. Wenn sie nur den allerschwächsten Pulsschlag hören, dann begraben sie ihn nicht. Es gibt also keinen Grund zur Sorge. Marciano hat seinen Frieden –«

»Nein, du verstehst nicht! Wenn nun sein Bauch voller Rauch ist, er aber nicht wirklich tot ist?«

»Seine Lunge. Wir atmen mit unserer Lunge, nicht unserem Bauch. Wenn Marciano Rauch in seine Lunge eingeatmet hat, dann ist er mit Sicherheit tot.«

»Das ist nicht wahr! Das sagst du nur so! Können wir in den Hafen gehen, bevor die Totengräber hinkommen? Können wir jetzt hingehen?«

»Jetzt, im Dunkeln? Nein, ganz bestimmt nicht. Warum bist du so erpicht darauf, Marciano zu sehen, mein Junge? Ein toter Körper ist nicht wichtig. Die Seele ist wichtig. Marcianos Seele ist der richtige Marciano; und die Seele ist unterwegs zum nächsten Leben.«

»Ich will Marciano sehen! Ich möchte den Rauch aus ihm heraussaugen! Ich will nicht, dass er begraben wird!«

»David, wenn wir Marciano zurückbringen könnten, indem der Rauch aus seinen Lungen gesaugt wird, dann hätten die Seeleute das längst getan, das kannst du mir glauben. Seeleute sind wie wir, voll guten Willens. Aber man kann Menschen nicht ins Leben zurückbringen, indem man ihre Lunge aussaugt, nicht nach ihrem Tod. Es ist eins der Naturgesetze. Wenn man einmal tot ist, ist man tot. Der Körper kehrt nicht ins Leben zurück. Nur die Seele lebt weiter: Marcianos Seele, meine Seele, deine Seele.«

»Das ist nicht wahr! Ich habe keine Seele! Ich will Marciano retten!«

»Das erlaube ich nicht. Wir werden alle zu Marcianos Begräbnis gehen, und da wirst du, wie alle anderen auch, die Gelegenheit haben, dich mit einem Kuss von ihm zu verabschieden. So wird es sein, und damit Schluss. Ich werde nicht weiter über Marcianos Tod sprechen.«

»Du kannst mir nicht sagen, was ich machen soll! Du bist nicht mein Vater! Ich werde Inés fragen!«

»Ich kann dir versichern, Inés wird nicht im Dunklen mit dir zum Hafen laufen. Sei vernünftig. Ich weiß, dass du gern Menschen retten willst, und das ist bewundernswert, aber manchmal wollen die Menschen nicht gerettet werden. Lass Marciano in Ruhe. Marciano ist gegangen. Wir wollen uns an seine guten Seiten erinnern und seine Hülle loslassen. Komm jetzt: Inés wartet darauf, dir deine Gutenachtgeschichte zu erzählen.«

Als er am nächsten Morgen seinen Dienst antritt, ist das Auspumpem des Laderaums achtern fast beendet. Nach einer Stunde kann ein Team von Seeleuten hinabsteigen; und bald darauf wird der Körper des verunglückten Kameraden auf eine Trage geschnallt auf das Deck hinaufgetragen, während die Hafenarbeiter schweigend vom Kai aus zusehen.

Álvaro spricht zu ihnen. »In ein oder zwei Tagen werden wir Gelegenheit haben, unseren Freund angemessen zu verabschieden, Jungs«, sagt er. »Aber jetzt heißt es: Arbeit wie gewöhnlich. Im Frachtraum sieht es furchtbar aus, und es ist unsere Aufgabe, dort aufzuräumen.«

Den ganzen übrigen Tag sind die Schauerleute unten im Frachtraum, knöcheltief im Wasser, umgeben vom beißenden Gestank nasser Asche. Jeder einzelne Kornsack ist aufgeplatzt; es ist ihre Aufgabe, die klebrige Masse in Eimer zu schaufeln und sie von einem zum anderen aufs Deck hinaufzubefördern, wo der Inhalt dann über Bord gekippt wird. Es ist eine freudlose Arbeit, schweigend getan an einem Ort des Todes. Als er an diesem Abend in Inés' Wohnung ankommt, ist er erschöpft und in trüber Stimmung.

»Haben Sie vielleicht etwas zu trinken für mich?«, fragt er sie.

»Tut mir leid, mir ist alles ausgegangen. Ich mache Ihnen Tee.«

Auf seinem Bett ausgestreckt ist der Junge in sein Buch vertieft. Marciano ist vergessen.

»Hallo«, begrüßt er ihn. »Wie geht's Don heute? Was hat er vor?«

Der Junge ignoriert die Frage. »Wie heißt das Wort?«, fragt er und zeigt darauf.

»Es heißt *Aventuras*, mit einem großen *A*. Die Abenteuer von Don Quijote.«

»Und das Wort da?«

»*Fantástico*, mit einem *f*. Und das Wort – erinnerst du dich an den großen Buchstaben *Q*? – heißt *Quijote*. Quijote kannst du immer an dem großen *Q* erkennen. Ich dachte, du hast mir gesagt, du würdest alle Buchstaben kennen.«

»Ich will keine Buchstaben lesen. Ich will die Geschichte lesen.«

»Das ist unmöglich. Eine Geschichte ist aus Wörtern gemacht, und Wörter sind aus Buchstaben gemacht. Ohne Buchstaben gäbe es keine Geschichte, keinen Don Quijote. Du musst die Buchstaben kennen.«

»Zeig mir, welches Wort *fantástico* ist.«

Er legt den Zeigefinger des Jungen auf das Wort. »Hier.« Die Fingernägel sind sauber und ordentlich geschnitten; während seine eigene Hand, die einmal so weich und sauber war, aufgesprungen und dreckig ist, mit tief in den Rissen sitzendem Schmutz.

Der Junge kneift die Augen zu, hält den Atem an, reißt die Augen weit auf. »*Fantástico*.«

»Ausgezeichnet. Du hast gelernt, das Wort *fantástico* zu erkennen. Es gibt zwei Methoden, lesen zu lernen, David. Die eine ist, die Wörter eins nach dem anderen zu lernen, wie du es machst. Die andere Methode, die schnellere, ist, die Buchstaben zu lernen, aus denen die Wörter gemacht sind. Es gibt nur siebenundzwanzig davon. Wenn du sie erst einmal gelernt hast, kannst du unbekannte Wörter selbst buchstabieren, ohne dass ich sie dir jedes Mal sagen muss.«

Der Junge schüttelt den Kopf. »Ich will auf die erste Weise lesen. Wo ist der Riese?«

»Der Riese, der eigentlich eine Windmühle war?« Er wendet die Seiten um. »Hier ist der Riese.« Er legt den Zeigefinger des Jungen auf das Wort *gigante*.

Der Junge schließt die Augen. »Ich lese mit meinen Fingern«, verkündet er.

»Es ist egal, wie du liest, mit den Augen oder mit den Fingern wie ein Blinder, wenn du nur liest. Zeig mir *Quijote*, mit einem *Q*.«

Der Junge stößt mit den Finger auf die Seite. »Hier.«

»Nein.« Er schiebt den Finger des Jungen zur richtigen Stelle. »Da ist *Quijote*, mit dem großen *Q*.«

Der Junge reißt bockig seine Hand weg. »Das ist nicht sein richtiger Name – weißt du das nicht?«

»Das mag nicht sein weltlicher Name sein, der Name, unter dem ihn seine Nachbarn kennen, aber es ist der Name, den er sich aussucht, und der Name, unter dem wir ihn kennen.«

»Es ist nicht sein *richtiger* Name.«

»Was ist sein *richtiger* Name?«

Abrupt zieht sich der Junge zurück. »Du kannst gehen«, murmelt er. »Ich werde allein lesen.«

»Schön, ich werde gehen. Wenn du wieder zur Vernunft kommst, wenn du dich entscheidest, dass du ordentlich lesen lernen willst, ruf mich. Ruf mich und sage mir, den richtigen Namen des Don.«

»Werde ich nicht. Er ist geheim.«

Inés ist in kulinarische Aufgaben vertieft. Sie schaut nicht einmal auf, als er geht.

Ein Tag vergeht vor seinem nächsten Besuch. Er findet den Jungen wie zuvor über dem Buch brütend vor. Er versucht zu sprechen, doch der Junge winkt ungeduldig ab – »Schsch!« – und wendet die Seite mit einer raschen, heftigen Bewegung, als lauere dahinter eine Schlange, die ihn beißen könnte.

Auf dem Bild ist Don Quijote in Seile eingeschnürt und wird in ein Erdloch hinuntergelassen.

»Soll ich dir helfen? Soll ich dir erzählen, was geschieht?«, fragt er.

Der Junge nickt.

Er nimmt das Buch zur Hand. »Das ist eine Episode, die ›Die Höhle des Montesinos‹ heißt. Da Don Quijote viel von der Höhle des Montesinos gehört hatte, beschloss er bei sich, sich ihre berühmten Wunder selbst anzusehen. Er befahl also seinem Freund Sancho und dem Gelehrten – der Mann mit dem Hut muss der Gelehrte sein –, ihn in die dunkle Höhle hinabzulassen, und dann geduldig auf sein Signal zum Wiederheraufziehen zu warten.

Eine geschlagene Stunde saßen Sancho und der Gelehrte wartend am Eingang der Höhle.«

»Was ist ein Gelehrter?«

»Ein Gelehrter ist ein Mann, der viele Bücher gelesen hat und vieles gelernt hat. Eine geschlagene Stunde saßen Sancho und der Gelehrte wartend da, bis sie endlich einen Ruck am Seil spürten und es heraufzuziehen begannen, und so kam Don Quijote wieder ans Tageslicht.«

»Also war Don Quijote nicht tot?«

»Nein, er war nicht tot.«

Der Junge seufzt glücklich. »Das ist gut, was?«, sagt er.

»Ja, natürlich ist das gut. Aber warum hast du geglaubt, er wäre tot? Er ist Don Quijote. Er ist der Held.«

»Er ist der Held *und* er ist ein Zauberer. Man bindet ihn mit Stricken und steckt ihn in eine Kiste und wenn man die Kiste aufmacht, ist er nicht drin, er ist entkommen.«

»Oh, hast du gedacht, Sancho und der Gelehrte hätten Don Quijote gefesselt? Nein, wenn du das Buch lesen würdest, statt dir nur die Bilder anzuschauen und die Geschichte zu raten, wüsstest du, dass sie das Seil benutzen, um ihn aus der Höhle zu ziehen, nicht um ihn zu fesseln. Soll ich weiterlesen?«

Der Junge nickt.

»Huldvoll dankte Don Quijote seinen Freunden. Dann erheiterte er sie mit einem Bericht von allem, was sich in der Höhle des Montesinos zugetragen hatte. In den drei Tagen und drei Nächten, die er unter der Erde zugebracht hatte, wie er sagte, hatte er viel Wunderbares erblickt, nicht zuletzt Wasserfälle, deren Kaskaden nicht aus Wassertropfen, sondern aus blitzenden Diamanten bestanden, und Prozessionen von Prinzessinnen in Satingewändern, und sogar, als größtem Wunder von allen, die Dame Dulcinea auf einem weißen Ross mit juwelenbesetztem Zaumzeug, die angehalten und ihn freundlich angesprochen habe.

Aber Euer Ehren, sagte Sancho, *Sie irren sich gewiss, denn Sie waren nicht drei Tage und drei Nächte unter der Erde, sondern höchstens eine Stunde.*

Nein, Sancho, sagte Don Quijote würdevoll, *drei Tage und drei Nächte war ich abwesend; wenn es dir wie nur eine Stunde erschien, dann deshalb, weil du beim Warten eingeschlummert bist und das Verstreichen der Zeit nicht bemerkt hast.*

Sancho wollte gerade widersprechen, doch dann besann

er sich, da ihm einfiel, wie störrisch Don Quijote sein konnte. *Ja*, *Euer Ehren*, sagte er und zwinkerte dabei dem Gelehrten zu, *Sie müssen recht haben: Drei ganze Tage und drei ganze Nächte lang haben wir beide geschlummert, bis zu Ihrer Rückkehr. Aber erzählen Sie uns doch bitte mehr von der Dame Dulcinea und was zwischen ihr und Ihnen vorgefallen ist.*

Ernst betrachtete Don Quijote Sancho. *Sancho*, sagte er, *o Freund, schwach im Glauben, wann wirst du begreifen, wann wirst du begreifen?* Und er verstummte.

Sancho kratzte sich am Kopf. *Euer Ehren*, sagte er, *ich will nicht leugnen, dass es schwer zu glauben ist, dass Sie drei Tage und drei Nächte in der Höhle des Montesinos verbracht haben, wenn es uns wie nur eine Stunde erschien; und so will ich auch nicht leugnen, dass es schwer zu glauben ist, dass sich in eben dieser Minute Truppen von Prinzessinnen unter unseren Füßen befinden, und Damen auf schneeweißen Rössern tänzeln und Ähnliches mehr. Wenn nun aber die Dame Dulcinea Euer Ehren ein Zeichen ihrer Verbundenheit gewährt hätte, wie etwa einen Rubin oder einen Saphir vom Zaumzeug ihres Pferdes, den Ihr elenden Zweiflern wie unsereinem zeigen könntet, wäre das eine andere Sache.*

Ein Rubin oder ein Saphir, sann Don Quijote. *Ich soll euch einen Rubin oder einen Saphir als Beweis, dass ich nicht lüge, zeigen.*

Sozusagen, sagte Sancho. *Sozusagen.*

Und wenn ich dir einen solchen Rubin oder Saphir zeigen würde, Sancho, was dann?

Dann würde ich auf die Knie fallen, Euer Ehren, und Ihnen die Hand küssen und Sie um Verzeihung bitten, dass ich jemals an Ihnen gezweifelt habe. Und ich würde Ihr treuer Gefolgsmann bis ans Ende der Tage sein.«

Er schließt das Buch.

»Und?«, sagt der Junge.

»Und nichts. Das ist das Ende des Kapitels. Bis morgen gibt es nichts mehr.«

Der Junge nimmt ihm das Buch aus der Hand, schlägt es wieder auf der Seite mit dem Bild von Don Quijote in seiner Seilverschnürung auf, starrt den das Bild umgebenden gedruckten Text an. »Zeig's mir«, sagt er mit leiser Stimme.

»Was zeigen?«

»Zeig mir das Ende des Kapitels.«

Er zeigt auf das Kapitelende. »Schau, hier fängt ein neues Kapitel an, es heißt *Don Pedro y las marionetas*, Don Pedro und das Puppentheater. Die Höhle des Montesinos liegt hinter uns.«

»Aber hat Don Quijote Sancho den Rubin gezeigt?«

»Ich weiß es nicht. Señor Benengeli sagt es nicht. Vielleicht hat er's getan, vielleicht nicht.«

»Aber hat er *wirklich* einen Rubin gehabt? Ist er *wirklich* drei Tage und drei Nächte unter der Erde gewesen?«

»Ich weiß es nicht. Vielleicht ist Zeit für Don Quijote nicht dasselbe wie für uns. Was für uns ein Wimpernschlag ist, mag für Don Quijote eine ganze Ewigkeit sein. Aber wenn du überzeugt bist, dass Don Quijote aus der Höhle herauskam mit Rubinen in seiner Tasche, dann solltest du vielleicht dein eigenes Buch schreiben, in dem das steht. Dann können wir Señor Benengelis Buch wieder in die Bücherei bringen und stattdessen deins lesen. Leider musst du aber, ehe du dein Buch schreiben kannst, erst lesen lernen.«

»Ich kann lesen.«

»Nein, kannst du nicht. Du kannst die Seite anschauen und deine Lippen bewegen und dir Geschichten ausdenken, aber das ist nicht lesen. Bei richtigem Lesen musst du dich nach dem richten, was auf der Seite geschrieben steht. Du musst deine eigenen Phantasien aufgeben. Du musst aufhören, einfältig zu sein. Du musst aufhören, ein Baby zu sein.«

Noch nie hat er so direkt zu dem Kind gesprochen, so streng.

»Ich will nicht auf deine Weise lesen«, sagt das Kind. »Ich will auf meine Weise lesen. Da war ein Mann der großen Tat und rumpel-rumpel-pumpel Rat, und wenn er ritt, war er ein Ross, und wenn er lief, war er ein Poss.«

»Das ist nur Unsinn. Etwas wie Poss gibt es nicht. Don Quijote ist kein Unsinn. Du kannst nicht einfach Unsinn erfinden und so tun, als könntest du über ihn lesen.«

»Doch! Es ist kein Unsinn, und ich kann lesen! Es ist nicht dein Buch, es ist mein Buch!« Und mit gerunzelter Stirn blättert er wieder wild die Seiten um.

»Ganz im Gegenteil, es ist Señor Benengelis Buch, das er der Welt geschenkt hat, deshalb gehört es uns allen – auf eine Weise uns allen und auf andere Weise der Bücherei, aber auf keine Weise dir allein. Und hör auf, so an den Seiten zu zerren. Warum gehst du mit dem Buch so grob um?«

»Darum. Weil sich ein Loch öffnet, wenn ich nicht schnell mache.«

»Wo öffnet?«

»Zwischen den Seiten.«

»Das ist Unsinn. Es gibt kein Loch zwischen den Seiten.«

»Da ist ein Loch. Es ist in der Seite. Du siehst es nicht, weil du überhaupt nichts siehst.«

»Schluss jetzt!«, sagt Inés.

Einen Moment lang denkt er, dass sie zum Kind spricht. Einen Moment lang denkt er, sie habe sich schließlich durchgerungen, David für seine Starrköpfigkeit zu tadeln. Aber nein, ihn funkelt sie an.

»Ich dachte, Sie wollten, dass er lesen lernt«, sagt er.

»Nicht mit all diesem Gezänk. Finden Sie ein anderes Buch. Finden Sie ein einfacheres Buch. Dieser *Don Quijote* ist zu schwer für ein Kind. Bringen Sie es in die Bücherei zurück.«

»Nein!« Der Junge umklammert fest das Buch. »Du nimmst es mir nicht weg! Es ist mein Buch!«

ZWANZIG

Seit Inés die Wohnung übernommen hat, hat diese ihre einst nüchterne Atmosphäre verloren. Inzwischen herrscht in ihr tatsächlich ein ziemliches Durcheinander, und nicht nur durch ihre vielen Sachen. Am schlimmsten ist die Ecke beim Bett des Jungen, wo aus einem Pappkarton Gegenstände herausquellen, die er gesammelt und mit nach Hause gebracht hat: Steine, Kiefernzapfen, verwelkte Blumen, Knochen, Muscheln, Tonscherben und Altmetall.

»Wäre es nicht Zeit, das ganze Gerümpel rauszuschmeißen?«, regt er an.

»Es ist kein Gerümpel«, sagt der Junge. »Das sind Dinge, die ich rette.«

Er versetzt dem Karton einen leichten Tritt. »Es ist Müll. Du kannst nicht jedes Ding, das du findest, retten.«

»Es ist mein Museum«, sagt der Junge.

»Ein Haufen Müll ist kein Museum. Dinge müssen einen gewissen Wert haben, bevor sie einen Platz in einem Museum bekommen.«

»Was ist Wert?«

»Wenn Dinge einen Wert haben, bedeutet das, dass die Menschen allgemein sie schätzen und übereinstimmend der Meinung sind, sie seien wertvoll. Eine alte kaputte Tasse hat keinen Wert. Niemand schätzt sie.«

»Ich schätze sie. Es ist mein Museum, nicht deins.«

Er wendet sich an Inés. »Findet das Ihre Zustimmung?«

»Lassen Sie ihn in Frieden. Er sagt, die alten Dinge tun ihm leid.«

»Eine alte Tasse ohne Henkel kann einem nicht leidtun.«

Der Junge starrt ihn verständnislos an.

»Eine Tasse hat keine Gefühle. Wenn man sie wegwirft, macht ihr das nichts aus. Sie wäre nicht beleidigt. Wenn dir eine alte Tasse leidtut, könnte dir ebenso gut« – er sucht verzweifelt nach etwas – »der Himmel, die Luft, die Erde unter deinen Füßen leidtun. Dir könnte wirklich alles leidtun.«

Der Junge starrt ihn weiter an.

»Dinge sind nicht für die Ewigkeit geschaffen«, sagt er. »Jedes Ding hat seine natürliche Lebensdauer. Diese alte Tasse hat ein gutes Leben gehabt; jetzt ist es Zeit für sie, sich zurückzuziehen und Platz für eine neue Tasse zu machen.«

Der störrische Ausdruck, der ihm inzwischen so vertraut ist, erscheint auf dem Gesicht des Jungen. »Nein!«, sagt er. »Ich behalte sie! Du darfst sie mir nicht wegnehmen! Sie gehört mir!«

Da Inés ihm alles durchgehen lässt, wird der Junge immer eigensinniger. Es vergeht kein Tag ohne eine Auseinandersetzung, ohne erhobene Stimmen und Fußgestampfe.

Er drängt sie, ihn zur Schule zu schicken. »Die Wohnung wird für ihn zu klein«, sagt er. »Er muss sich der Realität stellen. Er muss seinen Horizont erweitern.« Doch sie leistet weiter Widerstand.

»Wo kommt das Geld her?«, fragt der Junge.

»Das kommt darauf an, was für Geld du meinst. Münzen kommen von einem Ort, der Münzanstalt genannt wird.«

»Bekommst du dein Geld von der Münzanstalt?«

»Nein, ich bekomme mein Geld vom Zahlmeister im Hafen. Das hast du gesehen.«

»Warum gehst du nicht zur Münzanstalt?«

»Weil die Münzanstalt uns nicht einfach so Geld geben würde. Wir müssen dafür arbeiten. Wir müssen es verdienen.«

»Warum?«

»Weil das der Lauf der Welt ist. Wenn wir nicht für unser Geld arbeiten müssten, wenn die Münzanstalt einfach jedem Geld geben würde, hätte es keinen Wert mehr.«

Er nimmt den Jungen mit zu einem Fußballspiel und bezahlt am Drehkreuz.

»Warum müssen wir bezahlen?«, fragt der Junge. »Vorher mussten wir nicht bezahlen.«

»Das ist das Spiel um die Meisterschaft, das letzte Spiel der Saison. Wenn das Spiel zu Ende ist, bekommen die Gewinner Kuchen und Wein. Jemand muss Geld einsammeln, um den Kuchen und den Wein zu bezahlen. Wenn der Bäcker kein Geld für seinen Kuchen bekommt, kann er kein Mehl und keinen Zucker und keine Butter für den nächsten Kuchen kaufen. Das ist die Regel: Wenn du Kuchen essen willst, musst du für ihn bezahlen. Und das Gleiche gilt für den Wein.«

»Warum?«

»Warum? Die Antwort auf alle deine *Warum?*-Fragen, deine früheren, jetzigen und zukünftigen, ist: *Weil das der Lauf der Welt ist*. Die Welt wurde nicht für unsere Bequemlichkeit geschaffen, mein junger Freund. Wir haben uns anzupassen.«

Der Junge öffnet den Mund zu einer Erwiderung. Rasch presst er einen Finger auf seine Lippen. »Nein«, sagt er. »Keine Fragen mehr. Sei still und schau dir das Fußballspiel an.«

Nach dem Spiel kehren sie in die Wohnung zurück. Inés ist am Herd beschäftigt; es riecht nach verbranntem Fleisch.

»Abendbrotzeit!«, ruft sie. »Geh und wasch dir die Hände!«

»Ich gehe jetzt«, sagt er. »Auf Wiedersehen bis morgen.«

»Müssen Sie gehen?«, sagt Inés. »Möchten Sie nicht bleiben und ihm beim Essen zusehen?«

Der Tisch ist für eine Person gedeckt, für den kleinen Prinzen. Aus der Bratpfanne holt Inés zwei schlanke Würstchen und legt sie auf seinen Teller. Im Halbkreis um sie platziert sie Hälften gekochter Kartoffeln, Möhrenscheiben und Blumenkohlröschen und tröpfelt Bratfett darüber. Bolívar, der beim offenen Fenster geschlafen hat, erhebt sich und kommt angetappt.

»Mm, Würstchen!«, sagt der Junge. »Würstchen esse ich am liebsten.«

»Ich habe Würstchen lange nicht gesehen«, bemerkt er zu Inés. »Wo haben Sie die denn gekauft?«

»Diego hat sie besorgt. Er hat sich mit jemandem vom Küchenpersonal in La Residencia angefreundet.«

Der Junge schneidet seine Würstchen in Stücke, zerschneidet seine Kartoffeln, kaut energisch. Die beiden Erwachsenen, die ihm auf den Teller schauen, oder der Hund, der ihm den Kopf aufs Knie gelegt hat und jede seiner Bewegungen verfolgt, scheinen ihn nicht zu irritieren.

»Vergiss deine Möhren nicht«, sagt Inés. »Sie helfen dir, im Dunkeln zu sehen.«

»Wie eine Katze«, sagt der Junge.

»Wie eine Katze«, sagt Inés.

Der Junge isst seine Möhren. »Wofür ist Blumenkohl gut?«, fragt er.

»Blumenkohl ist gut für deine Gesundheit.«

»Blumenkohl ist gut für die Gesundheit und Fleisch gibt einem Kraft, stimmt's?«

»Das stimmt, Fleisch macht dich stark.«

»Ich muss gehen«, sagt er zu Inés. »Fleisch macht einen stark, aber vielleicht sollten Sie es sich noch einmal überlegen, ob Sie ihm Würstchen zu essen geben.«

»Warum«, fragt der Junge. »Warum sollte Inés es sich noch einmal überlegen?«

»Wegen der Dinge, die sie in Würste tun. Was in Würste hineinkommt, ist nicht immer gut für dich.«

»Was tun sie in Würste?«

»Was glaubst du denn?«

»Fleisch.«

»Ja, aber was für Fleisch?«

»Kängurufleisch.«

»Jetzt bist du albern.«

»Elefantenfleisch.«

»Sie tun Schweinefleisch in Würste, nicht immer, aber manchmal, und Schweine sind keine sauberen Tiere. Sie fressen nicht wie Schafe und Kühe Gras. Sie fressen alles, was sie finden.« Er schaut Inés an. Sie starrt mit zusammengepressten Lippen zurück. »Sie fressen zum Beispiel Kacke.«

»Aus der Toilette?«

»Nein, nicht aus der Toilette. Aber wenn sie zufällig Kacke auf einer Wiese finden, dann fressen sie die. Ohne zu zögern. Es sind Allesfresser. Sie fressen sich sogar gegenseitig auf.«

»Das ist nicht wahr«, sagt Inés.

»Ist in Würsten Kacke?«, fragt der Junge. Er hat seine Gabel hingelegt.

»Er redet Unsinn, hör nicht auf ihn, in deiner Wurst ist keine Kacke.«

»Ich behaupte nicht, dass wirklich Kacke in deiner Wurst ist«, sagt er. »Aber es steckt Kackfleisch darin. Schweine sind unsaubere Tiere. Schweinefleisch ist Kackfleisch. Aber das ist bloß meine Meinung. Nicht jeder würde mir zustimmen. Du musst selbst entscheiden.«

»Ich will nicht mehr«, sagt der Junge und schiebt seinen Teller beiseite. »Bolívar kann es haben.«

»Iss auf und du bekommst ein Stück Schokolade«, sagt Inés.

»Nein.«

»Hoffentlich sind Sie jetzt stolz auf sich«, sagt Inés zu ihm gewandt.

»Es ist eine Frage der Hygiene. Der ethischen Hygiene. Wenn man Schwein isst, wird man wie ein Schwein. Teilweise. Nicht insgesamt, aber teilweise. Man hat etwas Schweinisches an sich.«

»Sie sind verrückt«, sagt Inés. Sie spricht zum Jungen. »Hör nicht auf ihn, er ist verrückt geworden.«

»Ich bin nicht verrückt. Es nennt sich Konsubstantiation. Warum sonst gibt es Kannibalen? Ein Kannibale ist ein Mensch, der Konsubstantiation ernst nimmt. Wenn wir einen anderen Menschen essen, nehmen wir diesen Menschen in uns auf. Das ist, was Kannibalen glauben.«

»Was ist ein Kannibale?«, fragt der Junge.

»Kannibalen sind Wilde«, sagt Inés. »Du brauchst dich nicht zu beunruhigen, hier gibt es keine Kannibalen. Kannibalen gehören ins Reich der Fabel.«

»Was ist eine Fabel?«

»Eine Geschichte aus alten Zeiten, die nicht mehr wahr ist.«

»Erzähl mir eine Fabel. Ich möchte eine Fabel hören. Erzähl mir eine Fabel von den drei Brüdern. Oder von den Brüdern am Himmel.«

»Ich weiß nichts von Brüdern am Himmel. Iss jetzt auf.«

»Wenn Sie ihm nichts von Brüdern erzählen wollen, dann erzählen Sie ihm doch von Rotkäppchen«, sagt er. »Erzählen Sie ihm, wie der Wolf die Großmutter des kleinen Mädchens verschlingt und sich in eine Großmutter verwandelt, eine Wolfgroßmutter. Durch Konsubstantiation.«

Der Junge steht auf, kratzt die Essensreste von seinem Teller in den Hundenapf und stellt den Teller in die Spüle. Der Hund verschlingt die Würste.

»Ich werde Rettungsschwimmer«, verkündet der Junge. »Diego bringt es mir im Swimmingpool bei.«

»Das ist schön«, sagt er. »Was willst du sonst noch werden, außer Rettungsschwimmer und Entfesselungskünstler und Zauberer?«

»Nichts. Das ist alles.«

»Leute aus Swimmingpools zu ziehen und sich aus Kisten zu befreien und Zauberkunststücke aufzuführen sind Hobbys, kein Beruf, keine Lebensarbeit. Wie willst du deinen Lebensunterhalt wirklich verdienen?«

Der Junge blickt seine Mutter an, als suche er bei ihr Rat. Dann, kühn geworden, sagt er: »Ich muss keinen Lebensunterhalt verdienen.«

»Wir müssen alle unseren Lebensunterhalt verdienen. Das gehört zum menschlichen Dasein.«

»Warum?«

»*Warum? Warum? Warum?* So können wir kein vernünftiges Gespräch führen. Wie willst du essen, wenn du deine ganze Zeit damit zubringst, Leute zu retten und dich aus Ketten zu befreien, und nicht arbeiten willst? Wo willst du die Nahrung hernehmen, die dich stark machen soll?«

»Aus dem Laden.«

»Du gehst also in den Laden und sie geben dir Lebensmittel. Für umsonst.«

»Ja.«

»Und was passiert, wenn die Leute im Laden alle ihre Lebensmittel für umsonst weggegeben haben? Was passiert, wenn der Laden leer ist?«

Ruhig, mit einem seltsamen kleinen Lächeln auf den Lippen, antwortet das Kind: »Warum?«

»Warum was?«

»Warum ist der Laden leer?«

»Weil du, wenn du X Brote hast und sie alle für umsonst weggibst, dann keine Brote mehr hast und kein Geld, um neue Brote zu kaufen. Weil x minus x gleich null ist. Gleich nichts ist. Gleich Leere ist. Gleich ein leerer Magen ist.«

»Was ist X?«

»X ist jede Zahl, zehn oder hundert oder tausend. Wenn du etwas hast und es weggibst, dann hast du es nicht mehr.«

Der Junge kneift die Augen zu und zieht eine Grimasse. Dann fängt er an zu kichern. Er packt den Rock seiner Mutter und presst das Gesicht an ihren Schenkel und kichert und kichert, bis er rot im Gesicht ist.

»Was ist los, Schatz?«, fragt Inés. Aber der Junge hört nicht auf zu lachen.

»Sie gehen jetzt lieber«, sagt Inés. »Sie regen ihn auf.«

»Ich bilde ihn. Wenn Sie ihn in die Schule schicken würden, dann wäre dieser Hausunterricht nicht nötig.«

Der Junge hat sich mit einem alten Mann im Block E angefreundet, der einen Taubenschlag auf dem Dach hat. Nach dem Briefkasten im Hausflur ist sein Name Palamaki, aber der Junge nennt ihn Señor Paloma, Herr Taube. Señor Paloma lässt den Jungen die Vögel von Hand füttern. Er hat ihm sogar eine eigene Taube geschenkt, einen reinweißen Vogel, den der Junge Blanco nennt.

Blanco ist ein ruhiger, ja sogar träger Vogel, der es sich gefallen lässt, auf dem Handgelenk des ausgestreckten Jungenarms oder manchmal auf der Schulter spazieren getragen zu werden. Er zeigt keine Neigung wegzufliegen oder überhaupt zu fliegen.

»Ich glaube, Blancos Flügel könnten gestutzt sein«, sagt er zum Jungen. »Das würde erklären, warum er nicht fliegt.«

»Nein«, sagt der Junge. »Pass auf!« Er wirft den Vogel in die Luft. Er schlägt träge mit den Flügeln, dreht ein oder zwei Runden, lässt sich dann wieder auf seiner Schulter nieder und putzt sich.

»Señor Paloma sagt, Blanco kann Botschaften befördern«, sagt der Junge. »Er sagt, wenn ich mich verirre, kann ich Blanco eine Botschaft ans Bein binden und Blanco fliegt dann heim und dann kommt Señor Paloma und findet mich.«

»Das ist sehr freundlich von Señor Paloma. Du musst daran denken, immer einen Bleistift und Papier dabei zu haben, und ein Stück Strick, damit du das Papier an Blancos Bein binden kannst. Was wirst du schreiben? Zeig mir, was du schreiben wirst, wenn du gerettet werden willst.«

Sie gehen über den leeren Spielplatz. Der Junge hockt sich in den Sandkasten, glättet die Oberfläche und fängt an, mit einem Finger zu schreiben. Er liest über seine Schulter: *O*, dann *E*, dann einen Buchstaben, den er nicht erkennen kann, dann wieder O, dann *X* und noch einmal *X*.

Der Junge steht auf. »Lies«, sagt er.

»Es fällt mir schwer. Ist es Spanisch?«

Der Junge nickt.

»Nein, ich gebe auf. Was heißt es?«

»Es heißt: *Folge Blanco, Blanco ist mein bester Freund*.«

»Soso. Fidel war einmal dein bester Freund, und davor El Rey. Was ist passiert, dass Fidel nicht mehr dein Freund ist und ein Vogel an seine Stelle getreten ist?«

»Fidel ist zu alt für mich. Fidel ist grob.«

»Ich habe nie erlebt, dass Fidel grob gewesen ist. Hat Inés dir gesagt, er sei grob?«

Der Junge nickt.

»Fidel ist ein total freundlicher Junge. Ich mag ihn, und du hast ihn auch gemocht. Ich will dir was sagen. Fidel ist verletzt, weil du nicht mehr mit ihm spielst. Meiner Meinung nach behandelst du Fidel schlecht. Eigentlich behandelst du ihn grob. Meiner Meinung nach solltest du weniger Zeit mit Señor Paloma auf dem Dach verbringen und mehr mit Fidel.«

Der Junge streichelt den Vogel auf seinem Arm. Die Rüge wird ohne Widerrede entgegengenommen. Oder vielleicht lässt er die Worte einfach über sich ergehen.

»Außerdem denke ich, du solltest Inés sagen, dass es Zeit für dich ist, in die Schule zu gehen. Du solltest darauf bestehen. Ich weiß, du bist sehr klug und hast dir selbst lesen und schreiben beigebracht, aber im wirklichen Leben musst du wie andere Leute schreiben können. Es hat keinen Zweck, wenn du Blanco mit einer am Bein festgebundenen Botschaft losschickst, wenn sie keiner lesen kann, nicht mal Señor Paloma.«

»Ich kann sie lesen.«

»Du kannst sie lesen, weil du derjenige bist, der sie geschrieben hat. Aber der ganze Sinn von Botschaften ist, dass andere Leute in der Lage sein müssen, sie zu lesen. Anderenfalls müsstest du dich an Blancos Bein binden und ihm befehlen heimzufliegen.«

Der Junge sieht ihn erstaunt an. »Aber –«, sagt er. Dann begreift er, dass es ein Scherz ist, und beide lachen und lachen.

Sie sind auf dem Spielplatz der Ostsiedlung. Er hat den Jungen auf der Schaukel abgestoßen und so hoch fliegen lassen, dass er vor Angst und Vergnügen geschrien hat. Jetzt sitzen sie nebeneinander, verschnaufen und lassen das letzte Licht des Tages auf sich wirken.

»Kann Inés aus ihrem Bauch Zwillinge bekommen?«, fragt der Junge.

»Natürlich. Das ist zwar selten, aber es ist möglich.«

»Wenn Inés Zwillinge hätte, dann könnte ich der dritte Bruder sein. Müssen Zwillinge immer zusammen sein?«

»Das müssen sie nicht, aber gewöhnlich ist ihnen das lieber. Zwillinge haben sich von Natur aus gern, wie die Zwillingssterne. Wenn es nicht so wäre, könnten sie getrennt voneinander herumwandern und sich am Himmel verirren. Aber ihre Liebe füreinander hält sie zusammen. Sie wird sie bis ans Ende der Zeit zusammenhalten.«

»Aber sie sind nicht zusammen, die Zwillingssterne, nicht richtig zusammen.«

»Nein, das stimmt, sie sind nicht ganz eng beisammen am Himmel, da ist ein winziger Raum zwischen ihnen. So ist die Natur beschaffen. Denk an Liebende. Wenn Liebende die ganze Zeit ganz eng beieinander wären, bräuchten sie sich nicht mehr zu lieben. Sie wären eins. Es gäbe nichts, nach dem sie Verlangen hätten. Deshalb gibt es in der Natur Zwischenräume. Wenn alles ganz dicht zusammengepresst wäre, alles im Weltall, dann gäbe es nicht dich oder mich oder Inés. Wir beide, du und ich, würden nicht wie eben jetzt miteinander reden, es gäbe nur Stille – Einheit und Stille. Daher ist es im Ganzen betrachtet gut, dass es Zwischenräume zwischen den Dingen gibt, dass du und ich zwei statt einer sind.«

»Aber wir können fallen. Wir können durch den Zwischenraum fallen. Durch den Riss.«

»Ein Zwischenraum ist nicht das Gleiche wie ein Riss, mein Junge. Zwischenräume gehören zur Natur, so ist die Welt beschaffen. Du kannst nicht in einen Zwischenraum fallen und verschwinden. Das geschieht einfach nicht. Ein Riss ist etwas ganz anderes. Ein Riss ist ein Bruch in der Ordnung der Natur. Es ist so, als würdest du dich mit einem Messer schneiden oder als würdest du eine Seite zerreißen. Du sagst immerfort, wir müssten auf Risse achten, aber wo sind denn diese Risse? Wo siehst du einen Riss zwischen dir und mir? Zeig ihn mir.«

Der Junge schweigt.

»Die Zwillinge am Himmel sind wie Zwillinge auf der Erde. Sie sind auch wie Zahlen.« Ist das alles zu schwer für ein Kind? Vielleicht. Aber der Junge wird seine Worte aufnehmen, das muss er hoffen – sie aufnehmen und darüber nachdenken und vielleicht allmählich ihren Sinn begreifen. »Wie eins und zwei. Eins und zwei sind nicht dasselbe, es gibt einen Unterschied zwischen ihnen, der ein Zwischenraum, aber kein Riss ist. Das macht es für uns möglich zu zählen, von eins zu zwei zu kommen, ohne dass wir befürchten müssen zu fallen.«

»Können wir sie irgendwann besuchen, die Zwillinge am Himmel? Können wir in einem Schiff hinfahren?«

»Wahrscheinlich, wenn wir die richtige Art Schiff finden können. Aber die Fahrt dorthin würde sehr lange dauern. Die Zwillinge sind sehr weit weg. Noch ist niemand zu Besuch bei ihnen gewesen, soviel ich weiß. Das hier« – er stampft mit dem Fuß auf den Boden – »ist der einzige Stern, den wir Menschen jemals besucht haben.«

Der Junge starrt ihn verblüfft an. »Das ist kein Stern«, sagt er.

»Doch. Er sieht nur von nahem nicht wie ein Stern aus.«

»Er leuchtet nicht.«

»Von nahem leuchtet nichts. Aus der Entfernung leuchtet jedoch alles. Du leuchtest. Ich leuchte. Die Sterne leuchten ganz bestimmt.«

Der Junge scheint erfreut. »Sind alle Sterne Zahlen?«, fragt er.

»Nein. Ich habe gesagt, Zwillinge sind *wie* Zahlen, aber das war nur so eine Redensart. Nein, die Sterne sind keine Zahlen. Sterne und Zahlen sind ganz verschiedene Dinge.«

»Ich glaube, die Sterne sind Zahlen. Ich glaube, das ist Nummer 11« – er zeigt mit dem Finger in den Himmel hoch – »und das ist Nummer 50 und das ist Nummer 33333.«

»Ah, meinst du, wir können jedem Stern eine Nummer geben? Das wäre gewiss eine Art, sie zu bestimmen, aber eine sehr langweilige Art, sehr einfallslos. Ich denke, es ist besser, dass sie richtige Namen haben, wie Bär und Abendstern und Zwillinge.«

»Nein, du Dussel, ich habe gesagt, jeder Stern *ist* eine Zahl.«

Er schüttelt den Kopf. »Es ist *nicht* jeder Stern eine Zahl. Sterne sind in einigen Beziehungen wie Zahlen, aber in den meisten Beziehungen sind sie ganz anders. Zum Beispiel sind die Sterne chaotisch über den ganzen Himmel verstreut, während die Zahlen wie eine Flotte Schiffe sind, die in einer Ordnung fahren, von denen jedes seinen Platz hat.«

»Sie können sterben. Zahlen können sterben. Was passiert mit ihnen, wenn sie sterben?«

»Zahlen können nicht sterben. Sterne können nicht sterben. Sterne sind unsterblich.«

»Zahlen *können* sterben. Sie können vom Himmel fallen.«

»Das ist nicht wahr. Sterne können nicht vom Himmel fallen. Diejenigen, die zu fallen scheinen, die Sternschnuppen, sind keine richtigen Sterne. Und was die Zahlen angeht, wenn eine Zahl aus der Reihe fallen würde, dann wäre da ein Riss, ein Bruch, und so funktionieren Zahlen nicht. Es gibt nie einen Riss zwischen den Zahlen. Keine Zahl fehlt jemals.«

»Doch! Du hast keine Ahnung! Du vergisst alles! Eine Zahl kann vom Himmel fallen, wie Don Quijote in den Riss hinuntergefallen ist.«

»Don Quijote ist nicht in einen Riss gefallen. Er ist in eine Höhle hinabgestiegen, indem er eine aus Seilen gefertigte Leiter benutzte. Don Quijote ist sowieso nicht wichtig. Er existiert nicht wirklich.«

»Doch! Er ist ein Held!«

»Tut mir leid. Ich habe das nicht so gemeint. Natürlich ist Don Quijote ein Held und natürlich existiert er wirklich. Ich wollte eigentlich sagen, was mit ihm geschehen ist, geschieht den Menschen nicht mehr. Die Menschen leben ihr Leben von Anfang bis Ende, ohne in Risse zu fallen.«

»Sie fallen doch! Sie fallen in Risse und man kann sie nicht mehr sehen, weil sie nicht herauskönnen. Das hast du selber gesagt.«

»Jetzt verwechselst du Risse mit Löchern. Du denkst daran, dass Menschen sterben und in Gräbern beerdigt werden, in Löchern im Boden. Ein Grab wird von Totengräbern mit Spaten gemacht. Es ist nichts Unnatürliches wie ein Riss.«

Kleider rascheln und Inés taucht aus der Dunkelheit auf. »Ich habe gerufen und gerufen«, sagt sie ärgerlich. »Hört denn nie jemand?«

EINUNDZWANZIG

Als er das nächste Mal zur Wohnung kommt und anklopft, wird die Tür aufgerissen von dem Jungen, der ganz rot und aufgeregt ist. »Simón, rate mal!«, schreit er. »Wir haben Señor Daga gesehen! Er hat einen Zauberstift! Den hat er mir gezeigt!«

Er hat die Sache mit Daga fast vergessen, dem Mann, der Álvaro und den Zahlmeister im Hafen gedemütigt hat. »Einen Zauberstift!«, sagt er. »Das klingt spannend. Darf ich reinkommen?«

Bolívar nähert sich ihm gebieterisch und beschnüffelt seinen Schritt. Inés sitzt über ihre Näharbeit gebeugt: Er hat eine plötzliche, beunruhigende Vorstellung davon, wie sie als alte Frau sein wird. Ohne ihn zu begrüßen, spricht sie. »Wir sind in die Stadt gegangen, in die Asistencia, um die Kinderbeihilfe abzuholen, und da war dieser Mann, dieser Freund von Ihnen.«

»Er ist nicht mein Freund. Ich habe noch nicht einmal ein Wort mit ihm gewechselt.«

»Er hat einen Zauberstift«, sagt der Junge. »In ihm ist eine Dame, und man denkt, es ist ein Bild, ist es aber nicht, es ist eine richtige Dame, eine winzig kleine, und wenn man den Stift dreht, verliert sie ihre Kleider und ist nackt.«

»Hm. Was hat dir Señor Daga noch gezeigt, außer der winzigen Dame?«

»Er hat gesagt, es war nicht seine Schuld, dass Álvaro sich an der Hand verletzt hat. Er hat gesagt, Álvaro hat angefangen. Er hat gesagt, es war Álvaros Schuld.«

»Das sagen die Leute immer. Es ist immer ein anderer, der angefangen hat. Es ist immer jemand anders schuld. Hat dir Señor Daga zufällig auch gesagt, was aus dem Fahrrad geworden ist, das er mitgenommen hat?«

»Nein.«

»Wenn du ihn das nächste Mal siehst, dann frage ihn danach. Frage ihn, wer schuld daran ist, dass der Zahlmeister kein Fahrrad hat und seine Runde zu Fuß machen muss.«

Schweigen. Es überrascht ihn, dass Inés so wenig zu Männern zu sagen hat, die kleine Jungen beiseitenehmen und ihnen Stifte mit nackten Frauen darin zeigen.

»Wessen Schuld ist es?«, fragt der Junge.

»Was meinst du damit?«

»Du hast gesagt, es ist immer die Schuld von jemand anders. Ist es die Schuld von Señor Daga?«

»Dass das Fahrrad fort ist? Ja, das ist seine Schuld. Aber wenn ich sage, es ist immer jemand anders schuld, spreche ich allgemeiner. Wenn etwas schiefgeht, behaupten wir sofort, es sei nicht unsere Schuld. Diese Taktik haben wir seit Anbeginn der Welt gewählt. Es scheint in uns verankert und Teil unserer Natur zu sein. Wir sind nie bereit, unsere Schuld zuzugeben.«

»Ist es meine Schuld?«, fragt der Junge.

»Ist was deine Schuld? Nein, es ist nicht deine Schuld. Du bist nur ein Kind, wie kann es deine Schuld sein? Aber ich glaube wirklich, du solltest dich von Señor Daga fernhalten. Er ist kein gutes Vorbild für einen jungen Menschen.« Er spricht langsam und ernst – die Warnung ist genauso an Inés gerichtet wie an den Jungen.

Ein paar Tage später, als er gerade aus dem Laderaum eines Schiffes im Hafen hochkommt, sieht er zu seiner Überraschung Inés selbst am Kai, vertieft in ein Gespräch mit Álvaro. Sein Herz macht einen Sprung. Sie ist noch nie vorher im Hafen gewesen – das kann nur schlechte Nachrichten bedeuten.

Der Junge ist weg, sagt Inés, gestohlen von Señor Daga. Sie hat die Polizei gerufen, doch sie will nicht helfen. Niemand will helfen. Álvaro müsse mitkommen; er, Simón, müsse mitkommen. Sie müssen Daga ausfindig machen – das könne nicht schwer sein, er arbeite bei ihnen – und ihr das Kind zurückbringen.

Frauen sind ein seltener Anblick im Hafen. Die Männer schauen neugierig auf die verzweifelte Frau mit ihrem wilden Haar und der städtischen Kleidung.

Nach und nach entlocken er und Álvaro ihr die Geschichte. Die Warteschlange in der Asistencia war lang gewesen, der Junge unruhig, Señor Daga war zufällig auch dort, er bot dem Jungen ein Eis an, und als sie wieder hinsah, waren sie fort, als wären sie vom Erdboden verschwunden.

»Aber wie konnten Sie ihn mit einem solchen Mann mitgehen lassen?«, protestiert er.

Sie schiebt die Frage mit einer herrischen Kopfbewegung beiseite. »Ein heranwachsender Junge braucht einen Mann in seinem Leben. Er kann nicht die ganze Zeit mit seiner Mutter zusammen sein. Und ich habe gedacht, er sei ein netter Mann. Ich habe gedacht, er sei ehrlich. Sein Ohrring beeindruckt David. Er möchte auch einen Ohrring.«

»Haben Sie ihm einen versprochen?«

»Ich habe ihm gesagt, er könne einen Ohrring tragen, wenn er älter ist, aber jetzt noch nicht.«

»Ich überlasse euch eurem Gespräch«, sagt Álvaro. »Ruft mich, wenn ihr mich braucht.«

»Was ist Ihre eigene Rolle dabei?«, fragt er, als sie allein sind. »Wie konnten Sie Ihr Kind diesem Mann anvertrauen? Gibt es etwas, was Sie mir nicht erzählt haben? Ist es möglich, dass er auch Sie beeindruckt, mit seinen goldenen Ohrringen und seinen Stiften samt nackter Damen?«

Sie tut so, als habe sie nicht gehört. »Ich habe gewartet und gewartet«, sagt sie. »Dann habe ich den Bus genommen, weil ich gedacht habe, sie könnten vielleicht nach Hause gegangen sein. Als sie nicht da waren, habe ich meinen Bruder angerufen, und er hat gesagt, er würde die Polizei anrufen, doch dann hat er zurückgerufen und gesagt, die Polizei wolle nicht helfen, weil ich nicht … weil ich nicht die korrekten Papiere für David habe.«

Sie macht eine Pause und starrt gebannt in die Ferne. »Er hat mir gesagt …«, meint sie, »er hat mir gesagt, er würde mir ein Kind geben. Er hat mir nicht gesagt … er hat nicht gesagt, dass er mein Kind wegnehmen würde.« Plötzlich schluchzt sie hilflos. »Das hat er nicht gesagt … das hat er nicht gesagt …«

Sein Zorn verraucht nicht, aber er fühlt dennoch mit der Frau. Ohne die zuschauenden Schauerleute zu beachten, nimmt er sie in den Arm. Sie schluchzt an seiner Schulter. »Das hat er nicht gesagt …«

Er hat gesagt, er würde mir ein Kind geben. Ihm schwirrt der Kopf. »Komm weg hier«, sagt er. »Lass uns hingehen, wo wir nicht beobachtet werden.« Er führt sie hinter den Schuppen. »Hör mir zu, Inés. David ist sicher, davon bin ich überzeugt. Daga würde es nicht wagen, ihm etwas anzutun. Geh wieder heim und warte dort. Ich werde herausfinden, wo er wohnt und ihn aufsuchen.« Er macht eine

Pause. »Was hat er denn damit gemeint, dass er dir ein Kind geben will?«

Sie entzieht sich ihm. Die Schluchzer verebben. »Was meinst du wohl?«, sagt sie und in ihrer Stimme ist ein scharfer Ton.

Eine halbe Stunde später ist er im Umsiedlungszentrum. »Ich benötige dringend eine Information«, sagt er zu Ana. »Kennen Sie einen Mann, der Daga heißt? Er ist in den Dreißigern, schlank, trägt einen Ohrring. Hat kurzzeitig im Hafen gearbeitet.«

»Warum fragen Sie?«

»Weil ich ihn sprechen muss. Er hat David seiner Mutter weggenommen und ist verschwunden. Wenn Sie nicht helfen wollen, muss ich zur Polizei gehen.«

»Er heißt Emilio Daga. Jeder kennt ihn. Er wohnt in der Stadtsiedlung. Wenigstens ist er dort gemeldet.«

»Wo genau in der Stadtsiedlung?«

Sie zieht sich zu den Karteikartenkästen zurück und kommt mit der Adresse auf einem Zettel zurück. »Wenn Sie das nächste Mal hier sind«, sagt sie, »dann erzählen Sie mir doch, wie Sie seine Mutter ausfindig gemacht haben. Das würde ich gern erfahren, wenn Sie die Zeit dafür haben.«

Die Stadtsiedlung ist der begehrteste der vom Zentrum verwalteten Wohnkomplexe. Die Adresse, die ihm Ana gegeben hat, führt ihn zu einer Wohnung im obersten Stock des Hauptgebäudes. Er klopft. Die Tür wird von einer attraktiven jungen Frau geöffnet, die etwas zu aufdringlich geschminkt ist und unsicher auf Stöckelschuhen schwankt. Eigentlich gar keine Frau – er bezweifelt, dass sie älter als sechzehn ist.

»Ich suche einen gewissen Emilio Daga«, sagt er. »Wohnt er hier?«

»Klar«, sagt das Mädchen. »Kommen Sie rein. Wollen Sie David abholen?«

In der Wohnung riecht es nach abgestandenem Zigarettenrauch. Daga, in einem Baumwoll-T-Shirt und Jeans, barfuß, sitzt vor einem großen Fenster mit Blick auf die Stadt und die untergehende Sonne. Er dreht sich mit dem Stuhl um, hebt grüßend eine Hand.

»Ich komme David abholen«, sagt er.

»Er ist im Schlafzimmer und sieht fern«, sagt Daga. »Sind Sie der Onkel? David! Dein Onkel ist hier!«

Der Junge kommt aufgeregt aus dem Nachbarzimmer gestürzt. »Simón, komm und sieh dir das an! Es ist Mickey Mouse! Er hat einen Hund, der Plato heißt, und er fährt einen Zug und die Indianer schießen mit Pfeilen auf ihn. Komm schnell!«

Er beachtet den Jungen nicht, spricht zu Daga. »Seine Mutter ist vor Sorge außer sich. Wie konnten Sie das nur tun?«

So nahe ist er Daga vorher noch nie gekommen. Es stellt sich heraus, dass der kühne Haarschopf mit der goldenen Lockenfülle grob und fettig ist. Das T-Shirt hat ein Loch unter der Achsel. Zu seiner Überraschung hat er keine Angst vor dem Mann.

Daga steht nicht auf. »Immer mit der Ruhe, *viejo*«, sagt er. »Wir hatten eine schöne Zeit miteinander. Dann hat der Junge ein Schläfchen gemacht. Er hat wie ein Stein geschlafen, wie ein Engel. Jetzt sieht er das Kinderprogramm. Was schadet das?«

Er antwortet nicht. »Komm, David!«, sagt er. »Wir gehen. Sag Señor Daga Auf Wiedersehen.«

»Nein! Ich will Mickey Mouse ansehen!«

»Du kannst Mickey das nächste Mal ansehen«, sagt

Daga. »Versprochen. Wir werden ihn nur für dich hierbehalten.«

»Und Plato?«

»Und Plato. Wir können auch Plato hierbehalten, nicht wahr, Süße?«

»Klar«, sagt das Mädchen. »Wir sperren sie in der Mäusekiste ein bis zum nächsten Mal.«

»Komm«, sagt er zum Kind. »Deine Mutter hat sich schreckliche Sorgen gemacht.«

»Sie ist nicht meine Mutter.«

»Natürlich ist sie deine Mutter. Sie liebt dich sehr.«

»Wer ist sie, junger Freund, wenn sie nicht deine Mutter ist?«, fragt Daga.

»Sie ist einfach eine Frau. Ich habe keine Mutter.«

»Du hast eine Mutter. Inés ist deine Mutter«, sagt er, Simón. »Gib mir deine Hand.«

»Nein! Ich habe keine Mutter, und ich habe keinen Vater. Ich bin einfach da.«

»Das ist Unsinn. Jeder von uns hat eine Mutter. Jeder von uns hat einen Vater.«

»Hast du eine Mutter?«, fragt der Junge, an Daga gewandt.

»Nein«, sagt Daga. »Ich habe auch keine Mutter.«

»Siehst du!«, sagt der Junge triumphierend. »Ich will bei dir bleiben, ich will nicht zu Inés.«

»Komm her«, sagt Daga. Der Junge trottet zu ihm; er setzt ihn sich aufs Knie. Der Junge schmiegt sich an seine Brust, den Daumen im Mund. »Du möchtest bei mir und Frannie wohnen, nur wir drei zusammen?« Der Junge nickt wieder. »Ist das okay für dich, Liebling – dass David zu uns kommt?«

»Klar«, sagt das Mädchen.

»Er ist unfähig, das zu entscheiden«, sagt er, Simón. »Er ist nur ein Kind.«

»Sie haben recht. Er ist nur ein Kind. Es ist an seinen Eltern zu entscheiden. Aber, wie Sie gehört haben, hat er keine Eltern. Was machen wir denn da?«

»David hat eine Mutter, die ihn so sehr liebt wie jede Mutter auf Erden. Und ich, ich bin zwar nicht sein Vater, aber er bedeutet mir viel. Er bedeutet mir viel, und ich kümmere mich um ihn und passe auf ihn auf. Er kommt mit mir.«

Daga hört sich diese kleine Rede schweigend an und dann schenkt er ihm zu seiner Überraschung ein Lächeln, ein ziemlich gewinnendes Lächeln, das seine ausgezeichneten Zähne sehen lässt. »Das ist gut«, sagt er. »Sie bringen ihn zurück zu seiner Mutter. Sagen Sie ihr, er hatte eine schöne Zeit. Sagen Sie ihr, bei mir ist er immer sicher. Du fühlst dich doch sicher bei mir, junger Mann?«

Der Junge nickt, den Daumen noch immer im Mund.

»Gut, dann ist es vielleicht Zeit mit deinem Beschützer mitzugehen.« Er hebt den Jungen vom Schoß. »Komm bald wieder. Versprochen? Komm und schau dir Mickey an.«

ZWEIUNDZWANZIG

Warum muss ich die ganze Zeit Spanisch sprechen?«

»Wir müssen eine Sprache sprechen, mein Junge, wenn wir nicht wie die Tiere bellen und heulen wollen. Und wenn wir eine Sprache sprechen, dann ist es das Beste, wir sprechen alle dieselbe. Ist das nicht vernünftig?«

»Aber warum Spanisch? Ich hasse Spanisch.«

»Du hasst Spanisch nicht. Du sprichst sehr gut Spanisch. Dein Spanisch ist besser als meins. Du bist nur eigensinnig. Welche Sprache möchtest du denn sprechen?«

»Ich möchte meine eigene Sprache sprechen.«

»So etwas wie eine eigene Sprache für jemanden gibt es nicht.«

»Doch! *La la fa fa yam ying tu tu.*«

»Das ist nur Quatsch. Es bedeutet nichts.«

»Es bedeutet etwas. Es bedeutet für mich etwas.«

»Das mag ja sein, aber es bedeutet nichts für mich. Sprache muss auch für mich etwas bedeuten, nicht nur für dich, sonst gilt es nicht als Sprache.«

Mit einer Gebärde, die er sich von Inés abgeschaut haben musste, wirft der Junge verächtlich den Kopf zurück. »*La la fa fa yam ying!* Schau mich an!«

Er sieht dem Jungen in die Augen. Für den Bruchteil einer Sekunde sieht er dort etwas. Er kann es nicht benennen. *Es ist wie* – das fällt ihm in dem Augenblick ein. Wie ein Fisch, der sich frei windet, während man ihn zu packen versucht. Aber nicht wie ein Fisch – nein, wie *wie ein Fisch*. Oder wie *wie wie ein Fisch*. Und immer so weiter. Dann ist der Augenblick vorüber, und er steht einfach schweigend da und starrt vor sich hin.

»Hast du es gesehen?«, fragt der Junge.

»Ich weiß nicht. Halt mal eine Minute lang an, mir ist schwindlig.«

»Ich kann sehen, was du denkst!«, sagt der Junge und lächelt triumphierend.

»Das kannst du nicht.«

»Du denkst, dass ich zaubern kann.«

»Überhaupt nicht. Du hast keine Ahnung, was ich denke. Pass jetzt auf. Ich werde jetzt etwas über die Sprache sagen, etwas Ernstes, etwas, das du dir zu Herzen nehmen sollst.

Jeder kommt als Fremder in dieses Land. Ich bin als Fremder gekommen. Du bist als Fremder gekommen. Inés und ihre Brüder waren einst Fremde. Wir kamen aus unterschiedlichen Orten und einer jeweils unterschiedlichen Vergangenheit, auf der Suche nach einem neuen Leben. Aber nun sitzen wir alle im gleichen Boot. Wir müssen deshalb miteinander auskommen. Eine der Methoden, miteinander auszukommen, ist, dieselbe Sprache zu sprechen. Das ist die Vorschrift. Es ist eine gute Vorschrift und wir sollten sie befolgen. Sie nicht nur befolgen, sondern sie freudig befolgen, nicht wie ein Maulesel, der sich stur stellt. Frohen Mutes und gutwillig. Wenn du dich weigerst, wenn du weiter ungezogen über Spanisch sprichst und darauf bestehst, deine eigene Sprache zu sprechen, dann wirst du bald in einer privaten Welt leben. Du wirst keine Freunde haben. Du wirst gemieden.«

»Was ist gemieden?«

»Du hast keinen Ort, wo du dein Haupt niederlegen kannst.«

»Ich habe sowieso keine Freunde.«

»Das wird sich ändern, wenn du erst einmal zur Schule gehst. In der Schule wirst du viele neue Freunde gewinnen. Und außerdem hast du natürlich Freunde. Fidel und Elena sind deine Freunde. Álvaro ist dein Freund.«

»Und El Rey ist mein Freund.«

»El Rey ist auch dein Freund.«

»Und Señor Daga.«

»Señor Daga ist nicht dein Freund. Señor Daga führt dich in Versuchung.«

»Was ist Versuchung?«

»Er versucht, dich von deiner Mutter wegzulocken mit Mickey Mouse und Eis. Weißt du noch, wie schlecht dir war von dem vielen Eis, was er dir an dem Tag gegeben hat?«

»Er hat mir auch Feuerwasser gegeben.«

»Was meinst du damit, Feuerwasser?«

»Das hat mir im Hals gebrannt. Er sagt, das ist Medizin, wenn es einem schlechtgeht.«

»Hat Señor Daga seine Medizin in einem silbernen Fläschchen in seiner Tasche?«

»Ja.«

»Bitte, trink nie wieder aus Señor Dagas Fläschchen, David. Es ist ja vielleicht für Erwachsene Medizin, aber für Kinder ist es nicht gut.«

Inés berichtet er das mit dem Feuerwasser nicht, aber er erzählt es Elena. »Er gewinnt Einfluss auf das Kind«, sagt er ihr. »Ich kann nicht mit ihm konkurrieren. Er trägt einen Ohrring, er hat ein Messer bei sich, er trinkt Feuerwasser. Er hat eine hübsche Freundin. Er hat Mickey Mouse zu Hause in einer Kiste. Ich habe keine Ahnung, wie ich den Jungen zur Vernunft bringen soll. Inés steht auch unter dem Einfluss des Mannes.«

»Was erwartest du denn? Sieh es von ihrer Warte aus. Sie ist in einem Alter, in dem eine Frau, die keine Kinder gehabt hat – eigene Kinder –, allmählich unruhig wird. Es ist eine Sache der Biologie. Sie ist in empfängnisbereitem Zustand, biologisch gesprochen. Es überrascht mich, dass du es nicht spürst.«

»Ich denke nicht auf diese Weise an Inés – biologisch.«

»Du denkst zuviel. Das hat nichts mit Denken zu tun.«

»Ich begreife nicht, warum Inés noch ein Kind wollen sollte, Elena. Sie hat den Jungen. Er kam als Geschenk zu ihr, aus heiterem Himmel, schlicht und einfach ein Geschenk. Ein solches Geschenk sollte für jede Frau reichen.«

»Ja, aber er ist nicht ihr leibliches Kind. Das wird sie nie vergessen. Wenn du nichts in der Sache unternimmst, wird David bald einmal Señor Daga zum Stiefvater haben, und dann eine Brut kleiner Daga-Stiefbrüder und Stiefschwestern. Oder wenn nicht Daga, dann ein anderer Mann.«

»Was willst du damit sagen, wenn ich nichts in der Sache unternehme?«

»Wenn du ihr nicht selbst ein Kind schenkst.«

»Ich? Das fiele mir nicht im Traume ein. Ich bin nicht der Vatertyp. Ich bin geschaffen, Onkel zu sein, nicht Vater. Außerdem mag Inés Männer nicht – wenigstens ist das mein Eindruck. Sie mag nicht die männliche Lautheit und Grobheit und Behaarung. Es würde mich nicht überraschen, wenn sie zu verhindern versuchen würde, dass David zum Mann heranwächst.«

»Vaterschaft ist kein Beruf, Simón. Und auch kein metaphysisches Schicksal. Du musst die Frau nicht gern haben, sie muss dich nicht gern haben. Du hast Geschlechtsverkehr mit ihr, und siehe da, neun Monate danach bist du Vater. So einfach ist das. Jeder Mann kann das.«

»Dem ist nicht so. Vaterschaft bedeutet nicht nur Geschlechtsverkehr mit einer Frau zu haben, wie auch Mutterschaft nicht nur daraus besteht, ein Gefäß für den männlichen Samen zu sein.«

»Hm, was du beschreibst, zählt in der realen Welt als Vaterschaft und Mutterschaft. Du kommst nicht auf die reale Welt, wenn du nicht aus dem Samen irgendeines Mannes gezeugt und im Schoß irgendeiner Frau getragen wurdest und durch den Geburtskanal ebendieser Frau herabkommst. Du musst von Mann und Frau geboren werden. Ausnahmslos. Entschuldige meine deutliche Sprache. Frage dich nun: *Wird es mein Freund Señor Daga sein, der seinen Samen in Inés pflanzt, oder werde ich es sein?*«

Er schüttelt den Kopf. »Das reicht, Elena. Können wir das Thema wechseln? David hat mir erzählt, dass Fidel gestern einen Stein nach ihm geworfen hat. Was ist los?«

»Es war kein Stein, es war eine Murmel. Auf so etwas muss David gefasst sein, wenn seine Mutter ihn nicht mit anderen Kindern Umgang haben lässt, wenn sie ihn anstiftet, sich als eine Art höheres Wesen zu betrachten. Andere Kinder werden sich gegen ihn zusammenrotten. Ich habe mit Fidel gesprochen, ich habe ihn ausgeschimpft, aber es wird nichts nützen.«

»Sie waren einmal beste Freunde.«

»Sie waren beste Freunde, bevor du Inés auf die Bildfläche gebracht hast, mit ihren seltsamen Vorstellungen von

Kindererziehung. Das ist noch ein Grund, warum du dich wieder in den Haushalt einbringen solltest.«

Er seufzt.

»Können wir miteinander unter vier Augen sprechen?«, sagt er zu Inés. »Ich habe dir etwas vorzuschlagen.«

»Kann es warten?«

»Was flüstert ihr?«, ruft der Junge aus dem Nachbarzimmer.

»Geht dich nichts an.« Und zu Inés: »Bitte, können wir nur für eine Minute nach draußen gehen?«

»Flüstert ihr über Señor Daga?«, ruft der Junge.

»Das hat nichts mit Señor Daga zu tun. Es ist etwas Privates zwischen deiner Mutter und mir.«

Inés trocknet sich die Hände ab und zieht die Schürze aus. Sie gehen zusammen aus der Wohnung, über den Spielplatz in den Park. Vom Fenster aus beobachtet sie der Junge.

»Was ich zu sagen habe, betrifft Señor Daga.« Er macht eine Pause, holt tief Luft. »Ich habe gehört, dass du ein weiteres Kind haben möchtest. Stimmt das?«

»Wer hat dir das gesagt?«

»David sagt, du wirst ihm einen Bruder schenken.«

»Ich habe ihm seine Gutenachtgeschichte erzählt. Das wurde dabei am Rande erwähnt; es war nur so eine Idee.«

»Gut, Ideen werden zur Realität, wie auch Samen zu Fleisch und Blut werden kann. Inés, ich möchte dich nicht in Verlegenheit bringen, ich will mit dem größtmöglichen Respekt sagen, wenn du dir überlegst, eine Beziehung zu einem Mann einzugehen, für den Zweck des Kindergebärens, dann kannst du mich in Betracht ziehen. Ich bin bereit, die Rolle zu spielen. Die Rolle zu spielen und mich dann zurückzuziehen, während ich weiterhin euer Beschützer bin und für dich und alle deine Kinder sorge. Du kannst mich ihren Paten nennen. Oder, wenn dir das lieber ist, ihren Onkel. Ich werde vergessen, was zwischen uns gewesen ist, zwischen dir und mir. Es wird aus meinem Gedächtnis getilgt sein. Es wird sein, als wäre es nie geschehen.

So. Jetzt habe ich es gesagt. Bitte, antworte nicht sofort. Denke darüber nach.«

Schweigend kehren sie in der einbrechenden Dunkelheit zur Wohnung zurück. Inés geht mit großen Schritten voran. Sie ist deutlich verärgert oder aufgebracht – sie will ihn nicht einmal ansehen. Er gibt Elena die Schuld, weil sie ihn dazu angestiftet hat, er gibt auch sich selbst die Schuld. Was für eine rohe Art, sich aufzudrängen! Als böte er an, Installationsarbeiten auszuführen!

Er schließt zu ihr auf, ergreift ihren Arm, dreht sie zu sich. »Das war unverzeihlich«, sagt er. »Ich entschuldige mich. Bitte, verzeih mir.«

Sie sagt nichts. Sie steht wie aus Holz geschnitzt da, mit herabhängenden Armen, und wartet darauf, dass er sie loslässt. Er lässt los und sie entfernt sich stolpernd.

Vom Fenster hoch oben hören sie den Jungen rufen: »Inés! Simón! Kommt! Señor Daga ist da!«

Er flucht leise vor sich hin. Wenn sie Daga erwartet hat, warum hat sie ihn nicht gewarnt? Was sieht sie denn überhaupt in dem Mann, mit seinem großspurigen Geprahle und seinem pomadigen Geruch und dem monotonen Genäsel?

Señor Daga ist nicht allein gekommen. Bei ihm ist seine hübsche Freundin, in einem weißen Kleid mit Rüschen in spektakulärem Rot und schweren Ohrringen in der Form von Wagenrädern, die schaukeln, wenn sie sich bewegt. Inés begrüßt sie mit frostiger Zurückhaltung. Was Daga angeht, scheint er sich in der Wohnung ziemlich zu Hause zu fühlen, liegt faul auf dem Bett und unternimmt nichts, um es dem Mädchen zu erleichtern.

»Señor Daga möchte mit uns tanzen gehen«, verkündet der Junge. »Können wir tanzen gehen?«

»Wir werden heute Abend in La Residencia erwartet. Das weißt du.«

»Ich möchte nicht zu La Residencia! Es ist langweilig! Ich will tanzen gehen!«

»Du kannst nicht tanzen gehen. Du bist zu jung.«

»Ich kann tanzen! Ich bin nicht zu jung! Ich zeige es euch.« Und er wirbelt auf dem Boden herum, mit leichtem Tritt und in seinen weichen blauen Schuhen nicht ohne Anmut. »Da! Seht ihr?«

»Wir gehen nicht tanzen«, sagt Inés bestimmt. »Diego kommt uns abholen und wir fahren mit ihm zu La Residencia.«

»Dann müssen Señor Daga und Frannie mitkommen!«

»Señor Daga hat eigene Pläne. Du kannst nicht erwarten, dass er sie fallenläßt und mit uns kommt.« Sie spricht, als wäre Daga nicht anwesend. »Außerdem, wie du sehr gut weißt, sind Besucher in La Residencia nicht erlaubt.«

»Ich bin ein Besucher«, wendet der Junge ein. »Mir erlauben sie es.«

»Ja, aber bei dir ist es etwas anderes. Du bist mein Kind. Du bist das Licht meines Lebens.«

Das Licht meines Lebens. Was für eine überraschende Aussage vor Fremden!

Jetzt tritt Diego auf, und auch der andere Bruder, der nie

den Mund aufmacht. Inés begrüßt sie mit Erleichterung. »Wir sind fertig. David, hol deine Sachen.«

»Nein!«, sagt der Junge. »Ich will nicht gehen. Ich will eine Party. Können wir eine Party machen?«

»Für eine Party ist keine Zeit, und wir haben nichts, was wir unseren Gästen anbieten können.«

»Das stimmt nicht! Wir haben Wein! In der Küche!« Und im Handumdrehen ist er auf das Küchenbüfett gestiegen und langt nach dem obersten Fach. »Siehst du!«, schreit er und zeigt triumphierend die Flasche. »Wir haben Wein!«

Inés wird dunkelrot und versucht, ihm die Flasche wegzunehmen – »Es ist nicht Wein, es ist Sherry«, sagt sie – aber er weicht ihr aus. »Wer möchte Wein? Wer möchte Wein?«, ruft er.

»Ich!«, sagt Diego; und »ich!«, sagt der schweigsame Bruder. Sie lachen, alle beide, über die Verlegenheit ihrer Schwester. Señor Daga schließt sich an. »Und ich!«

Es gibt nicht genug Trinkgefäße für alle sechs, deshalb geht der Junge mit der Flasche und einem Glas herum, gießt jedem Sherry ein und wartet feierlich, bis das Glas geleert ist.

Er kommt zu Inés. Stirnrunzelnd wehrt sie ab. »Du musst aber!«, befiehlt der Junge. »Ich bin heute Abend der König, und ich befehle, du musst trinken!«

Inés nimmt einen damenhaften Schluck.

»Und jetzt ich«, verkündet der Junge, und ehe einer ihn daran hindern kann, setzt er die Flasche an die Lippen und nimmt einen herzhaften Schluck. Einen Augenblick sieht er triumphierend in die versammelte Runde. Dann würgt er, hustet, spuckt. »Ist das scheußlich!«, japst er. Die Flasche entgleitet seiner Hand; Señor Daga rettet sie geschickt.

Diego und sein Bruder lachen sich halbtot. »Was gebricht dir, edler König?«, schreit Diego. »Vermagst du deinen Schnaps nicht bei dir zu behalten?«

Der Junge kommt wieder zu Atem. »Mehr!«, schreit er. »Mehr Wein!«

Wenn Inés nichts tut, dann ist es Zeit für ihn, Simón, sich einzumischen. »Schluss jetzt!«, sagt er. »Es ist spät, David, Zeit für unsere Gäste aufzubrechen.«

»Nein!«, sagt der Junge. »Es ist nicht spät! Ich will ein Spiel spielen. Ich will spielen ›Wer bin ich?‹.«

»Wer bin ich?«, sagt Daga. »Wie spielt man das?«

»Du musst jemanden spielen, und dann müssen alle raten, wer du bist. Das letzte Mal habe ich gespielt, ich bin Bolívar, und Diego hat es sofort erraten, stimmt's, Diego?«

»Und was ist die Strafe?«, fragt Daga. »Was für eine Strafe bekommst du, wenn wir richtig raten?«

Der Junge scheint verblüfft.

»So wie wir es früher immer gespielt haben«, sagt Daga, »musst du, wenn wir richtig geraten haben, ein Geheimnis erzählen, dein liebstes Geheimnis.«

Der Junge schweigt.

»Wir müssen los, es ist keine Zeit mehr für Spiele«, sagt Inés schwach.

»Nein!«, sagt der Junge. »Ich will ein anderes Spiel spielen. Ich will ›Wahrheit oder Pflicht‹ spielen.«

»Das klingt besser«, sagt Daga. »Sag uns, wie du ›Wahrheit oder Pflicht‹ spielst.«

»Ich stelle eine Frage und ihr müsst antworten und dürft nicht lügen, ihr müsst die Wahrheit sagen. Wenn ihr nicht die Wahrheit sagt, bekommt ihr eine Strafe. Klar? Ich fange an. Diego, hast du einen sauberen Hintern?«

Stille. Der zweite Bruder wird rot im Gesicht, dann bricht er in laut schnaubendes Gelächter aus. Der Junge lacht entzückt und wirbelt in einem Tänzchen herum. »Los!«, schreit er. »Wahrheit oder Pflicht!«

»Nur eine Runde«, gibt Inés nach. »Und keine ungezogenen Fragen mehr.«

»Keine ungezogenen Fragen«, stimmt der Junge zu. »Ich bin wieder dran. Meine Frage geht an« – sein Blick wandert im Zimmer herum, von einem Gesicht zum anderen – »meine Frage geht an ... Inés! Inés, wen hast du am allerliebsten auf der Welt?«

»Dich. Ich habe dich am allerliebsten.«

»Nein, nicht mich! Welchen *Mann* hast du am liebsten auf der Welt, der dir ein Baby in den Bauch machen soll?«

Schweigen. Inés hat die Lippen aufeinandergepresst.

»Hast du ihn lieb oder ihn oder ihn oder ihn?«, fragt der Junge und zeigt nacheinander auf die vier Männer im Zimmer.

Er, Simón, der vierte Mann, greift ein. »Keine ungezogenen Fragen«, sagt er. »Das war eine ungezogene Frage. Eine Frau macht kein Baby mit ihren Bruder.«

»Warum nicht?«

»Sie tut es einfach nicht. Es gibt kein Warum.«

»Es gibt ein Warum! Ich kann jede Frage stellen, die ich will! So geht das Spiel. Möchtest du, dass Diego dir ein Baby macht, Inés? Oder möchtest du Stefano?«

Inés zuliebe greift er wieder ein. »Das reicht!«

Diego steht auf. »Gehen wir«, sagt er.

»Nein!«, sagt der Junge. »Wahrheit oder Pflicht! Wen magst du am liebsten, Inés?«

Diego wendet sich an seine Schwester. »Sag was, sag irgendwas.«

Inés schweigt.

»Inés möchte gar nichts mit Männern zu tun haben«, sagt Diego. »Da, nun hast du deine Antwort. Sie will keinen von uns. Sie möchte frei sein. Wir wollen jetzt gehen.«

»Ist das wahr?«, fragt der Junge Inés. »Das ist nicht wahr, oder? Du hast versprochen, ich bekomme einen Bruder.«

Noch einmal greift er ein. »Jeder nur eine Frage, David. Das ist die Vorschrift. Du hast deine Frage gestellt, und du hast deine Antwort bekommen. Wie Diego sagt, Inés will keinen von uns.«

»Aber ich will einen Bruder! Ich will nicht der einzige Sohn sein! Das ist langweilig!«

»Wenn du wirklich einen Bruder willst, geh los und finde selbst einen. Fang mit Fidel an. Nimm Fidel zum Bruder. Brüder müssen nicht alle aus demselben Schoß kommen. Gründe eine eigene Bruderschaft.«

»Ich weiß nicht, was eine Bruderschaft ist.«

»Das überrascht mich. Wenn zwei Jungen übereinkommen, sich Brüder zu nennen, dann haben sie eine Bruderschaft gegründet. So einfach ist das. Sie können noch mehr Jungen zusammentrommeln und sie auch zu Brüdern machen. Sie können sich Treue schwören und einen Namen wählen – die Bruderschaft der Sieben Sterne oder die Bruderschaft der Höhle oder etwas Ähnliches. Sogar die Davidsbruderschaft, wenn du willst.«

»Oder es kann eine Geheimbruderschaft sein«, wirft Daga ein. Seine Augen glitzern, er zeigt ein leichtes Lächeln. Der Junge, der ihm, Simón, kaum zugehört hat, scheint jetzt völlig fasziniert zu sein. »Ihr könnt einen Eid der Verschwiegenheit schwören. Keiner braucht jemals herauszufinden, wer deine geheimen Brüder sind.«

Er bricht das Schweigen. »Das reicht für heute Abend. David, geh und hole deinen Schlafanzug. Du hast Diego lange genug warten lassen. Denk dir einen guten Namen für deine Bruderschaft aus. Wenn du dann von La Residencia wieder heimkommst, kannst du Fidel einladen, dein erster Bruder zu sein.« Er wendet sich an Inés. »Bist du einverstanden? Erlaubst du es?«

DREIUNDZWANZIG

Wo ist El Rey?«

Der Pferdewagen steht am Kai, leer, auf Ladung wartend, aber El Reys Platz nimmt ein Pferd ein, das sie vorher noch nie gesehen haben, ein schwarzer Wallach mit einer weißen Blesse auf der Stirn. Als der Junge dem neuen Pferd zu nahe kommt, rollt es nervös mit den Augen und bearbeitet mit dem Huf den Boden.

»He!«, ruft Álvaro dem Kutscher zu, der auf seinem Sitz döst. »Wo ist die große Stute? Der Junge ist extra ihretwegen gekommen.«

»Hat die Pferdegrippe.«

»Er heißt El Rey«, sagt der Junge. »Er ist keine Stute. Kann ich ihn besuchen?«

Álvaro und der Kutscher wechseln einen vorsichtigen Blick. »El Rey ist wieder im Stall und ruht sich aus«, sagt Álvaro. »Der Pferdearzt wird ihm Medizin geben. Wir können ihn besuchen, wenn es ihm wieder besser geht.«

»Ich will ihn jetzt besuchen. Ich kann machen, dass es ihm besser geht.«

Er, Simón, schaltet sich ein. »Nicht jetzt, mein Junge. Wir wollen erst mit Inés sprechen. Dann können wir vielleicht alle drei morgen einen Ausflug zu den Ställen machen.«

»Wartet lieber ein paar Tage«, sagt Álvaro und wirft ihm

einen Blick zu, den er nicht zu deuten weiß. »Lasst El Rey sich erst einmal richtig erholen. Pferdegrippe ist eine schlimme Sache, gefährlicher als Menschengrippe. Wenn man die Pferdegrippe hat, braucht man Ruhe, keine Besucher.«

»Er will Besucher«, sagt der Junge. »Er will mich. Ich bin sein Freund.«

Álvaro nimmt ihn, Simón beiseite. »Es wäre besser, wenn du mit dem Jungen nicht zu den Ställen gehst«, sagt er; und als er immer noch nicht versteht: »Die Stute ist alt. Ihre Zeit ist um.«

»Álvaro hat gerade eine Nachricht vom Pferdearzt bekommen«, berichtet er dem Jungen. »Sie haben beschlossen, El Rey auf die Pferdefarm zu schicken, damit er sich schneller erholen kann.«

»Was ist eine Pferdefarm?«

»Auf einer Pferdefarm werden junge Pferde geboren und alte Pferde können sich dort ausruhen.«

»Können wir dorthin?«

»Die Pferdefarm ist weit draußen auf dem Land, ich weiß nicht, wo genau. Ich werde mich erkundigen.«

Als die Männer um vier Feierabend machen, ist der Junge nirgends zu sehen. »Er ist mit dem letzten Wagen mitgefahren«, sagt einer der Männer. »Ich dachte, du wüßtest Bescheid.«

Er macht sich sofort auf den Weg. Als er am Kornspeicher ankommt, geht die Sonne gerade unter. Der Speicher ist menschenleer, die großen Türen sind verschlossen. Sein Herz schlägt schnell, er sucht nach dem Jungen. Er findet ihn hinter dem Speicher, auf einer Laderampe, neben dem Körper von El Rey hockend, ihren Kopf streichelnd, die Fliegen verscheuchend. Der kräftige Ledergurt, der dazu gedient haben muss, die Stute hochzuziehen, ist noch um ihren Bauch.

Er klettert auf die Rampe hinauf. »Armer, armer El Rey!«, murmelt er. Dann bemerkt er das Blut, das im Pferdeohr geronnen ist, und das dunkle Einschussloch darüber und verstummt.

»Es ist gut«, sagt der Junge. »Er wird in drei Tagen wieder gesund.«

»Hat dir das der Pferdearzt gesagt?«

Der Junge schüttelt den Kopf. »El Rey.«

»Hat dir das El Rey selbst gesagt – drei Tage?«

Der Junge nickt.

»Aber es ist nicht nur Pferdegrippe, mein Junge. Das siehst du doch bestimmt selbst. Er wurde mit einem Gewehr erschossen, als Gnadenakt. Er muss gelitten haben. Er hat gelitten und sie haben beschlossen, ihm zu helfen, seine Schmerzen zu lindern. Er wird nicht wieder gesund. Er ist tot.«

»Nein, er ist nicht tot.« Tränen laufen dem Jungen die Wangen hinab. »Er kommt auf die Pferdefarm, um sich zu erholen. Das hast du gesagt.«

»Er kommt auf die Pferdefarm, ja, aber nicht diese Pferdefarm, nicht auf die Pferdefarm hier; er kommt auf eine andere Pferdefarm, in einer anderen Welt. Wo er kein Geschirr tragen und keinen schweren Wagen ziehen muss, sondern auf den Wiesen im Sonnenschein herumlaufen und Butterblumen fressen kann.«

»Das ist nicht wahr! Er kommt auf die Pferdefarm, um wieder gesund zu werden. Sie legen ihn auf den Wagen und bringen ihn auf die Pferdefarm.«

Der Junge beugt sich herab und presst seinen Mund auf eine der riesigen Nüstern des Pferdes. Hastig packt er den

Jungen beim Arm und zieht ihn weg. »Mach das nicht! Das ist unhygienisch! Du wirst krank werden!«

Der Junge reißt sich los. Er weint ganz offen. »Ich werde ihn retten!«, schluchzt er. »Er soll leben! Er ist mein Freund!«

Er hält den sich sträubenden Jungen fest an sich gedrückt. »Mein liebes, liebes Kind, manchmal sterben die, die wir lieben, und wir können nichts weiter tun, als auf den Tag zu warten, an dem wir alle wieder beisammen sein werden.«

»Ich will ihn wieder atmen lassen!«, schluchzt der Junge.

»Es ist ein Pferd, es ist zu groß für dich, um es zu beatmen.«

»Dann kannst du ihn beatmen!«

»Das wird nicht funktionieren. Ich habe nicht den richtigen Atem. Ich habe nicht den Atem des Lebens. Ich kann nur traurig sein. Ich kann nur trauern und dir trauern helfen. Schnell, ehe es dunkel wird, warum gehen wir nicht an den Fluss hinunter und suchen Blumen, die wir El Rey bringen können? Das wird ihm gefallen. Er war ein freundliches Pferd, nicht wahr, obwohl er so riesengroß war. Es wird ihn erfreuen, auf der Pferdefarm mit einem Blumenkranz um den Hals anzukommen.«

So lockt er den Jungen von dem toten Körper fort, führt ihn zum Flussufer, hilft ihm Blumen pflücken und sie zu einer Girlande zu winden. Sie kehren zurück; der Junge drapiert die Girlande über die toten, starren Augen.

»So«, sagt er. »Nun müssen wir El Rey verlassen. Er hat eine lange Reise vor sich, den ganzen Weg bis zur großen Pferdefarm. Wenn er dort ankommt, werden die anderen Pferde ihn mit seiner Blumenkrone anschauen und zueinander sagen: ›Er muss ein König gewesen sein, dort, wo er herkommt! Er muss der große El Rey sein, von dem wir gehört haben, der Freund von David!‹«

Der Junge ergreift seine Hand. Unter einem aufgehenden vollen Mond marschieren sie auf dem Pfad zum Hafen zurück.

»Steht El Rey jetzt auf, was glaubst du?«, fragt der Junge.

»Er steht auf, er schüttelt sich, er lässt dieses Wiehern hören, das du kennst, er macht sich auf den Weg, klopp-klopp-klopp, zu seinem neuen Leben. Schluss mit Weinen. Kein Weinen mehr.«

»Kein Weinen mehr«, sagt der Junge und lebt auf, und zeigt sogar ein kleines fröhliches Lächeln.

VIERUNDZWANZIG

Er und der Junge haben gemeinsam Geburtstag. Das heißt, weil sie mit demselben Schiff am selben Tag angekommen sind, wurde ihnen als Geburtsdatum das Datum ihrer gemeinsamen Ankunft zugeteilt, ihres gemeinsamen Eintretens in ein neues Leben. Der Junge wurde auf fünf Jahre geschätzt, weil er wie fünf Jahre aussah, wie er auf fünfundvierzig geschätzt wurde (so steht es in seinem Ausweis), weil er an jenem Tag so aussah. (Er war gekränkt gewesen – er hatte sich jünger gefühlt. Jetzt fühlt er sich älter. Er fühlt sich wie sechzig; an manchen Tagen auch wie siebzig.)

Da der Junge keine Freunde hat, nicht einmal einen Pferdefreund, macht es keinen Sinn, eine Geburtstagsfeier für ihn zu veranstalten. Dennoch sind Inés und er übereingekommen, dass der Tag gebührend gefeiert werden soll. Deshalb bäckt Inés einen Kuchen mit Zuckerguss und pflanzt sechs Kerzen darauf, und sie kaufen ihm heimlich Geschenke, sie einen Pullover (der Winter steht bevor), er ein Rechenbrett (er macht sich Sorgen, weil der Junge sich gegen die Wissenschaft der Zahlen sträubt).

Die Geburtstagsfeier wird überschattet von einem Brief, der mit der Post kommt, und ihn daran erinnert, dass David mit seinem sechsten Geburtstag im staatlichen Schulsystem angemeldet sein sollte, und für diese Anmeldung seine Eltern oder Betreuer verantwortlich seien.

Bisher hat Inés den Jungen in dem Glauben bestärkt, dass er zu klug sei, um Schule nötig zu haben, dass das bisschen Betreuung, was er vielleicht brauche, zu Hause erfolgen könne. Aber sein Starrsinn beim *Don Quijote*, seine Behauptung, er könne lesen und schreiben und zählen, wenn er es ganz klar nicht kann, haben sogar bei ihr Zweifel geweckt. Vielleicht wäre es das Beste für ihn, räumt sie jetzt ein, wenn er die Anleitung eines ausgebildeten Lehrers hätte. Deshalb kaufen sie ihm ein drittes, gemeinsames Geschenk, ein rotes Lederetui mit dem Anfangsbuchstaben *D* in Gold in eine Ecke geprägt, darin zwei neue Bleistifte, ein Spitzer und ein Radiergummi. Das schenken sie ihm, zusammen mit dem Rechenbrett und dem Pullover, zu seinem Geburtstag. Das Etui sei sein Überraschungsgeschenk, sagen sie ihm, das die frohe und überraschende Nachricht begleite, dass er bald, vielleicht schon nächste Woche, zur Schule gehen werde.

Der Junge nimmt die Nachricht reserviert auf. »Ich will nicht mit Fidel gehen«, sagt er. Sie beruhigen ihn: Da Fidel älter ist, wird er in einer anderen Klasse sein. »Und ich will *Don Quijote* mitnehmen«, sagt er.

Er versucht, dem Jungen auszureden, das Buch mit in die Schule zu nehmen. Es gehört der Ostsiedlungsbücherei, sagt er; wenn es verlorenginge, wüsste er nicht, wie er es ersetzen sollte. Außerdem hat die Schule sicher ihre eigene Bücherei mit ihrem eigenen Exemplar des Buches. Aber der Junge will davon nichts hören.

Am Montag kommt er früh in die Wohnung, um Inés und den Jungen zur Haltestelle zu begleiten, wo er in den Bus steigt, der ihn zu seinem ersten Schultag bringen wird. Der Junge hat seinen neuen Pullover an, das rote Lederetui mit dem Anfangsbuchstaben D darauf in der Hand und den zerfledderten *Don Quijote* der Ostsiedlungsbücherei unterm Arm. Fidel ist schon an der Bushaltestelle, zusammen mit einem halben Dutzend anderer Kinder aus der Siedlung. Demonstrativ ignoriert ihn David.

Weil sie das zur Schule Gehen als Teil eines normalen Lebens erscheinen lassen wollen, stimmen sie überein, den Jungen nicht nach Geschichten aus dem Klassenzimmer zu fragen; und er seinerseits bleibt wortkarg, ganz ungewöhnlich für ihn. »Lief es gut heute in der Schule?«, wagt er am fünften Tag zu fragen. – »Mmh«, antwortet der Junge. – »Hast du schon neue Freunde gewonnen?« Der Junge lässt sich nicht zu einer Antwort herab.

So geht das drei, vier Wochen lang. Dann kommt ein Brief mit der Post, mit der Adresse der Schule in der oberen linken Ecke. Überschrieben mit »Außerordentliche Benachrichtigung« fordert es die Eltern des betreffenden Schülers/der betreffenden Schülerin auf, die Schulsekretärin zu kontaktieren, sobald es ihnen möglich ist, um einen Termin für eine Konsultation mit dem betreffenden Klassenlehrer zu vereinbaren, um gewisse Fragen zu besprechen, die sich bezüglich ihres Sohnes/ihrer Tochter ergeben haben.

Inés ruft in der Schule an. »Ich bin den ganzen Tag frei«, sagt sie. »Nennen Sie eine Zeit und ich werde da sein.« Die Sekretärin schlägt um elf am nächsten Vormittag vor, während Señor Leóns Freistunde. »Es wäre das Beste, wenn der Vater des Jungen mitkommt«, fügt sie hinzu. »Mein Sohn hat keinen Vater«, antwortet Inés. »Ich werde seinen Onkel bitten mitzukommen. Sein Onkel kümmert sich um ihn.«

Señor León, der Lehrer für die erste Klasse, entpuppt sich als hochgewachsener junger Mann mit einem dunklen

Bart und nur einem Auge. Das tote Auge, aus Glas, bewegt sich nicht in seiner Höhle; er, Simón, fragt sich, ob die Kinder das nicht irritiert.

»Wir haben nicht viel Zeit«, sagt Señor León, »deshalb will ich gleich zur Sache kommen. Ich schätze David als intelligenten Jungen ein, sehr intelligent. Er hat eine schnelle Auffassungsgabe, begreift neue Ideen sofort. Aber es fällt ihm schwer, sich an die Gegebenheiten im Klassenzimmer anzupassen. Er erwartet, dass er die ganze Zeit tun und lassen kann, was er will. Vielleicht ist das so, weil er ein wenig älter ist als der Durchschnitt der Klasse. Oder vielleicht ist er zu Hause gewohnt gewesen, zu leicht seinen Willen durchzusetzen. Auf jeden Fall ist es keine positive Entwicklung.«

Señor León macht eine Pause, legt die Finger der einen Hand gegen die Finger der anderen, Spitze an Spitze, und wartet auf ihre Antwort.

»Ein Kind sollte frei sein«, sagt Inés. »Ein Kind sollte seine Kindheit genießen können. Ich hatte meine Zweifel, ob es richtig ist, David so jung in die Schule zu schicken.«

»Sechs Jahre ist nicht jung für den Schulbesuch«, sagt Señor León. »Im Gegenteil.«

»Trotzdem ist er jung, und an seine Freiheit gewöhnt.«

»Ein Kind gibt seine Freiheit nicht auf, wenn es zur Schule geht«, sagt Señor León. »Es gibt seine Freiheit nicht auf, wenn es stillsitzt. Es gibt seine Freiheit nicht auf, wenn es auf das hört, was der Lehrer zu sagen hat. Freiheit ist nicht unvereinbar mit Disziplin und harter Arbeit.«

»Sitzt David nicht still? Hört er nicht auf das, was Sie sagen?«

»Er ist unruhig, und er macht die anderen Kinder auch unruhig. Er steht von seinem Platz auf und wandert umher. Er verlässt das Zimmer ohne Erlaubnis. Und nein, er hört nicht auf das, was ich sage.«

»Das ist merkwürdig. Zu Hause wandert er nicht herum. Wenn er in der Schule herumwandert, dann muss es einen Grund dafür geben.«

Das einzelne Auge bohrt sich in Inés.

»Und was das Unruhige angeht«, sagt sie, »so ist er immer gewesen. Er bekommt nicht genug Schlaf.«

»Eine milde Diät wird das beheben«, sagt Señor León. »Keine Gewürze. Nichts Aufputschendes. Ich komme nun zu den Einzelheiten. Beim Lesen hat David unglücklicherweise keine Fortschritte gemacht, überhaupt keine. Andere Kinder, die keine solche natürliche Begabung haben, lesen besser als er. Viel besser. An der Tätigkeit des Lesens ist etwas, das zu begreifen er offenbar unfähig ist. Das Gleiche betrifft Zahlen.«

Er, Simón, mischt sich ein. »Aber er hat eine Liebe für Bücher. Das müssen Sie bemerkt haben. Er trägt *Don Quijote* mit sich, wohin er auch geht.«

»Er klammert sich an das Buch, weil es Bilder hat«, erwidert Señor León. »Es ist ganz allgemein keine gute Methode, aus Büchern mit Bildern lesen zu lernen. Die Bilder lenken den Geist von den Worten ab. Und *Don Quijote*, was man auch sonst zu dem Buch sagen kann, ist kein Buch für Anfänger im Lesen. Davids gesprochenes Spanisch ist nicht schlecht, aber er kann nicht lesen. Er kann nicht einmal die Buchstaben des Alphabets aufsagen. Ich habe vorher noch nie einen so extremen Fall erlebt. Ich würde vorschlagen, dass wir eine Spezialistin, eine Therapeutin, hinzuziehen. Ich habe das Gefühl – und Kollegen von mir, die ich konsultiert habe, teilen mein Gefühl –, dass es ein Defizit geben könnte.«

»Ein Defizit?«

»Ein spezifisches Defizit, im Zusammenhang mit symbolischen Aktivitäten, der Arbeit mit Worten und Zahlen. Er kann nicht lesen. Er kann nicht schreiben. Er kann nicht zählen.«

»Zu Hause liest und schreibt er. Er verbringt damit täglich etliche Stunden. Er ist vertieft in sein Lesen und Schreiben. Und er kann bis tausend, bis eine Million zählen.«

Zum ersten Mal lächelt Señor León. »Er kann alle möglichen Zahlen aufsagen, ja, aber nicht in der richtigen Reihenfolge. Und die Zeichen, die er mit seinem Bleistift malt, können Sie schreiben nennen, kann er schreiben nennen, es ist aber kein Schreiben, wie allgemein verstanden. Ob die Zeichen irgendeine private Bedeutung haben, kann ich nicht beurteilen. Vielleicht ist es so. Vielleicht deuten sie auf ein künstlerisches Talent hin. Was ein zweiter und positiverer Grund ist, ihn einer Spezialistin vorzustellen. David ist ein interessantes Kind. Es wäre schade, ihn zu verlieren. Eine Spezialistin könnte uns sagen, ob dem Defizit einerseits und der Erfindungsgabe andererseits ein gemeinsamer Faktor zugrunde liegt.«

Die Glocke ertönt. Señor León zieht ein Notizbuch aus der Tasche, kritzelt etwas hinein, reißt die Seite heraus. »Das ist der Name der Spezialistin, die ich empfehle, und ihre Telefonnummer. Sie besucht die Schule einmal wöchentlich, also können Sie sie hier treffen. Rufen Sie sie an und vereinbaren Sie einen Termin. In der Zwischenzeit werden David und ich unsere Bemühungen fortsetzen. Ich danke Ihnen für Ihr Kommen. Ich bin sicher, dass alles einen glücklichen Ausgang nimmt.«

Er sucht Elena auf, berichtet von der Unterredung. »Kennst du Señor León überhaupt?«, fragt er. »Hat Fidel ihn als Lehrer gehabt? Ich kann seinen Beschwerden nicht so ohne weiteres Glauben schenken. Dass David ungehorsam ist, zum Beispiel. Er ist vielleicht manchmal etwas eigensinnig, aber nicht ungehorsam, nicht nach meiner Erfahrung.«

Elena antwortet nicht, sondern ruft Fidel ins Zimmer. »Fidel, mein Schatz, erzähl uns von Señor León. David und er scheinen nicht gut miteinander auszukommen, und Simón macht sich Sorgen.«

»Señor León ist in Ordnung«, sagt Fidel. »Er ist streng.«

»Ist er streng zu Kindern, die dazwischenreden?«

»Mag sein.«

»Was glaubst du, warum er und David nicht gut miteinander auskommen?«

»Weiß ich nicht. David sagt verrückte Sachen. Vielleicht gefällt das Señor León nicht.«

»Verrückte Sachen? Was für verrückte Sachen?«

»Weiß nicht … Er sagt verrückte Sachen auf dem Spielplatz. Alle denken, er ist verrückt, sogar die großen Jungs.«

»Aber was denn für verrückte Sachen?«

»Dass er Menschen verschwinden lassen kann. Dass er sich selbst verschwinden lassen kann. Er sagt, dass überall Vulkane sind, die wir nicht sehen können, nur er.«

»Vulkane?«

»Keine großen Vulkane, kleine. Die niemand sehen kann.«

»Erschreckt er vielleicht die anderen Kinder mit seinen Geschichten?«

»Weiß nicht. Er sagt, er will Zauberer werden.«

»Das sagt er schon lange. Er hat mir erzählt, dass ihr, du

und er, eines Tages im Zirkus auftreten werdet. Er wird Zaubertricks zeigen und du wirst Clown sein.«

Fidel und seine Mutter tauschen Blicke.

»Fidel wird einmal Musiker, kein Zauberer, kein Clown«, sagt Elena. »Fidel, hast du David gesagt, dass du Clown werden willst?«

»Nein«, sagt Fidel und tritt unruhig von einem Fuß auf den anderen.

Die Unterredung mit der Psychologin findet in der Schule statt. Sie werden in das gut beleuchtete, ziemlich sterile Zimmer geführt, in dem Señora Otxoa ihre Sprechstunden abhält. »Guten Morgen«, sagt sie, lächelt und reicht ihnen die Hand. »Sie sind die Eltern von David. Ich habe Ihren Sohn kennengelernt. Wir hatten ein langes Gespräch miteinander, mehrere Gespräche. Was für ein interessanter junger Mann!«

»Bevor wir zum Eigentlichen kommen«, unterbricht er, »möchte ich klären, wer ich bin. Obwohl ich David schon lange kenne und einst eine Art Vormund für ihn war, bin ich nicht sein Vater. Aber –«

Señora Otxoa hebt eine Hand. »Ich weiß. David hat es mir gesagt. David sagt, dass er seinen richtigen Vater nie kennengelernt hat. Er sagt auch« – hier wendet sie sich an Inés –, »dass Sie nicht seine richtige Mutter sind. Wir wollen über diese seine Überzeugungen sprechen, ehe wir zu anderem kommen. Weil, obwohl organische Faktoren im Spiel sein könnten, zum Beispiel Legasthenie, ich das Gefühl habe, dass Davids unausgeglichenes Benehmen im Klassenzimmer von einer – für ein Kind – rätselhaften Familiensituation herrühren könnte: von der Unsicherheit, wer er ist, woher er stammt.«

Er tauscht Blicke mit Inés. »Sie benutzen das Wort *richtig*«, sagt er. »Sie sagen, wir sind nicht seine richtige Mutter und sein richtiger Vater. Was meinen Sie genau mit richtig? Man kann doch gewiss das Biologische auch überbewerten.«

Señora Otxoa schürzt die Lippen und schüttelt den Kopf. »Wir wollen nicht allzu theoretisch werden. Wir wollen uns lieber auf Davids Erfahrungen und Davids Verständnis vom Richtigen konzentrieren. Das Richtige, möchte ich andeuten, ist das, was David in seinem Leben vermisst. Die Erfahrung, dass ihm das Richtige fehlt, schließt die Erfahrung ein, dass ihm richtige Eltern fehlen. David hat keinen Halt im Leben. Daher sein Rückzug in eine Phantasiewelt, über die er mehr Kontrolle hat.«

»Aber er hat einen Halt«, sagt Inés. »Ich bin sein Halt. Ich liebe ihn. Ich liebe ihn über alles in der Welt. Und das weiß er.«

Señora Otxoa nickt. »In der Tat. Er hat mir erzählt, wie sehr Sie ihn lieben – wie sehr Sie beide ihn lieben. Ihr Wohlwollen macht ihn glücklich; er spürt Ihnen gegenüber ebenfalls das größte Wohlwollen. Dennoch fehlt etwas, etwas, das Wohlwollen oder Liebe nicht bieten können. Weil eine positive emotionale Umgebung, obwohl sie sehr viel bedeutet, nicht ausreicht. Es ist dieser Unterschied, das Fehlen einer richtigen elterlichen Präsenz, die zu besprechen ich uns heute zusammengerufen habe. Warum?, fragen Sie. Weil ich, wie schon gesagt, das Gefühl habe, dass Davids Lernschwierigkeiten daher stammen, dass ihn eine Welt verwirrt, aus der seine richtigen Eltern verschwunden sind, eine Welt, von der er nicht weiß, wie er in sie gekommen ist.«

»David ist mit dem Schiff gekommen, wie alle anderen

auch«, wendet er ein. »Vom Schiff in das Lager, vom Lager nach Novilla. Keiner von uns weiß mehr über unsere Herkunft. Wir sind alle von Erinnerungen reingewaschen, mehr oder weniger. Was ist so besonders an Davids Fall? Und was hat das alles mit Lesen und Schreiben zu tun, mit Davids Problemen im Klassenzimmer? Sie haben Legasthenie erwähnt. Leidet David an Legasthenie?«

»Ich habe Legasthenie als eine Möglichkeit erwähnt. Ich habe ihn nicht daraufhin untersucht. Aber wenn sie wirklich vorhanden ist, halte ich sie nur für einen zusätzlichen Faktor. Nein, um zu Ihrer Hauptfrage zu kommen, das Besondere an Davids Fall ist meiner Meinung nach, dass er sich als etwas Besonderes fühlt, sogar als anormal. Natürlich ist er nicht anormal. Und was das Besondere betrifft, lassen Sie uns diese Frage einstweilen zurückstellen. Lassen Sie uns, alle drei, stattdessen den Versuch machen, die Welt durch seine Augen zu sehen, ohne ihm unsere Art, die Welt zu sehen, aufzuzwingen. David möchte wissen, wer er wirklich ist, aber wenn er fragt, bekommt er ausweichende Antworten wie: ›Was meinst du mit wirklich?‹ oder ›Wir haben keine Geschichte, keiner von uns, sie ist gänzlich weggewaschen.‹ Können Sie es ihm vorwerfen, dass er frustriert und rebellisch ist und sich dann in eine private Welt zurückzieht, wo er frei ist, seine eigenen Antworten zu erfinden?«

»Wollen Sie uns sagen, dass die unleserlichen Seiten, die er für Señor León schreibt, Geschichten darüber sind, wo er herkommt?«

»Ja und nein. Das sind Geschichten für ihn selbst, nicht für uns. Deshalb schreibt er sie in einer Privatschrift.«

»Wie können Sie das wissen, wenn Sie sie nicht lesen können? Hat er sie Ihnen erklärt?«

»Señor, damit Davids Beziehung zu mir sich positiv gestaltet, ist es wichtig, dass er sich auf mich verlassen kann, dass ich nicht weitergebe, was zwischen uns geschehen ist. Sogar ein Kind sollte ein Recht auf seine kleinen Geheimnisse haben. Aber aus den Gesprächen, die David und ich gehabt haben, entnehme ich, ja, nach seinem Verständnis schreibt er Geschichten über sich selbst und seine wahre Herkunft. Die er, aus Rücksicht auf Sie beide, verborgen hält, um Sie nicht zu verärgern.«

»Und was ist seine wahre Abstammung? Wo kommt er, seiner Ansicht nach, wirklich her?«

»Das zu sagen, steht mir nicht zu. Aber da gab es einen bestimmten Brief. Er spricht von einem Brief, der die Namen seiner wahren Eltern enthielt. Er sagt, Sie, Señor, wüssten von dem Brief. Stimmt das?«

»Ein Brief von wem?«

»Er sagt, er habe den Brief bei sich gehabt, als er mit dem Schiff angekommen sei.«

»Aha, *der* Brief! Nein, Sie irren sich, der Brief ging verloren, bevor wir an Land kamen. Er ging während der Überfahrt verloren. Ich habe ihn nie gesehen. Weil er den Brief verloren hatte, übernahm ich die Verpflichtung, dass ich ihm helfen würde, seine Mutter zu finden. Sonst wäre er hilflos gewesen. Er wäre noch in Belstar, er hinge immer noch in der Luft.«

Señora Otxoa notiert sich etwas energisch.

»Wir kommen jetzt zum praktischen Problem von Davids Verhalten im Klassenzimmer«, sagt sie und legt ihren Stift weg. »Zu seinem Ungehorsam. Dazu, dass er keine Fortschritte macht. Zu den Konsequenzen dieses Mangels an Fortschritt und dieses Ungehorsams für Señor León und die anderen Kinder in der Klasse.«

»Ungehorsam?« Er wartet darauf, dass Inés auch etwas sagt, doch nein, sie überlässt es ihm zu sprechen. »Zu Hause, Señora, ist David stets höflich und benimmt sich ordentlich. Mir fällt es schwer, diesen Berichten von Señor León Glauben zu schenken. Was meint er denn genau mit Ungehorsam?«

»Er meint eine beständige Infragestellung seiner Autorität als Lehrer. Er meint die Weigerung, Führung zu akzeptieren. Und das bringt mich zum Hauptpunkt. Ich möchte vorschlagen, dass wir David aus der regulären Klasse herausnehmen, wenigstens für jetzt, und ihn stattdessen in einem Betreuungsprogramm unterbringen, das auf seine individuellen Bedürfnisse abgestimmt ist. Wo er in seinem eigenen Tempo vorankommen kann, unter Berücksichtigung seiner schwierigen Familiensituation. Bis er soweit ist, dass er sich seiner Klasse wieder anschließen kann. Und ich bin zuversichtlich, dass er das können wird, da er ein intelligentes Kind mit einer schnellen Auffassungsgabe ist.«

»Und dieses Betreuungsprogramm …?«

»Das Programm, an das ich denke, wird vom Sonderlernzentrum in Punta Arenas durchgeführt, nicht weit von Novilla, an der Küste gelegen, in einer sehr angenehmen Umgebung.«

»Wie weit?«

»Fünfzig Kilometer, ungefähr.«

»Fünfzig Kilometer! Das ist viel Fahrerei jeden Tag hin und zurück für ein kleines Kind. Gibt es einen Bus dorthin?«

»Nein. David wird im Lernzentrum wohnen und jedes zweite Wochenende zu Hause verbringen, wenn er das möchte. Nach unserer Erfahrung funktioniert es am besten, wenn das Kind dort untergebracht ist. Es gestattet eine gewisse Distanz zu einer häuslichen Situation, die unter Umständen zu dem Problem beiträgt.«

Er wechselt Blicke mit Inés. »Und wenn wir das ablehnen?«, sagt er. »Wenn wir ihn lieber weiter in Señor Leóns Klasse gehen lassen wollen?«

»Und wenn wir ihn lieber aus dieser Schule herausnehmen wollen, wo er nichts lernt?«, schaltet sich Inés mit schriller werdender Stimme ein. »Für die er sowieso zu jung ist. Das ist der wahre Grund, warum er Schwierigkeiten hat. Er ist zu jung.«

»Señor León ist nicht länger bereit, David in seiner Klasse zu behalten, und nachdem ich mir selbst ein Bild gemacht habe, verstehe ich, warum. Was sein Alter betrifft, so hat David das normale Einschulungsalter. Señor, Señora, ich berate Sie mit Davids Wohl im Auge. Er macht keine Fortschritte in der Schule. Er ist ein Unruhestifter. Ihn von der Schule zu nehmen und in die häusliche Umgebung zurückzuführen, die er deutlich als verunsichernd empfindet, kann nicht die Lösung sein. Daher müssen wir einen anderen, kühneren Schritt tun. Und darum empfehle ich Punta Arenas.«

»Und wenn wir das ablehnen?«

»Señor, ich wünschte, Sie würden das nicht so formulieren. Glauben Sie mir, Punta Arenas ist die beste Möglichkeit, die wir haben. Wenn Sie und Señora Inés Punta Arenas vorher einen Besuch abstatten möchten, kann ich das arrangieren, damit Sie sich selbst überzeugen können, dass es sich um eine erstklassige Einrichtung handelt.«

»Aber wenn wir diese Einrichtung besuchen und es immer noch ablehnen, was dann?«

»Was dann?« Señora Otxoa breitet die Hände mit einer

Geste der Ratlosigkeit aus. »Sie haben mir zu Beginn dieser Unterredung gesagt, dass Sie nicht der Vater des Jungen sind. In seinen Papieren steht nichts über seine Herkunft, seine wahre Herkunft. Ich würde sagen ... Ich würde sagen, dass Ihre Befugnis zu diktieren, wo er seine Bildung erlangen sollte, auf tönernen Füßen steht.«

»Sie werden uns also unser Kind wegnehmen.«

»Bitte sehen Sie es doch nicht so. Wir nehmen Ihnen nicht das Kind weg. Sie werden ihn regelmäßig sehen, jede zweite Woche. Ihr Zuhause wird weiter sein Zuhause sein. In jeder praktischen Hinsicht werden Sie weiter seine Eltern sein, wenn er nicht entscheidet, dass er von Ihnen getrennt werden möchte. Was er in keiner Weise angedeutet hat. Im Gegenteil, er hat Sie außerordentlich gern, Sie beide – er hat Sie gern und hängt an Ihnen.

Ich wiederhole noch einmal, Punta Arenas ist meiner Meinung nach die beste Lösung für das Problem, vor dem wir stehen, und obendrein eine großzügige Lösung. Denken Sie darüber nach. Nehmen Sie sich Zeit. Besuchen Sie Punta Arenas, wenn Sie mögen. Danach können wir, zusammen mit Señor León die Einzelheiten besprechen.«

»Und in der Zwischenzeit?«

»Ich schlage vor, dass David in der Zwischenzeit mit Ihnen nach Hause geht. Es tut ihm nicht gut, in Señor Leóns Klasse zu bleiben, und es tut ganz bestimmt seinen Klassenkameraden nicht gut.«

FÜNFUNDZWANZIG

Warum fahren wir jetzt schon nach Hause?«

Sie befinden sich im Bus, alle drei, auf der Rückfahrt zur Siedlung.

»Weil das Ganze ein Fehler war«, sagt Inés. »Sie sind zu alt für dich, diese Jungen in deiner Klasse. Und der Lehrer, dieser Señor León, weiß nicht, wie man unterrichtet.«

»Señor León hat ein magisches Auge. Er kann es herausnehmen und in die Tasche stecken. Einer der Jungen hat es gesehen.«

Inés schweigt.

»Gehe ich morgen wieder in die Schule?«

»Nein.«

»Um genau zu sein«, schaltet er sich ein, »du wirst nicht wieder in Señor Leóns Schule gehen. Deine Mutter und ich werden über eine andere Art von Schule für dich sprechen. Vielleicht.«

»Wir sprechen über keine anderen Schulen«, sagt Inés. »Die Schule war von Anfang an eine schlechte Idee. Ich weiß nicht, warum ich es erlaubt habe. Was hat diese Frau über Legasthenie gesagt? Was ist Legasthenie?«

»Wenn man nicht in der Lage ist, die Wörter in der richtigen Reihenfolge zu lesen. Wenn man nicht von links nach rechts lesen kann. So ähnlich. Ich weiß es nicht.«

»Ich habe keine Legasthenie«, sagt der Junge. »Ich habe

gar nichts. Schicken sie mich nach Punta Arenas? Ich will nicht dahin.«

»Was weißt du über Punta Arenas?«, fragt er.

»Dort gibt es Stacheldraht und man muss in einem Schlafsaal schlafen und man darf nicht nach Hause.«

»Du wirst nicht nach Punta Arenas geschickt werden«, sagt Inés. »Nicht solange ich lebe.«

»Wirst du sterben?«, fragt der Junge.

»Nein, natürlich nicht. Es ist nur eine Redensart. Du gehst nicht nach Punta Arenas.«

»Ich habe mein Heft vergessen. Mein Schreibheft. Es ist in meinem Pult. Können wir zurück und es holen?«

»Nein. Nicht jetzt. Ich hole es ein andermal.«

»Und mein Etui.«

»Das Stiftetui, das wir dir zum Geburtstag geschenkt haben?«

»Ja.«

»Auch das werde ich holen. Keine Sorge.«

»Wollen sie mich wegen meiner Geschichten nach Punta Arenas schicken?«

»Nicht deswegen«, sagt er. »Es ist eher, dass sie nicht wissen, was sie mit dir anfangen sollen. Du bist ein außergewöhnliches Kind, und sie wissen nicht, was sie mit außergewöhnlichen Kindern anfangen sollen.«

»Warum bin ich außergewöhnlich?«

»Diese Frage hast nicht du zu stellen. Du bist einfach außergewöhnlich, und mit dieser Tatsache wirst du leben müssen. Manchmal wird das deinen Weg leichter machen und manchmal schwerer. Das ist einer der Fälle, wo es dadurch schwerer wird.«

»Ich will nicht in die Schule gehen. Die Schule gefällt mir nicht. Ich kann mir selbst alles beibringen.«

»Das glaube ich nicht, David. Ich glaube, du hast dir in letzter Zeit zuviel selbst beigebracht. Das ist das halbe Problem. Etwas mehr Bescheidenheit, etwas mehr Bereitschaft, von anderen zu lernen, das ist nötig.«

»Du kannst mich unterrichten.«

»Danke. Sehr freundlich von dir. Wie du dich vielleicht erinnerst, habe ich dir mehrfach in der Vergangenheit angeboten, dich zu unterrichten, und bin abgelehnt worden. Wenn du dir von mir das Lesen und Schreiben und Zählen, wie es normal ist, hättest beibringen lassen, hätten wir nicht diese Schwierigkeiten.«

Die Heftigkeit seines Ausbruchs schockiert den Jungen sichtlich – er wirft ihm einen schmerzlich überraschten Blick zu.

»Aber das liegt alles hinter uns«, beeilt er sich hinzuzufügen. »Wir schlagen eine neue Seite auf, du und ich.«

»Warum kann mich Señor León nicht leiden?«

»Weil er zu eingebildet ist«, sagt Inés.

»Señor León kann dich sehr wohl leiden«, sagt er. »Es ist nur, dass er eine ganze Klasse unterrichten muss und keine Zeit hat, dir individuelle Aufmerksamkeit zu schenken. Er erwartet, dass Kinder manchmal allein arbeiten.«

»Ich arbeite nicht gern.«

»Wir müssen alle arbeiten, da ist es besser, du gewöhnst dich daran. Arbeit ist Teil des menschlichen Loses.«

»Ich arbeite nicht gern. Ich spiele gern.«

»Ja, aber du kannst nicht die ganze Zeit spielen. Zeit zum Spielen ist, wenn du deine Arbeit für den Tag erledigt hast. Wenn du morgens in seine Klasse kommst, erwartet Señor León von dir Arbeit. Das ist ganz vernünftig.«

»Señor León gefallen meine Geschichten nicht.«

»Deine Geschichten können ihm gar nicht nicht gefallen, weil er sie nicht lesen kann. Was für Geschichten gefallen ihm denn?«

»Feriengeschichten. Darüber, was man in den Ferien macht. Was sind Ferien?«

»Ferien sind freie Tage, Tage, an denen man nicht zu arbeiten braucht. Du hast für den Rest des Tages frei. Du brauchst nicht mehr zu lernen.«

»Und morgen?«

»Morgen wirst du lernen zu lesen und zu schreiben und zu zählen wie ein normaler Mensch.«

»Ich schreibe einen Brief an die Schule«, sagt er Inés, »und teile ihnen förmlich mit, dass wir David abmelden. Dass wir uns selbst um seine Bildung kümmern werden. Einverstanden?«

»Ja. Und wenn du einmal dabei bist, schreibe auch an diesen Señor León. Frage ihn, was er da tut, kleine Kinder zu unterrichten. Sag ihm, das ist kein Beruf für einen Mann.«

»Sehr geehrter Señor León«, schreibt er,

> Vielen Dank, dass Sie uns an Señora Otxoa vermittelt haben.
> Señora Otxoa hat vorgeschlagen, dass unser Sohn David an die Sonderschule in Punta Arenas überwiesen wird. Nach reiflicher Überlegung haben wir uns gegen ein solches Vorgehen entschieden. David ist nach unserer Einschätzung zu jung, um von seinen Eltern getrennt zu leben. Wir bezweifeln auch, dass er die richtige Zuwendung in Punta Arenas bekommen wird. Wir werden daher seine Ausbildung zu Hause fortsetzen. Wir haben

berechtigte Hoffnung, dass seine Lernschwierigkeiten bald eine Sache der Vergangenheit sein werden. Er ist, wie Sie einräumen, ein aufgewecktes Kind, das schnell lernt.

Wir danken Ihnen für Ihre Bemühungen um ihn. Wir legen eine Kopie des Briefes bei, den wir an Ihren Schulleiter geschickt haben, in dem wir ihn von der Abmeldung in Kenntnis setzen.

Sie erhalten keine Antwort. Stattdessen kommt mit der Post ein dreiseitiges Formular, das für die Zulassung zu Punta Arenas ausgefüllt werden soll, dazu eine Liste von Kleidungsstücken und persönlichen Dingen (Zahnbürste, Zahnpasta, Kamm), die ein neuer Schüler mitbringen sollte, und eine Buskarte. Das alles ignorieren sie.

Als Nächstes kommt ein Telefonanruf, weder von der Schule noch von Punta Arenas, sondern, soweit Inés feststellen kann, von irgendeiner Verwaltungsbehörde in der Stadt.

»Wir haben uns entschieden, David nicht wieder in die Schule zu schicken«, informiert sie die Frau am Apparat. »Er hat vom Unterricht nicht profitiert. Er wird zu Hause lernen.«

»Ein Kind zu Hause zu unterrichten ist nur gestattet, wenn ein Elternteil ein anerkannter Lehrer ist«, sagt die Frau. »Sind Sie eine anerkannte Lehrerin?«

»Ich bin Davids Mutter, und ich und kein anderer entscheidet, wie er unterrichtet wird«, erwidert Inés und legt auf.

Eine Woche danach kommt ein neuer Brief. Unter der Überschrift »Vorladung vor den Untersuchungsausschuss« weist er die ungenannten »Eltern und / oder Erziehungsberechtigten« an, am 21. Februar um 9 Uhr vor einem Untersuchungsausschuss zu erscheinen, um den Grund darzulegen, warum das betreffende Kind nicht in das Sonderlernzentrum in Punta Arenas eingewiesen werden sollte.

»Ich weigere mich«, sagt Inés. »Ich weigere mich, vor ihrem Ausschuss zu erscheinen. Ich werde David zu La Residencia bringen und ihn dort behalten. Wenn jemand fragt, wo wir sind, sage, wir sind landeinwärts gereist.«

»Bitte, überleg dir das noch einmal, Inés. Wenn du das tust, machst du dich zum Flüchtling. Irgendjemand in La Residencia – zum Beispiel dieser übereifrige Pförtner – wird dich an die Behörden verraten. Wir wollen vor diesem Ausschuss erscheinen, du und David und ich. Gib ihnen die Chance zu sehen, dass der Junge keine Hörner hat, dass er bloß ein normaler Sechsjähriger ist, zu jung, um von seiner Mutter getrennt zu werden.«

»Das ist kein Spiel mehr«, warnt er den Jungen. »Wenn du diese Leute nicht überzeugst, dass du bereit bist zu lernen, dann werden sie dich nach Punta Arenas mit dem Stacheldraht schicken.«

»Aber ich kann lesen«, sagt der Junge geduldig.

»Du kannst nur auf deine sinnlose Art lesen. Ich werde dir beibringen, ordentlich zu lesen.«

Der Junge trottet aus dem Zimmer und kommt mit seinem *Don Quijote* zurück, den er auf der ersten Seite aufschlägt. »An einem Orte der Mancha«, liest er langsam, doch selbstsicher, jedem Wort das ihm zustehende Gewicht gebend, »an dessen Namen ich mich nicht erinnern will, lebte vor nicht langer Zeit ein Junker, der einen hageren Gaul und einen Hund besaß.«

»Sehr gut. Aber wie soll ich wissen, ob du diese Stelle

nicht auswendig gelernt hast?« Er wählt willkürlich eine Seite. »Lies.«

»Gott weiß, ob es eine Dulcinea in dieser Welt gibt oder nicht«, liest der Junge, »ob sie phatastisch oder nicht phatastisch ist.«

»Phantastisch. Lies weiter.«

»Das sind keine Dinge, die bewiesen oder widerlegt werden können. Ich habe sie weder gezeugt noch sie geboren. Was ist gezeugt?«

»Don Quijote sagt, dass er weder der Vater noch die Mutter von Dulcinea ist. Zeugen ist, was der Vater tut, um das Baby machen zu helfen. Lies weiter.«

»Ich habe sie weder gezeugt noch sie geboren, doch ich verehre sie, wie man eine Dame verehren sollte, die Tugenden besitzt, für die sie in der ganzen Welt berühmt ist. Was ist verehren?«

»Verehren ist huldigen. Warum hast du mir nicht gesagt, dass du lesen kannst?«

»Ich habe es dir gesagt. Du wolltest es nicht hören.«

»Du hast so getan, als könntest du es nicht. Kannst du auch schreiben?«

»Ja.«

»Hol deinen Bleistift. Schreibe, was ich dir vorlese.«

»Ich habe keinen Bleistift. Ich habe meine Bleistifte in der Schule gelassen. Du wolltest sie holen. Du hast es versprochen.«

»Ich habe es nicht vergessen.«

»Kann ich zu meinem nächsten Geburtstag ein Pferd haben?«

»Meinst du ein Pferd wie El Rey?«

»Nein, ein kleines Pferd, das mit mir in meinem Zimmer schlafen kann.«

»Sei vernünftig, Kind. Man kann kein Pferd in einer Wohnung halten.«

»Inés hält Bolívar.«

»Ja, aber ein Pferd ist viel größer als ein Hund.«

»Ich kann ein Babypferd bekommen.«

»Ein Babypferd wächst zu einem großen Pferd heran. Ich sag dir was. Wenn du brav bist und Señor León zeigst, dass du in seine Klasse gehörst, besorgen wir dir ein Fahrrad.«

»Ich möchte kein Fahrrad. Man kann auf dem Fahrrad keine Menschen retten.«

»Nun, du bekommst kein Pferd, und damit Schluss. Schreib: ›Gott weiß, ob es eine Dulcinea auf dieser Welt gibt oder nicht.‹ Zeig her.«

Der Junge zeigt ihm sein Schreibheft. *Deos sabe si hay Dulcinea o no en el mundo*, liest er – die Reihe von Wörtern marschiert gleichmäßig von links nach rechts; die Buchstaben haben einen gleichmäßigen Abstand und sind perfekt geformt. »Ich bin beeindruckt«, sagt er. »Eine Kleinigkeit ist anzumerken: auf Spanisch wird Gottes Name *Dios* buchstabiert, nicht *Deos*. Sonst, sehr gut. Erstklassig. Du konntest also die ganze Zeit lesen und schreiben, und du hast deiner Mutter und mir und Señor León nur einen Streich gespielt.«

»Ich habe keinen Streich gespielt. Wer ist Gott?«

»*Gott weiß* ist eine Redewendung. Sie drückt aus: niemand weiß es. Du kannst nicht –«

»Ist Gott niemand?«

»Wechsle nicht das Thema. Gott ist nicht niemand, aber er wohnt für uns zu weit weg, um uns mit ihm zu unterhalten oder Umgang mit ihm zu haben. Und ob er Notiz von uns nimmt: *Dios sabe*. Was werden wir Señora

Otxoa sagen? Was werden wir Señor León sagen? Wie werden wir ihnen erklären, dass du sie veralbert hast, dass du die ganze Zeit lesen und schreiben konntest? Inés, komm her! David hat dir etwas zu zeigen.«

Er reicht ihr das Übungsheft des Jungen. Sie liest. »Wer ist Dulcinea?«, fragt sie.

»Das spielt keine Rolle. Sie ist die Frau, in die Don Quijote verliebt ist. Keine wirkliche Frau. Ein Ideal. Eine Vorstellung in seinen Gedanken. Schau nur, wie gut er die Buchstaben geschrieben hat. Er konnte die ganze Zeit schreiben.«

»Natürlich kann er schreiben. Er kann alles – stimmt's, David? Du kannst alles. Du bist Mamas Junge.«

Mit einem breiten und (so scheint ihm) ziemlich selbstzufriedenen Lächeln klettert David aufs Bett und streckt die Arme nach seiner Mutter aus, die ihn stürmisch umarmt. Er schließt die Augen; er schwelgt in Glückseligkeit.

»Wir gehen wieder in die Schule«, verkündet er dem Jungen, »du und Inés und ich. Wir nehmen *Don Quijote* mit. Wir werden Señor León zeigen, dass du lesen kannst. Und wenn wir das getan haben, wirst du ihm sagen, wie leid es dir tut, diese ganze Aufregung verursacht zu haben.«

»Ich gehe nicht wieder in die Schule. Ich brauche es nicht. Ich kann schon lesen und schreiben.«

»Du hast nicht länger die Wahl zwischen dem Besuch von Señor Leóns Schule und dem zu Hause Bleiben. Entweder Señor Leóns Schule oder die Stacheldraht-Schule, das steht zur Wahl. Außerdem geht es bei der Schule nicht nur um Lesen und Schreiben. Es geht auch darum, dass man lernt, mit anderen Jungen und Mädchen auszukommen. Es geht darum, ein soziales Wesen zu werden.«

»Es gibt keine Mädchen in Señor Leóns Klasse.«

»Ja. Aber du triffst während der Pausen und nach der Schule mit Mädchen zusammen.«

»Ich kann Mädchen nicht leiden.«

»Das behaupten alle Jungen. Dann verlieben sie sich eines Tages plötzlich und heiraten.«

»Ich werde nicht heiraten.«

»Das behaupten alle Jungen.«

»Du bist nicht verheiratet.«

»Ja, aber ich bin ein Sonderfall. Ich bin zu alt, um zu heiraten.«

»Du kannst Inés heiraten.«

»Ich habe eine besondere Beziehung mit deiner Mutter, David, und du bist zu jung, um sie zu verstehen. Ich sage darüber nichts weiter als dass es keine Heiratsbeziehung ist.«

»Warum nicht?«

»Weil es in uns eine Stimme gibt, die manchmal die Stimme des Herzens genannt wird, die uns sagt, was für ein Gefühl wir für einen Menschen haben. Und das Gefühl, das ich für Inés habe, ist mehr Wohlwollen als Liebe, derentwegen man heiratet.«

»Wird Señor Daga sie heiraten?«

»Ist es das, was dich umtreibt? Nein, ich bezweifle, dass Señor Daga deine Mutter heiraten will. Señor Daga ist nicht der Typ, der heiratet. Außerdem hat er eine völlig zufriedenstellende Freundin.«

»Señor Daga sagt, dass er und Frannie ein Feuerwerk machen wollen. Er sagt, sie machen ein Feuerwerk unter dem Mond. Er sagt, ich kann hinkommen und zuschauen. Kann ich?«

»Nein, das geht nicht. Wenn Señor Daga Feuerwerk sagt, meint er kein richtiges Feuerwerk.«

»Doch! Er hat einen ganzen Schubkasten voll mit Feuerwerk. Er sagt, Inés hat tolle Brüste. Er sagt, es sind die tollsten Brüste auf der Welt. Er sagt, er wird sie wegen ihrer Brüste heiraten und sie werden Babys machen.«

»Das sagt er, schau an! Nun, Inés wird ihre eigenen Vorstellungen zu dem Thema haben.«

»Warum willst du nicht, dass Señor Daga Inés heiratet?«

»Weil deine Mutter, wenn sie wirklich heiraten will, einen besseren Mann finden kann.«

»Wen?«

»Wen? Das weiß ich nicht. Ich kenne nicht alle Männer, die deine Mutter kennt. Sie muss viele Männer in La Residencia kennen.«

»Sie mag die Männer in La Residencia nicht. Sie sagt, die sind zu alt. Wozu sind Brüste da?«

»Eine Frau hat Brüste, damit sie ihrem Baby Milch geben kann.«

»Ist Milch in den Brüsten von Inés? Werde ich Milch in meinen Brüsten haben, wenn ich groß bin?«

»Nein. Du wirst zum Mann heranwachsen, und Männer haben keine Brüste, richtige Brüste. Nur Frauen geben Milch aus ihren Brüsten. Männerbrüste sind trocken.«

»Ich will auch Milch haben! Warum kann ich keine Milch haben?«

»Ich hab's dir doch gesagt: Männer produzieren keine Milch.«

»Was produzieren Männer?«

»Männer produzieren Blut. Wenn ein Mann etwas aus seinem Körper geben will, dann gibt er Blut. Er geht in ein Krankenhaus und gibt sein Blut für Kranke und Menschen, die Unfälle gehabt haben.«

»Damit es ihnen besser geht?«

»Damit es ihnen besser geht.«

»Ich werde Blut geben. Kann ich bald Blut geben?«

»Nein. Du wirst warten müssen, bis du älter bist, bis du mehr Blut in deinem Körper hast. Es gibt noch etwas anderes, was ich dich fragen wollte. Hast du Schwierigkeiten in der Schule, weil du keinen normalen Vater hast, wie andere Kinder, weil du nur mich hast?«

»Nein.«

»Bist du sicher? Weil Señora Otxoa, die Dame in der Schule, uns gesagt hat, du könntest dir Sorgen machen, weil du keinen richtigen Vater hast.«

»Ich mache mir keine Sorgen. Ich mache mir um gar nichts Sorgen.«

»Das freut mich. Denn du musst wissen, Väter sind nicht besonders wichtig, verglichen mit Müttern. Eine Mutter bringt dich aus ihrem Körper heraus auf die Welt. Sie gibt dir Milch, wie ich schon gesagt habe. Sie hält dich im Arm und beschützt dich. Während Väter manchmal etwas von einem Herumtreiber haben, wie Don Quijote, und nicht immer da sind, wenn man sie braucht. Er hilft bei deiner Entstehung, ganz am Anfang, aber dann zieht er weiter. Wenn du dann auf die Welt kommst, ist er vielleicht über alle Berge und auf der Suche nach neuen Abenteuern. Deshalb haben wir Paten, verlässliche, biedere Paten, und Onkel. Damit es in der Abwesenheit des Vaters einen gibt, der seine Stelle einnimmt, einen, an den man sich wenden kann.«

»Bist du mein Pate oder mein Onkel?«

»Beides. Du kannst mich sehen, wie du willst.«

»Wer ist mein wirklicher Vater? Wie heißt er?«

»Das weiß ich nicht. *Dios sabe*. Das hat vermutlich in

dem Brief gestanden, den du bei dir hattest, aber der Brief ging verloren, wurde von den Fischen gefressen, und Tränen darüber zu vergießen, bringt ihn nicht zurück. Wie schon gesagt, geschieht es oft, dass wir nicht wissen, wer der Vater ist. Selbst die Mutter weiß es nicht immer ganz sicher. Also: bist du nun bereit, Señor León zu besuchen? Bereit, ihm zu zeigen, wie klug du bist?«

SECHSUNDZWANZIG

Eine Stunde lang warten sie geduldig vor dem Sekretariat der Schule, bis die letzte Glocke ertönt ist und das letzte Klassenzimmer sich geleert hat. Dann kommt Señor León mit der Tasche in der Hand an ihnen vorbei, auf dem Weg nach Hause. Es ist deutlich zu erkennen, dass er nicht erfreut ist, sie zu sehen.

»Nur fünf Minuten von Ihrer Zeit, Señor León«, bittet er. »Wir möchten Ihnen zeigen, wieviel Fortschritte David beim Lesen gemacht hat. Bitte. David, zeige Señor León, wie du liest.«

Señor León weist sie in sein Klassenzimmer. David schlägt *Don Quijote* auf. »An einem Orte der Mancha, an dessen Namen ich mich nicht erinnern will, lebte vor nicht langer Zeit ein Junker mit einem hageren Gaul –«

Señor León unterbricht ihn gebieterisch. »Ich bin nicht bereit, etwas auswendig Gelerntes anzuhören.« Er geht mit großen Schritten quer durchs Zimmer, reißt einen Schrank auf und kommt mit einem Buch zurück, das er vor dem Kind aufschlägt. »Lies mir das vor.«

»Wo soll ich lesen?«

»Lies den Anfang.«

»Juan und María fahren aufs Meer hinaus. Heute fahren Juan und María aufs Meer hinaus. Der Vater sagt ihnen, dass ihre Freunde Pablo und Ramona mitkommen dürfen.

Juan und María sind begeistert. Die Mutter schmiert Brote für den Ausflug. Juan –«

»Halt!«, sagt Señor León. »Wie hast du innerhalb von vierzehn Tagen lesen gelernt?«

»Er hat viel Zeit mit *Don Quijote* verbracht«, schaltet er, Simón, sich ein.

»Lassen Sie den Jungen für sich selbst sprechen«, sagt Señor León. »Wenn du vor vierzehn Tagen nicht lesen konntest, wieso kannst du dann heute lesen?«

Der Junge zuckt mit den Schultern. »Es ist leicht.«

»Sehr gut, wenn Lesen so leicht ist, dann erzähl mir, was du gelesen hast. Erzähl mir eine Geschichte aus *Don Quijote*.«

»Er fällt in ein Loch im Boden und keiner weiß, wo er ist.«

»Ja?«

»Dann entkommt er. Mit einem Seil.«

»Und was noch?«

»Sie sperren ihn in einen Käfig und er kackt sich in die Hosen.«

»Und warum machen sie das – ihn einsperren?«

»Weil sie nicht glauben, dass er Don Quijote ist.«

»Nein. Sie machen es, weil es keine solche Person Don Quijote gibt. Weil Don Quijote ein erfundener Name ist. Sie wollen ihn nach Hause bringen, damit er wieder zu Sinnen kommt.«

Der Junge wirft ihm, Simón, einen zweifelnden Blick zu.

»David liest das Buch auf seine Weise«, sagt er zu Señor León. »Er hat eine lebhafte Phantasie.«

Señor León lässt sich nicht zu einer Antwort herab. »Juan und Pablo gehen angeln«, sagt er. »Juan fängt fünf Fische. Schreib das an die Tafel: fünf. Pablo fängt drei

Fische. Schreib das unter die fünf: drei. Wie viele Fische fangen sie zusammen, Juan und Pablo?«

Der Junge steht vor der Tafel, hat die Augen zugekniffen, als lausche er darauf, dass weit weg ein Wort gesprochen wird. Die Kreide bewegt sich nicht.

»Zähle. Zähle eins-zwei-drei-vier-fünf. Jetzt zähle noch drei mehr. Wieviele sind das dann?«

Der Junge schüttelt den Kopf. »Ich kann sie nicht sehen«, sagt er mit leisem Stimmchen.

»Was kannst du nicht sehen? Du brauchst keine Fische zu sehen, du brauchst nur die Zahlen zu sehen. Schau auf die Zahlen. Fünf und dann noch drei. Wieviel ist das?«

»Diesmal … diesmal …«, sagt der Junge mit dem gleichen leisen Stimmchen, »ist es … acht.«

»Gut. Zieh eine Linie unter die drei und schreibe acht. Du hast also die ganze Zeit getäuscht, als du gesagt hast, du könntest nicht zählen. Jetzt zeig uns, wie du schreiben kannst. Schreib: *Conviene que yo diga la verdad*, ich muss die Wahrheit sagen. Schreib. *Con-viene.*«

Der Junge schreibt, von links nach rechts, die Buchstaben deutlich, wenn auch langsam malend: *Yo soy la verdad*, ich bin die Wahrheit.

»Da sehen Sie es«, sagt Señor León, an Inés gewandt. »Damit musste ich mich Tag für Tag herumschlagen, während Ihr Sohn in meiner Klasse war. Wirklich, es kann nur eine Autorität im Klassenzimmer geben, es kann nicht zwei geben. Sehen Sie das anders?«

»Er ist ein außergewöhnliches Kind«, sagt Inés. »Was für eine Schule führen Sie denn, wenn Sie nicht mit einem einzigen außergewöhnlichen Kind zurechtkommen?«

»Wenn es sich weigert, auf seinen Lehrer zu hören, bedeutet das nicht, dass ein Kind außergewöhnlich ist, es bedeutet einfach, dass es ungehorsam ist. Wenn Sie darauf bestehen, dass der Junge eine Sonderbehandlung bekommen muss, lassen sie ihn nach Punta Arenas gehen. Dort wissen sie mit außergewöhnlichen Kindern umzugehen.«

Inés richtet sich kerzengerade auf, ihre Augen glühen. »Nur über meine Leiche geht er nach Punta Arenas!«, sagt sie. »Komm, mein Schatz!«

Sorgfältig legt der Junge die Kreide in ihre Schachtel zurück. Weder nach rechts noch nach links blickend folgt er seiner Mutter aus dem Zimmer.

An der Tür dreht sich Inés um und schießt einen letzten Pfeil auf Señor León ab: »Sie sind ungeeignet, Kinder zu unterrichten!«

Señor León zuckt gleichgültig mit den Schultern.

Während die Tage vergehen, wächst Inés' Empörung noch. Sie verbringt Stunden am Telefon im Gespräch mit ihren Brüdern, schmiedet Plan auf Plan, Novilla zu verlassen und irgendwo anders ein neues Leben anzufangen, außer Reichweite der Bildungsbehörde.

Er denkt über die Episode im Klassenzimmer nach und es fällt ihm schwerer, sich unfair behandelt zu fühlen. Er mag den autokratischen Señor León nicht; er teilt Inés' Meinung, dass er nicht für kleine Kinder zuständig sein sollte. Aber warum sträubt sich der Junge gegen Unterweisung? Ist es nur ein angeborener rebellischer Geist, der, geschürt von seiner Mutter, in ihm aufflammt; oder hat die Missstimmung zwischen Schüler und Lehrer eine spezifischere Ursache?

Er nimmt den Jungen beiseite. »Ich weiß, Señor León kann manchmal sehr streng sein«, sagt er, »und ihr seid nicht immer gut miteinander ausgekommen. Ich versuche zu verstehen, warum das so ist. Hat Señor León jemals etwas Hässliches zu dir gesagt, wovon du uns nichts erzählt hast?«

Der Junge sieht ihn verwundert an. »Nein.«

»Wie gesagt beschuldige ich niemanden, ich versuche nur zu verstehen. Gibt es einen Grund, warum du Señor León nicht leiden kannst, abgesehen davon, dass er streng ist?«

»Er hat ein Glasauge.«

»Das ist mir bekannt. Er hat es vielleicht bei einem Unfall verloren. Er ist deswegen vielleicht empfindlich. Aber wir machen aus Menschen keine Feinde, nur weil sie Glasaugen haben.«

»Warum sagt er, es gibt keinen Don Quijote? Es gibt einen Don Quijote. Er ist in dem Buch. Er rettet Menschen.«

»Es stimmt, in dem Buch ist ein Mann, der sich Don Quijote nennt und Menschen rettet. Aber einige der Menschen, die er rettet, wollen gar nicht gerettet werden. Sie sind glücklich so, wie sie sind. Sie sind böse auf Don Quijote und schreien ihn an. Sie sagen, er wisse nicht, was er tue, er störe die soziale Ordnung. Señor León liebt Ordnung, David. Er liebt Ruhe und Ordnung im Klassenzimmer. Daran ist nichts Verkehrtes. Chaos kann sehr beunruhigend sein.«

»Was ist Chaos?«

»Das habe ich dir gestern erklärt. Chaos herrscht, wenn es keine Ordnung gibt, keine Gesetze, an die man sich hält. Chaos ist, wenn Sachen einfach herumwirbeln. Ich kann es nicht besser beschreiben.«

»Ist es so, wie wenn Zahlen sich auftun und man fällt?«

»Nein, ganz und gar nicht. Die Zahlen tun sich nie auf. Wir können bei den Zahlen sicher sein. Die Zahlen sind es, die das Universum zusammenhalten. Du solltest dich mit den Zahlen anfreunden. Wenn du sie freundlicher behandeln würdest, wären sie auch freundlicher zu dir. Dann müsstest du nicht befürchten, dass sie unter deinen Füßen nachgeben.«

Er spricht so ernsthaft wie er kann, und es scheint, als höre der Junge das. »Warum hat Inés mit Señor León gekämpft?«, fragt er.

»Sie haben nicht gekämpft. Es hat einen hitzigen Wortwechsel zwischen ihnen gegeben, den sie beide wahrscheinlich bedauern, da sie nun Zeit zum Nachdenken hatten. Aber das ist nicht dasselbe wie Kämpfen. Starke Worte sind kein Kampf. Es gibt Zeiten, in denen wir uns einsetzen müssen für die, die wir lieben. Deine Mutter hat sich für dich eingesetzt. Das tut eine gute Mutter, eine tapfere Mutter für ihre Kinder: für sie einstehen, sie beschützen, so lange sie noch Atem hat. Du solltest stolz darauf sein, eine solche Mutter zu haben.«

»Inés ist nicht meine Mutter.«

»Inés ist deine Mutter. Sie ist dir eine wahre Mutter. Sie ist deine wahre Mutter.«

»Werden sie mich wegholen?«

»Wird wer dich wegholen?«

»Die Leute von Punta Arenas.«

»Punta Arenas ist eine Schule. Die Lehrer in Punta Arenas entführen keine Kinder. So funktioniert das Bildungswesen nicht.«

»Ich will nicht nach Punta Arenas. Versprich mir, dass du ihnen nicht erlaubst, mich mitzunehmen.«

»Ich verspreche es. Deine Mutter und ich erlauben niemandem, dich nach Punta Arenas zu schicken. Du hast gesehen, was für eine Tigerin deine Mutter ist, wenn es gilt, dich zu verteidigen. Keiner kommt an ihr vorbei.«

Die Anhörung findet in der Zentrale der Bildungsbehörde in Novilla statt. Er und Inés sind zur angegebenen Zeit dort. Nach einer kurzen Wartezeit werden sie in einen riesigen, hallenden Saal geführt, mit Reihe um Reihe leerer Stühle. Im Präsidium, auf einer erhöhten Bank, sitzen zwei Männer und eine Frau, Richter oder Prüfer. Señor León ist schon anwesend. Es wird kein Gruß ausgetauscht.

»Sie sind die Eltern des Jungen David?«, fragt der Richter in der Mitte.

»Ich bin seine Mutter«, sagt Inés.

»Und ich bin sein Pate«, sagt er. »Er hat keinen Vater.«

»Sein Vater ist verstorben?«

»Sein Vater ist unbekannt.«

»Bei wem von Ihnen lebt der Junge?«

»Der Junge lebt bei seiner Mutter. Seine Mutter und ich, wir leben nicht zusammen. Wir haben keine eheliche Gemeinschaft. Trotzdem sind wir drei eine Familie. Eine Art von Familie. Wir kümmern uns beide zuverlässig um David. Ich sehe ihn fast jeden Tag.«

»Wir haben gehört, dass David im Januar zum ersten Mal in die Schule gegangen ist und Señor Leóns Klasse zugeteilt wurde. Nach einigen Wochen wurden sie zusammen zu einer Konsultation einbestellt. Ist das richtig?«

»Ja.«

»Und was hat Ihnen Señor León berichtet?«

»Er hat gesagt, dass David kaum Lernfortschritte mache, auch, dass er ungehorsam sei. Er hat empfohlen, dass er aus der Klasse genommen wird.«

»Señor León, ist das richtig?«

Señor León nickt. »Ich habe den Fall mit Señora Otxoa, der Schulpsychologin, besprochen. Wir stimmten überein, dass David davon profitieren würde, wenn er in die Schule von Punta Arenas überwiesen würde.«

Der Richter sieht sich um. »Ist Señora Otxoa anwesend?«

Ein Gerichtsbeamter flüstert ihm ins Ohr. Der Richter spricht: »Señora Otxoa kann nicht teilnehmen, hat aber einen Bericht vorgelegt, in dem …« – er sucht in seinen Papieren – »in dem sie, wie Sie sagen, Señor León, eine Überweisung nach Punta Arenas empfiehlt.«

Die Richterin zur Linken spricht. »Señor León, können Sie erklären, warum Sie einen solchen Schritt für notwendig erachten? Es scheint eine sehr strenge Maßnahme, einen Sechsjährigen nach Punta Arenas zu schicken.«

»Señora, ich habe zwölf Jahre Berufserfahrung als Lehrer. In dieser ganzen Zeit habe ich keinen ähnlichen Fall erlebt. Der Junge David ist nicht dumm. Er ist nicht behindert. Im Gegenteil, er ist begabt und intelligent. Aber er weigert sich, Führung zu akzeptieren, und er will nicht lernen. Ich habe ihm viele Stunden gewidmet, auf Kosten der anderen Kinder in der Klasse, und habe versucht, ihm die Grundlagen des Lesens, Schreibens und Rechnens beizubringen. Er hat keine Fortschritte gemacht. Er hat nichts verstanden. Oder vielmehr, er hat vorgetäuscht, nichts zu verstehen. Ich sage *vorgetäuscht*, weil er in Wirklichkeit schon lesen und schreiben konnte, als er in die Schule kam.«

»Ist das wahr?«, fragt der vorsitzende Richter.

»Lesen und schreiben, ja, zeitweise«, antwortet er, Simón. »Er hat gute Tage und schlechte Tage. Was das Rechnen betrifft, so hat er gewisse Schwierigkeiten, philosophische Schwierigkeiten, nenne ich sie gern, die sein Fortschreiten behindern. Er ist ein außergewöhnliches

Kind. Außergewöhnlich intelligent, und auch außergewöhnlich in anderer Beziehung. Er hat sich selbst das Lesen anhand des Buches *Don Quijote* beigebracht, einer Ausgabe für Kinder. Ich habe das erst vor ganz kurzem mitbekommen.«

»Der strittige Punkt ist nicht, ob der Junge lesen und schreiben kann, oder wer ihm das beigebracht hat«, sagt Señor León, »er ist, ob er in einer normalen Schule untergebracht werden kann. Ich habe nicht die Zeit, mich mit einem Kind zu beschäftigen, das sich weigert zu lernen und das durch sein Verhalten die normalen Aktivitäten der Klasse stört.«

»Er ist kaum sechs Jahre alt!«, platzt Inés heraus. »Was für ein Lehrer sind Sie, dass Sie nicht mit einem sechsjährigen Kind fertig werden?«

Señor León versteift sich. »Ich habe nicht gesagt, dass ich nicht mit Ihrem Sohn fertig werden kann. Was ich nicht tun kann, ist, meine Pflichten den anderen Kindern gegenüber zu erfüllen, während er im Klassenzimmer ist. Ihr Sohn braucht besondere Aufmerksamkeit von einer Art, die wir in einer normalen Schule nicht bieten können. Deshalb habe ich Punta Arenas empfohlen.«

Schweigen tritt ein.

»Haben Sie noch etwas zu sagen, Señora?«, fragt der vorsitzende Richter.

Inés wirft ärgerlich den Kopf zurück.

»Señor?«

»Nein.«

»Dann bitte ich Sie, sich zurückzuziehen – auch Sie, Señor León – und auf unsere Entscheidung zu warten.«

Sie ziehen sich in den Warteraum zurück, sie drei gemeinsam. Inés bringt es nicht über sich, Señor León anzusehen. Nach ein paar Minuten werden sie wieder hereingerufen. »Die Entscheidung dieses Untersuchungsausschusses lautet«, sagt der vorsitzende Richter, »dass die Empfehlung von Señor León, befürwortet und unterstützt von der Schulpsychologin und vom Schulleiter, aufrechterhalten wird. Der Junge David wird in die Schule von Punta Arenas versetzt, die Versetzung soll so bald wie möglich erfolgen. Das ist alles. Ich bedanke mich für die Teilnahme.«

»Euer Ehren«, sagt er, »darf ich fragen, ob wir das Recht haben, Einspruch einzulegen?«

»Sie können die Angelegenheit vor das Zivilgericht bringen, natürlich, das ist Ihr Recht. Aber ein Einspruchsverfahren kann nicht benutzt werden, um die Entscheidung des Ausschusses außer Kraft zu setzen. Das heißt, die Versetzung nach Punta Arenas tritt in Kraft, ob Sie vor Gericht gehen oder nicht.«

»Diego wird uns morgen Abend abholen«, sagt Inés. »Es ist alles geregelt. Er muss nur irgendein Geschäft zu Ende bringen.«

»Und wo willst du denn hin?«

»Wie soll ich das wissen? Irgendwohin, wo wir außer Reichweite dieser Leute und sicher vor Verfolgung sind.«

»Lässt du dich wirklich von einer Meute Schulbeamter aus der Stadt jagen, Inés? Wie wollt ihr leben, du und Diego und das Kind?«

»Ich weiß es nicht. Wie die Zigeuner, vermute ich. Warum hilfst du nicht, statt Einwände vorzubringen?«

»Was sind Zigeuner?«, schaltet sich der Junge ein.

»Wie die Zigeuner leben ist nur so eine Redensart«, sagt er. »Du und ich, wir waren so etwas wie Zigeuner, als wir im Lager in Belstar lebten. Ein Zigeuner zu sein bedeutet, dass man kein richtiges Zuhause hat, keinen Ort, wo man sein Haupt niederlegen kann. Es ist nicht besonders lustig, Zigeuner zu sein.«

»Werde ich zur Schule gehen müssen?«

»Nein. Zigeunerkinder gehen nicht zur Schule.«

»Dann will ich mit Inés und Diego ein Zigeuner sein.«

Er wendet sich an Inés. »Ich wünschte, du hättest das mit mir besprochen. Hast du wirklich vor, unter Hecken zu schlafen und Beeren zu essen, während du dich vor dem Gesetz versteckst?«

»Das hat mit dir nichts zu tun«, erwidert Inés eisig. »Dir ist es egal, wenn David in eine Besserungsanstalt kommt. Mir nicht.«

»Punta Arenas ist keine Besserungsanstalt.«

»Es ist ein Abladeplatz für Straffällige – Straffällige und Waisen. Mein Kind geht nicht an diesen Ort, nie, nie, nie.«

»Ich stimme dir zu. David verdient es nicht, nach Punta Arenas geschickt zu werden. Nicht weil es ein Abladeplatz ist, sondern weil er zu jung ist, um von seinen Eltern getrennt zu werden.«

»Warum hast du dich dann nicht gegen diese Richter gewehrt? Warum hast du gekatzbuckelt und gesagt *Sí señor, Sí señor?* Glaubst du nicht an den Jungen?«

»Natürlich glaube ich an ihn. Ich glaube, dass er außergewöhnlich ist und außergewöhnliche Behandlung verdient. Aber diese Leute haben das Gesetz hinter sich, und wir haben keine Möglichkeit, das Gesetz herauszufordern.«

»Selbst wenn das Gesetz schlecht ist?«

»Es ist keine Frage von Gut oder Schlecht, Inés, es ist

eine Frage der Macht. Wenn du fortläufst, setzen sie die Polizei auf dich an und die Polizei wird dich finden. Du wirst als Mutter für ungeeignet erklärt und das Kind wird dir weggenommen. Er wird nach Punta Arenas geschickt und du bist in einen Kampf um das Fürsorgerecht verwickelt.«

»Sie werden mir mein Kind niemals wegnehmen. Eher sterbe ich.« Ihr Busen wogt. »Warum hilfst du mir nicht, statt die ganze Zeit ihre Partei zu ergreifen?«

Er streckt die Hand aus, um sie zu beruhigen, doch sie schüttelt ihn ab und sinkt aufs Bett. »Lass mich in Ruhe! Du glaubst nicht wirklich an das Kind. Du weißt nicht, was es heißt, zu glauben.«

Der Junge beugt sich zu ihr und streichelt ihr Haar. Auf seinen Lippen liegt ein Lächeln. »Schsch«, sagt er; »schsch.« Er legt sich neben sie; sein Daumen wandert in den Mund; seine Augen nehmen einen glasigen, abwesenden Ausdruck an; innerhalb von Minuten ist er eingeschlafen.

SIEBENUNDZWANZIG

Álvaro ruft die Schauerleute zusammen. »Freunde«, sagt er, »es gibt etwas zu besprechen. Wie ihr euch erinnern werdet, hat unser Kamerad Simón vorgeschlagen, dass wir das Löschen der Fracht per Hand aufgeben und stattdessen einen mechanischen Kran benutzen.«

Die Männer nicken. Einige blicken in seine Richtung. Eugenio lächelt ihm zu.

»Nun, heute habe ich eine Neuigkeit für euch. Ein Kamerad vom Straßenbau sagt mir, dass sie einen Kran in ihrem Depot haben, der seit Monaten nicht benutzt worden ist. Wenn wir ihn für einen Versuch ausleihen wollen, sagt er, können wir ihn haben.

Was sollen wir tun, Freunde? Sollen wir das Angebot annehmen? Sollen wir ausprobieren, ob, wie Simón behauptet, ein Kran unser Leben ändern wird? Wer möchte zuerst sprechen? Simón, du?«

Er ist völlig überrumpelt. Seine Gedanken sind in Anspruch genommen durch Inés und ihre Fluchtpläne; seit Wochen hat er keinen Gedanken an Kräne oder Ratten oder die Ökonomie des Getreidetransports verschwendet; in der Tat ist er inzwischen so weit, dass er die immer gleiche Schufterei braucht, damit sie ihn erschöpft und ihm den Segen tiefen, traumlosen Schlafs bringt.

»Ich habe alles gesagt«, ist seine Antwort.

»Wer sonst?«, fragt Álvaro.

Eugenio meldet sich zu Wort. »Ich sage, wir sollten den Kran ausprobieren. Unser Freund Simón hat einen klugen Kopf auf den Schultern. Wer weiß, er könnte recht haben. Vielleicht sollten wir wirklich mit der Zeit gehen. Wir werden es nie sicher wissen, wenn wir es nicht ausprobieren.«

Zustimmendes Murmeln der Männer.

»Wollen wir dann den Kran ausprobieren?«, fragt Álvaro. »Soll ich unseren Kameraden beim Straßenbau beauftragen, ihn zu bringen?«

»Jawohl!«, sagt Eugenio und hebt die Hand. »Jawohl!«, sagen die Schauerleute im Chor und heben ihre Hände. Sogar er, Simón, hebt die Hand. Der Vorschlag wird einstimmig angenommen.

Der Kran kommt am nächsten Morgen auf der Ladefläche eines Lasters. Er war einmal weiß gestrichen, doch die Farbe ist abgeblättert und das Metall rostig. Er sieht aus, als hätte er sehr lange draußen im Regen gestanden. Er ist auch kleiner, als er erwartet hatte. Er läuft auf rasselnden Stahlschienen; der Führer sitzt in einer Kabine über den Schienen und bedient die Schalter, die den Arm drehen und die Winde bewegen.

Es braucht fast eine Stunde, um die Maschine von der Ladefläche des Lasters herunterzuhieven. Álvaros Freund vom Straßenbau möchte so schnell wie möglich weg. »Wer wird ihn bedienen?«, fragt er. »Ich gebe ihm eine schnelle Einweisung in die Funktion der Schalter, dann muss ich los.«

»Eugenio!«, ruft Álvaro. »Du hast dich für den Kran ausgesprochen. Möchtest du ihn gern bedienen?«

Eugenio blickt in die Runde. »Wenn kein anderer sich meldet, mache ich es.«

»Gut! Dann bist du der Mann.«

Eugenio lernt schnell, wie sich herausstellt. In kürzester Zeit fährt er mit dem Kran schnell den Kai auf und ab, schwenkt den Arm, an dem munter der Haken schaukelt.

»Ich habe ihm beigebracht, was ich kann«, berichtet der Kranführer Álvaro. »Lass ihn in den ersten paar Tagen vorsichtig damit umgehen, und er wird es packen.«

Der Kranarm ist gerade lang genug, um auf das Schiffsdeck hinaufzureichen. Die Schauerleute bringen die Säcke wie zuvor einen nach dem anderen aus dem Laderaum hoch; aber statt sie die Planke hinunterzutragen, lassen sie die Säcke nun in eine Segeltuchschlinge fallen. Als die Schlinge zum ersten Mal voll ist, signalisieren sie das Eugenio mit einem Ruf. Der Haken greift in die Schlinge; das Stahlseil strafft sich; die Schlinge hebt sich über die Reling; und mit einer schwungvollen Bewegung lässt Eugenio die Last in einem weiten Bogen herum- und herunterschweben. Die Männer brechen in Beifallsrufe aus; doch der Beifall wird zu Alarmschreien, als die Schlinge gegen die Kaimauer prallt und außer Kontrolle zu kreiseln und schlingern anfängt. Die Männer laufen fort, alle außer ihm, Simón, der entweder zu geistesabwesend ist, um das Geschehen zu verfolgen, oder sich zu langsam bewegt. Er sieht noch kurz Eugenio, der aus der Kabine auf ihn herunterstarrt und Worte bildet, die er nicht hören kann. Dann bumst die schaukelnde Last gegen seine Taille und schleudert ihn nach hinten. Er taumelt gegen eine Deckstütze, stolpert über ein Seil und stürzt zwischen die Kaimauer und die Stahlplatten des Frachters. Einen Moment wird er da festgehalten und so eng eingeklemmt, dass das Atmen schmerzt. Es ist ihm nur allzu klar, dass das Schiff sich nur einen Zoll breit bewegen muss, dann wird er wie ein Insekt zerquetscht. Da lässt der Druck nach und er fällt mit den Füßen voran ins Wasser.

»Hilfe!«, keucht er. »Helft mir!«

Eine Rettungsboje klatscht neben ihm ins Wasser, mit leuchtend roten und weißen Streifen bemalt. Von oben ertönt Álvaros Stimme: »Simón! Hör zu! Halt dich fest und wir ziehen dich raus.«

Er packt die Boje; wie ein Fisch wird er an der Kaimauer entlang in offenes Wasser gezogen. Wieder ruft Álvaro: »Halt dich gut fest, wir ziehen dich jetzt hoch!« Aber als die Boje allmählich hochschwebt, ist der Schmerz plötzlich zu stark. Sein Griff lockert sich und er fällt ins Wasser zurück. Er ist mit Öl bedeckt, es ist in seinen Augen, in seinem Mund. *Endet es so?*, fragt er sich. *Wie eine Ratte? Wie schmachvoll!*

Aber jetzt ist Álvaro neben ihm, im Wasser auf und nieder hüpfend, seine Haare sind mit Öl an die Kopfhaut geklebt. »Entspanne dich, alter Freund«, sagt Álvaro. »Ich halte dich fest.« Dankbar überlässt er sich Álvaros Armen. »Hochziehen!«, ruft Álvaro; und in enger Umarmung schweben sie beide aus dem Wasser.

Er kommt zu sich und ist verwirrt. Er liegt auf dem Rücken und schaut in einen leeren Himmel. Verschwommene Gestalten sind um ihn und ein Durcheinander von Stimmen, doch er versteht kein Wort. Seine Augen fallen zu, er ist wieder fort.

Er wacht bei einem klopfenden Geräusch auf. Das Geräusch kommt anscheinend aus seinem Inneren, aus seinem Kopf. »Wach auf, *viejo*!«, sagt eine Stimme. Er öffnet ein Auge, sieht über sich ein fettes, schwitzendes Gesicht. *Ich bin wach*, möchte er sagen, doch seine Stimme ist tot.

»Schau mich an!«, sagen die fetten Lippen. »Kannst du

mich hören? Zwinkere mit den Augen, wenn du mich hörst.«

Er zwinkert.

»Gut. Ich gebe dir jetzt eine schmerzstillende Spritze, dann bringen wir dich hier weg.«

Schmerz stillen? *Ich habe keine Schmerzen*, will er sagen. *Warum sollte ich Schmerzen haben?* Aber was es auch ist, das für ihn spricht, will heute einfach nicht sprechen.

Weil er Mitglied in der Gewerkschaft der Schauerleute ist – eine Zugehörigkeit, von der er nichts wusste –, hat er Anrecht auf ein Privatzimmer im Krankenhaus. Er wird in seinem Zimmer von einem Team freundlicher Schwestern gepflegt, und mit einer von ihnen, einer Frau mittleren Alters namens Clara, mit grauen Augen und einem stillen Lächeln, freundet er sich in den kommenden Wochen an.

Es scheint Einigkeit darüber zu bestehen, dass er bei seinem Unfall glimpflich davongekommen ist. Er hat drei Rippen gebrochen. Ein Knochensplitter hat einen Lungenflügel durchbohrt, und es war eine kleine Operation nötig, um ihn zu entfernen (ob er den Knochen zur Erinnerung behalten wolle? – er befindet sich in einem Fläschchen neben seinem Bett). Im Gesicht und auf dem Oberkörper sind Schnitte und blaue Flecke zu sehen, und er hat Hautabschürfungen, aber es gibt keinen Hinweis auf eine Verletzung des Gehirns. Ein paar Tage unter Beobachtung, noch ein paar Wochen Ruhe, und er sollte wieder der Alte sein. Inzwischen wird die Schmerzbekämpfung oberste Priorität haben.

Sein treuster Besucher ist Eugenio, der voller Schuldgefühle ist wegen seiner Ungeschicklichkeit im Umgang mit dem Kran. Er versucht sein Bestes, um den Jüngeren zu trösten – »Wie konnte man erwarten, dass du eine neue Maschine in so kurzer Zeit beherrschst?« –, doch Eugenio will sich nicht trösten lassen. Wenn er aus seinem Schlummer auftaucht, dann ist es nur allzu oft Eugenio, der in sein Blickfeld schwimmt, wie er über ihn wacht.

Álvaro kommt ihn auch besuchen, ebenso andere Kameraden vom Hafen. Álvaro hat mit den Ärzten gesprochen und kommt mit der Neuigkeit an, dass es, obwohl er eine völlige Wiederherstellung erwarten darf, für ihn in seinem Alter nicht klug wäre, sein Leben als Schauermann wiederaufzunehmen.

»Vielleicht kann ich Kranführer werden«, schlägt er vor. »Schlechter als Eugenio würde ich es bestimmt nicht machen.«

»Wenn du als Kranführer arbeiten willst, musst du zum Straßenbau wechseln«, antwortet Álvaro. »Kräne sind zu gefährlich. Im Hafen haben sie keine Zukunft. Kräne sind immer schon eine schlechte Idee gewesen.«

Er hofft, dass Inés ihn besuchen kommt, doch sie kommt nicht. Er befürchtet das Schlimmste: dass sie ihren Plan, mit dem Jungen zu fliehen, ausgeführt hat.

Er erzählt Clara von seiner Befürchtung. »Ich habe eine Freundin«, sagt er, »deren jungem Sohn ich sehr zugetan bin. Die Bildungsbehörde hat aus Gründen, die ich nicht näher erläutern will, gedroht, ihn ihr wegzunehmen und ihn in eine Sonderschule zu schicken. Kann ich dich um einen Gefallen bitten? Könntest du sie anrufen und herausfinden, ob sich etwas Neues ergeben hat?«

»Natürlich«, sagt Clara. »Aber würdest du nicht gern selbst mit ihr sprechen? Ich kann dir ein Telefon ans Bett bringen.«

Er ruft in der Siedlung an. Ein Nachbar meldet sich am

Telefon, er geht weg, kommt zurück und berichtet, dass Inés nicht zu Hause ist. Er ruft später am Tag an, wieder ohne Erfolg.

Früh am nächsten Morgen, in dem namenlosen Raum zwischen Schlafen und Wachen, hat er einen Traum oder eine Vision. Mit ungewöhnlicher Klarheit sieht er einen zweirädrigen Streitwagen am Fuße seines Bettes in der Luft schweben. Der Wagen ist aus Elfenbein oder einem mit Elfenbein eingelegten Metall, und er wird von zwei Schimmeln gezogen, von denen keiner El Rey ist. Die Zügel in einer Hand haltend, die andere zu einer königlichen Geste in die Luft hebend, steht dort der Junge, nackt bis auf einen baumwollenen Lendenschurz.

Wie der Wagen und die beiden Pferde in das kleine Krankenzimmer passen, ist ihm ein Rätsel. Der Wagen scheint in der Luft zu hängen, ohne Anstrengung vonseiten der Pferde oder des Wagenlenkers. Weit entfernt davon, erstarrt zu sein, scharren die Pferde ab und zu mit den Hufen in der Luft oder werfen die Köpfe hoch und schnauben. Und der Junge scheint nicht müde zu werden, den Arm hochzuhalten. Sein Gesichtsausdruck ist ein vertrauter: Selbstzufriedenheit, vielleicht sogar Triumph.

An einer Stelle schaut der Junge ihn direkt an. *Lies meine Augen*, scheint er zu sagen.

Der Traum, oder die Vision, dauert zwei oder drei Minuten. Dann verschwindet er, und das Zimmer ist wieder wie zuvor.

Er erzählt Clara davon. »Glaubst du an Telepathie?«, fragt er. »Ich hatte das Gefühl, dass David mir etwas mitzuteilen versucht hat.«

»Und was war das?«

»Ich bin nicht sicher. Vielleicht dass er und seine Mutter

Hilfe brauchen. Oder vielleicht nicht. Die Botschaft war – wie soll ich es sagen? – dunkel.«

»Nun, denke daran, dass das Schmerzmittel, das du nimmst, ein Opiat ist. Opiate geben uns Träume, Opiumträume.«

»Das war kein Opiumtraum. Es war echt.«

Von da an lehnt er die Schmerzmittel ab und leidet entsprechend. Am schlimmsten sind die Nächte: selbst die kleinste Bewegung versetzt ihm einen elektrisch schmerzhaften Stich in die Brust.

Er hat nichts, was ihn ablenken könnte, nichts zu lesen. Das Krankenhaus hat keine Bücherei, bietet nur alte Nummern populärer Zeitschriften (Rezepte, Hobbys, Frauenmode). Er beklagt sich bei Eugenio, der ihm daraufhin das Lehrbuch seines Philosophiekurses mitbringt (»Ich weiß, dass du ein ernsthafter Mensch bist«). Das Buch handelt, wie er befürchtet hat, von Tischen und Stühlen. Er legt es beiseite. »Tut mir leid, aber das ist nicht meine Art von Philosophie.«

»Welche Art von Philosophie würde dir denn gefallen?«, fragt Eugenio.

»Die Art, die einen erschüttert. Die das Leben verändert.«

Eugenio schaut ihn verwundert an. »Stimmt denn etwas nicht mit deinem Leben?«, fragt er. »Abgesehen von deinen Verletzungen.«

»Es fehlt etwas, Eugenio. Ich weiß, dass es nicht so sein sollte, aber es ist so. Das Leben, das ich habe, ist nicht genug für mich. Ich wünschte, jemand, ein Retter, ein Heiland, käme vom Himmel herab, schwenkte einen Zauberstab und sagte: *Siehe, lies dieses Buch und alle deine Fragen werden beantwortet.* Oder: *Siehe, hier ist ein völlig neues*

Leben für dich. Du verstehst solche Äußerungen nicht, oder?«

»Nein, das kann ich nicht behaupten.«

»Mach dir nichts draus. Es ist eine flüchtige Stimmung. Morgen bin ich wieder der Alte.«

Er solle sich auf seine Entlassung vorbereiten, sagt ihm sein Arzt. Hat er eine Bleibe, wo er hingehen kann? Gibt es jemanden, der für ihn kocht, der ihn versorgt, ihm hilft, über die Runden zu kommen, während er auf dem Weg der Genesung ist? Ob er mit einem Sozialarbeiter sprechen möchte? »Kein Sozialarbeiter«, antwortet er. »Lassen Sie mich die Angelegenheit mit meinen Freunden besprechen und eine Lösung suchen.«

Eugenio bietet ihm ein Zimmer in der Wohnung an, die er sich mit zwei Kameraden teilt. Er, Eugenio, wird gern auf dem Sofa schlafen. Er dankt Eugenio, lehnt aber ab.

Auf seine Bitte hin erkundigt sich Álvaro nach Pflegeheimen. Die Westsiedlung hat eine Einrichtung, die, obwohl sie für die Betreuung alter Menschen gedacht ist, auch Genesende aufnimmt. Er bittet Álvaro, seinen Namen auf die Warteliste der Einrichtung zu setzen. »Ich schäme mich etwas, das zuzugeben«, sagt er, »aber ich hoffe, dass es dort recht bald einen freien Platz gibt.« »Wenn es keine Böswilligkeit in deinem Herzen gibt, ist das eine zulässige Hoffnung«, bestärkt ihn Álvaro. »Zulässig?«, fragt er nach. »Zulässig«, bestätigt Álvaro.

Dann sind plötzlich alle seine Nöte fortgeblasen. Aus dem Korridor dringen helle junge Stimmen zu ihm. Clara erscheint in der Tür. »Du hast Besuch«, verkündet sie. Sie macht Platz und Fidel und David kommen hereingestürzt, gefolgt von Inés und Álvaro. »Simón!«, schreit David. »Bist du wirklich ins Meer gefallen?«

Sein Herz tut einen Sprung. Vorsichtig streckt er die Arme aus. »Komm her! Ja, ich hatte einen kleinen Unfall, ich bin ins Wasser gefallen, aber kaum nass geworden. Meine Freunde haben mich herausgezogen.«

Der Junge klettert auf das hohe Bett, stößt ihn an, was ihm schmerzhafte Stiche versetzt. Aber der Schmerz ist nichts. »Mein lieber Junge! Mein Schatz! Licht meines Lebens!«

Der Junge löst sich aus seiner Umarmung. »Ich bin entkommen«, verkündet er. »Ich hab dir ja gesagt, ich würde entkommen. Ich bin durch den Stacheldraht gegangen.«

Entkommen? Durch Stacheldraht gegangen? Er ist verwirrt. Wovon redet der Junge? Und warum diese seltsame neue Bekleidung: ein enger Rollkragenpullover, kurze (sehr kurze) Hosen, Schuhe mit kleinen weißen Söckchen, die ihm kaum über die Knöchel reichen? »Vielen Dank, dass ihr gekommen seid, ihr alle«, sagt er, »aber David – woraus bist du entkommen? Sprichst du von Punta Arenas? Haben sie dich nach Punta Arenas gebracht? Inés, hast du zugelassen, dass sie ihn nach Punta Arenas bringen?«

»Ich habe es nicht zugelassen. Sie sind gekommen, als er draußen gespielt hat. Sie haben ihn in einem Auto mitgenommen. Wie sollte ich sie aufhalten?«

»Ich hätte mir nicht träumen lassen, dass es dazu kommen würde. Aber du bist entkommen, David? Erzähl mir davon. Erzähl mir, wie du entkommen bist.«

Aber Álvaro schaltet sich ein. »Bevor wir dazu kommen, Simón, können wir deinen Umzug besprechen? Wann wirst du laufen können, was glaubst du?«

»Kann er nicht laufen?«, fragt der Junge. »Kannst du nicht laufen, Simon?«

»Nur für die allernächste Zeit werde ich Hilfe brauchen. Bis alle Schmerzen verschwunden sind.«

»Wirst du in einem Rollstuhl gefahren werden? Kann ich dich schieben?«

»Ja, du kannst mich in einem Rollstuhl schieben, wenn du nicht zu schnell bist. Auch Fidel kann mich schieben.«

»Ich frage deshalb«, sagt Álvaro, »weil ich wieder mit dem Pflegeheim gesprochen habe. Ich habe ihnen gesagt, dass du wieder vollständig gesund werden würdest und keine Sonderpflege benötigst. In diesem Fall, haben sie gesagt, können sie dich sofort aufnehmen, wenn du nichts dagegen hast, dir mit einem anderen ein Zimmer zu teilen. Wie siehst du das? Es würde eine Menge Probleme lösen.«

Ein Zimmer mit einem anderen alten Mann teilen. Der nachts schnarcht und in sein Taschentuch spuckt. Der sich über die Tochter beschwert, die ihn im Stich gelassen hat. Der Groll gegen den Neuankömmling hegt, den Eindringling in seinen Bereich. »Natürlich habe ich nichts dagegen«, sagt er. »Es ist eine Erleichterung, zu wissen, wohin man gehen kann. Es nimmt allen eine Last von den Schultern. Vielen Dank, Álvaro, dass du dich darum gekümmert hast.«

»Und die Gewerkschaft bezahlt natürlich«, sagt Álvaro. »Für deinen Aufenthalt, für die Mahlzeiten, für alle deine Bedürfnisse, während du dort bist.«

»Das ist gut.«

»So, ich muss jetzt wieder zur Arbeit. Ich überlasse dich Inés und den Jungen. Ich bin sicher, dass sie dir viel zu erzählen haben.«

Bildet er sich das ein, oder wirft Inés Álvaro einen verstohlenen Blick zu, als er davongeht? *Lass mich nicht allein mit ihm, diesem Mann, den wir im Begriff sind zu verraten!*

Abgeschoben in ein antiseptisches Zimmer in der entlegenen Westsiedlung, wo er keine Menschenseele kennt. Dort kann er vermodern. *Lass mich nicht mit ihm allein!*

»Setz dich, Inés. David, erzähl mir deine Geschichte von Anfang bis Ende. Lass nichts aus. Wir haben jede Menge Zeit.«

»Ich bin entkommen«, sagt der Junge. »Ich hab dir's ja vorher gesagt. Ich bin durch den Stacheldraht gegangen.«

»Ich wurde angerufen«, sagt Inés. »Von einer völlig Fremden. Sie sagte, sie hätte David ohne Kleidung auf den Straßen herumwandernd entdeckt.«

»Ohne Kleidung? Du bist von Punta Arenas weggelaufen, David, ohne Kleidung? Wann war das? Hat niemand dich aufzuhalten versucht?«

»Meine Kleidung blieb im Stacheldraht hängen. Habe ich dir nicht versprochen, ich würde entkommen? Ich kann von überall entkommen.«

»Und wo hat dich diese Frau gefunden, die Frau, die Inés angerufen hat?«

»Sie hat ihn auf der Straße gefunden, im Dunkeln, kalt und nackt.«

»Mir war nicht kalt. Ich war nicht nackt«, sagt der Junge.

»Du hattest keine Kleidung an«, sagt Inés. »Das bedeutet, du warst nackt.«

»Nun, das spielt keine Rolle«, unterbricht er, Simón. »Warum hat sich die Frau mit dir in Verbindung gesetzt, Inés? Warum nicht mit der Schule? Das wäre doch bestimmt das Nächstliegende gewesen.«

»Sie hasst die Schule. Alle hassen sie«, sagt der Junge.

»Ist sie wirklich so ein schrecklicher Ort?«

Der Junge nickt nachdrücklich.

Zum ersten Mal spricht Fidel. »Haben sie dich geschlagen?«

»Man muss vierzehn sein, bevor sie dich schlagen können. Wenn du vierzehn bist, können sie dich schlagen, wenn du ungehorsam bist.«

»Erzähl Simón vom Fisch«, sagt Inés.

»Jeden Freitag mussten wir Fisch essen.« Der Junge schüttelt sich theatralisch. »Ich hasse Fisch. Fische haben Augen wie Señor León.«

Fidel kichert. Im nächsten Moment lachen die beiden Jungen und können nicht aufhören.

»Was sonst außer dem Fisch war so schrecklich an Punta Arenas?«

»Wir mussten Sandalen tragen. Und Inés durfte mich nicht besuchen. Sie haben gesagt, sie ist nicht meine Mutter. Sie haben gesagt, ich bin eine Waise. Eine Waise ist jemand, der keine Mutter und keinen Vater hat.«

»Das ist Unfug. Inés ist deine Mutter und ich bin dein Pate, was so gut wie ein Vater ist, manchmal besser. Dein Pate wacht über dich.«

»Du hast nicht über mich gewacht. Du hast es zugelassen, dass sie mich nach Punta Arenas bringen.«

»Das stimmt. Ich war ein schlechter Pate. Ich habe geschlafen, als ich hätte wachen sollen. Aber ich habe meine Lektion gelernt. In Zukunft werde ich besser auf dich aufpassen.«

»Wirst du gegen sie kämpfen, wenn sie zurückkommen?«

»Ja, so gut ich kann. Ich werde mir ein Schwert leihen. Ich werde sagen: *Versucht noch einmal, meinen Jungen zu stehlen, und ihr werdet es mit Don Simón zu tun bekommen!*«

Der Junge strahlt begeistert. »Auch mit Bolívar«, sagt

er. »Bolívar kann mich in der Nacht bewachen. Wirst du bei uns wohnen?« Er wendet sich an seine Mutter. »Kann Simón bei uns wohnen?«

»Simón muss in ein Pflegeheim, um wieder gesund zu werden. Er kann nicht gehen. Er kann keine Treppen steigen.«

»Doch, kann er! Du kannst doch gehen, Simón?«

»Natürlich. Normalerweise kann ich es nicht, wegen meiner Schmerzen. Aber für dich kann ich alles tun: Treppen steigen, auf Pferden reiten, alles. Du musst nur das Wort sagen.«

»Welches Wort?«

»Das Zauberwort. Das Wort, das mich gesund machen wird.«

»Kenne ich das Wort?«

»Natürlich kennst du es. Sag es.«

»Das Wort ist … Abrakadabra!«

Er stößt die Bettdecke weg (glücklicherweise hat er den Krankenhaus-Schlafanzug an) und schwingt seine dünnen Beine über die Bettkante. »Ich brauche Hilfe, Jungs.«

Sich auf die Schultern von Fidel und David stützend, richtet er sich unsicher auf, macht den ersten wackligen Schritt, den zweiten. »Siehst du, du kennst das Wort! Inés, kannst du den Rollstuhl etwas näher bringen?« Er lässt sich in den Rollstuhl gleiten. »Und jetzt machen wir eine Spazierfahrt. Ich möchte sehen, wie die Welt ausschaut, nach der langen Zeit hier drinnen. Wer möchte schieben?«

»Kommst du nicht mit uns nach Hause?«, fragt der Junge.

»Das dauert noch eine Weile. Erst muss ich wieder zu Kräften kommen.«

»Aber wir werden Zigeuner sein! Wenn du im Krankenhaus bleibst, kannst du kein Zigeuner sein!«

Er wendet sich an Inés. »Was soll das? Ich dachte, wir hätten die Zigeunergeschichte aufgegeben.«

Inés wird steif. »Er kann nicht wieder in die Schule. Ich erlaube es nicht. Meine Brüder kommen mit uns, beide. Wir nehmen das Auto.«

»Vier Leute in der alten Klapperkiste? Wenn die nun zusammenbricht? Und wo wollt ihr unterkommen?«

»Das ist egal. Wir werden Gelegenheitsarbeiten machen. Wir werden Obst pflücken. Señor Daga hat uns Geld geliehen.«

»Daga! Also steckt er dahinter!«

»Nun, David geht nicht wieder in diese schreckliche Schule.«

»Wo sie dich zwingen, Sandalen zu tragen und Fisch zu essen. Für mich klingt das nicht so schrecklich.«

»Da sind Jungen, die rauchen und trinken und Messer bei sich haben. Es ist eine Schule für Verbrecher. Wenn David dorthin zurückgeht, wird er Narben für sein ganzes Leben davontragen.«

Der Junge spricht. »Was heißt das, *Narben für sein ganzes Leben davontragen*?«

»Das ist nur so eine Redensart«, sagt Inés. »Es bedeutet, die Schule wird eine schlechte Wirkung auf dich haben.«

»Wie eine Verwundung?«

»Ja, wie eine Verwundung.«

»Ich habe schon eine Menge Wunden. Ich habe sie vom Stacheldraht. Willst du meine Wunden sehen, Simón?«

»Deine Mutter hat etwas anderes gemeint. Sie meint eine Verwundung deiner Seele. Die Art von Wunde, die nicht heilt. Stimmt es, dass Jungen in der Schule Messer bei sich haben? Bist du sicher, dass es nicht nur ein Junge ist?«

»Es sind viele. Und sie haben dort eine Mutterente und kleine Entlein und einer der Jungen ist auf eins der Entlein getreten und sein Inneres ist aus seinem Bauch herausgekommen und ich wollte es zurückschieben, aber der Lehrer hat es nicht erlaubt, er hat gesagt, ich muss das Entlein sterben lassen, und ich habe gesagt, ich will es beatmen, aber er hat es nicht erlaubt. Und wir mussten Gartenarbeit machen. Jeden Nachmittag nach der Schule mussten wir umgraben. Ich hasse Umgraben.«

»Umgraben ist gut für dich. Wenn keiner umgraben wollte, hätten wir keine Ernten, keine Nahrung. Umgraben macht dich stark. Du bekommst davon Muskeln.«

»Man kann Samen auf Löschpapier wachsen lassen. Unser Lehrer hat es uns gezeigt. Man braucht nicht umzugraben.«

»Ein oder zwei Samen, ja. Aber wenn man eine ordentliche Ernte will, wenn man genug Weizen wachsen lassen will, um Brot zu backen und die Menschen zu ernähren, dann muss der Samen in die Erde gesteckt werden.«

»Ich hasse Brot. Brot ist langweilig. Ich mag Eis.«

»Ich weiß, dass du Eis magst. Aber du kannst dich nicht von Eis ernähren, wohl aber von Brot.«

»Man kann sich von Eis ernähren. Señor Daga tut es.«

»Señor Daga tut nur so, als ernähre er sich von Eis. Für sich allein isst er Brot, wie jeder andere auch, da bin ich sicher. Überhaupt solltest du dir nicht Señor Daga zum Vorbild nehmen.«

»Señor Daga macht mir Geschenke. Du und Inés, ihr macht mir nie Geschenke.«

»Das ist nicht wahr, mein Junge, nicht wahr und nicht

nett. Inés liebt dich und kümmert sich um dich, und ich auch. Während Señor Daga, in seinem Herzen, überhaupt keine Liebe für dich hat.«

»Doch, er liebt mich! Er möchte, dass ich bei ihm wohne! Er hat es Inés gesagt und Inés hat es mir gesagt.«

»Ich bin sicher, dass sie da nie zustimmen wird. Du gehörst zu deiner Mutter. Dafür haben wir doch die ganze Zeit gekämpft. Señor Daga mag dir glamourös und aufregend erscheinen, aber wenn du älter bist, wirst du feststellen, dass glamouröse, aufregende Menschen nicht notwendigerweise gute Menschen sind.«

»Was ist glamourös?«

»Glamourös bedeutet, Ohrringe zu tragen und ein Messer bei sich zu haben.«

»Señor Daga liebt Inés. Er wird Babys in ihren Bauch machen.«

»David!«, platzt Inés los.

»Es stimmt! Inés sagt, das darf ich dir nicht sagen, weil du dann eifersüchtig bist. Stimmt das, Simón? Bist du eifersüchtig?«

»Nein, natürlich bin ich nicht eifersüchtig. Es geht mich nichts an. Was ich dir zu sagen versuche, ist, dass Señor Daga kein guter Mensch ist. Er mag dich ja zu sich nach Hause einladen und dir Eis zu essen geben, aber er hat nicht dein Bestes im Sinn.«

»Was ist mein Bestes?«

»Zu allererst ist es, zu einem guten Menschen heranzuwachsen. Wie die gute Saat, die Saat, die tief in die Erde gesenkt wird und starke Wurzeln ausbildet, und dann, wenn ihre Zeit gekommen ist, ins Licht durchbricht und vielfältig Frucht trägt. So solltest du sein. Wie Don Quijote. Don Quijote rettete Jungfrauen. Er beschützte die

Armen vor den Reichen und Mächtigen. Nimm dir ihn zum Vorbild, nicht Señor Daga. Beschütze die Armen. Rette die Unterdrückten. Und ehre deine Mutter.«

»Nein! Meine Mutter muss mich ehren! Und überhaupt, Señor Daga sagt, Don Quijote ist altmodisch. Er sagt, keiner reitet heute mehr auf einem Pferd.«

»Nun, wenn du wolltest, könntest du ihn leicht widerlegen. Steig auf dein Pferd und heb dein Schwert hoch in die Luft. Das wird Señor Daga zum Schweigen bringen. Steig auf El Rey.«

»El Rey ist tot.«

»Nein. El Rey lebt. Das weißt du.«

»Wo?«, flüstert der Junge. Seine Augen füllen sich plötzlich mit Tränen, seine Lippen zittern, er bringt kaum ein Wort heraus.

»Ich weiß es nicht, aber irgendwo wartet El Rey auf dich. Wenn du suchst, wirst du ihn gewiss finden.«

ACHTUNDZWANZIG

Es ist der Tag seiner Entlassung aus dem Krankenhaus. Er verabschiedet sich von den Krankenschwestern. Zu Clara sagt er: »Ich werde deine Pflege nicht so leicht vergessen. Ich möchte gern glauben, dass dahinter mehr als nur Wohlwollen steckte.« Clara antwortet nicht; aber durch den direkten Blick, den sie ihm schenkt, weiß er, dass er recht hat.

Das Krankenhaus hat ein Auto mit Fahrer besorgt, um ihn in seine neue Unterkunft in der Westsiedlung zu bringen; Eugenio hat angeboten, ihn zu begleiten und darauf zu achten, dass er sicher ankommt. Als sie jedoch unterwegs sind, bittet Simón den Fahrer, einen Umweg über die Ostsiedlung zu machen.

»Das kann ich nicht«, antwortet der Fahrer. »Das gehört nicht zu meinem Auftrag.«

»Bitte«, sagt er. »Ich muss ein paar Sachen abholen. Ich brauche nur fünf Minuten.«

Widerwillig gibt der Fahrer nach.

»Du hast Schwierigkeiten erwähnt, die du im Zusammenhang mit dem Schulbesuch deines Jungen gehabt hast«, sagt Eugenio, als sie nach Osten abbiegen. »Was sind das für Schwierigkeiten?«

»Die Schulbehörde will ihn uns wegnehmen. Mit Gewalt, wenn nötig. Sie wollen ihn zurück nach Punta Arenas schicken.«

»Nach Punta Arenas! Warum?«

»Weil sie in Punta Arenas eine Schule speziell für Kinder eingerichtet haben, die gelangweilt sind von Geschichten über Juan und María und was sie am Meer gemacht haben. Die gelangweilt sind und das auch zeigen. Für Kinder, die den Regeln für Addition und Subtraktion, wie sie vom Klassenlehrer festgelegt werden, nicht folgen wollen. Den menschengemachten Regeln. Zwei plus zwei ist gleich vier und so weiter.«

»Das ist schlimm. Aber warum will dein Junge nicht so rechnen, wie es sein Lehrer ihm beibringt?«

»Warum sollte er, wenn ihm eine innere Stimme sagt, die Art und Weise des Lehrers ist nicht die richtige?«

»Das verstehe ich nicht. Wenn die Regeln richtig sind für dich und mich und alle anderen, wie können sie dann nicht richtig für ihn sein? Und warum nennst du sie menschengemachte Regeln?«

»Weil zwei und zwei genauso gut drei oder fünf oder neunundneunzig sein könnte, wenn wir das beschließen würden.«

»Aber zwei und zwei ist wirklich gleich vier. Wenn du nicht *gleich sein* eine seltsame Sonderbedeutung verleihst. Du kannst selbst abzählen: eins *zwei* drei *vier*. Wenn zwei und zwei wirklich gleich drei wäre, dann würde alles ins Chaos stürzen. Wir wären in einem anderen Universum, mit anderen physikalischen Gesetzen. Im existierenden Universum ist zwei und zwei gleich vier. Es ist eine universelle Regel, unabhängig von uns, überhaupt nicht menschengemacht. Selbst wenn du und ich nicht mehr existierten, würden zwei und zwei weiterhin gleich vier sein.«

»Ja, aber *welche* zwei und *welche* zwei machen vier? Die meiste Zeit, Eugenio, denke ich, das Kind versteht einfach

Zahlen nicht, wie auch eine Katze oder ein Hund sie nicht versteht. Aber ab und zu muss ich mich fragen: Gibt es irgendjemanden auf der Erde, für den Zahlen realer sind?

Als ich im Krankenhaus war und nichts anderes zu tun hatte, versuchte ich, als Denkübung die Welt mit Davids Augen zu sehen. Leg einen Apfel vor ihn hin und was sieht er? Einen Apfel: nicht *1* Apfel, nur *einen* Apfel. Leg zwei Äpfel vor ihn hin. Was sieht er? Einen Apfel und einen Apfel: nicht zwei Äpfel, nicht denselben Apfel zweimal, nur einen Apfel und einen Apfel.

Jetzt kommt nun Señor León (Señor León ist sein Klassenlehrer) und fragt ihn: *Wieviele Äpfel, Kind?* Was ist die Antwort? Was sind *Äpfel*? Was ist der Singular, wovon *Äpfel* der Plural ist? Drei Männer in einem Auto unterwegs zur Ostsiedlung: Wer ist der Singular, wovon *Männer* der Plural ist – Eugenio oder Simón oder unser Freund, der Fahrer, dessen Namen ich nicht weiß? Sind wir drei, oder sind wir einer und einer und einer?

Du hebst frustriert die Hände, und ich begreife, warum. Eins und eins und eins macht drei, sagst du, und ich muss zustimmen. Drei Männer in einem Auto – so einfach. Aber David will uns nicht folgen. Er will die Schritte nicht tun, die wir beim Zählen tun: *eins* Schritt, *zwei* Schritt, *drei*. Es ist als wären die Zahlen Inseln, die in einem großen schwarzen Meer des Nichts schwimmen, und er würde jedes Mal aufgefordert, die Augen zu schließen und über die Leere zu springen. *Wenn ich nun falle?* – das fragt er sich. *Wenn ich nun falle und dann ewig falle?* Mitten in der Nacht im Bett liegend, hätte ich manchmal schwören können, dass auch ich falle – unter demselben Bann, unter dem der Junge steht. *Wenn es so schwer ist, von eins zu zwei zu kommen*, habe ich mich gefragt, *wie soll ich jemals von null zu eins kommen?* Von nirgendwo zu irgendwo – das schien jedes Mal ein Wunder zu verlangen.«

»Der Junge hat gewiss eine lebhafte Phantasie«, sinnt Eugenio. »Schwimmende Inseln. Aber das wird sich verlieren. Die Ursache dafür müssen lang bestehende Gefühle der Unsicherheit sein. Man kann nicht umhin zu bemerken, was für ein schwaches Nervenkostüm er hat, wie aufgeregt er ohne irgendeinen Grund wird. Gibt es dazu eine Vorgeschichte, von der du weißt? Haben sich seine Eltern viel gestritten?«

»Seine Eltern?«

»Seine richtigen Eltern. Hat er eine Narbe davongetragen, ein Trauma aus der Vergangenheit? Nein? Egal. Wenn er sich erst einmal sicherer in seiner Umgebung fühlt, wenn es ihm zu dämmern beginnt, dass das Universum – nicht nur das Reich der Zahlen, sondern ebenso alles andere – von Gesetzen beherrscht wird, dass nichts zufällig geschieht, wird er zur Vernunft kommen und sich beruhigen.«

»Das hat seine Schulpsychologin gesagt. Señora Otxoa. Wenn er erst einmal seinen Platz in der Welt findet, wenn er akzeptiert, wer er ist, werden seine Lernschwierigkeiten verschwinden.«

»Ich bin sicher, sie hat recht. Es braucht einfach Zeit.«

»Vielleicht. Vielleicht. Aber was ist, wenn wir uns irren und er recht hat? Was, wenn es zwischen eins und zwei überhaupt keine Brücke gibt, nur Leere? Und was, wenn wir, die den Schritt so zuversichtlich tun, in der Tat durch den Raum fallen, nur dass wir es nicht wissen, weil wir darauf bestehen, unsere Augenbinde zu tragen? Was, wenn dieser Junge der Einzige unter uns ist, der Augen hat zu sehen?«

»Das ist, als frage man: *Was, wenn die Verrückten eigentlich vernünftig und die Vernünftigen eigentlich verrückt sind?* Das ist, wenn du es mir nicht übelnimmst, Simón, Schuljungen-Philosophie. Einige Dinge sind einfach wahr. Ein Apfel ist ein Apfel ist ein Apfel. Ein Apfel und noch ein Apfel sind zwei Äpfel. Ein Simón und ein Eugenio sind zwei Fahrgäste in einem Auto. Ein Kind findet es nicht schwer, solche Aussagen zu akzeptieren – ein normales Kind. Es fällt ihm nicht schwer, weil sie wahr sind, weil wir von Geburt an sozusagen auf ihre Wahrheit eingestellt sind. Und was die Furcht vor den leeren Räumen zwischen den Zahlen angeht, hast du David schon einmal darauf hingewiesen, dass die Zahl der Zahlen unendlich ist?«

»Mehr als einmal. Es gibt keine letzte Zahl, habe ich ihm gesagt. Die Zahlen gehen ewig weiter. Aber was hat das damit zu tun?«

»Es gibt gute Unendlichkeiten und schlechte Unendlichkeiten, Simón. Wir haben schon einmal über schlechte Unendlichkeiten gesprochen – erinnerst du dich? Eine schlechte Unendlichkeit ist, als befinde man sich in einem Traum innerhalb eines Traumes innerhalb eines weiteren Traumes, und so weiter ohne Ende. Oder als befinde man sich in einem Leben, das nur ein Vorspiel zu einem anderen Leben ist, das nur ein Vorspiel ist, et cetera. Aber die Zahlen sind nicht so. Die Zahlen stellen eine gute Unendlichkeit dar. Warum? Weil sie, da sie unendlich von Anzahl sind, alle Räume im Universum ausfüllen, eng wie Ziegelsteine aneinandergefügt. Wir sind also sicher. Man kann nirgendwo hineinfallen. Weise den Jungen darauf hin. Das wird ihn beruhigen.«

»Das werde ich tun. Aber irgendwie glaube ich nicht, dass ihn das trösten wird.«

»Versteh mich nicht falsch, mein Freund. Ich bin nicht auf der Seite des Schulsystems. Ich gebe zu, es wirkt steif, sehr altmodisch. Meiner Ansicht nach spricht viel für eine mehr praktische, mehr beruflich orientierte Ausbildung. David könnte Klempner werden oder Zimmermann, zum Beispiel. Dafür braucht man keine höhere Mathematik.«

»Oder für die Arbeit der Schauerleute.«

»Oder für die Arbeit der Schauerleute. Das ist ein völlig ehrenwerter Beruf, wie wir beide wissen. Nein, ich stimme dir zu: Dein Junge wird unfair behandelt. Trotzdem haben seine Lehrer nicht ganz unrecht, oder? Es geht nicht nur darum, die Regeln der Arithmetik zu befolgen, sondern Regeln allgemein zu lernen. Señora Inés ist eine sehr nette Dame, doch sie verwöhnt das Kind unmäßig, das kann jeder sehen. Wenn ein Kind beständig verhätschelt wird und ihm gesagt wird, dass es etwas Besonderes ist, wenn ihm gestattet wird, sich seine eigenen Regeln zu schaffen, zu was für einem Mann wird es heranwachsen? Vielleicht schadet ein wenig Disziplin in diesem Lebensabschnitt David nichts.«

Obwohl er Eugenio gegenüber das größte Wohlwollen empfindet, obwohl ihn sowohl seine Bereitschaft, sich mit einem älteren Kameraden anzufreunden, als auch seine vielen Gefälligkeiten gerührt haben, obwohl er ihn für den Unfall im Hafen keineswegs verantwortlich macht – so plötzlich an die Schalthebel eines Krans gesetzt, hätte er es auch nicht besser gemacht –, hat er es nie über sich gebracht, den Mann wirklich von Herzen gern zu haben. Er findet ihn spröde und engstirnig und selbstgefällig. Seine Kritik an Inés empört ihn. Aber er hält sich zurück.

»Es gibt zwei Theorien über die Kindererziehung, Eugenio. Die eine besagt, wir sollen sie formen wie Ton, sie zu rechtschaffenen Bürgern bilden. Die andere besagt, dass wir nur einmal Kinder sind, dass eine glückliche Kindheit die Grundlage für ein späteres glückliches Leben ist. Inés gehört zu der letzteren Schule; und weil sie seine Mutter ist, weil die Bindung zwischen einem Kind und seiner Mutter heilig ist, folge ich ihr. Deshalb – nein, ich glaube nicht, dass mehr von der Disziplin des Schulzimmers gut für David ist.«

Sie setzen die Fahrt schweigend fort.

Bei der Ostsiedlung bittet er den Fahrer zu warten, während Eugenio ihm aus dem Auto hilft. Zusammen arbeiten sie sich langsam die Treppe hoch. Im zweiten Stock angekommen, erwartet sie ein bestürzender Anblick. Vor Inés' Wohnung stehen zwei Personen, ein Mann und eine Frau, in identischer dunkelblauer Uniform. Die Tür ist geöffnet; von drinnen ist Inés' Stimme zu hören, schrill, zornig. »Nein!«, sagt sie. »Nein, nein, nein! Sie haben nicht das Recht!«

Was die Fremden daran hindert hineinzugehen – wie er beim Näherkommen sieht –, ist der Hund, Bolívar, der sich auf der Schwelle duckt, die Ohren angelegt, die Zähne entblößt, leise knurrend, jede ihrer Bewegungen belauernd, bereit, loszuspringen.

»Simón!«, ruft Inés ihm zu, »sag diesen Leuten, sie sollen weggehen! Sie wollen David in dieses entsetzliche Erziehungsheim zurückbringen. Sag ihnen, dass sie nicht das Recht dazu haben!«

Er holt tief Luft. »Sie haben kein Recht auf den Jungen«, sagt er, die uniformierte Frau ansprechend, die klein und hübsch wie ein Vogel ist, im Gegensatz zu ihrem ziemlich untersetzten Begleiter. »Ich habe ihn hierher nach Novilla gebracht. Ich bin sein Vormund. Ich bin in jeder Beziehung, die wichtig ist, sein Vater. Señora Inés« – er deutet auf Inés – »ist in jeder Beziehung seine Mutter. Sie kennen unseren Sohn nicht so, wie wir ihn kennen. Es ist nichts mit ihm los, das korrigiert werden müsste. Er ist ein sensibler Junge, der gewisse Schwierigkeiten mit dem schulischen Lehrplan hat – weiter ist da nichts. Er sieht Fallstricke, philosophische Fallstricke, wo es ein normales Kind nicht tun würde. Sie können ihn nicht für eine philosophische Meinungsverschiedenheit bestrafen. Sie können ihn nicht aus seinem Zuhause und seiner Familie reißen. Das werden wir nicht zulassen.«

Auf seine Rede folgt ein langes Schweigen. Hinter ihrem Wachhund hervor starrt Inés die Frau streitlustig an. »Wir werden es nicht zulassen«, wiederholt sie schließlich.

»Und Sie, Señor?«, fragt die Frau, an Eugenio gewandt.

»Señor Eugenio ist ein Freund«, schaltet er, Simón, sich ein. »Er hat mich freundlicherweise aus dem Krankenhaus herbegleitet. Er hat mit dieser Auseinandersetzung nichts zu tun.«

»David ist ein außergewöhnliches Kind«, sagt Eugenio. »Sein Vater ist ihm sehr zugetan. Das habe ich mit eigenen Augen gesehen.«

»Stacheldraht!«, sagt Inés. »Was für Straftäter haben Sie in Ihrer Schule, dass Sie Stacheldraht brauchen, um sie einzusperren?«

»Der Stacheldraht ist ein Märchen«, sagt die Frau. »Eine reine Erfindung. Ich habe keine Ahnung, wie das entstanden ist. Es gibt keinen Stacheldraht in Punta Arenas. Im Gegenteil, wir haben –«

»Er ist durch den Stacheldraht gegangen!«, unterbricht sie Inés mit wieder erhobener Stimme. »Er hat seine Kleidung zerfetzt! Und Sie haben die Frechheit zu behaupten, es gebe keinen Stacheldraht!«

»Im Gegenteil, wir haben eine Politik der offenen Tür«, fährt die Frau tapfer fort. »Unsere Kinder können frei ein und aus gehen. An den Türen sind nicht einmal Schlösser. David, sage uns der Wahrheit gemäß, gibt es Stacheldraht in Punta Arenas?«

Als er jetzt genauer hinsieht, bemerkt er, dass der Junge während der ganzen heftigen Auseinandersetzung anwesend war, halb hinter seiner Mutter versteckt, ruhig zuhörend, den Daumen im Mund.

»Gibt es wirklich Stacheldraht?«, wiederholt die Frau.

»Es gibt dort Stacheldraht«, sagt der Junge langsam. »Ich bin durch den Stacheldraht gegangen.«

Die Frau schüttelt den Kopf, zeigt ein kleines ungläubiges Lächeln. »David«, sagt sie sanft, »du weißt und ich weiß, das ist geschwindelt. Es gibt keinen Stacheldraht in Punta Arenas. Ich lade Sie alle ein, mitzukommen und sich selbst zu überzeugen. Wir können ins Auto steigen und sofort hinfahren. Kein Stacheldraht, überhaupt keiner.«

»Ich brauche mich nicht zu überzeugen«, sagt Inés. »Ich glaube meinem Kind. Wenn er sagt, dass es dort Stacheldraht gibt, dann ist es wahr.«

»Aber ist es wahr?«, sagt die Frau, an den Jungen gewandt. »Ist es richtiger Stacheldraht, den wir mit eigenen Augen sehen können, oder ist es eine Art von Stacheldraht, den nur gewisse Menschen sehen und berühren können, gewisse Menschen mit einer lebhaften Phantasie?«

»Es ist richtiger Stacheldraht. Es ist wahr«, sagt der Junge.

Ein Schweigen tritt ein.

»Darum geht es also«, sagt die Frau schließlich. »Stacheldraht. Wenn ich Ihnen, Señora, beweisen kann, dass es keinen Stacheldraht gibt, dass das Kind nur Geschichten erfindet, werden Sie ihn dann gehen lassen?«

»Das können Sie niemals beweisen«, sagt Inés. »Wenn das Kind sagt, dort gibt es Stacheldraht, dann glaube ich ihm, dass es dort Stacheldraht gibt.«

»Und Sie?«, fragt die Frau.

»Ich glaube ihm auch«, antwortet er, Simón.

»Und Sie, Señor?«

Eugenio wirkt verlegen. »Ich müsste es selbst sehen«, sagt er schließlich. »Sie können nicht erwarten, dass ich mich festlege, ohne es in Augenschein genommen zu haben.«

»Wir scheinen in eine Sackgasse geraten zu sein«, sagt die Frau. »Señora, ich überlasse es Ihnen. Sie haben die Wahl: Entweder richten Sie sich nach dem Gesetz und übergeben uns das Kind, oder wir sehen uns gezwungen, die Polizei einzuschalten. Wofür entscheiden Sie sich?«

»Nur über meine Leiche nehmen Sie ihn mir weg«, sagt Inés. Sie wendet sich an ihn. »Simón! Tu etwas!«

Er starrt sie hilflos an. »Was soll ich denn tun?«

»Das wird keine permanente Trennung sein«, sagt die Frau. »David kann an jedem zweiten Wochenende nach Hause kommen.«

Inés schweigt verbissen.

Er appelliert zum letzten Mal. »Señora, bitte überlegen Sie doch. Was Sie vorschlagen, wird das Herz einer Mutter brechen. Und wofür? Hier haben wir ein Kind, das offenbar eigene Ansichten über, ausgerechnet, die Arithmetik hat – nicht über Geschichte oder Sprache, sondern über schlichte Arithmetik –, Ansichten, die es sehr wahrscheinlich schon bald überwinden wird. Was ist es denn für ein

Verbrechen für ein Kind, wenn es behauptet, zwei plus zwei ist drei? Wie sollte das die gesellschaftliche Ordnung erschüttern? Aber deswegen wollen Sie ihn seinen Eltern entreißen und ihn hinter Stacheldraht einsperren! Einen Sechsjährigen!«

»Es gibt keinen Stacheldraht«, wiederholt die Frau geduldig. »Und das Kind ist nicht nach Punta Arenas überwiesen worden, weil es nicht addieren kann, sondern weil es Betreuung durch Spezialisten braucht. Pablo«, sagt sie, an ihren stummen Begleiter gewandt, »warte hier. Ich würde gern unter vier Augen mit diesem Herrn hier sprechen.« Und zu ihm: »Señor, darf ich Sie bitten, mit mir zu kommen?«

Eugenio nimmt seinen Arm, doch er wehrt den jungen Mann ab. »Mir fehlt nichts, danke, solange ich nicht schnell gehen muss.« Für die Frau erklärt er: »Ich komme gerade aus dem Krankenhaus. Eine Verletzung am Arbeitsplatz. Ich bin noch ein wenig schmerzempfindlich.«

Sie sind im Treppenhaus allein. »Señor«, sagt die Frau leise, »verstehen Sie bitte, ich bin keine Beamtin, die Ausreißer wieder in die Schule bringt. Ich bin ausgebildete Psychologin. Ich arbeite mit den Kindern in Punta Arenas. Während der kurzen Zeit, die David bei uns war, ehe er fortlief, übernahm ich es, ihn genau zu beobachten. Weil er – da stimme ich Ihnen zu – sehr jung ist, um fort von zu Hause zu sein, und mir ging es darum, dass er sich nicht verlassen fühlen sollte.

Was ich gesehen habe, war ein liebes Kind, sehr aufrichtig, sehr direkt, ohne Scheu, über seine Gefühle zu reden. Ich habe noch etwas anderes gesehen. Ich sah, wie schnell ihn die anderen Jungen ins Herz schlossen, besonders die älteren Jungen. Sogar die raubeinigsten. Ich übertreibe nicht, wenn ich sage, dass sie für ihn schwärmten. Sie wollten ihn zu ihrem Maskottchen machen.«

»Zu ihrem Maskottchen? Die einzige Art von Maskottchen, die ich kenne, sind Tiere, die man mit einer Girlande schmückt und an einem Strick herumführt. Worauf kann man da stolz sein?«

»Er war ihr Liebling, der Liebling von allen. Sie verstehen nicht, warum er weggelaufen ist. Sie sind untröstlich. Sie fragen jeden Tag nach ihm. Warum erzähle ich Ihnen das, Señor? Damit Sie verstehen, dass David von Anfang an einen Platz für sich in unserer Gemeinschaft von Punta Arenas gefunden hat. Punta Arenas ist nicht wie eine normale Schule, in der ein Kind einige Stunden täglich verbringt und unterrichtet wird und dann nach Hause geht. In Punta Arenas sind Lehrer und Schüler und Berater eng zusammengeschweißt. Warum ist David dann fortgelaufen, könnten Sie fragen? Nicht weil er unglücklich war, kann ich Ihnen versichern. Es geschah, weil er ein weiches Herz hat und den Gedanken nicht ertragen konnte, dass Señora Inés sich nach ihm sehnt.«

»Señora Inés ist seine Mutter«, sagt er.

Die Frau zuckt mit den Schultern. »Wenn er ein paar Tage gewartet hätte, hätte er zu Besuch nach Hause kommen können. Können Sie Ihre Frau nicht überreden, ihn freizugeben?«

»Und wie stellen Sie sich vor, dass ich sie überreden soll, Señora? Sie haben sie erlebt. Was glauben Sie, welche Zauberformel ich besitze, die den Willen einer solchen Frau bricht? Nein, Ihr Problem ist nicht, wie Sie David seiner Mutter wegnehmen. Dazu haben Sie die Macht. Ihr Problem ist, dass Sie ihn nicht festhalten können. Wenn er sich einmal entschließt, nach Hause zu seinen Eltern zu kommen, dann kommt er. Sie haben nicht die Mittel, ihn aufzuhalten.«

»Er wird solange fortlaufen, als er glaubt, seine Mutter rufe ihn. Deshalb bitte ich Sie, mit ihr zu reden. Überzeugen Sie sie, dass es das Beste für ihn ist, mit uns zu kommen. Weil es wirklich das Beste ist.«

»Sie werden Inés nie davon überzeugen, dass es für ihr Kind das Beste ist, ihr weggenommen zu werden.«

»Dann überzeugen Sie sie wenigstens, ihn ohne Tränen und Drohungen gehen zu lassen, ohne ihn aus der Fassung zu bringen. Weil er, so oder so, kommen muss. Das Gesetz ist das Gesetz.«

»Das mag so sein, aber es gibt höhere Überlegungen als Gesetzestreue, höhere Verpflichtungen.«

»Wirklich? Nicht dass ich wüsste. Für mich, vielen Dank, ist das Gesetz genug.«

NEUNUNDZWANZIG

Die beiden Beamten sind gegangen. Eugenio ist gegangen. Der Fahrer ist auch fort, sein Auftrag nicht erfüllt. Er wurde bei Inés und dem Jungen zurückgelassen, erst einmal sicher hinter der verschlossenen Tür seiner alten Wohnung. Bolívar, der seine Pflicht getan hat, ist auf seinen Posten vor dem Heizgerät zurückgekehrt und beobachtet von dort ernst die Lage und wartet mit aufgestellten Ohren auf den nächsten Eindringling.

»Wollen wir uns nicht hinsetzen und die Situation in Ruhe besprechen, wir drei?«, schlägt er vor.

Inés schüttelt den Kopf. »Es ist keine Zeit mehr für weitere Besprechungen. Ich rufe jetzt Diego an und sage ihm, er soll uns abholen.«

»Euch abholen und nach La Residencia bringen?«

»Nein. Wir fahren, bis wir außer Reichweite sind.«

Kein langfristiger Plan, kein genialer Fluchtplan, soviel ist klar. Er fühlt mit ihr, dieser sturen, humorlosen Frau, deren Leben, bestehend aus Tennisspielen und Cocktails zur Dämmerstunde, er völlig umgekrempelt hat, als er ihr ein Kind gab; deren Zukunft nun zusammengeschrumpft ist auf ein zielloses Herumfahren auf Nebenstraßen, bis es ihre Brüder langweilt oder bis ihnen das Geld ausgeht und sie keine andere Wahl hat, als zurückzukommen und ihr kostbares Gut auszuliefern.

»Was hältst du davon, David«, sagt er, »wenn du nach Punta Arenas zurückgehst, nur für eine Weile – wenn du zurückgehst und ihnen zeigst, wie klug du bist, indem du Klassenerster wirst? Wenn du ihnen zeigst, dass du besser rechnen kannst als sie alle, wie du die Regeln einhalten und ein guter Junge sein kannst. Wenn sie das dann gesehen haben, werden sie dich nach Hause kommen lassen, das verspreche ich dir. Dann kannst du wieder ein normales Leben führen, das Leben eines normalen Jungen. Wer weiß, vielleicht bringen sie in Punta Arenas sogar einmal eine Tafel für dich an: *Der berühmte David war hier.*«

»Wofür werde ich berühmt sein?«

»Das müssen wir abwarten. Vielleicht wirst du ein berühmter Zauberer sein. Vielleicht ein berühmter Mathematiker.«

»Nein. Ich will mit Inés und Diego im Auto fortfahren. Ich will ein Zigeuner sein.«

Er wendet sich wieder an Inés. »Ich beschwöre dich, Inés, überleg es dir noch einmal. Bestehe nicht auf diesem unbesonnenen Schritt. Es muss einen besseren Weg geben.«

Inés richtet sich auf. »Hast du deine Meinung schon wieder geändert? Willst du, dass ich mein Kind Fremden ausliefere – das Licht meines Lebens ausliefere? Was glaubst du, was für eine Mutter ich bin?« Und zu dem Jungen: »Geh und packe deine Sachen.«

»Ich bin fertig mit Packen. Kann Simón mich auf der Schaukel anstoßen, bevor wir losfahren?«

»Ich bin nicht sicher, dass ich irgendjemanden anschieben kann«, sagt er, Simón. »Ich habe meine alte Stärke nicht, weißt du.«

»Nur ein bisschen. Bitte.«

Sie gehen hinunter zum Spielplatz. Es hat geregnet; der Sitz der Schaukel ist nass. Er wischt ihn mit dem Ärmel trocken. »Nur ein paarmal anstoßen«, sagt er.

Er kann nur mit einer Hand anstoßen; die Schaukel bewegt sich kaum. Doch der Junge scheint glücklich zu sein. »Jetzt bist du an der Reihe, Simón«, sagt er. Erleichtert lässt er sich auf der Schaukel nieder und gestattet dem Jungen, ihn anzuschieben.

»Hast du einen Vater oder einen Paten gehabt, Simón?«, fragt der Junge.

»Ich bin ziemlich sicher, dass ich einen Vater hatte und er mich auf der Schaukel angestoßen hat, wie du jetzt mich. Wir haben alle Väter, das ist ein Naturgesetz, wie ich dir gesagt habe; leider verschwinden einige von ihnen oder gehen verloren.«

»Hat dein Vater dich hoch hinauf gestoßen?«

»Bis ganz hoch oben.«

»Bist du gefallen?«

»Ich kann mich nicht erinnern, dass ich jemals gefallen wäre.«

»Was passiert, wenn du fällst?«

»Kommt darauf an. Wenn du Glück hast, holst du dir nur eine Beule. Wenn du Pech hast, großes Pech hast, kannst du dir einen Arm oder ein Bein brechen.«

»Nein, was passiert, wenn du *fällst*?«

»Ich verstehe nicht. Meinst du, während du durch die Luft fällst?«

»Ja. Ist es wie fliegen?«

»Nein, überhaupt nicht. Fliegen und fallen sind nicht dasselbe. Nur Vögel können fliegen; wir Menschen sind zu schwer.«

»Aber nur eine kleine Weile, wenn man hoch oben ist, dann ist es wie fliegen, nicht wahr?«

»Wahrscheinlich, wenn du vergisst, dass du fällst. Warum fragst du?«

Der Junge zeigt ihm ein geheimnisvolles Lächeln. »Darum.«

Auf der Treppe treffen sie auf eine finster blickende Inés. »Diego hat seine Meinung geändert«, sagt sie. »Er kommt nun doch nicht mit. Ich wusste, dass es so kommt. Er sagt, wir sollen den Zug nehmen.«

»Den Zug nehmen? Wohin? Bis zum Endbahnhof? Was machst du dann, wenn ihr dort ankommt, du und das Kind allein? Nein. Ruf Diego an. Sag ihm, er soll das Auto bringen. Ich springe ein. Ich habe keine Ahnung, wohin die Reise geht, aber ich komme mit euch.«

»Er wird nicht einwilligen. Er wird das Auto nicht aufgeben.«

»Es ist nicht sein Auto. Es gehört euch allen dreien. Sag ihm, er hat es lang genug gehabt, jetzt bist du an der Reihe.«

Ein Stunde später taucht Diego auf, unwirsch, streitlustig. Doch Inés schneidet sein Gemurre ab. In Stiefeln und Mantel steht sie da und führt sich so herrisch auf, wie er es noch nie erlebt hat. Während Diego mit den Händen in den Taschen herumsteht, stemmt sie einen schweren Koffer auf das Autodach und bindet ihn dort fest. Als der Junge kommt und seine Kiste mit den Fundstücken hinter sich herzieht, schüttelt sie energisch den Kopf. »Drei Dinge, mehr nicht«, sagt sie. »Kleine Dinge. Entscheide dich.«

Der Junge wählt ein nicht funktionierendes Uhrwerk aus, einen Stein mit einem weißen Saum darin, eine tote

Grille in einem Glas und das vertrocknete Brustbein einer Möwe. Ruhig hebt sie den Knochen mit zwei Fingern auf und wirft ihn fort. »Wirf jetzt den Rest in die Abfalltonne.« Der Junge macht große Augen, ist sprachlos. »Zigeuner führen keine Museen mit sich«, sagt sie.

Schließlich ist das Auto vollgepackt. Er, Simón, begibt sich vorsichtig auf den Rücksitz, gefolgt von dem Jungen, gefolgt von Bolívar, der sich zu ihren Füßen niederlässt. Viel zu schnell fährt Diego auf der Straße nach La Residencia, wo er ohne ein Wort aussteigt, die Tür zuknallt und mit großen Schritten davongeht.

»Warum ist Diego so wütend?«, fragt der Junge.

»Er ist daran gewöhnt, der Prinz zu sein«, sagt Inés. »Er ist es gewöhnt, dass er seinen Willen bekommt.«

»Und bin ich jetzt der Prinz?«

»Ja, du bist der Prinz.«

»Und bist du die Königin und Simón ist der König? Sind wir eine Familie?«

Er wechselt Blicke mit Inés. »So etwas wie eine Familie«, sagt er. »Im Spanischen gibt es kein Wort für das, was wir genau sind, also wollen wir uns so nennen: Davids Familie.«

Der Junge lehnt sich in seinem Sitz zurück und wirkt zufrieden mit sich.

Langsam fahrend – jedes Mal wenn er schaltet, verspürt er einen Stich – lässt er La Residencia hinter sich und sucht die Hauptverkehrsstraße nach Norden.

»Wo fahren wir hin?«, fragt der Junge.

»Nach Norden. Hast du eine bessere Idee?«

»Nein, aber ich will nicht in einem Zelt leben, wie an dem anderen Ort.«

»Belstar? Eigentlich ist das keine schlechte Idee. Wir

können nach Belstar fahren und ein Schiff zurück ins alte Leben nehmen. Dann sind wir alle unsere Sorgen los.«

»Nein! Ich will kein altes Leben, ich will ein neues Leben!«

»Ich hab das nur zum Spaß gesagt, mein Junge. Der Hafenmeister in Belstar wird keinem erlauben, das Schiff zurück zum alten Leben zu nehmen. Da ist er sehr streng. Keine Rückkehr. Daher heißt es entweder ein neues Leben oder das Leben, das wir haben. Irgendwelche Vorschläge, Inés, wo wir ein neues Leben finden könnten? Nein? Dann wollen wir einfach weiterfahren und sehen, was sich ergibt.«

Sie finden die Fernverkehrsstraße nach Norden und folgen ihr, zuerst durch die Industrievororte von Novilla, dann durch unebenes Ackerland. Die Straße windet sich allmählich in die Berge hinauf.

»Ich muss kacken«, verkündet der Junge.

»Kann das nicht warten?«, fragt Inés.

»Nein.«

Sie haben, wie sich herausstellt, kein Toilettenpapier. Was hat Inés in ihrer Aufbruchshektik sonst noch vergessen?

»Haben wir *Don Quijote* im Auto?«, fragt er den Jungen.

Der Junge nickt.

»Opferst du eine Seite vom *Don Quijote*?«

Der Junge schüttelt den Kopf.

»Dann musst du eben einen schmutzigen Hintern haben. Wie ein Zigeuner.«

»Er kann ein Taschentuch benutzen«, sagt Inés steif.

Sie halten an; sie fahren weiter. Er findet allmählich Gefallen an Diegos Auto. Es sieht nicht besonders attraktiv aus, seine Bedienung ist etwas umständlich, aber der Motor macht einen recht robusten, recht zuverlässigen Eindruck.

Von den Bergen geht es hinunter in leicht hügliges Buschland mit hier und da verstreuten Gebäuden, ganz anders als die sandige Einöde südlich der Stadt. Über lange Strecken ist ihr Auto das einzige Fahrzeug auf der Straße.

Sie erreichen eine Stadt mit Namen Laguna Verde (warum? – es gibt hier keine Lagune), wo sie tanken. Eine Stunde vergeht, volle fünfzig Kilometer, ehe sie die nächste Stadt erreichen. »Es wird spät«, sagt er. »Wir sollten uns nach einer Übernachtungsmöglichkeit umsehen.«

Sie fahren die Hauptstraße hinunter. Kein Hotel in Sicht. Sie halten an einer Tankstelle an. »Wo finden wir die nächste Unterkunft?«, fragt er den Tankwart.

Der Mann kratzt sich den Kopf. »Wenn Sie ein Hotel wollen, müssen Sie weiter bis Novilla.«

»Wir kommen gerade aus Novilla.«

»Dann weiß ich auch nicht«, sagt der Tankwart. »Die Leute kampieren gewöhnlich einfach im Freien.«

Sie kehren zur Fernverkehrsstraße zurück und fahren in die einbrechende Nacht hinein.

»Werden wir heute Nacht Zigeuner sein?«, fragt der Junge.

»Zigeuner haben Wohnwagen«, antwortet er. »Wir haben keinen Wohnwagen, nur dieses enge kleine Auto.«

»Zigeuner schlafen unter Hecken«, sagt der Junge.

»Gut. Sag mir, wenn du die nächste Hecke siehst.«

Sie haben keine Landkarte. Er hat keine Ahnung, was vor ihnen an der Straße liegt. Schweigend fahren sie weiter.

Er blickt über die Schulter. Der Junge ist eingeschlafen, die Arme um Bolívars Hals. Er sieht in die Hundeaugen.

Beschütze ihn, sagt er, obwohl er kein Wort äußert. Die eisigen Bernsteinaugen starren unbewegt zurück.

Er weiß, dass der Hund ihn nicht mag. Aber vielleicht mag der Hund niemanden; vielleicht gibt es sein Herz nicht her, jemanden zu mögen. Was spielt das für eine Rolle, ob man jemanden mag oder liebt, verglichen mit dem Treusein?

»Er schläft«, sagt er leise zu Inés. Und dann: »Tut mir leid, dass ausgerechnet ich mit dir kommen muss. Dir wäre doch dein Bruder lieber gewesen?«

Inés zuckt mit den Schultern. »Ich habe immer gewusst, dass er mich im Stich lassen würde. Er muss der egozentrischste Mensch auf der Welt sein.«

Es ist das erste Mal, dass sie einen ihrer Brüder in seiner Gegenwart kritisiert hat, das erste Mal, dass sie zu ihm hält.

»Man wird sehr egozentrisch, wenn man in La Residencia lebt«, fährt sie fort.

Er wartet auf mehr – über La Residencia, über ihre Brüder –, aber sie hat genug gesagt.

»Ich habe nie zu fragen gewagt«, sagt er: »Warum hast du den Jungen angenommen? An dem Tag, als wir uns begegneten, hattest du scheinbar eine solche Abneigung gegen uns.«

»Es kam zu plötzlich, zu überraschend. Du bist wie aus dem Nichts aufgetaucht.«

»Alle großen Geschenke kommen wie aus dem Nichts. Das solltest du wissen.«

Stimmt das? Kommen große Geschenke wirklich wie aus dem Nichts? Was ist in ihn gefahren, das zu sagen?

»Glaubst du denn«, sagt Inés (und er kann das Gefühl hinter ihren Worten nicht überhören), »glaubst du denn, ich hätte mich nicht nach einem eigenen Kind gesehnt?

Was glaubst du denn, wie es gewesen ist, die ganze Zeit in La Residencia eingeschlossen zu sein?«

Jetzt kann er das Gefühl benennen: Bitterkeit.

»Ich habe keine Ahnung, wie es gewesen ist. Ich habe La Residencia nie verstanden, oder wie du dort gelandet bist.«

Sie hört die Frage nicht, oder hält sie nicht für wert, beantwortet zu werden.

»Inés«, sagt er, »ich möchte dich zum letzten Mal fragen: Bist du sicher, dass du das wirklich tun willst – aus dem Leben, das du kennst, weglaufen –, und das Ganze nur, weil das Kind sich nicht mit seinem Lehrer versteht?«

Sie schweigt.

»Das ist kein Leben für dich, ein Leben auf der Flucht«, lässt er nicht locker. »Und auch mir sagt es nicht zu. Und was den Jungen angeht, er kann nur eine Zeitlang Ausreißer sein. Früher oder später muss er, wenn er heranwächst, seinen Frieden mit der Gesellschaft machen.«

Ihre Lippen pressen sich zusammen. Sie starrt wütend in die Dunkelheit hinaus.

»Denk darüber nach«, schließt er. »Denk gut nach. Aber was du auch beschließt, sei versichert, dass ich« – er hält inne und sträubt sich gegen die Worte, die hinausdrängen – »dass ich euch bis ans Ende der Welt folgen werde.«

»Ich will nicht, dass er so wird wie meine Brüder«, sagt Inés, so leise, dass er sich anstrengen muss, sie zu verstehen. »Ich will nicht, dass er ein Beamter oder ein Lehrer wird wie dieser Señor León. Ich will, dass er etwas aus seinem Leben macht.«

»Das wird er sicherlich. Er ist ein außergewöhnliches Kind, mit einer außergewöhnlichen Zukunft. Wir beide wissen das.«

Die Scheinwerfer erfassen ein gemaltes Schild am Straßenrand. *Cabañas 5 km.* Bald darauf wieder ein Schild: *Cabañas 1 km.*

Die betreffenden *cabañas* stehen ein Stück entfernt von der Straße, in totaler Finsternis. Sie finden das Büro; er steigt aus und klopft an die Tür. Eine Frau in einem Morgenmantel mit einer Laterne in der Hand öffnet. Seit drei Tagen gibt es keinen Strom, teilt sie ihnen mit. Kein Strom, deshalb keine Vermietung der *cabañas*.

Inés spricht. »Wir haben ein Kind im Auto. Wir sind erschöpft. Wir können nicht die Nacht durchfahren. Haben Sie keine Kerzen für uns?«

Er geht wieder zum Auto, schüttelt das Kind. »Zeit aufzuwachen, mein Schatz.«

Mit einer einzigen flüssigen Bewegung erhebt sich der Hund und gleitet aus dem Auto, mit den kräftigen Schultern schiebt er ihn beiseite wie einen Strohhalm.

Der Junge reibt sich schläfrig die Augen. »Sind wir da?«

»Nein, noch nicht. Wir bleiben hier über Nacht.«

Im Licht der Laterne zeigt ihnen die Frau die nächste der *cabañas*. Sie ist spärlich möbliert, hat aber zwei Betten. »Wir nehmen sie«, sagt Inés. »Können wir irgendwo etwas zu essen bekommen?«

»Die *cabañas* sind für Selbstverpfleger«, erwidert die Frau. »Sie haben dort einen Gasherd.« Sie schwenkt die Laterne in Richtung des Herds. »Haben Sie keine Verpflegung mitgebracht?«

»Wir haben ein Brot und etwas Fruchtsaft für das Kind«, sagt Inés. »Wir hatten keine Zeit einzukaufen. Können wir Ihnen etwas abkaufen? Vielleicht ein paar Koteletts oder Würstchen. Keinen Fisch. Das Kind isst keinen Fisch. Und etwas Obst. Und was Sie an Resten für den Hund haben.«

»Obst!«, sagt die Frau. »Es ist lange her, dass wir das letzte Mal Obst zu sehen bekommen haben. Aber kommen Sie mit, wir schauen mal, was wir finden.«

Die zwei Frauen gehen fort und lassen sie im Finstern zurück.

»Ich esse doch Fisch«, sagt der Junge, »nur nicht, wenn er Augen hat.«

Inés kommt zurück mit einer Büchse Bohnen, einer Dose mit, laut Etikett, Cocktailwürstchen in Salzlake und einer Zitrone, sowie einer Kerze und Streichhölzern.

»Und was ist mit Bolívar?«, fragt der Junge.

»Bolívar muss sich mit Brot begnügen.«

»Er kann meine Würstchen essen«, sagt der Junge. »Ich hasse Würstchen.«

Sie nehmen ein bescheidenes Mahl bei Kerzenschein ein, nebeneinander auf dem Bett sitzend.

»Putz dir die Zähne, dann wird geschlafen«, sagt Inés.

»Ich bin nicht müde«, sagt der Junge. »Können wir ein Spiel spielen. Können wir ›Wahrheit oder Pflicht‹ spielen?«

Jetzt ist er an der Reihe, sich zu sträuben. »Vielen Dank, David, aber ich habe für einen Tag genug Pflichten gehabt. Ich brauche Ruhe.«

»Kann ich dann das Geschenk von Señor Daga auspacken?«

»Welches Geschenk?«

»Señor Daga hat mir ein Geschenk gegeben. Er hat gesagt, ich soll es in der Zeit der Not öffnen. Jetzt ist die Zeit der Not.«

»Señor Daga hat ihm ein Geschenk zum Mitnehmen gemacht«, sagt Inés, seinem Blick ausweichend.

»Es ist die Zeit der Not, kann ich es also aufmachen?«

»Es ist keine echte Zeit der Not, die echte Zeit der Not kommt noch«, sagt er, »aber mach es nur auf.«

Der Junge läuft zum Auto hinaus und kommt mit einer Pappschachtel zurück, die er aufreißt. Sie enthält eine schwarze Satinrobe. Er nimmt sie heraus und entfaltet sie. Keine Robe, sondern ein Umhang.

»Da ist ein Zettel«, sagt Inés. »Lies ihn.«

Der Junge hält das Papier näher an die Kerze und liest: *Siehe da – der Zaubermantel der Unsichtbarkeit. Wer ihn trägt, wird ungesehen durch die Welt schreiten.* »Ich hab's euch gesagt!«, schreit er und tanzt vor Aufregung. »Ich habe euch gesagt, Señor Daga kann zaubern!« Er wickelt sich in den Umhang. Er ist viel zu groß. »Kannst du mich sehen, Simón? Bin ich unsichtbar?«

»Nicht ganz. Noch nicht. Du hast nicht die ganze Mitteilung gelesen. Hör zu. *Anweisungen für den Träger. Um Unsichtbarkeit zu erlangen, soll der Träger den Umhang vor einem Spiegel anlegen, dann das Zauberpulver entzünden und den geheimen Zauberspruch sagen. Daraufhin verschwindet der irdische Körper in den Spiegel und lässt nur den spurlosen Geist zurück.*«

Er wendet sich an Inés. »Was denkst du, Inés? Sollen wir unseren jungen Freund den Mantel der Unsichtbarkeit anlegen und den geheimen Zauberspruch sagen lassen? Wenn er nun in den Spiegel verschwindet und nie zurückkommt?«

»Du kannst den Umhang morgen tragen«, sagt Inés. »Jetzt ist es zu spät.«

»Nein!«, sagt der Junge. »Ich trage ihn jetzt! Wo ist das Zauberpulver?« Er kramt in der Schachtel und holt ein Glasröhrchen heraus. »Ist das das Zauberpulver, Simón?«

Er öffnet das Röhrchen und riecht am silbrigen Pulver. Es ist geruchlos.

An der Wand der *cabaña* befindet sich ein großer, von Fliegen verdreckter Spiegel. Er stellt den Jungen vor den Spiegel, knöpft das Cape am Hals zu. Es reicht bis zum Boden und liegt in dichten Falten um seine Füße herum. »Hier: halte die Kerze in einer Hand. Halte das Zauberpulver in der anderen. Bist du bereit zum Zauberspruch?«

Der Junge nickt.

»Gut. Streue das Pulver über die Kerzenflamme und sage den Zauberspruch.«

»Abrakadabra«, sagt der Junge und streut das Pulver. Es fällt als kurzer Regen zu Boden. »Bin ich schon unsichtbar?«

»Noch nicht. Versuch es mit mehr Pulver.«

Der Junge taucht die Kerzenflamme in das Glasröhrchen. Eine mächtige Lichteruption, dann völlige Dunkelheit. Inés stößt einen Schrei aus; er fährt selbst zurück, geblendet. Der Hund fängt wie toll zu bellen an.

»Kannst du mich sehen?«, kommt die Stimme des Jungen, ganz leise und unsicher. »Bin ich unsichtbar?«

Keiner sagt ein Wort.

»Ich kann nicht sehen«, sagt der Junge. »Rette mich, Simón.«

Er tastet sich zu dem Jungen, hebt ihn auf, stößt den Umhang mit dem Fuß fort.

»Ich kann nicht sehen«, sagt der Junge. »Meine Hand tut weh. Bin ich tot?«

»Nein, natürlich nicht. Du bist weder unsichtbar noch tot.« Er tastet auf dem Boden herum, findet die Kerze, zündet sie an. »Zeig mir deine Hand. Ich sehe nicht, dass mit deiner Hand etwas nicht in Ordnung ist.«

»Sie tut weh.« Der Junge saugt an den Fingern.

»Du hast sie dir wahrscheinlich verbrannt. Ich sehe mal,

ob die Frau noch wach ist. Vielleicht kann sie uns etwas Butter geben, um das Brennen zu lindern.« Er reicht den Jungen an Inés. Sie umarmt ihn, küsst ihn, legt ihn aufs Bett, redet in sanftem Flüsterton auf ihn ein.

»Es ist finster«, sagt der Junge. »Ich kann nichts sehen. Bin ich im Spiegel?«

»Nein, mein Liebling«, sagt Inés, »du bist nicht im Spiegel, du bist bei deiner Mutter und alles wird wieder gut.« Sie dreht sich zu Simón um. »Hol einen Arzt!«, zischt sie.

»Das muss Magnesiumpulver gewesen sein«, sagt er. »Ich verstehe nicht, wie dein Freund Daga einem Kind ein so gefährliches Geschenk machen konnte. Aber dann« – Boshaftigkeit überkommt ihn – »gibt es so vieles, was ich bei deiner Freundschaft mit diesem Mann nicht verstehe. Und sorge bitte dafür, dass der Hund aufhört – sein verrücktes Gebell macht mich fertig.«

»Hör auf zu jammern! Mach was! Señor Daga geht dich nichts an. Geh!«

Er verlässt die Hütte, folgt dem mondbeschienenen Pfad zum Büro der Señora. *Wie ein altes Ehepaar*, denkt er. *Wir sind nie zusammen im Bett gewesen, haben uns nicht einmal geküsst, und doch streiten wir uns, als wären wir viele Jahre lang verheiratet!*

DREISSIG

Der Junge schläft fest, aber als er aufwacht, ist klar, dass sein Sehvermögen immer noch beeinträchtigt ist. Er beschreibt grüne Lichtstrahlen, die durch sein Gesichtsfeld wandern, Sternkaskaden. Diese Erscheinungen scheinen ihn zu faszinieren und nicht im mindesten zu beunruhigen.

Er, Simón, klopft an Señora Robles' Tür. »Wir hatten gestern Nacht einen Unfall«, erzählt er ihr. »Unser Sohn muss einen Arzt aufsuchen. Wo befindet sich das nächste Krankenhaus?«

»In Novilla. Wir können einen Krankenwagen rufen, doch er muss aus Novilla kommen. Schneller ist es, wenn Sie ihn selbst hinbringen.«

»Bis Novilla ist es eine ziemliche Entfernung. Gibt es keinen Arzt in der Nähe?«

»In Nueva Esperanza gibt es eine Arztpraxis, ungefähr sechzig Kilometer von hier. Ich suche die Adresse für sie heraus. Das arme Kind. Was ist passiert?«

»Er hat mit entzündlichem Material gespielt. Es hat Feuer gefangen und das grelle Licht hat ihn geblendet. Wir dachten, vielleicht kommt sein Sehvermögen über Nacht zurück, aber es war nicht so.«

Señora Robles schnalzt mitfühlend. »Ich will mir das anschauen«, sagt sie.

Sie finden Inés in ungeduldiger Erwartung des Aufbruchs. Der Junge sitzt auf dem Bett, trägt den schwarzen Umhang, seine Augen sind geschlossen, auf seinem Gesicht liegt ein verzücktes Lächeln.

»Señora Robles sagt, eine Stunde Fahrt von hier gibt es einen Arzt«, verkündet er.

Señora Robles kniet sich steif vor den Jungen hin. »Schatz, dein Vater sagt, du kannst nicht sehen. Stimmt das? Kannst du mich nicht sehen?«

Der Junge öffnet die Augen. »Ich kann dich sehen«, sagt er. »Aus deinem Haar kommen Sterne. Wenn ich die Augen zumache« – er schließt die Augen –, »kann ich fliegen. Ich kann die ganze Welt sehen.«

»Das ist wunderbar, wenn man die ganze Welt sehen kann«, sagt Señora Robles. »Kannst du meine Schwester sehen? Sie wohnt in Margueles, in der Nähe von Novilla. Sie heißt Rita und sieht aus wie ich, nur jünger und hübscher.«

Der Junge runzelt voller Konzentration die Stirn. »Ich kann sie nicht sehen«, sagt er schließlich. »Meine Hand brennt zu sehr.«

»Er hat sich gestern Nacht die Finger verbrannt«, erklärt er, Simón. »Ich wollte Sie um etwas Butter für die Verbrennung bitten, aber es war schon spät und ich wollte Sie nicht aufwecken.«

»Ich hole die Butter gleich. Haben Sie schon probiert, seine Augen mit Salz auszuwaschen?«

»Es ist die Blindheit, wie sie vom Sehen in die Sonne kommt. Salz hilft da nicht. Inés, sind wir abfahrbereit? Señora, was schulden wir Ihnen?«

»Fünf Reales für die Hütte und zwei für die Lebensmittel gestern Abend. Möchten Sie etwas Kaffee, ehe Sie aufbrechen?«

»Danke, aber wir haben keine Zeit.«

Er ergreift die Hand des Jungen, doch der reißt sich los. »Ich will nicht fort«, sagt er. »Ich will hierbleiben.«

»Wir können nicht bleiben. Du musst zu einem Arzt und Señora Robles muss die *cabaña* für die nächsten Besucher saubermachen.«

Der Junge verschränkt fest die Arme und will sich nicht von der Stelle rühren.

»Ich sag dir was«, meint Señora Robles. »Du fährst jetzt zum Arzt und auf dem Rückweg kannst du mit deinen Eltern wieder bei mir bleiben.«

»Es sind nicht meine Eltern und wir kommen nicht wieder. Wir sind unterwegs zum neuen Leben. Willst du mit uns zum neuen Leben kommen?«

»Ich? Ich glaube nicht, Schatz. Es ist freundlich von dir, mich einzuladen, aber es gibt hier für mich zu viel zu tun und außerdem wird mir im Auto schlecht. Wo wollt ihr denn das neue Leben finden?«

»In Estell … In Estrellita del Norte.«

Señora Robles schüttelt zweifelnd den Kopf. »Ich glaube nicht, dass ihr in Estrellita viel von einem neuen Leben finden werdet. Freunde von mir sind dort hingezogen und sie sagen, es ist der langweiligste Ort auf der Welt.«

Inés schaltet sich ein. »Komm«, befiehlt sie dem Jungen. »Wenn du nicht kommst, werde ich dich tragen müssen. Ich zähle bis drei. Eins. Zwei. Drei.«

Ohne ein Wort steht der Junge auf, hebt den Saum seines Umhangs hoch, trottet den Weg zum Auto hinunter. Schmollend nimmt er seinen Platz auf dem Rücksitz ein. Der Hund springt ihm leichtfüßig nach.

»Hier ist die Butter«, sagt Señora Robles. »Schmier sie

auf deine wunden Finger und wickle ein Taschentuch darum. Das Brennen wird bald verschwinden. Hier ist noch eine Sonnenbrille, die mein Mann nicht mehr benutzt. Setz sie auf, bis deine Augen sich erholen.«

Sie setzt dem Jungen die Brille auf. Sie ist viel zu groß, aber er nimmt sie nicht ab.

Sie winken zum Abschied und nehmen die Straße nach Norden.

»Du solltest den Leuten nicht erzählen, dass wir nicht deine Eltern sind«, bemerkt er. »Zunächst einmal, ist das nicht wahr. Und dann könnten sie glauben, wir würden dich entführen.«

»Ist mir egal. Ich mag Inés nicht. Ich mag dich nicht. Ich mag nur Brüder. Ich will Brüder haben.«

»Du hast heute schlechte Laune«, sagt Inés.

Der Junge ignoriert das. Durch die Sonnenbrille der Señora starrt er in die Sonne, die jetzt voll aufgegangen ist und über der blauen Gebirgssilhouette in der Ferne steht.

Ein Verkehrsschild taucht auf: *Estrellita del Norte 475 km, Nueva Esperanza 50 km*. Neben dem Schild steht ein Anhalter, ein junger Mann in einem olivgrünen Poncho mit einem Rucksack zu seinen Füßen, der sehr einsam in der leeren Landschaft wirkt. Er geht vom Gas.

»Was machst du?«, fragt Inés. »Wir haben keine Zeit, Fremde aufzulesen.«

»Wen aufzulesen?«, fragt der Junge.

Im Rückspiegel sieht er, wie der Anhalter auf das Auto zukommt. Schuldbewusst beschleunigt er und fährt weg von ihm.

»Wen aufzulesen?«, fragt der Junge. »Über wen sprecht ihr?«

»Nur über einen Mann, der mitgenommen werden

will«, sagt Inés. »Wir haben keinen Platz im Auto. Und wir haben keine Zeit. Wir müssen dich zu einem Arzt bringen.«

»Nein! Wenn ihr nicht anhaltet, springe ich raus!« Und er öffnet die Tür auf seiner Seite.

Er, Simón, bremst scharf und macht den Motor aus. »Mach das nicht noch einmal! Du kannst rausfallen und umkommen.«

»Ist mir egal! Ich will zum anderen Leben! Ich will nicht bei dir und Inés sein!«

Eine fassungslose Stille tritt ein. Inés starrt nach vorn auf die Straße. »Du weißt nicht, was du sagst«, flüstert sie.

Knirschende Tritte und ein bärtiges Gesicht taucht am Fahrerfenster auf. »Danke!«, keucht der Fremde. Er reißt die hintere Tür auf. »Hallo, junger Mann!«, sagt er, dann erstarrt er, als der Hund, der auf dem Sitz neben dem Jungen ausgestreckt liegt, den Kopf hebt und ein dumpfes Knurren hören lässt.

»Was für ein großer Hund!«, sagt er. »Wie heißt er?«

»Bolívar. Es ist ein Schäferhund. Ruhig, Bolívar!« Der Junge schlingt die Arme um den Hund und drängt ihn vom Sitz herunter. Widerstrebend lässt sich der Hund auf dem Boden zu seinen Füßen nieder. Der Fremde nimmt seinen Platz ein; das Auto ist plötzlich erfüllt vom sauren Geruch ungewaschener Kleidung. Inés kurbelt ihr Fenster herunter.

»Bolívar«, sagt der junge Mann. »Das ist ein ungewöhnlicher Name. Und wie heißt du?«

»Ich habe keinen Namen. Ich muss meinen Namen noch bekommen.«

»Dann werde ich dich Señor Anónimo nennen«, sagt der junge Mann. »Guten Tag, Señor Anónimo, ich bin

Juan.« Er hält ihm die Hand hin, die der Junge nicht beachtet. »Warum trägst du einen Umhang?«

»Es ist ein Zaubermantel. Er macht mich unsichtbar. Ich bin unsichtbar.«

Er schaltet sich ein. »David hat einen Unfall gehabt und wir bringen ihn zu einem Arzt. Wir können Sie leider nur bis Nueva Esperanza mitnehmen.«

»Das geht in Ordnung.«

»Ich habe mir die Hand verbrannt«, sagt der Junge. »Wir holen uns Arznei.«

»Tut sie weh?«

»Ja.«

»Deine Brille gefällt mir. Ich hätte auch gern eine solche Brille.«

»Du kannst sie haben.«

Nach einer ziemlich frischen Fahrt am zeitigen Morgen auf der Ladefläche eines Holzlasters ist ihr Mitfahrer froh über die Wärme und Bequemlichkeit im Auto. Aus seinem Geplauder ergibt sich, dass er im Druckgewerbe arbeitet und unterwegs nach Estrellita ist, wo er Freunde hat und wo es, wenn man dem Gerücht glauben darf, viel Arbeit gibt.

Am Abzweig nach Nueva Esperanza hält er an, um den neuen Fahrgast herauszulassen.

»Sind wir beim Arzt?«, fragt der Junge.

»Noch nicht. Hier trennen wir uns von unserem Freund. Er will seine Reise nach Norden fortsetzen.«

»Nein! Er muss bei uns bleiben!«

Er spricht mit Juan. »Wir können Sie hier rauslassen oder Sie können mit uns in die Stadt kommen. Ganz wie Sie wollen.«

»Ich komme mit Ihnen.«

Sie finden die Praxis ohne Mühe. Dr. Garcia ist zu einem Hausbesuch unterwegs, teilt ihnen die Schwester mit, aber sie können gern warten.

»Ich schau mich nach einem Frühstück um«, sagt Juan.

»Nein, du darfst nicht gehen«, sagt der Junge. »Du verläufst dich.«

»Ich verlaufe mich nicht«, sagt Juan. Seine Hand ist auf dem Türgriff.

»Bleib, ich befehle es!«, schnauzt ihn der Junge an.

»David!«, ermahnt er, Simón, das Kind. »Was ist nur heute Morgen in dich gefahren? So spricht man nicht mit einem Fremden!«

»Er ist kein Fremder. Und nenn mich nicht David.«

»Wie soll ich dich dann nennen?«

»Du musst mich bei meinem richtigen Namen nennen.«

»Und wie soll der heißen?«

Der Junge schweigt.

Er spricht Juan an. »Schauen Sie sich ruhig um. Wir treffen uns dann hier wieder.«

»Nein, ich glaube, ich bleibe da«, sagt Juan.

Der Arzt erscheint, ein kleiner, stämmiger Mann mit resoluter Ausstrahlung und dichtem silbernen Haar. Er betrachtet sie mit gespieltem Erschrecken. »Was ist das denn? Und auch noch ein Hund! Was kann ich für euch alle zusammen tun?«

»Ich habe mir die Hand verbrannt«, sagt der Junge. »Die Frau hat Butter darauf getan, aber sie tut immer noch weh.«

»Lass mich mal sehen … Ja, ja … Das muss wehtun. Komm mit in die Praxis und wir schauen mal, was wir da machen können.«

»Herr Doktor, wir sind nicht wegen der Hand hier«,

sagt Inés. »Wir hatten letzten Abend einen Unfall mit Feuer, und jetzt kann mein Sohn nicht mehr richtig sehen. Können Sie seine Augen untersuchen?«

»Nein!«, schreit der Junge und steht auf, um Inés entgegenzutreten. Auch der Hund erhebt sich, tappt quer durch den Raum und nimmt seinen Platz an der Seite des Jungen ein. »Ich hab's euch doch schon gesagt, ich kann sehen, nur ihr könnt mich nicht sehen, wegen des Zaubermantels. Er macht mich unsichtbar.«

»Kann ich mal nachsehen?«, fragt Dr. Garcia. »Wird dein Wächter das gestatten?«

Der Junge legt dem Hund eine beruhigende Hand auf das Halsband.

Der Arzt nimmt dem Jungen die Sonnenbrille von der Nase. »Kannst du mich jetzt sehen?«, fragt er.

»Du bist winzig, winzig, wie eine Ameise, und du wedelst mit den Armen und sagst: *Kannst du mich jetzt sehen?*«

»Aha, ich verstehe. Du bist unsichtbar und keiner von uns kann dich sehen. Aber du hast auch eine verletzte Hand, die zufällig nicht unsichtbar ist. Wollen wir also in mein Sprechzimmer gehen, und lässt du mich deine Hand anschauen – den sichtbaren Teil von dir anschauen?«

»Einverstanden.«

»Soll ich mitkommen?«, fragt Inés.

»Ein wenig später«, sagt der Arzt. »Zuerst müssen der junge Mann und ich uns allein unterhalten.«

»Bolívar muss mit mir mitkommen«, sagt der Junge.

»Bolívar kann mitkommen, wenn er sich anständig benimmt«, sagt der Arzt.

»Was ist denn eigentlich mit Ihrem Sohn passiert?«, fragt Juan, als sie allein sind.

»Er heißt David. Er hat mit Magnesium gespielt und es hat Feuer gefangen und die Stichflamme hat ihn geblendet.«

»Er sagt, er heiße nicht David.«

»Er sagt vieles. Er hat eine lebhafte Phantasie. David ist der Name, der ihm in Belstar gegeben wurde. Wenn er einen anderen Namen annehmen will, dann soll er's tun.«

»Sie sind durch Belstar gegangen? Ich bin auch durch Belstar gegangen.«

»Dann wissen Sie ja, wie das System funktioniert. Die Namen, die wir benutzen, sind die Namen, die uns dort gegeben wurden, aber man hätte uns genauso gut Nummern geben können. Zahlen, Namen – sie sind gleichermaßen willkürlich, gleichermaßen zufällig, gleichermaßen unwichtig.«

»Tatsächlich gibt es keine zufälligen Zahlen«, sagt Juan. »Sie fordern mich auf: ›Sagen Sie eine zufällige Zahl‹, und ich sage: ›96513‹, weil das die erste Zahl ist, die mir einfällt, aber sie ist in Wirklichkeit nicht zufällig, es ist meine Asistencia-Nummer oder meine alte Telefonnummer oder etwas Ähnliches. Hinter einer Zahl ist immer eine Ursache.«

»Da haben wir also noch einen von den Zahlenmystikern! Sie sollten mit David zusammen eine Schule aufmachen. Sie können die geheimen Ursachen hinter den Zahlen lehren und er kann die Menschen lehren, wie man von einer Zahl zur nächsten kommt, ohne in einen Vulkan hineinzufallen. Natürlich gibt es keine zufälligen Zahlen *unter dem Auge Gottes*. Aber wir leben nicht unter dem Auge Gottes. In der Welt, in der wir leben, gibt es zufällige Zahlen und zufällige Namen und zufällige Ereignisse, wie das, zufällig von einem Auto mitgenommen zu werden, in dem ein Mann und eine Frau und ein Kind namens David sitzen. Und ein Hund. Was war wohl die geheime Ursache hinter diesem Ereignis, was glauben Sie?«

Bevor Juan auf diese Tirade antworten kann, wird die Tür zum Sprechzimmer aufgerissen. »Kommen Sie bitte herein«, sagt Dr. García.

Er und Inés gehen hinein. Juan zögert, aber die klare junge Stimme des Kindes ertönt von drinnen: »Er ist mein Bruder, er muss mitkommen.«

Der Junge sitzt auf dem Rand der Arzt-Couch, ein Lächeln des stillen Selbstvertrauens auf den Lippen, die Sonnenbrille oben auf dem Kopf.

»Wir hatten ein gutes, langes Gespräch, unser junger Freund und ich«, sagt Dr. García. »Er hat mir erklärt, wie es kommt, dass er unsichtbar für uns ist, und ich habe ihm erklärt, warum wir für ihn wie Ameisen aussehen, die unsere Fühler in der Luft schwenken, während er hoch oben fliegt. Ich habe ihm gesagt, dass es uns lieber wäre, wenn er uns so sehen würde, wie wir wirklich sind, nicht als Insekten, und im Gegenzug hat er mir gesagt, wenn er zur Sichtbarkeit zurückkehrt, würde es ihm lieb sein, dass wir ihn so sehen, wie er wirklich ist. Ist das eine faire Wiedergabe unserer Unterhaltung, junger Mann?«

Der Junge nickt.

»Unser junger Freund sagt außerdem, dass Sie« – er schaut ihn, Simón, bedeutsam an – »nicht sein richtiger Vater sind, und Sie« – er wendet sich an Inés – »nicht seine richtige Mutter. Ich fordere Sie nicht auf, etwas zu Ihrer Verteidigung zu sagen. Ich habe selbst Familie, ich weiß, dass Kinder verrückte Dinge sagen können. Trotzdem, gibt es etwas, das Sie mir sagen möchten?«

»Ich bin seine wahre Mutter«, sagt Inés, »und wir retten

ihn davor, in eine Besserungsanstalt geschickt zu werden, wo er zum Kriminellen werden wird.«

Nachdem sie ihre Meinung gesagt hat, schließt sie die Lippen und blickt kampfeslustig.

»Und seine Augen, Herr Doktor?«, erkundigt er, Simón, sich.

»Mit seinen Augen ist nichts los. Ich habe eine körperliche Untersuchung durchgeführt und seine Sehkraft getestet. Als Sehorgane sind seine Augen völlig normal. Und seine Hand habe ich verbunden. Die Verbrennung ist nicht schlimm, in ein oder zwei Tagen wird eine Besserung eingetreten sein. Nun möchte ich fragen: Muss ich mir über die Geschichte, die dieser junge Mann mir erzählt, Sorgen machen?«

Er blickt Inés an. »Sie sollten darauf hören, was der Junge sagt. Wenn er sagt, er möchte uns weggenommen und nach Novilla zurückgebracht werden, dann bringen Sie ihn nach Novilla zurück. Er ist Ihr Patient, in Ihrer Obhut.« Er wendet sich an den Jungen. »Möchtest du das, David?«

Der Junge antwortet nicht, sondern winkt ihn zu sich. Mit vorgehaltener Hand flüstert ihm der Junge ins Ohr.

»Herr Doktor, David teilt mir mit, dass er nicht nach Novilla zurückkehren will, aber er möchte wissen, ob Sie mit uns kommen wollen.«

»Wohin mitkommen?«

»Nach Norden, nach Estrellita.«

»Zum neuen Leben«, sagt der Junge.

»Und was wird aus meinen Patienten hier in Esperanza, die auf mich angewiesen sind? Wer wird sie betreuen, wenn ich sie zurücklasse, um nur dich zu betreuen?«

»Du brauchst mich nicht zu betreuen.«

Dr. García wirft ihm, Simón, einen verwunderten Blick zu. Er holt tief Luft. »David schlägt vor, dass Sie Ihre Praxis verlassen und mit uns nach Norden gehen, um ein neues Leben anzufangen. Es wäre um Ihretwillen, nicht um seinetwillen.«

Dr. García steht auf. »Ah, ich verstehe! Das ist äußerst großzügig von dir, junger Mann, mich in deine Pläne einzubeziehen. Doch das Leben, das ich hier in Esperanza habe, ist glücklich und befriedigend genug. Es gibt nichts, wovor ich gerettet werden muss, besten Dank.«

Sie sitzen wieder im Auto und fahren nach Norden. Der Junge ist in ausgelassener Stimmung, die schmerzende Hand ist vergessen. Er plappert Juan voll, ringt mit Bolívar auf dem Rücksitz. Juan macht mit, obwohl er sich vor dem Hund hütet, der sich noch an ihn gewöhnen muss.

»Hast du Dr. García gemocht?«, erkundigt er, Simón, sich.

»Er ist okay«, sagt der Junge. »Er hat Haare auf den Fingern wie ein Werwolf.«

»Warum wolltest du, dass er mit nach Estrellita kommt?«

»Darum.«

»Du kannst nicht einfach jeden Fremden, den du triffst, einladen, mit uns zu kommen«, sagt Inés.

»Warum nicht?«

»Weil kein Platz mehr im Auto ist.«

»Es ist noch Platz. Bolívar kann auf meinem Schoß sitzen, was, Bolívar?« Eine Pause. »Was werden wir machen, wenn wir nach Estrellita kommen?«

»Es ist noch weit bis Estrellita. Hab Geduld.«

»Aber was werden wir dort *machen*?«

»Wir werden das Umsiedlungszentrum suchen und uns am Schalter melden, du und Inés und ich, und –«

»Und Juan. Du hast nicht Juan gesagt. Und Bolívar.«

»Du und Inés und Juan und Bolívar und ich, und wir werden sagen: *Guten Morgen, wir sind Neuankömmlinge, und wir suchen eine Unterkunft.*«

»Und?«

»Das ist alles. *Wir suchen eine Unterkunft, um unser neues Leben anzufangen.*«